suhrkamp taschenbuch 46

Samuel Beckett, geboren am 13. April 1906 in Dublin, lebt seit 1938 in Paris. 1961 erhielt er den Internationalen Verlegerpreis und 1969 den Nobelpreis für Literatur. Hauptwerke: Prosa: *Murphy, Molloy, Malone stirbt, Der Namenlose, Wie es ist, Erzählungen und Texte um Nichts, Watt, Erste Liebe, Der Verwaiser;* Stücke: *Warten auf Godot, Endspiel, Das letzte Band, Glückliche Tage.* Sammlung seiner Stücke in *Dramatische Dichtungen in drei Sprachen.* 2 Bände.
Watt ist Becketts komischstes Buch, vielleicht eines der komischsten Bücher schwarzen Humors. Die Figuren dieses Romans, die bereits an »Warten auf Godot« denken lassen, sind eigentlich alle Clowns und ihre Reden Clownsreden. Wie bei Becketts erstem Stück spielt auch hier das Verhältnis von Herr und Knecht eine entscheidende Rolle: Watt ist, wie viele andere vor ihm und nach ihm, ein Knecht von Knott, und so geht es denn hauptsächlich um die skurrilen Umstände, unter denen Watt im Hause Knott seinen Dienst tut und von denen er dem Erzähler schließlich bei gemeinsamem Aufenthalt im Irrenhaus zu berichten versucht. Wie immer bei Beckett wird der Leser in eine Welt sinnlicher Eindrücke und sprachlicher Möglichkeitskombinationen eingeführt, die in ihrer Irrealität und Eigengesetzlichkeit realer wirkt als eine bloße Abbildung der uns umgebenden Welt.
»Alles, was Beckett im Laufe der Zeit zu einem unverwechselbaren Schriftsteller machte, das keimt in diesem Boden, kommt schon hier ans Licht.« *Heinz Piontek*

Samuel Beckett
Watt

Deutsch von
Elmar Tophoven

Suhrkamp

suhrkamp taschenbuch 46
Erste Auflage 1972

Suhrkamp Taschenbuch Verlag

Satz: Offenbacher Layoutsetzerei Erich Pissoke, Offenbach a. M.
Druck: Ebner, Ulm · Printed in Germany
Umschlag nach Entwürfen
von Willy Fleckhaus und Rolf Staudt

Watt

I

Mr. Hackett bog um die Ecke und sah im schwindenden Licht nicht weit vor sich seine Bank. Sie schien besetzt zu sein. Diese Bank–wahrscheinlich Eigentum der Stadt oder der Allgemeinheit – war freilich nicht seine, aber er sah sie als seine an. So war Mr. Hacketts Einstellung zu Dingen, die ihm gefielen. Er wußte, daß sie nicht seine waren, aber er sah sie als seine an. Er wußte, daß sie nicht seine waren, weil sie ihm gefielen.
Er blieb stehen und sah sich die Bank genauer an. Ja, sie war nicht frei. Wenn Mr. Hackett still stand, sah er die Dinge etwas deutlicher. Sein Gang war ein sehr unruhiger Gang.
Mr. Hackett wußte nicht, ob er weitergehen oder umkehren sollte. Rechter Hand wie linker Hand war nichts im Wege, aber er wußte, daß er nie Nutzen daraus ziehen würde. Er wußte auch, daß er nicht lange regungslos dastehen würde, da sein Gesundheitszustand dies leider nicht gestattete. Das Dilemma war somit äußerst einfach: weitergehen oder umkehren und zurück um die Ecke, so wie er gekommen war. Sollte er, anders gesagt, sofort nach Hause gehen, oder sollte er noch ein wenig länger draußen bleiben?
Er streckte die linke Hand aus und umklammerte einen Gitterstab. Dies erlaubte ihm, seinen Stock gegen das Pflaster zu stoßen. Das bis in seine Handfläche spürbare Beben des Gummis beruhigte ihn ein wenig.
Aber er war noch nicht an der Ecke, als er wieder umkehrte und, so schnell seine Beine ihn tragen konnten, auf die Bank zueilte. Als er so nahe an der Bank war, daß er sie, wenn er gewollt hätte, mit seinem Stock hätte berühren können, blieb er abermals stehen und musterte die dort Sitzenden. Er glaubte berechtigt zu sein, da stehenzubleiben und auf die Straßenbahn zu warten. Sie warteten vielleicht auch auf die Straßenbahn, auf eine Straßenbahn, denn viele Straßenbah-

nen hielten hier, wenn sie von außen oder von innen dazu aufgefordert wurden.
Mr. Hackett kam bald zu dem Schluß, daß, wenn sie auf eine Straßenbahn warteten, sie schon eine ganze Weile warteten. Denn die Dame hielt den Herrn an den Ohren, und die Hand des Herrn lag auf dem Oberschenkel der Dame, und die Zunge der Dame war im Mund des Herrn. Sie waren es leid, auf die Straßenbahn zu warten, sagte* Mr. Hackett, sie machen ein bißchen Bekanntschaft. Als die Dame dann ihre Zunge aus dem Mund des Herrn zog, steckte er seine in ihren. Wie sie ihm, so er ihr, sagte Mr. Hackett. Er ging einen Schritt vor, um sich zu überzeugen, daß die andere Hand des Herrn nicht müßig sei, und war empört, als er sie schlaff über die Rückenlehne der Bank hängen sah, mit einer dreiviertel aufgerauchten Zigarette zwischen den Fingern.

Ich sehe nichts Unanständiges, sagte der Polizist.

Wir kommen zu spät, sagte Mr. Hackett. Leider.

Halten Sie mich zum Narren? sagte der Polizist.

Mr. Hackett trat einen Schritt zurück, warf den Kopf so weit in den Nacken, daß die Haut am Hals zu reißen drohte, und sah schließlich in der Ferne das wütend über ihn gebeugte rotviolette Gesicht.

Herr Wachtmeister, rief er, Gott ist mein Zeuge, er hatte seine Hand darauf.

Gott ist ein Zeuge, der nicht unter Eid genommen werden kann.

Wenn ich Sie bei Ihrem Rundgang unterbrochen habe, sagte Mr. Hackett, so bitte ich tausendmal um Entschuldigung. Es geschah in bester Absicht, für Sie, für mich und für die Allgemeinheit.

Der Polizist gab darauf eine barsche Antwort.

Wenn Sie glauben, ich wüßte Ihre Nummer nicht, sagte

* In diesem Werk wurde viel kostbarer Raum, der sonst verlorengegangen wäre, durch Weglassung des überflüssigen Reflexivpronomens nach dem Tätigkeitswort *sagen* gewonnen

Mr. Hackett, dann irren Sie sich. Ich bin zwar gebrechlich, aber ich habe gute Augen. Mr. Hackett setzte sich auf die Bank, die noch warm war von der Liebe. Guten Abend und besten Dank, sagte Mr. Hackett.

Die Bank war alt, niedrig und abgenützt. Mr. Hacketts Nakken ruhte an der einzigen Rückenlehne, unter der sein Buckel ungehindert hervorragte, seine Füße berührten gerade den Boden. An den Enden der weit ausgebreiteten Arme umklammerten die Hände die Armlehnen, und der an seinen Hals gehakte Stock hing zwischen seinen Beinen.

Inmitten der Schatten sah er so die letzten Straßenbahnen vorbeifahren, oh, nicht die allerletzten, aber beinahe, und am Himmel und in dem ruhigen Kanal das langsam dahinziehende Grün und Gelb des Sommerabends.

Aber da erblickte ihn ein Herr, der mit einer Dame am Arm vorbeiging.

Oh, mein Schatz, sagte er, da sitzt Hackett.

Hackett, sagte die Dame. Was für ein Hackett? Wo?

Du kennst doch Hackett, sagte der Herr. Du hast mich bestimmt oft von Hackett sprechen hören. Der bucklige Hackett. Da. Auf der Bank.

Die Dame musterte Mr. Hackett.

So, das ist Hackett, sagte sie.

Ja, sagte der Herr.

Der Arme, sagte sie.

Oh, sagte der Herr, laß uns stehenbleiben, ja, und ihm einen guten Abend wünschen.

Er ging auf Hackett zu und rief, Mein lieber Freund, mein lieber Freund, wie geht's?

Mr. Hackett hob den Blick von dem sterbenden Tag.

Meine Frau, rief der Herr. Dies ist meine Frau. Meine Frau. Mr. Hackett.

Ich habe so viel von Ihnen gehört, sagte die Dame, und jetzt lerne ich Sie endlich kennen. Mr. Hackett!

Ich stehe nicht auf, sagte Mr. Hackett, da ich nicht die Kraft dazu habe.

Das möchte ich doch nicht meinen, sagte die Dame. Vor Besorgtheit bebend, beugte sie sich ihm zu. Das möchte ich doch nicht hoffen, sagte sie.

Mr. Hackett glaubte, sie würde ihm den Kopf tätscheln oder zumindest seinen Buckel streicheln. Er zog seine Arme zurück, und sie setzten sich neben ihn, die Dame auf die eine Seite und der Herr auf die andere, so daß Mr. Hackett sich zwischen ihnen befand. Sein Kopf reichte bis zu den Achselhöhlen. Ihre Hände begegneten sich über dem Buckel auf der Rückenlehne. Vor Zärtlichkeit ließen sie die Köpfe über ihm hängen.

Erinnern Sie sich an Green? sagte Mr. Hackett.

Den Giftkropf, sagte der Herr.

Den Anwalt, sagte Mr. Hackett.

Ich habe ihn kaum gekannt, sagte der Herr. Sechs Jahre, nicht wahr?

Sieben, sagte Mr. Hackett. Sechs werden selten aufgebrummt.

Er verdiente zehn, finde ich, sagte der Herr.

Oder zwölf, sagte Mr. Hackett.

Was hat er getan? sagte die Dame.

Seine Kompetenzen ein wenig überschritten, sagte der Herr.

Ich habe heute morgen einen Brief von ihm bekommen, sagte Mr. Hackett.

Oh, sagte der Herr, ich wußte nicht, daß sie mit der Außenwelt in Verbindung bleiben dürfen.

Er ist Anwalt, sagte Mr. Hackett. Er fügte hinzu, Ich bin kaum die Außenwelt.

Ach was, sagte der Herr.

I wo, sagte die Dame.

Der Brief enthielt eine Beilage, sagte Mr. Hackett, deren Lektüre ich Ihnen in Anbetracht Ihrer Liebe zur Literatur gern als Erstgenuß darbieten würde, wenn es nicht schon zu dunkel wäre.

Als Erstgenuß, sagte die Dame.

Ebendas sagte ich, sagte Mr. Hackett.

Ich habe ein Benzinfeuerzeug, sagte der Herr.

Mr. Hackett zog ein Papier aus der Tasche, und der Herr ließ sein Benzinfeuerzeug aufflammen.
Mr. Hackett las:

An Nelly

An Nelly, sagte die Dame.
An Nelly, sagte Mr. Hackett.
Es herrschte Schweigen.
Soll ich weiterlesen? sagte Mr. Hackett.
Meine Mutter hieß Nelly, sagte die Dame.
Das ist kein seltener Name, sagte Mr. Hackett, sogar ich habe mehr als eine Nelly gekannt.
Lesen Sie weiter, lieber Freund, sagte der Herr.
Mr. Hackett las:

An Nelly

Nach dir, Nellieb, wenns nachten will
– Singsing! Singsing! –
ich schmachte still
in wilder Liebespein.
Fällt sie auf Byrne wieder herein?
Befummelt Hyde wieder ihr Haar
wie einst? Ich frag, das Echo lautet: Klar!

Ist gut! Ist gut! Ich will nicht gern,
– Kie-wit! Kie-wit! –
mein Augenstern,
verleiden Freiersfreud.
Brenn nur für Byrne! Gib Hyde
dich hin! Bewahr nur DAS,
was Green gehört! Da ende jeder Spaß!

DAS ist der Jungfern Unterpfand!
– Kuckuck! Kuckuck! –

Wenn mein Verstand
beschwichtigt glauben könnt,
daß an des Kittchens End
ich fände in der Brunst des Cupido
Dianas Gunst, getreu in statu quo!

Dann lohte meine Seele auf!
– Tschiwi! Ti-tscho-o! –
Erst leis, dann laut.
Mein Schmachten würde zum
Epithalamium,
und über meine Lust, die so verlockt ist,
fiel' taufrisch Hymens Siegel primae noctis.

Genug –

Reichlich, sagte die Dame.
In dem Moment kam eine Frau an ihnen vorbei. Sie war in einen Schal gehüllt. Ihr Bauch darunter war prall wie ein Ball.
Ich war nie so, mein Schatz, sagte die Dame, nicht wahr?
Nicht daß ich wüßte, mein Liebling, sagte der Herr.
Weißt du noch die Nacht, in der Larry geboren wurde, sagte die Dame.
Und ob, sagte der Herr.
Wie alt ist Larry jetzt? sagte Mr. Hackett.
Wie alt ist Larry, mein Schatz? sagte der Herr.
Wie alt ist Larry, sagte die Dame. Larry wird im nächsten März vierzig, so Gott will.
Das ist so etwas, was Gott immer will, sagte Mr. Hackett.
So weit würde ich nicht gehen, sagte der Herr.
Würde es Sie interessieren, Mr. Hackett, sagte die Dame, etwas über die Nacht von Larrys Geburt zu hören?
O ja, erzähl ihm, mein Schatz, sagte der Herr.
Also, sagte die Dame, an jenem Morgen beim Frühstück

wendet Goff sich mir zu und sagt, Tetty, sagt er, Tettylein, ich würde so gerne Thompson, Cream und Colquhoun einladen, mit uns die Ente zu essen, wenn ich sicher wäre, daß es dir nicht zuviel ist. Wieso, mein Schatz, sagte ich, ich bin in meinem ganzen Leben noch nie so in Form gewesen. Genau das sagte ich, nicht wahr?

Ich glaube ja, sagte Goff.

Also, sagte Tetty, als Thompson ins Eßzimmer kam, zusammen mit Cream und Berry (Coulquhoun war, wie mir wieder einfällt, anderweitig verabredet), saß ich schon am Tisch. Es war gar nicht ungewöhnlich, da ich ja die einzige anwesende Dame war. Du fandest es doch nicht ungewöhnlich, nicht wahr, mein Liebling?

Keineswegs, sagte Goff, ganz natürlich.

Ich hatte das erste Stückchen Ente kaum hinuntergeschluckt, sagte Tetty, als Larry in meiner Chose herumzappelte.

Ihrer was? sagte Mr. Hackett.

Meiner Chose, sagte Tetty.

Nun ja, sagte Goff, ihrem Schoße.

Wie unangenehm für Sie, sagte Mr. Hackett.

Ich aß und trank weiter, sagte Tetty, und beteiligte mich an dem Geplauder, während Larry nicht aufhörte, wie ein Lachs herumzuzappeln.

Was für ein Erlebnis für Sie, sagte Mr. Hackett.

Es gab Momente, ich sage Ihnen, da dachte ich, er würde hinauspurzeln und auf den Boden fallen, zu meinen Füßen.

Lieber Himmel, Sie fühlten ihn hinausrutschen, sagte Mr. Hackett.

In meinem Gesicht keine Spur von dem Wehen, sagte Tetty. Stimmt's, mein Schatz?

Nicht die geringste, sagte Goff.

Ich verlor auch nicht meinen Humor, sagte Tetty. Was für eine Götterspeise, sagte Mr. Berry, wie mir wieder einfällt, und lächelte mir zu, was für eine köstliche Götterspeise, sie zergeht einem auf der Zunge. Nicht nur auf der Zunge, Sir, erwiderte ich, ohne einen Moment zu zögern, nicht nur auf

der Zunge, Verehrtester. Nicht allzu deplasiert beim Nachtisch, dachte ich mir.
Nicht allzu was? sagte Mr. Hackett.
Deplaciert, sagte Goff, wissen Sie, nicht allzu deplaciert.
Bei Kaffee und Cognac kam das Wehen in vollen Schwung, Mr. Hackett, ich gebe Ihnen mein Ehrenwort, unter dem ächzenden Tisch.
Schwung ist der richtige Ausdruck, sagte Goff.
Wußten Sie, daß sie schwanger war, sagte Mr. Hackett.
Wie bitte, öh, sagte Goff, wissen Sie, öh, ich, öh, wir, öh –
Tettys Hand schlug kräftig auf Mr. Hacketts Oberschenkel.
Er glaubte, daß ich zimperlich wäre, sagte Tetty. Hahahaha. Haha. Ha.
Haha, sagte Mr. Hackett.
Ich war höchst verwirrt, das gebe ich zu, sagte Goff.
Schließlich zogt ihr euch zurück, nicht wahr? sagte Tetty.
Ja, sagte Goff, wir zogen uns ins Billardzimmer zurück, um eine Partie Snooker zu spielen.
Auf allen vieren kroch ich die Treppe hinauf, Mr. Hackett, sagte Tetty, wobei ich die Läuferstangen wrang als wären sie aus Bast.
Solche Qualen litten Sie, sagte Mr. Hackett.
Drei Minuten später war ich Mutter.
Ohne Beihilfe, sagte Goff.
Ich machte alles mit meinen eigenen Händen, sagte Tetty, alles.
Sie durchbiß die Nabelschnur mit ihren Zähnen, sagte Goff, da sie keine Schere zur Hand hatte. Was sagen Sie dazu?
Ich hätte sie notfalls über meinem Knie zerrissen, sagte Tetty.
Das ist etwas, das ich mich schon oft gefragt habe, sagte Mr. Hackett, wie mag einem zumute sein, wenn die Schnur durchschnitten wird.
Der Mutter oder dem Kind? sagte Goff.
Der Mutter, sagte Mr. Hackett. Ich bin ja schließlich nicht vom Klapperstorch gebracht worden.
Der Mutter, sagte Tetty, ist sehr wohl dabei zumute, es ist

eine große Erleichterung, wie wenn der Besuch endlich geht. Alle meine darauffolgenden Schnüre wurden von Professor Cooper durchschnitten, aber mir war immer gleich zumute: erleichtert.

Dann zogen Sie sich an und gingen hinunter, sagte Mr. Hakkett, mit dem Kindchen an der Hand.

Wir hörten das Schreien, sagte Goff.

Denken Sie nur, wie erstaunt sie waren, sagte Tetty.

Wie Cream die Kugeln einlochte, war außergewöhnlich, außergewöhnlich, es fällt mir wieder ein, sagte Goff. Ich hatte nie so was erlebt. Wir schauten atemlos zu, als er einen sehr langen, rasanten Jenny riskierte, und das mit der schwarzen Kugel.

Wie kühn, sagte Mr. Hackett.

Ein ganz unmöglicher Stoß, meiner Meinung nach, sagte Goff. Er zog seine Queue zurück, um zuzustoßen, als wir das Wehgeschrei hörten. Er erlaubte sich eine Bemerkung, die ich nicht wiederholen möchte.

Der arme kleine Larry, sagte Tetty, als ob es seine Schuld wäre.

Erzählen Sie nicht weiter, sagte Mr. Hackett, es hat keinen Zweck.

Diese Nordwesthimmel sind wirklich außergewöhnlich, sagte Goff, finden Sie nicht?

So sinnlich, sagte Tetty. Man glaubt, alles sei vorbei, und schwupp! flammen sie wieder auf, mit um so größerer Glut.

Ja, sagte Mr. Hackett, es gibt solche und solche Protuberanzen.

Armer Mr. Hackett, sagte Tetty, armer *lieber* Mr. Hackett.

Ja, sagte Mr. Hackett.

Sie haben nichts mit den Hacketts aus Glencullen zu tun, nehme ich an, sagte Tetty.

Dort bin ich von der Leiter gefallen, sagte Mr. Hackett.

Wie alt waren Sie da? sagte Tetty.

Ein Jahr, sagte Mr. Hackett.

Und wo war Ihre liebe Mutter? sagte Tetty.

Irgendwo unterwegs, sagte Mr. Hackett.
Und Ihr Papi? sagte Tetty.
Papi war beim Steineklopfen im Gebirge, sagte Mr. Hackett.
Sie waren ganz allein, sagte Tetty.
Die Ziege soll noch dagewesen sein, sagte Mr. Hackett.
Er kehrte der Leiter, die in den dunklen Hof gefallen war, den Rücken, und sein Blick wanderte über die Felder und die brüchigen Mäuerchen, über den Bach und den Hang hinauf, immer höher bis zum Gipfelmassiv, das schon im Schatten lag, und von dort zum Sommerhimmel. Er glitt die kleinen, sonnenbeschienenen Felder hinab, er mühte sich an den Hängen bis zum dunklen Gipfel hinauf und hörte das ferne Klippklapp der Hämmer.
Sie ließ Sie ganz allein im Hof, sagte Tetty, mit der Ziege.
Es war ein wunderschöner Sommertag, sagte Mr. Hackett.
Und was war in sie gefahren, daß sie einfach abhaute? sagte Goff.
Ich habe sie nie danach gefragt, sagte Mr. Hackett. Die Kneipe, oder die Kirche, oder beides.
Arme Frau, Gott vergebe ihr, sagte Tetty.
Das würde mich bei ihm wirklich nicht wundern, sagte Mr. Hackett.
Die Nacht bricht nun schnell herein, sagte Goff, bald wird es stockfinster sein.
Dann werden wir alle nach Hause gehen, sagte Mr. Hackett.
Jenseits der Straße, ihnen gegenüber, hielt eine Straßenbahn. Sie stand dort ein Weilchen, und des Schaffners empörte Stimme war zu hören. Dann fuhr sie weiter und gab den Blick auf die einzige regungslose Gestalt auf dem Bürgersteig frei, die von den verschwindenden Scheinwerfern immer schwächer beleuchtet wurde, bis sie kaum noch von der düsteren Mauer hinter ihr zu unterscheiden war. Tetty fragte sich, ob es ein Mann oder eine Frau sei. Mr. Hackett fragte sich, ob es nicht ein Paket sei, zum Beispiel ein Teppich oder eine in dunkles Papier gewickelte und mit einem Bindfaden in der Mitte verschnürte Zeltbahn. Goff stand wortlos auf

und überquerte eilig die Straße. Tetty und Mr. Hackett konnten seine lebhaften Gesten sehen, denn er trug einen hellen Mantel, und sie hörten seine vorwurfsvoll tönende Stimme. Aber Watt schien, soweit sie das sehen konnten, sich ebensowenig zu rühren, als wenn er aus Stein gewesen wäre, und wenn er überhaupt sprach, sprach er so leise, daß kein Laut zu ihnen drang.

Mr. Hackett wußte nicht, wann je etwas ihn neugieriger gemacht hatte, nein, er wußte nicht einmal, wann je etwas ihn so neugierig gemacht hatte. Er wußte auch nicht, was ihn eigentlich so neugierig machte. Was macht mich nur so neugierig, sagte er, wo selbst das Außerordentliche, selbst das Übernatürliche mich so selten und so wenig neugierig macht. Hier kann ich überhaupt nichts Ungewöhnliches entdecken, und doch brenne ich vor Neugier und Verwunderung. Es ist kein unangenehmes Gefühl, muß ich sagen, und doch glaube ich nicht, daß ich es länger als zwanzig Minuten oder eine halbe Stunde aushalten könnte.

Auch die Dame war eine interessierte Zuschauerin.

Goff kehrte sehr verärgert zu ihnen zurück. Ich habe ihn auf den ersten Blick erkannt, sagte er. Er bediente sich hinsichtlich Watts eines Ausdrucks, den wir nicht wiedergeben werden.

Seit sieben Jahren, sagte er, schuldet er mir fünf Shilling, das heißt sechs Shilling und neun Pence.

Er rührt sich nicht von der Stelle, sagte Tetty.

Er weigert sich zu zahlen, sagte Mr. Hackett.

Er weigert sich nicht zu zahlen, sagte Goff. Er bietet mir vier Shilling und vier Pence an. Sein ganzes Vermögen.

Dann würde er Ihnen nur noch zwei Shilling und drei Pence schulden, sagte Mr. Hackett.

Ich kann ihm nicht den letzten Penny nehmen, sagte Goff.

Warum nicht? sagte Mr. Hackett.

Er will verreisen, sagte Goff. Wenn ich sein Angebot annähme, würde er umkehren müssen.

Das wäre vielleicht das beste für ihn, sagte Mr. Hackett. Viel-

leicht wird er eines Tages, wenn wir alle tot sind, zurückblickend sagen, Wenn doch Mr. Nesbitt bloß –
Nixon ist mein Name, sagte Goff. Nixon.
Wenn doch Mr. Nixon bloß meine vier Shilling und vier Pence an jenem Abend angenommen hätte und ich umgekehrt wäre, anstatt weiterzugehen.
Lauter Lügen, nehme ich an, sagte Mrs. Nixon, von A bis Z.
Nein, nein, sagte Mr. Nixon, er ist die Aufrichtigkeit in Person. Er wäre, glaube ich, außerstande, eine Unwahrheit zu sagen.
Sie hätten wenigstens einen Shilling annehmen sollen, sagte Mr. Hackett, oder einen Shilling und sechs Pence.
Da ist er jetzt, auf der Brücke, sagte Mrs. Nixon.
Er stand mit dem Rücken zu ihnen, sein Oberkörper hob sich schwach vom letzten Schimmer des Tages ab.
Sie haben uns nicht gesagt, wie er heißt, sagte Mr. Hackett.
Watt, sagte Mr. Nixon.
Ich habe dich nie von ihm sprechen hören, sagte Mrs. Nixon.
Sonderbar, sagte Mr. Nixon.
Ein alter Bekannter? sagte Mr. Hackett.
Ich kann eigentlich nicht sagen, daß er ein Bekannter ist, sagte Mr. Nixon.
Wie ein Kloakenrohr, sagte Mrs. Nixon. Wo sind seine Arme?
Seit wann können Sie eigentlich nicht sagen, daß er ein Bekannter ist? sagte Mr. Hackett.
Mein lieber Freund, sagte Mr. Nixon, warum dies plötzliche Interesse?
Antworten Sie nicht, wenn Sie es nicht möchten, sagte Mr. Hackett.
Es ist schwer, darauf zu antworten, sagte Mr. Nixon. Mir ist, als ob er seit jeher mein Bekannter wäre, aber es muß eine Zeit gegeben haben, wo er es noch nicht war.
Wie das, sagte Mr. Hackett.
Er ist bedeutend jünger als ich, sagte Mr. Nixon.
Und Sie sprechen nie von ihm, sagte Mr. Hackett.
Nun ja, sagte Mr. Nixon, es ist durchaus möglich, daß ich

von ihm gesprochen habe, es gibt wirklich keinen Grund, warum ich es nicht hätte tun sollen. Allerdings –. Er hielt inne. Dann sagte er, Er gehört nicht zu denen, von denen man gern spricht, es gibt solche Leute.

Bei mir ist das anders, sagte Mr. Hackett.

Er ist weg, sagte Mrs. Nixon.

Nanu, sagte Mr. Nixon. Merkwürdig ist, mein lieber Freund, wie ich Ihnen geradeheraus sagen will, daß, wenn ich ihn sehe oder an ihn denke, ich an Sie denke und daß, wenn ich Sie sehe oder an Sie denke, ich an ihn denke. Ich habe keine Ahnung, warum.

Soso, sagte Mr. Hackett.

Er ist jetzt auf dem Weg zum Bahnhof, sagte Mr. Nixon. Warum mag er wohl hier ausgestiegen sein?

Hier ist die Penny-Zahlgrenze, sagte Mrs. Nixon.

Das hängt davon ab, wo er eingestiegen ist, sagte Mr. Nixon.

Er hat kaum an einem entfernteren Punkt als der Endstation einsteigen können, sagte Mr. Hackett.

Ist das hier überhaupt die Penny-Zahlgrenze, sagte Mr. Nixon, an einer Bedarfshaltestelle? Sie wird doch wohl am Bahnhof sein.

Ich glaube, Sie haben recht, sagte Mr. Hackett.

Warum ist er dann hier ausgestiegen? sagte Mr. Nixon.

Vielleicht wollte er ein wenig an die frische Luft, sagte Mr. Hackett, bevor er im Zug eingepfercht werden würde.

Wo er doch so überlastet ist, sagte Mr. Nixon. Was soll das?

Vielleicht hat er sich in der Haltestelle geirrt, sagte Mrs. Nixon.

Dies ist doch gar keine Haltestelle, sagte Mr. Nixon, im gewöhnlichen Sinne des Wortes. Hier hält die Straßenbahn nur, wenn es verlangt wird. Und da außer Watt niemand ausgestiegen und niemand eingestiegen ist, muß Watt es verlangt haben.

Auf diese Worte folgte Schweigen. Mrs. Nixon sagte schließlich:

Ich kann dir nicht folgen. Goff. Warum sollte er nicht verlangt haben, daß die Straßenbahn hält, wenn er es wünschte? Es gibt keinen Grund, mein Schatz, sagte Mr. Nixon, keinen erdenklichen Grund, warum er nicht verlangt haben sollte, daß die Straßenbahn hält, was er zweifellos getan hat. Aber die Tatsache, daß er verlangte, die Straßenbahn solle halten, beweist, daß er sich nicht in der Haltestelle irrte, wie du zu bedenken gibst. Hätte er sich nämlich in dem Glauben, schon am Bahnhof zu sein, in der Haltestelle geirrt, so hätte er nicht verlangt, daß die Straßenbahn hält. Denn die Straßenbahn hält immer am Bahnhof.

Vielleicht ist er nicht ganz klar im Kopf, sagte Mr. Hackett.

Er ist mitunter etwas seltsam, sagte Mr. Nixon, aber er ist ein vielgereister Mann.

Vielleicht, sagte Mr. Hackett, hatte er gemerkt, daß ihm noch ein wenig Zeit zur Verfügung stand, und somit beschlossen, sie lieber an der süßen, kühlen Abendluft zu vertreiben als in dem scheußlichen Bahnhof.

Aber er wird seinen Zug verpassen, sagte Mr. Nixon, er wird den letzten aus der Stadt herausfahrenden Zug verpassen, wenn er nicht rennt.

Vielleicht wollte er den Schaffner ärgern, sagte Mrs. Nixon, oder den Wagenführer.

Aber er ist doch das sanftmütigste, friedlichste Geschöpf auf der Welt, sagte Mr. Nixon. Er würde tatsächlich die andere Wange hinhalten, das glaube ich allen Ernstes, wenn er nur die Kraft dazu hätte.

Vielleicht, sagte Mr. Hackett, entschloß er sich plötzlich, die Stadt doch nicht zu verlassen. Zwischen der Endstation und hier hatte er Zeit, sich die Sache noch mal zu überlegen. Als er dann den Entschluß gefaßt hatte, die Stadt doch lieber nicht gerade jetzt zu verlassen, ließ er die Straßenbahn halten und stieg aus, da es sinnlos gewesen wäre, den Weg fortzusetzen.

Er hat den Weg aber fortgesetzt, sagte Mr. Nixon, er ging den Weg, den er gekommen war, nicht zurück, sondern weiter in Richtung Bahnhof.

Vielleicht geht er auf einem Umweg nach Hause, sagte Mrs. Nixon.
Wo wohnt er? sagte Mr. Hackett.
Er hat meines Wissens keine feste Adresse, sagte Mr. Nixon.
Dann beweist es nichts, daß er weiter in Richtung Bahnhof ging, sagte Mrs. Nixon. Womöglich liegt er jetzt schon schnarchend in Quin's Hotel.
Mit vier Schilling und vier Pence in der Tasche, sagte Mr. Hackett.
Oder irgendwo auf einer Bank, sagte Mrs. Nixon. Oder im Park. Oder auf dem Fußballplatz. Oder auf dem Krickettfeld. Oder auf der Spielwiese.
Oder auf dem Tennisplatz, sagte Mr. Nixon.
Ich glaube kaum, sagte Mr. Hackett. Entschlossen, die Stadt doch nicht zu verlassen, stieg er aus der Straßenbahn. Aber nach reiflicher Überlegung erkannte er, wie töricht es von ihm war. Dies würde seine Haltung nach der Abfahrt der Straßenbahn erklären, als er allein zurückblieb.
Wie töricht was von ihm war?
So überstürzt wieder umzukehren, sagte Mr. Hackett, nachdem er kaum in Schwung gekommen war.
Haben Sie seine Aufmachung gesehen? sagte Mrs. Nixon. Was hatte er auf dem Kopf?
Seinen Hut, sagte Mr. Nixon.
Der Gedanke, die Stadt zu verlassen, war ihm sehr schmerzlich, sagte Mr. Hackett, aber der Gedanke, darin zu bleiben, war es nicht weniger. Also machte er sich auf zum Bahnhof, halbwegs hoffend, den Zug zu verpassen.
Sie mögen recht haben, sagte Mr. Nixon.
Aus Angst, sich mit dem Gewicht einer Entscheidung zu belasten, sagte Mr. Hackett, überläßt er diese dem kalten Mechanismus einer Zeit-Raum-Relation.
Wie gewitzt, sagte Mr. Nixon.
Und was sollte ihn auf einmal so abschrecken? sagte Mrs. Nixon.

Es kann schwerlich die Reise selbst sein, sagte Mr. Hackett, da Sie mir erzählten, er sei ein vielgereister Mann.
Diesen Worten folgte Schweigen.
Nachdem ich dies nun klargestellt habe, sagte Mr. Hackett, könnten Sie Ihren Freund ein wenig ausführlicher beschreiben.
Ich weiß wirklich nichts, sagte Mr. Nixon.
Sie müssen etwas wissen, sagte Mr. Hackett. Man gibt doch nicht fünf Shilling einem Schatten. Staatsangehörigkeit, Familie, Geburtsort, Religion, Beruf, Einkommen, besondere Kennzeichen, das alles kann Ihnen doch nicht unbekannt sein.
Völlig unbekannt, sagte Mr. Nixon.
Er ist doch nicht aus dem Fels hervorgegangen, sagte Mr. Hackett, der seine Eklogen nicht umsonst gelesen hatte.
Ich sage Ihnen, man weiß nichts, rief Mr. Nixon. Nichts.
Diesen ärgerlichen Worten, die Mr. Hackett pikierten und Mr. Nixon genierten, folgte Schweigen.
Er hat eine dicke rote Nase, sagte Mr. Nixon mißmutig.
Das gab Mr. Hackett zu denken.
Du schläfst doch nicht, mein Schatz, sagte Mr. Nixon.
Ich werde schläfrig, sagte Mrs. Nixon.
Da ist ein Mann, der anscheinend seit jeher Ihr Bekannter ist, sagte Mr. Hackett, der Ihnen seit nunmehr sieben Jahren fünf Shilling schuldet, und Sie wissen mir nicht mehr von ihm zu erzählen, als daß er eine dicke rote Nase und keine feste Adresse hat. Er hielt inne. Er fügte hinzu, Und daß er ein vielgereister Mann ist. Er hielt inne. Er fügte hinzu, Und daß er bedeutend jünger ist als Sie, was eigentlich keine Seltenheit ist, muß ich sagen. Er hielt inne. Er fügte hinzu, Und daß er aufrichtig, sanftmütig und manchmal ein wenig seltsam ist. Er blickte ärgerlich zu Mr. Nixon auf. Aber Mr. Nixon sah diesen ärgerlichen Blick nicht, da er etwas ganz anderes betrachtete.
Ich glaube, daß es für uns Zeit ist fortzugehen, sagte er, nicht wahr, mein Schatz.

Bald werden die letzten Blumen im Dunkel versunken sein, sagte Mrs. Nixon.
Mr. Nixon stand auf.
Da ist ein Mann, der, solange Sie denken können, Ihr Bekannter ist, sagte Mr. Hackett, dem Sie vor sieben Jahren fünf Shilling geliehen haben, den Sie auf den ersten Blick aus ziemlich großer Entfernung im Dunkeln wiederkennen. Sie behaupten, nichts von seinem Vorleben zu wissen. Ich bin genötigt, Ihnen zu glauben.
Nichts nötigt Sie, sagte Mr. Nixon.
Ich bin bereit, Ihnen zu glauben, sagte Mr. Hackett. Und daß Sie nicht etwas erzählen können, was Sie nicht wissen, will ich ebenfalls glauben. Es ist eine allgemeine Schwäche.
Tetty, sagte Mr. Nixon.
Aber gewisse Dinge müssen Sie wissen, sagte Mr. Hackett.
Zum Beispiel, sagte Mr. Nixon.
Wie Sie ihn kennenlernten, sagte Mr. Hackett. Unter welchen Umständen er Sie anpumpte. Wo man ihn treffen kann.
Welche Bedeutung hat es schon, wer er ist? sagte Mrs. Nixon. Sie stand auf.
Nimm meinen Arm, mein Schatz, sagte Mr. Nixon.
Oder was er tut, sagte Mrs. Nixon. Oder wie er lebt. Oder woher er kommt. Oder wohin er geht. Oder wie er aussieht. Welche Bedeutung kann das schon für uns haben?
Ich frage mich dasselbe, sagte Mr. Hackett.
Wie ich ihn kennenlernte, sagte Mr. Nixon. Daran erinnere ich mich ebensowenig wie an das Kennenlernen meines Vaters.
Großer Gott, sagte Mr. Hackett.
Unter welchen Umständen er mich anpumpte, sagte Mr. Nixon. Ich traf ihn eines Tages auf der Straße. Er hatte einen bloßen Fuß. Ich weiß nicht mehr, welcher. Er nahm mich beiseite und sagte mir, daß er fünf Shilling brauche, um sich einen Schuh kaufen zu können. Ich konnte es ihm nicht abschlagen.
Man kauft nicht einen Schuh allein, rief Mr. Hackett.

Vielleicht wußte er, wo er sich einen nach Maß anfertigen lassen konnte, sagte Mrs. Nixon.
Davon weiß ich nichts, sagte Mr. Nixon. Und wo man ihn trifft? Man trifft ihn auf den Straßen, er läuft da herum. Aber man trifft ihn nicht oft.
Er ist natürlich ein Akademiker, sagte Mrs. Nixon.
Ich halte es für höchstwahrscheinlich, sagte Mr. Nixon.
Mr. und Mrs. Nixon gingen Arm in Arm fort. Aber sie waren noch nicht weit gegangen, als sie wieder umkehrten. Mr. Nixon beugte sich vor und flüsterte in Mr. Hacketts Ohr, Mr. Nixon, der die Sonne nicht gern über einer noch so dünnen Wolke der Verstimmung untergehen ließ.
Vom Saufen, sagte Mr. Hackett.
Oh, mein Gott, nein, sagte Mr. Nixon, er trinkt nur Milch.
Milch, rief Mr. Hackett.
Selbst Wasser rührt er nicht an, sagte Mr. Nixon.
Soso, sagte Mr. Hackett verdrießlich, da wäre ich Ihnen also zu Dank verpflichtet.
Mr. und Mrs. Nixon gingen Arm in Arm fort. Aber sie waren noch nicht weit gegangen, als sie Rufe hörten. Sie bleiben stehen und horchten. Es war Mr. Hackett, der im Dunkeln rief. Freut mich, Ihnen begegnet zu sein, Mrs. Nisbet. Mrs. Nixon umfaßte Mr. Nixons Arm fester und rief zurück, Die Freude ist ganz auf meiner Seite, Mr. Hackett.
Was? rief Mr. Hackett.
Sie sagt, die Freude sei ganz auf ihrer Seite, rief Mr. Nixon.
Mr. Hackett ergriff wieder Besitz von den Armlehnen. Indem er sich mehrmals nacheinander in schneller Folge nach vorn zog und wieder zurückfallen ließ, rieb er sich den Kamm seines Buckels an der unteren Kante der Rückenlehne. Er blickte zum Horizont, den zu sehen er hergekommen war und von dem er so wenig gesehen hatte. Nun war es stockfinster. Ja, nun war der Westhimmel wie der Osthimmel, der wie der Südhimmel war, der wie der Nordhimmel war.
Watt rempelte einen Gepäckträger an, der eine Milchkanne rollte. Watt fiel hin, und sein Hut und seine Taschen lagen

verstreut herum. Der Gepäckträger fiel nicht hin, aber er ließ die Kanne los, die mit einem Bums auf ihren hochgekippten Rand zurückfiel, scheppernd auf ihrem Bodenrund herumtaumelte und schließlich zum Stehen kam. Es war ein Glück, denn wenn sie umgekippt wäre, womöglich randvoll mit Milch, so wäre diese, wer weiß, herausgeflossen, über den ganzen Bahnsteig, und sogar auf die Gleise, unter den Zug, und somit verlorengegangen.

Watt, wie gewöhnlich vom Sturz nur wenig mitgenommen, Raffte sich wieder auf.

Du sollst krumm und bucklig werden! sagte der Gepäckträger.

Er war ein gut aussehender, wenn auch dreckiger Kerl. Bei der schweren Arbeit, die Bahnhofsgepäckträger haben, ist es nicht leicht, frisch und proper zu bleiben.

Kannst du denn nicht sehen, wo du hintrittst? sagte er.

Watt schrie nicht auf, als er dieses extravagante Ansinnen hörte, das der andere unbedacht, wie man freilich sagen muß, in der Hitze seines Wutanfalls an ihn gestellt hatte. Er bückte sich, um Hut und Taschen aufzulesen, richtete sich aber unverrichteterdinge wieder auf. Er fühlte sich nicht frei für diese Verrichtung, solange der Gepäckträger noch nicht damit fertig war, ihn herunterzumachen.

Blind und dazu noch stumm, sagte der Gepäckträger.

Watt lächelte, faltete die Hände, hob sie ans Brustbein und ließ sie dort.

Watt hatte beobachtet, wie Leute lächelten, und glaubte zu wissen, wie man so was macht. Und wahrhaftig glich Watts Lächeln, wenn er lächelte, mehr einem Lächeln als beispielsweise einem Grinsen oder einem Gähnen. Aber etwas fehlte an Watts Lächeln, eine Kleinigkeit fehlte, und Leute, die es zum erstenmal sahen, und die meisten Leute, die es sahen, sahen es zum erstenmal, waren manchmal im Zweifel darüber, was es eigentlich ausdrücken sollte. Für viele sah es aus, als sauge er bloß an den Zähnen.

Watt ging mit diesem Lächeln sparsam um.

Auf den Gepäckträger hatte es die Wirkung, daß ihm Wörter einfielen, die unendlich viel barscher waren als alle, die er schon gebraucht hatte. Aber er sagte sie nicht laut zu Watt, denn plötzlich packte der Gepäckträger seine Kanne und rollte sie eiligst fort. Der Stationsvorsteher, ein Mr. Lowry, näherte sich.
Dieser Vorfall war etwas so Gewöhnliches, daß er bei den Anwesenden kein besonderes Aufsehen erregte. Es gab aber Kenner, denen der außergewöhnliche Stil Watts, seines Auftritts, seines Falls, seines Aufstehens und aller folgenden Haltungen, nicht entging. Diese waren zufrieden.
Einer von ihnen war der Zeitungsverkäufer. In seinem warmen Nest aus Büchern und Illustrierten hatte er alles mitverfolgt. Aber nun, da das Beste vorbei war, kam er heraus auf den Bahnsteig, um seine Bude für die Nacht zu schließen. Zu diesem Zwecke ließ er den Wellblechrolladen herunter und verriegelte ihn. Er schien ein außergewöhnlich ruppiger Mann zu sein und unter unablässigen geistigen, moralischen und vielleicht sogar körperlichen Schmerzen zu leiden. Seine Mütze fiel auf, vielleicht wegen der schneeweißen Stirn und des feuchten lockigen schwarzen Haars, auf dem sie saß. Der Blick heftete sich schließlich immer wieder an den mürrischen Mund und glitt von dort aufwärts über alles andere. Sein an sich hübscher Schnurrbart machte aus unerfindlichen Gründen keinen großen Eindruck. Aber zurückblickend sah man ihn als den Mann, der unter anderem nie seine Mütze ablegte, eine schlichte blaue Stoffmütze, mit einem Schirm und einem Knopf. Denn er legte auch nie seine Fahrradklammern ab. Diese waren von jener Art, die die Hosen weit nach außen abstehen lassen. Er war klein und hinkte schrecklich. Wenn er einmal in Bewegung war, kam er dank einer Reihe mißlingender Kniebeugungen rasch voran.
Er hob Watts Hut auf und brachte ihn ihm mit den Worten, Ihr Hut, Sir, glaube ich.
Watt betrachtete den Hut. War es möglich, daß dies sein Hut war?

Er setzte ihn auf.
Und siehe da, am Ende des Bahnsteigs kam der Zeitungsverkäufer mit seinem Fahrrad aus einer Tür. Er würde es die halbkreisförmige Steintreppe hinuntertragen und dann nach Hause radeln. Dort würde er eine Partie Schach spielen, unter Meistern, aus Mr. Stauntons Handbuch. Am nächsten Morgen würde er sein Fahrrad die Treppe wieder hinauftragen. Es war schwer, da es ein sehr gutes Fahrrad war. Es wäre einfacher gewesen, es unten zu lassen, aber er hatte es lieber in seiner Nähe. Dieser Mann hieß Evans.
Watt las seine Taschen auf und stieg in den Zug. Er suchte sich das Abteil nicht aus. Es war zufällig leer.
Auf dem Bahnsteig rollte der Gepäckträger weitere Kannen hin und her. An dem einen Ende des Bahnsteigs stand eine Reihe Kannen, und am anderen Ende eine andere. Der Gepäckträger wählte sorgfältig eine Kanne aus der einen Reihe und rollte sie zu der anderen. Dann wählte er sorgfältig eine Kanne aus der anderen und rollte sie zu der einen. Er sortiert die Kannen, sagt Watt. Oder es ist vielleicht eine Strafe wegen Ungehorsams oder Nachlässigkeit.
Watt saß mit dem Rücken zur Lokomotive, die jetzt, nachdem sie in Fahrt gekommen war, die lange Kette der Wagen aus dem Bahnhof zog. Schon jetzt war es Watt lieber, seinem Ziel den Rücken zuzukehren.
Aber er war noch nicht weit gefahren, als er sich beobachtet fühlte und aufblickend in der ihm diagonal gegenüberliegenden Ecke einen dicken Herrn sitzen sah. Die Füße dieses Herrn ruhten auf der Holzbank vor ihm, und seine Hände steckten in seinen Manteltaschen. Das Abteil war demnach nicht so leer, wie Watt anfangs angenommen hatte.
Mein Name ist Spiro, sagte der Herr.
Das war endlich ein vernünftiger Mann. Er begann mit dem Wichtigsten, um dann nach und nach das weniger Wichtige zu behandeln, eins nach dem andern, in geordneter Reihenfolge.
Watt lächelte.

Nichts für ungut, sagte Mr. Spiro.
Watts Lächeln war auch insofern eigenartig, als es sich selten nur einmal zeigte, da ihm nach kurzer Zeit ein zweites, allerdings schwächeres folgte. Darin ähnelte es dem Furz. Und es kam sogar manchmal vor, daß ein drittes, sehr schwaches, flüchtiges für notwendig erachtet wurde, ehe das Gesicht wieder zur Ruhe kommen konnte. Aber das war selten. Und es wird jetzt lange dauern, bis Watt wieder lächelt, es sei denn, daß etwas ganz Unerwartetes geschieht und ihn aus der Fassung bringt.
Meine Freunde nennen mich Dum, sagte Mr. Spiro, weil ich so munter und vergnügt bin. D-U-M. Anagramm von Mud*.
Mr. Spiro hatte getrunken, aber nicht mehr, als gut für ihn war.
Ich gebe *Crux,* die weitverbreitete katholische Monatszeitschrift heraus, sagte Mr. Spiro. Wir zahlen unseren Mitarbeitern keine Honorare, aber sie haben andere Vergünstigungen. Unsere Anzeigen sind etwas ganz Besonderes. Wir halten unsere Tonsur über Wasser. Unsere Preisausschreiben sind reizvoll. Schwere Zeiten, Wasser in jedem Wein. Unsere Preisausschreiben mit frommem Anstrich fördern eher das Gute, als daß sie schaden. Zum Beispiel: *Ordnen Sie die fünfzehn Buchstaben der Heiligen Familie so an, daß eine Frage und eine Antwort entstehen.* Richtige Lösung: *Muss Freia Joes? Ja.* Oder: *Was wissen Sie über die Beschwörung, die Exkommunikation, die Verfluchung und die niederschmetternde Anathematisierung der Aale von Como, der Hureber von Beaune, der Ratten von Lyon, der Schnecken von Mâcon, der Würmer von Como, der Blutsauger von Lausanne und der Raupen von Valence?*
Nun flogen die Felder, Hecken und Gräben, von den Zuglichtern beleuchtet, wie Schemen vorbei, es schien aber nur so, denn nur der Zug bewegte sich in Wirklichkeit quer durch ein für immer regungsloses Land.

* Englisches Wort, das soviel wie Schlamm bedeutet.

Obwohl wir wissen, was wir wissen, sagte Mr. Spiro, sind wir nicht parteiisch. Ich persönlich bin ein Neuthomist, ich mache kein Hehl daraus. Aber das soll mich in meinem Hang zur Promiskuität nicht hindern. *Podex non destra sed sinistra* – wie kleinlich. Unsere Spalten stehen den Schmarotzern aller Konfessionen offen, und Freidenker stehen auf unserer Ehrenliste. Mein eigener Beitrag zur nachträglichen Erlösung, *Eine geistige Spritze gegen devotionale Konstipation,* ist so schmiegsam, so anpassungsfähig, daß selbst ein Reformierter schmerzlos davon profitieren könnte. Aber warum belästige ich Sie damit, Sie, einen völlig Fremden. Wohl darum, weil ich heute abend mit einem Reisegefährten sprechen muß. Wo steigen Sie aus, Sir?
Watt nannte den Ort.
Wie bitte? sagte Mr. Spiro.
Watt nannte den Ort noch einmal.
Dann ist keine Sekunde mehr zu verlieren, sagte Mr. Spiro. Er zog einen Zettel aus seiner Tasche und las:

Lourdes
Basses-Pyrénées
Sir *France*
Eine Ratte oder irgendein anderes kleines Tier knabbert an einer Hostie.
1. Nimmt sie den wahren Leib in sich auf oder nicht?
2. Wenn nicht, was ist aus ihm geworden?
3. Wenn ja, was soll mit ihr geschehen?
Mit vorzüglicher Hochachtung
Martin Ignatius Mackenzie
(Verfasser von »Die Wochenendnacht des Buchhalters«)

Mr. Spiro beantwortete nun diese Fragen, das heißt, er beantwortete die Frage eins, und er beantwortete die Frage drei. Er tat es ausführlich, wobei er Sankt Bonaventura, Peter Lombard, Alexander of Hales, Sanchez, Suarez, Henno, Soto, Diana, Concina und Dens zitierte, denn er war ein

Mann der Muße. Aber Watt hörte nichts von alledem, da andere Stimmen ihm unverständliche Dinge ins Ohr sangen, schrien, sprachen und flüsterten. Sie waren ihm, wenn nicht bekannt, so doch nicht unbekannt. So daß er nicht allzu beunruhigt war. Bald sangen sie nur, bald schrien sie nur, bald sprachen sie nur, bald flüsterten sie nur, bald sangen und schrien sie, bald sangen und sprachen sie, bald sangen und flüsterten sie, bald sprachen und flüsterten sie, bald sangen und schrien und sprachen sie, bald sangen und schrien und flüsterten sie, bald schrien und sprachen und flüsterten sie, bald sangen und schrien und sprachen und flüsterten sie, alle zusammen, auf einmal, wie jetzt, um nur diese vier Arten von Stimmen zu nennen, denn es gab noch andere. Und bald verstand Watt alles, und bald verstand er viel, und bald verstand er wenig, und bald verstand er nichts, wie jetzt.

Der Rennplatz mit seinem wunderschönen weißen Staket, der jetzt in dem flüchtigen Licht auftauchte, gemahnte Watt daran, daß er sich dem Ziel näherte und daß er beim nächsten Halt des Zuges aussteigen mußte. Er konnte die Tribünen, die Ehren-, die Mitglieder-, die Volkstribüne nicht sehen, die leer mit ihrem Weiß und Rot so ? waren, da sie zu weit weg lagen.

Also rückte er seine Taschen unter seinen Händen zurecht und hielt sich bereit, den Zug in dem Moment zu verlassen, da er zum Stehen käme.

Denn Watt war einmal über die Station hinausgefahren bis zur nächsten, weil er sich nicht rechtzeitig darauf vorbereitet hatte, beim Halten des Zuges auszusteigen.

Denn auf dieser Strecke war so wenig Verkehr, vor allem um diese Zeit, da der Lokomotivführer, der Heizer, der Schaffner und das Bahnpersonal längs der ganzen Strecke zu ihren Frauen brausten, nach den langen Stunden der Enthaltsamkeit, so daß der Zug kaum anhielt und schon wieder abfuhr, wie ein springender Ball.

Ich persönlich würde sie belangen, sagte Mr. Spiro, wenn ich sicher wäre, daß sie es war, mit der ganzen Strenge des

kanonischen Rechts. Er nahm seine Beine von der Bank. Er steckte seinen Kopf zum Fenster hinaus. Und der pontifikalen Erlasse, rief er. Ein heftiger Windstoß drückte ihn zurück. Er war allein und flog so durch die Nacht.
Der Mond stand jetzt am Himmel. Er stand noch nicht hoch, aber er stand. Sein Gelb war ekelerregend. Vollmond war längst vorbei, er nahm mehr und mehr ab.
Watts Gewohnheit, geradenwegs, zum Beispiel, nach Osten zu gehen, bestand darin, daß er seinen Oberkörper so weit wie möglich nach Norden drehte und gleichzeitig sein rechtes Bein so weit wie möglich nach Süden schleuderte, dann seinen Oberkörper so weit wie möglich nach Süden drehte und gleichzeitig sein linkes Bein so weit wie möglich nach Norden schleuderte, dann wieder seinen Oberkörper so weit wie möglich nach Norden drehte und sein rechtes Bein so weit wie möglich nach Süden schleuderte, dann wieder seinen Oberkörper so weit wie möglich nach Süden drehte und sein linkes Bein so weit wie möglich nach Norden schleuderte, und so weiter, immer und immer wieder, viele, viele Male, bis er sein Ziel erreichte und sich hinsetzen konnte. So zuerst auf einem Bein und dann auf dem anderen stehend, bewegte er sich in rasendem Schneckentempo in gerader Linie voran. Die Knie beugten sich bei diesen Gelegenheiten nicht. Sie hätten es tun können, aber sie taten es nicht. Keine Knie konnten sich besser beugen als Watts, wenn es ihnen beliebte, Watts Knien fehlte nichts, wie sich vielleicht erweisen wird. Aber wenn sie spazierengingen, beugten sie sich nicht, aus irgendeinem dunklen Grund. Nichtsdestoweniger fielen die Füße, Ferse und Sohle zusammen, platt auf die Erde und hoben sich nur mit unverkennbarem Widerstreben wieder von ihr ab, um sich auf die unerforschten Luftwege zu wagen. Die Arme begnügten sich damit, in völliger Gleichgewichtigkeit herabzuhängen.
Lady McCann, die hinter ihm herankam, glaubte noch nie auf offener Straße so außergewöhnliche Bewegungen gesehen zu haben, und wenige Frauen hatten eine größere Er-

fahrung der offenen Straße als Lady McCann. Daß sie nicht vom Alkohol herrührten, bewiesen ihre Regelmäßigkeit und Zielstrebigkeit. Watts Gang war ein seiltänzerischer Taumel. Mehr noch als durch die Beine wurde Lady McCann durch den Kopf beeindruckt. Denn die Beinbewegungen konnten auf mancherlei Art erklärt werden. Und während sie über die eine oder andere Art nachdachte, wie diese Beinbewegungen erklärt werden konnten, erinnerte sie sich an den alten Witz aus ihrer Jungmädchenzeit, den alten Witz von den Medizinstudenten und dem Herrn, der mit steifen, gespreizten Beinen vor ihnen herging. Entschuldigen Sie, Sir, sagte, seine Mütze lüftend, einer der Studenten, als sie ihn eingeholt hatten, mein Freund hier behauptet, es seien Hämorrhoiden, während ich wette, daß es nur ein Tripper ist. Dann haben wir alle drei uns getäuscht, erwiderte der Herr, denn ich glaubte, es wäre nur ein harmloser Furz.
Es waren also weniger die Beine, die Lady McCann stutzig machten, als der Kopf, der sich bei jedem Schritt steif auf seinem steifen Nacken unter seinem Hut hin- und herdrehte, mindestens um 90°. Wo hatte sie gelesen, daß sogar Bären ihre Köpfe ebenso von einer Seite zur andern drehen, wenn sie gehetzt werden? Bei Mr. Walpole womöglich.
Obwohl sie nicht schnell zu Fuß war, aus alter Gewohnheit womöglich und wegen ihrer Füße, die alt und wund waren, sah Lady McCann all dies immer deutlicher, mit jedem Schritt, den sie tat, deutlicher. Denn sie gingen in dieselbe Richtung, Lady McCann und Watt.
Obwohl Lady McCann dank ihrer Abstammung von Katholiken und Militärs eigentlich nicht ängstlich war, zog sie es vor, stehenzubleiben und, auf ihren Sonnenschirm gestützt, zu warten, damit der Abstand zwischen ihnen größer werde. So hielt sie sich, bald stehenbleibend, bald weitergehend, immer vorsichtig Abstand wahrend, bis zu ihrer Pforte hinter der hohen stampfenden Masse. Dort ergriff sie, dem Geist ihrer ritterlichen Vorfahren getreu, einen Stein und warf ihn mit aller Kraft, die, einmal entfesselt, nicht zu verachten war,

nach Watt. Und man darf annehmen, daß Gott, der den McCanns von ? gegenüber immer freundlich gesinnt war, ihre Hand lenkte, denn der Stein fiel auf Watts Hut und schlug ihn ihm vom Kopf, herab auf die Erde. Dies war fürwahr eine glückliche Fügung, denn wenn der Stein ein Ohr getroffen hätte oder den Nacken, wie es so leicht hätte geschehen können, und wie es beinahe geschehen wäre, ja, dann hätte er womöglich eine Wunde geöffnet, die sich nie wieder geschlossen hätte, nie, nie wieder, denn Watt hatte eine schlechtheilende Haut, und vielleicht mangelte es seinem Blut an ? . So hatte er, obwohl er sie vor einem Spiegel abends und morgens verband, an seinem rechten Sitzbein nach fünf oder sechs Jahren immer noch eine eiternde Stelle traumatischen Ursprungs.

Abgesehen davon, daß er stehenblieb, seine Taschen absetzte, seinen Hut aufhob, ihn auf den Kopf setzte, seine Taschen aufhob und sich selbst nach ein oder zwei Fehlstarts in Bewegung setzte, nahm Watt, getreu seinem Grundsatz, nicht mehr Notiz von dieser Aggression, als wenn es ein Unfall gewesen wäre. Er hielt es nämlich für das klügste, notfalls unauffällig mit dem kleinen roten Schweißtuch, das er immer in seiner Tasche trug, das Blut zu stillen, aufzuheben, was gefallen war, und so bald wie möglich seinen Weg oder seine Rast fortzusetzen, als sei er das Opfer eines bloßen Mißgeschicks. Aber man brauchte ihm dies nicht hoch anzurechnen. Denn es war ein Verhalten, das infolge häufiger Wiederholung so zu einem Teil seines Selbst geworden war, daß es in seinem Kopf nicht mehr Platz für Groll gab, wenn man ihm, um ein einfaches Beispiel zu nennen, ins Gesicht gespuckt hatte, als wenn seine Hosenträger gerissen wären oder eine Bombe ihm unterm Hintern explodiert wäre.

Aber er war noch nicht sehr weit gegangen, als er, sich schwach fühlend, die Straßenmitte verließ und sich auf den Seitenpfad setzte, der sich hier erhob und von dickem, verwildertem Gras gesäumt war. Er wußte, als er es tat, daß es nicht leicht sein würde, wieder aufzustehen, wie er es mußte, und weiterzugehen, wie er es mußte. Aber das Gefühl der Schwäche, das er schon eine ganze Weile erwartete, war so überwältigend, daß er ihm nachgab, und sich auf dem Seitenpfad niederließ, den Hut im Nacken und seine Taschen neben sich, und seine Knie hochgezogen, und seine Arme auf seinen Knien, und seinen Kopf auf seinen Armen. Die Teile des Körpers sind wirklich sehr freundlich zueinander in solchen Momenten. Aber dies war eine Haltung, die ihm nicht lange behagen konnte, in der frischen Abendluft, und bald streckte er sich aus, so daß eine Hälfte von ihm auf der Straße lag und die andere Hälfte auf dem Seitenpfad. Im Nacken und unter den fernen Handflächen fühlte er die kühlen, feuchten Gräser der Grabenböschung. Und so blieb er eine Zeitlang liegen, wobei er den leisen Nachtgeräuschen in der Hecke hinter ihm lauschte, in der Hecke außerhalb von ihm, die er mit Vergnügen hörte, und auch andere ferne Nachtgeräusche, so wie Hunde sie machen, in hellen Nächten, am Ende ihrer Ketten, und Fledermäuse, mit ihren winzigen Schwingen, und die schweren Tagesvögel, die sich bequemer hinhocken, und die Blätter, die nie still sind, bis sie faulend auf einem winterlichen Haufen liegen, und der Atem, der nie ruhig ist. Aber dies war eine Haltung, die Watt nach kurzer Zeit nicht länger zu bewahren vermochte, und einer der Gründe dafür war vielleicht, daß er fühlte, wie der Mond seine nun bleichenden Strahlen auf ihn herniedersandte, als ob er gar nicht da wäre. Denn wenn es zwei Dinge gab, die Watt nicht mochte, so war eins davon der Mond und das andere die Sonne. Also setzte er seinen Hut fest auf den Kopf, griff vor nach seinen Taschen und rollte kopfüber in den Graben, und lag dort, auf seinem Gesicht, halb in dem wilden langen Gras, den Fingerhüten, dem Ysop, den hübschen Nesseln, dem hoch aufragenden Schierling und anderen Grabengewächsen und Blumen begraben. Und wie er so dalag, drangen sehr deutlich von weit her, von außen, ja, wirklich es schien von außen, die mittelmäßigen Stimmen eines gemischten Chors zu ihm*.

Aber schon hatte Watt den Graben satt, den er hatte verlassen wollen, als die Stimmen ihn zurückhielten. Und einer der Gründe dafür, daß er den Graben satt hatte, war vielleicht die Tatsache, daß er die Erde, deren Umrisse und eigentümlichen Geruch die Vegetation zunächst verborgen hatte, nun fühlte und witterte, die nackte, harte, dunkle, stinkende Erde. Und wenn Watt zweierlei nicht ausstehen konnte, dann war eins die Erde und das andere der Himmel. Also kroch er aus dem Graben, ohne seine Taschen zu vergessen, und nahm seine Reise mit weniger Mühe, als er befürchtet hatte, an der Stelle wieder auf, wo sie durch das Gefühl der Schwäche unterbrochen worden war. Dieses Gefühl der Schwäche hatte Watt, zusammen mit seiner Abendmahlzeit aus Ziegenmilch und halbgarem Schellfisch, im Graben zurückgelassen, und zuversichtlich schritt er nun voran in der Mitte der Straße, zuversichtlich und auch ehrfürchtig, denn endlich waren im Mondlicht die Schornsteine von Mr. Knotts Haus zu sehen.

Das Haus lag im Dunkeln.

Da Watt die Vordertür verschlossen fand, ging er zur Hintertür. Er konnte nicht gut klingeln oder klopfen, denn das Haus lag im Dunkeln.

Da Watt auch die Hintertür verschlossen fand, kehrte er zurück zur Vordertür.

Da Watt die Vordertür immer noch verschlossen fand, kehrte er zurück zur Hintertür.

Da Watt die Hintertür jetzt offen fand, oh, nicht sperrangelweit offen, sondern aufgeklinkt, wie man sagt, konnte Watt ins Haus gehen.

Watt war überrascht, die Hintertür, die soeben noch verschlossen gewesen war, jetzt offen zu finden. Zwei Erklärun-

* Was, so mag man rätseln, war die Musik dieses Klagelieds? Was, so mag man zumindest fragen, sang der Sopran?

gen kamen ihm dafür in den Sinn. Die erste war, daß sein Wissen um die verschlossene Tür, das so selten versagte, diesmal versagt hatte und daß die Hintertür, als er sie verschlossen gefunden hatte, in Wirklichkeit nicht verschlossen, sondern offen gewesen war. Und die zweite war, daß die Hintertür, als er sie verschlossen gefunden hatte, tatsächlich verschlossen gewesen war, aber anschließend von irgend jemandem geöffnet worden war, von innen oder von außen, während er, Watt, damit beschäftigt gewesen war, hin- und herzugehen, von der Hintertür zur Vordertür, und von der Vordertür zur Hintertür.

Von diesen beiden Erklärungen glaubte Watt, die letzte zu bevorzugen, da sie die schönere war. Denn wenn jemand die Hintertür, von innen oder außen, geöffnet hätte, hätte er, Watt, dann nicht ein Licht gesehen oder ein Geräusch gehört? Oder war die Tür von innen, im Dunkeln, von jemandem aufgeschlossen worden, der mit den Räumlichkeiten vertraut war und Pantoffeln anhatte oder auf Strümpfen ging? Oder, von außen, von jemandem, der so leichtfüßig war, daß seine Schritte kein Geräusch machten? Oder war ein Geräusch oder Licht gemacht worden, und hatte Watt weder das eine gehört noch das andere gesehen?

Die Folge davon war, daß Watt nie wußte, wie er in Mr. Knotts Haus gekommen war. Er wußte, daß er durch die Hintertür hineingekommen war, aber er sollte nie wissen, nie, nie wissen, wie die Hintertür dazu gekommen war, sich zu öffnen. Und wenn die Hintertür sich nie geöffnet hätte, sondern geschlossen geblieben wäre, dann, wer weiß, wäre Watt überhaupt nicht in Mr. Knotts Haus hineingekommen, sondern hätte kehrtgemacht und wäre zum Bahnhof zurückgegangen und wäre mit dem ersten Zug zurück in die Stadt gefahren. Es sei denn, daß er durch ein Fenster eingedrungen wäre.

Kaum hatte Watt Mr. Knotts Schwelle überschritten, als er sah, daß das Haus nicht so dunkel war, wie er zuerst angenommen hatte, denn in der Küche brannte Licht.

Als Watt dieses Licht erreichte, setzte er sich daneben auf einen Stuhl. Er setzte seine Taschen neben sich auf den schönen roten Fußboden, und er nahm, da er sein Ziel erreicht hatte, seinen Hut ab, so daß sein spärliches rotes Haar sichtbar wurde, und legte ihn auf den Tisch neben sich. Und es ergab ein hübsches Bild, Watts Schädel und seine rot-grauen Haarbüschel, und der von unten rot widerscheinende Fußboden.

Watt sah auf dem Herdrost die Asche ergrauen. Aber sie wurde blaßrot, als er die Lampe mit seinem Hut bedeckte. Das Herdfeuer war beinahe aus, aber nicht ganz. Eine Handvoll trockener Späne, und die Flammen würden, lustig anzusehen, den Schornstein hinauflodern, mit einem Orgelton. So beschäftigte Watt sich ein Weilchen, indem er die Lampe immer weniger und immer mehr mit seinem Hut bedeckte und die Asche auf dem Herdrost ergrauen, erröten, ergrauen, erröten sah.

Watt war so sehr damit beschäftigt, seinen Hut hinter sich hin- und herzubewegen, daß er weder sah noch hörte, wie die Tür sich öffnete und ein Herr hereinkam. Er war daher höchst überrascht, als er von seinem kleinen Spiel aufblickte. Denn es war nicht mehr als das, ein harmloses Spielchen, um die Zeit zu vertreiben.

Hier war also wieder etwas, das Watt niemals wissen würde, weil er dem, was um ihn herum vorging, nicht die nötige Aufmerksamkeit schenkte. Nicht daß dieses Wissen Watt irgendwie helfen oder irgendwie schaden oder ihm irgendeine Freude bereiten oder ihm irgendeinen Schmerz zufügen konnte, nein, durchaus nicht. Aber er fand es seltsam, an diese kleinen Szenenwechsel zu denken, an die kleinen Gewinne, die kleinen Verluste, das Hinzugefügte, das Entzogene, das gespendete Licht, das entwendete Licht, und an all die der Stunde dargebrachten vergeblichen Opfer, und, seltsam, an alle diese Kleinigkeiten zu denken, die sich um das Kommen und Bleiben und Gehen herum ansammeln, und daß er nichts von ihnen wissen würde, nicht, was sie gewesen waren, solange er lebte, nicht, wann und wie sie gekommen waren, und wie es dann war, verglichen mit vorher, nicht, wie lange sie blieben und wie sie blieben und was das zur Folge hatte, nicht, wann und wie sie verschwunden waren und wie es dann war, verglichen mit vorher, bevor sie kamen, bevor sie gingen.

Der Herr trug eine schöne große Schürze aus grüner Serge. Watt glaubte, noch nie eine schönere Schürze gesehen zu haben. Vorne hatte sie eine große Tasche oder einen Beutel, und darin waren des Herrn Hände vergraben. Watt sah die kleinen Bewegungen des Stoffs, die kleinen Ausbuchtungen und Verzerrungen und die plötzlichen Fältelungen, wo er gezwickt wurde, wahrscheinlich zwischen Zeigefinger und Daumen, denn das sind die Zwicker.

Der Herr musterte Watt eine Weile und ging dann weg, ohne ein Wort der Erklärung. Dann setzte Watt, weil er nichts anderes zu tun hatte, sein Spielchen mit den Farben wieder fort. Aber er gab es bald auf. Und der Grund dafür war womöglich, daß die Asche nicht mehr rot werden wollte, sondern grau blieb, sogar im schwächsten Licht.

Da Watt nun allein war und nichts Besonderes zu tun hatte, steckte er seinen Zeigefinger in die Nase, erst in ein Nasenloch und dann in das andere, aber an diesem Abend waren keine Krusten in Watts Nase.

Aber nach kurzer Zeit erschien der Herr abermals vor Watt. Er trug Straßenkleidung und einen Stock. Aber keinen Hut auf dem Kopf und keine Tasche in der Hand.

Bevor er ging, gab er die folgende Erklärung ab:

Ha, wie mir alles wieder einfällt, fürwahr! Dieser Blick! Diese müde lauernde Leere! Der Mann kommt an! Alle dunklen Wege hinter ihm, alle in ihm, die langen dunklen Wege, in seinem Kopf, in seiner Seite, in seinen Händen und Füßen, und er sitzt in dem roten Schimmer, bohrt in seiner Nase und wartet auf die Dämmerung. Die Dämmerung! Die Sonne! Das Licht! Ha! Die langen blauen Tage für seinen Kopf, für seine Seite, und die kleinen Pfade für seine Füße, und all die Helligkeit zu spüren und einzufangen: Durch das Gras, die kleinen bemoosten Pfade, knöchern vor alten Wurzeln, und die emporragenden Bäume und die emporragenden Blumen, und die herunterhängenden Früchte und die weißen erschöpften Schmetterlinge, und die niemals gleichen Vögel, die den ganzen Tag lang auf ein Versteck zuschnellen. Und all die Geräusche, die nichts bedeuten. Dann, nachts, Ruhe in dem stillen Haus, es gibt keine Wege, keine Straßen mehr, man legt sich nieder neben einem Fenster, das sich aufs Refugium öffnet, es kommen die kleinen Geräusche, die nichts verlangen, nichts befehlen, nichts erklären, nichts vorschlagen, und die kurze notwendige Nacht ist bald vorbei, und der Himmel wieder blau über all den geheimen Orten, wo niemand je hinkommt, den geheimen Orten, die nie dieselben, aber immer einfach und gleichgültig, immer bloße Orte sind, Punkte einer Bewegung jenseits von Kommen und Gehen, von einem so leichten und freien Sein, daß es wie das Sein von nichts ist. Wie ich alles wieder fühle, nach so langer Zeit, hier, und hier, sowohl in meinen Händen, als auch in meinen Augen, wie ein erhobenes Gesicht, ein dargebotenes Gesicht, ganz Vertrauen und Unschuld und Aufrichtigkeit, der ganze alte Dreck und die Angst und Schwäche dargeboten, und dann weggewischt und vergeben. Ha! Oder habe ich es bis jetzt nie gefühlt? Jetzt, da es keine Gewähr gibt? Sollte mich nicht wundern. Alles vergeben und verheilt. Für immer. Im Nu. Morgen. Sechs, fünf, vier Stunden noch die alte Dunkelheit, die alte Bürde, die immer heller, immer leichter wird. Denn man ist hergekommen, um hierzubleiben. Ha! All die alten Wege führten hierher, all die alten Umwege, die absatzlosen Treppen, die man sich hinaufwand, das Geländer umklammernd, die Stufen zählend, das Fieber der kürzesten Wege unter den langen Lidern des Himmels, die entlegenen Landstraßen, wo deine Toten neben dir gehen, auf den dunklen Kieseln wieder die letzte Umkehr, die Wendung zu den Lichtern der kleinen Stadt, zu den Verabredungen, an die man sich gehalten hat, und denen, die man versäumt hat, all den Freuden städtischer und ländlicher Ortsveränderung, all den exitus und redditus, die aus sind und vorbei. Alles führte hierher, in dieses Halbdunkel, in dem ein Mann in mittleren Jahren sitzt und seine Schnauze masturbiert und auf den Anbruch der Dämmerung wartet. Denn natürlich ist er bis jetzt noch nicht mit den Räumlichkeiten vertraut. Er kann es wahrhaftig nicht fassen und wird es nie fassen können, wie er, nachdem er die Umgebung gefunden hatte, das Tor fand, und wie er, nachdem er das Tor gefunden hatte, hineingelangt war. Wie dem auch sei, er ist zufrieden. Nein. Wir wollen nicht übertreiben. Er ist nicht unzufrieden. Denn er weiß, daß er schließlich am rechten Ort ist. Und er weiß, daß er schließlich der rechte Mann ist. An einem andern Ort würde er immer noch der falsche Mann sein, und für einen anderen Mann, ja, für einen anderen Mann würde es wieder der falsche Ort sein. Aber da er das ist, zu dem er wurde, und der Ort das ist, zu dem er gemacht wurde, stimmt es. Und er weiß es. Nein. Wir wollen die Ruhe bewahren. Er fühlt es. Die Empfindungen, die Vorgefühle der Harmonie sind unwiderlegbar, der unausbleiblichen Harmonie, wenn alles außerhalb von ihm er sein wird, die Blumen die Blumen, die er in seiner Tiefe ist, der Himmel der Himmel, der er in seiner Höhe ist, die getretene Erde die tretende Erde, und jeder Laut sein Echo. Wenn er, mit einem Wort, endlich in seiner Mitte sein wird, nach so vielen langweiligen Jahren, die er, an den Umkreis geklammert, verbrachte. Diese ersten, kaum gewonnenen Eindrücke sind zweifellos köstlich. Was für ein Gefühl der Sicherheit! Es sind Entzückungen, die wenige vermissen müssen, so anschmiegsam ist die Natur einerseits, der Mensch anderseits. In was für unverhofften Farben strahlen vergangene Prüfungen und Fehler, die in ihrer neuen, ihrer wahren Perspektive bloße Sprungbretter hierher sind. Ha! Alles ist aufgewogen, reichlich aufgewogen! Denn er ist angekommen. Er wagt sogar, seinen Hut abzunehmen und seine Taschen abzusetzen, ganz unbesorgt. Bedenken Sie das! Er nimmt ganz unbesorgt seinen Hut ab, knöpft seinen Mantel auf, setzt sich und gibt sich ganz rein und offen den langen Freuden des Sich-selbst-Seins hin, wie ein Becken sich dem Erbrochenen. Oh, nicht müßig. Denn da ist Arbeit. Das ist eben das Köstliche. Nachdem er sein ganzes Leben zwischen den Qualen eines oberflächlichen Schlendrians und den Schrecken uneigennütziger Bemühungen geschwankt hat, befindet er sich schließlich in einer Lage, in der absolutes Nichtstun ein Akt von größtem Wert und höchster Bedeutung wäre. Und was geschieht? Zum erstenmal, seitdem er ängstlich und widerwillig seine Mutter um ihre Milch erleichterte, werden ihm gewisse Aufgaben von unbestreitbarer Nützlichkeit zugewiesen. Ist das nicht reizend? Aber sein Kummer und Verdruß sind von kurzer Dauer, da sie gewöhnlich am Ende des dritten oder vierten Monats verschwinden. Woran liegt das? An der Art der zu leistenden Arbeit, an ihrer außergewöhnlichen Fruchtbarkeit und auch daran, daß er schließlich begreift, daß er nicht nur für Mr. Knott persönlich und für Mr. Knotts Hauswesen arbeitet, sondern auch, ja sogar vor allem, für sich selber, damit er fortdauern kann, in der Art, wie er ist, an dem Ort, wo er ist, und damit der Ort, in der Art, wie er ist, um ihn herum fortdauern kann. Außerstande, diesen zermürbenden Überlegungen zu widerstehen, schmilzt sein Kummer, der anfangs so heftig war, schließlich dahin, zerschmilzt vollends und wird so allmählich zu der berühmten Überzeugung, daß alles gut ist oder aber zum Besten dient. Sein Verdruß erfährt eine ähnliche Minderung, und ruhig und vergnügt geht er schließlich seiner Arbeit nach, ruhig und vergnügt schält er die Kartoffel und leert den Nachttopf, ruhig und vergnügt nimmt er wahr und wird wahrgenommen. Eine Zeitlang. Denn es kommt der Tag, an dem er sagt, Bin ich nicht ein wenig aus dem Lot heute? Nicht daß er sich aus dem Lot fühlt, im Gegenteil, er fühlt sich womöglich sogar besser in Schuß als sonst. Ha! Er fühlt sich womöglich sogar besser in Schuß als sonst, und er fragt sich, ob er nicht vielleicht ein wenig elend ist. Der Narr! Er hat nichts gelernt. Nichts, Ich bitte, meine Heftigkeit zu verzeihen. Aber das ist ein schrecklicher Tag (in der Rückschau), der Tag, an dem das Entsetzen über das Geschehene ihn auf den gemeinen Notbehelf zurückwarf, seine Zunge im Spiegel zu inspizieren, seine Zunge, rosiger denn je, in seinem so taufrischen Munde. Es war ein Dienstagnachmittag im Monat Oktober, ein wunderschöner Oktobernachmittag. Ich saß auf der Stufe, im Hof, und betrachtete das Licht auf der Mauer. Ich war in der Sonne, und die Mauer war in der Sonne. Ich war die Sonne, muß ich das sagen, und die Mauer, und die Stufe, und der Hof, und die Jahreszeit, und die Tageszeit, um nur diese zu erwähnen. So dazusitzen, an einem so angenehmen Treffpunkt seiner Wege, in sich selbst, mit sich selbst, das ist, wie man mir freimütig einräumen wird, nicht schlechter als etwas anderes, und besser als manches andere, um ein Weilchen müßig zu verbringen. Gleichzeitig mein Pfeifchen schmauchend, das an jenem Nachmittag ebenso flach und breit wie ein Apothekerspatel war, fühlte ich meine Brust schwellen wie die eines Pelikans, wenn ich nicht irre. Vor Freude? Nein, vielleicht nicht gerade vor Freude. Denn die Veränderung, von der ich sprach, hatte noch nicht stattgefunden. Hymengleich lag das, was sich so bald verändern sollte, immer noch zwischen mir und all den vergessenen Schrecken der Freude. Aber halten wir uns nicht bei meiner Brust auf. Sehen Sie sie nun – Scheißknöpfe! – so flach und – au! – hohl wie ein Tamburin. Haben Sie gesehen? Haben Sie gehört? Macht nichts. Wo war ich stehengeblieben? Die Veränderung. Worin bestand sie? Es ist schwer zu sagen. Etwas geriet ins Rutschen. Da saß ich, warm und hell, ganz bei meiner Pfeife und der warmen hellen Mauer, als plötzlich irgendwo irgend etwas, etwas Kleines, etwas Winziges ins Rutschen geriet. Sch-schscht – HALT! Ich hoffe, das ist klar genug. Da ist eine große Sandalp, hundert Meter hoch, zwischen Kiefern und Ozean, und da, in der warmen mondlosen Nacht, wenn niemand lauert, niemand lauscht, rutschen die Körnchen in winzigen

Päckchen von zwei oder drei Millionen, alle auf einmal, ein kleiner Rutsch von zwei oder drei Millimetern vielleicht, und dann halt, alle auf einmal, keines fehlt, und das ist alles, das ist alles für diese Nacht, und vielleicht alles für immer, denn am Morgen kann mit der Sonne eine kleine Brise vom Meer kommen und sie weit auseinanderblasen, oder ein Fußgänger sie mit seinem Fuß auseinanderstoßen, obwohl das weniger wahrscheinlich ist. Solcher Art war der Rutsch, den ich an jenem Dienstagnachmittag spürte, Millionen kleiner Dinge, die sich alle auf einmal von ihrem alten Platz fort zu einem neuen in der Nähe bewegten, heimlich, als ob es verboten wäre. Und ich bezweifle kaum, daß ich der einzige lebende Mensch war, der es bemerkte. Daraus zu schließen, daß es ein innerer Vorgang war, wäre meines Erachtens gewagt. Denn mein – wie soll ich sagen? – mein persönliches System war zu jener Zeit, von der ich spreche, so ausgedehnt, daß es keineswegs leicht war, zwischen dem drinnen Liegenden und dem draußen Liegenden zu unterscheiden. Alles, was geschah, geschah drinnen, und gleichzeitig geschah alles, was geschah, draußen. Ich hoffe, das ist eindeutig. Ich sah dies Etwas nicht, muß ich das sagen, und hörte es auch nicht kommen, aber ich nahm es durch eine so lebhafte Sinnesempfindung wahr, daß im Vergleich damit die Eindrücke eines an Lissabons glorreichem Tag in Lissabon lebendig Begrabenen als eine kühle, künstliche Verstandeskonstruktion erscheinen. Die Sonne auf der Mauer, denn in dem Moment betrachtete ich ja gerade die Sonne auf der Mauer, erfuhr eine plötzliche und, ich wage zu sagen, radikale Veränderung. Die Sonne und die Mauer waren dieselben oder beide nur so wenig älter geworden, daß der Unterschied getrost außer acht gelassen werden kann, aber sie waren so verändert, daß ich das Gefühl hatte, ich wäre, ohne es gemerkt zu haben, in einen ganz anderen Hof, in eine ganz andere Jahreszeit und in ein fremdes Land versetzt worden. Gleichzeitig hörte meine Tabakspfeife, denn ich aß ja keine Banane, so restlos auf, der Trost zu sein, mit dem ich mich abgefunden hatte, daß ich sie aus dem Mund nahm, um mich zu vergewissern, daß sie kein Thermometer oder Zungenschutz eines Epileptikers war. Und meine Brust, auf der ich beinahe das Erschauern des Flaums fühlen konnte, das dem Brustflaum eigene köstliche Erschauern, sackte wieder zusammen zu der hohlen knochigen Konkavität, von der mein lieber Vormund zu sagen pflegte, daß sie ihn an Crécy erinnerte. Denn Rückgrat und Brustbein sind bei mir immer konzentrisch gewesen, schon als ich noch ein Rotzjunge war. In meiner Not also war ich so schwach, eine Verstopfung neueren Datums verbunden mit Appetitlosigkeit zu Hilfe zu rufen. Aber worin bestand die Veränderung? Was hatte sich verändert und wie? Verändert hatte sich, wenn ich recht unterrichtet bin, das Gefühl, daß eine andere als eine bloße stufenweise Veränderung stattgefunden hatte. Verändert hatte sich die Existenz frei von der Stufenleiter. Komm nicht die Leiter runter, Ifor, ich hab sie verstellt. Das ist, wie ich Ihnen zu meiner Freude mitteilen kann, die umgekehrte Metamorphose. Lorbeerstrauch zu Daphne. Die alte Sache wieder da, wo sie immer geblieben war. Wie wenn ein Mann, der endlich gefunden hat, was er suchte, eine Frau, zum Beispiel, oder einen Freund, ihn verliert oder erkennt, was das ist. Und doch ist es zwecklos, nicht zu suchen, nichts zu wollen, denn wenn man aufhört zu suchen, beginnt man zu finden, und wenn man aufhört zu wollen, dann beginnt das Leben, einem seinen Eintopf einzutrichtern, bis man ihn auskotzt, und dann das Ausgekotzte obendrauf, bis man das Ausgekotzte auskotzt, und dann das ausgekotzte Ausgekotzte, bis man auf den Geschmack kommt. Der schiffbrüchige Schlemmer, der Trunkenbold in der Wüste und der Geile im Gefängnis sind die Glückseligen. Schrecklich Hunger, Durst und Lust haben, jeden Tag von neuem und jeden Tag vergebens, auf den alten Fraß, das alte Gesöff, den alten Puff, ebendas heißt der Glückseligkeit am nächsten sein, da ist die neue Säulenhalle und der allerneuste Garten. Ich gebe diesen Tip weiter, was immer er wert sein mag. Aber woher kam dies Gefühl, daß eine Veränderung stattgefunden hatte, die mehr war als eine bloß graduelle Veränderung? Und welcher Realität, wenn überhaupt einer, entsprach sie? Und welchen Kräften ist das Verdienst ihrer Abschaffung anzurechnen? Dies sind Fragen, denen man mit Geduld leicht jene, die sich daraus ergeben, entnehmen und so hinab- oder hinaufsteigen könnte, Stufe um Stufe, bis die Nacht vorüber wäre. Leider habe ich praktische Kenntnisse zu vermitteln, das heißt, eine Schuld zu bezahlen, oder eine Rechnung zu begleichen, bevor ich gehe. Von dieser Präsenz werde ich also, ohne zu untersuchen, woher sie kam oder wohin sie ging, lediglich feststellen, daß sie meiner Meinung nach, solange sie währte, keine Illusion war, diese Präsenz dessen, was nicht existierte, diese Präsenz draußen, diese Präsenz drinnen, diese Präsenz inmitten, denn ich will beschnitten werden, wenn es mir gelingt zu begreifen, was sie sonst wohl sein könnte. Aber das und der Rest, ha! der Rest, Sie werden das selbst beurteilen, wenn Ihre Stunde gekommen ist, oder aber Sie werden nichts beurteilen, nach Ihrem Aussehen zu schließen. Denn bilden Sie sich nicht ein, ich wolle Ihnen einreden, das, was mir geschah, was mir geschieht, müsse auch Ihnen geschehen, oder das, was Ihnen geschieht, was Ihnen geschehen wird, müsse auch mir geschehen sein, oder vielmehr, wenn es Ihnen geschieht, wenn es mir geschehen ist, bestehe die geringste Aussicht darauf, daß es anerkannt wird. Denn eigentlich geschehen uns allen die gleichen Dinge, besonders den Leuten in unserer Lage, was für eine das auch immer sein mag, wenn wir es nur wahrhaben wollten. Aber ich bin schlimmer als Mr. Ash, jemand, mit dem ich einst auf Grußfuß stand. Eines Abends stieß ich auf ihn, auf der Westminster-Brücke. Bei böigem Wind und Schneegestöber. Ich nickte. Vergeblich. Mich mit einer Hand packend, zerrte er mit seinen Zähnen von der anderen zwei Paar lederne Fäustlinge, wickelte seinen dicken Wollschal ab, knöpfte nacheinander Mantel, Wams, Jacke, zwei Westen, Oberhemd, Unterhemd und Trikot auf und schlug sie zur Seite, fummelte aus einem Wildlederetui, das wahrscheinlich mit einem Kruzifix an seinem Hals hing, eine rostfreie Sprungdeckeluhr hervor, ließ sie aufspringen, hob sie an seine Augen (da es dunkelte), nahm nach einer Reihe umgekehrter Verrichtungen seine ursprüngliche Form wieder an, sagte, Genau siebzehn Minuten nach fünf, Gott ist mein Zeuge, beste Empfehlungen an Ihre Frau Gemahlin (ich habe nie eine gehabt), ließ meinen Arm los, lüftete seinen Hut und zog davon. Einen Moment danach schlug Big Ben (so ist doch der Name?) sechs. Das ist meiner Meinung nach ein typisches Beispiel für alle möglichen Auskünfte, ob sie nun freiwillig oder auf Befragen gegeben werden. Wenn Sie einen Stein wünschen, sollten Sie um Brot bitten. Wenn Sie Brot wünschen, sollten Sie um Kuchen bitten. Dieser Ash war, was man, glaube ich, immer noch einen Admiralitätsschreiber zweiter Klasse nennt, und außerdem ein Pfundskerl. Es wimmelt von solchem Gesindel. Er starb in der Woche darauf an vorzeitiger Altersschwäche, geölt und getröstet, und hinterließ die Sprungdeckeluhr seinem Hausklempner. Ich persönlich bedaure natürlich alles. Kein Wort, keine Tat, keine Not, keinen Rat, kein Glück, kein Leid, keinen Bursch, keine Maid, keine Furcht, keinen Haß, keinen Mut, keinen Spaß, keinen Wahn, keinen Hohn, kein Lachen, keinen Ton, keinen Namen, keine Fratz, keine Zeit, keinen Platz, die ich nicht zutiefst bedaure. Ein Dreck vom Anfang bis zum Ende. Und doch, als ich meine Fellowship absaß, und wenn ich dabei nicht das Geschwür an meinem Hintern gehabt hätte . . . Der Rest, ein Dreck. Dienstags fühlt man sich flau, der Mittwoch ist verrucht, donnerstags ist alles grau, der Freitag wird verflucht, samstags säuft man sich blau, der Sonntag wird verpennt, der Montag ist mau, der Montag ist mau. Die Zügel, das Krächzen, die Prügel, das Ächzen, die Riemen, das Peitschen, die Striemen, das Kreischen, das Stechen, das Beten, das Treten, die Tränen, das Stoßen und das Stöhnen. Und die arme alte, lausige alte Erde, die meine und die meines Vaters und meiner Mutter und des Vaters meines

Vaters und der Mutter meiner Mutter und der Mutter meines Vaters und des Vaters meiner Mutter und des Vaters der Mutter meines Vaters und der Mutter des Vaters meiner Mutter und der Mutter der Mutter meines Vaters und des Vaters des Vaters meiner Mutter und der Mutter des Vaters meines Vaters und des Vaters der Mutter meiner Mutter und des Vaters des Vaters meines Vaters und der Mutter der Mutter meiner Mutter und der Väter und Mütter anderer Unseligen und der Väter ihrer Väter und der Mütter ihrer Mütter und der Mütter ihrer Väter und der Väter ihrer Mütter und der Väter der Mütter ihrer Väter und der Mütter der Väter ihrer Mütter und der Mütter der Mütter ihrer Väter und der Väter der Väter ihrer Mütter und der Mütter der Väter ihrer Väter und der Väter der Mütter ihrer Mütter und der Väter der Väter ihrer Väter und der Mütter der Mütter ihrer Mütter. Ein Kehricht. Die Krokusse, und die Lärche, die jedes Jahr eine Woche früher als die anderen grünt, und die Weiden, rot von unaufgefressener Schafsplazenta, und die langen Sommertage und das frisch gemähte Heu und die Ringeltaube morgens und der Kuckuck nachmittags und der Wiesenknarrer abends und die Wespen im Gelee und der Duft des Ginsters und der Anblick des Ginsters und die Äpfel, die fallen, und die Kinder, die durch das welke Laub laufen, und die Lärche, die sich gelb verfärbt, eine Woche früher als die anderen, und die Kastanien, die fallen, und die heulenden Winde und die Sturzsee, die überm Pier zusammenbricht, und die ersten Kaminfeuer und die Hufe auf dem Weg und der schwindsüchtige Briefträger, der die *Rosen der Picardie* pfeift, und die Petroleumlampe und natürlich der Schnee und selbstverständlich der Hagel und ganz bestimmt der Matsch und alle vier Jahre das Februardebakel und endlosen Aprilschauer und die Krokusse und dann die ganze miese Geschichte, die wieder von neuem losgeht. Ein Scheißdreck. Und wenn ich alles wieder von neuem beginnen könnte, mit dem Wissen, das ich jetzt habe, würde das Ergebnis das gleiche sein. Und wenn ich ein drittes Mal von neuem beginnen könnte, mit dem Wissen, das ich dann haben würde, würde das Ergebnis das gleiche sein. Und wenn ich hundertmal alles wieder von neuem beginnen könnte, jedesmal mit etwas mehr Wissen als zuvor, würde das Ergebnis immer das gleiche sein, das hundertste Leben wie das erste, und die hundert Leben wie eins. Ein Durchfall. Aber es braucht nur so weiterzugehen, und man wird die ganze Nacht hier sein.

Man wird die ganze Nacht hier sein,
Sein wird die ganze Nacht man hier,
Hier sein wird man die ganze Nacht,
Die ganze Nacht sein wird man hier.
Nacht hier, hier wir, wir Nacht,
nur atemstille Schlucht,
die fliehend man durchwacht,
nur Ruhe auf der Flucht.

Ha! Haben Sie gehört? Einen Treffer! Ins Schwarze! Ha! Scheiße! Daneben! Ha! So. Ha! Ha! Ha! Mein Lachen, Mr. ——? Wie bitte? Wie die Dampfmaschine? Ha! Mein Lachen, Mr. Watt, Vornamen vergessen. Ja. Von allen Arten zu lachen, die genaugenommen keine sind, sondern eher zum Indianergeheul zu zählen sind, verdienen meiner Meinung nach nur drei unsere Aufmerksamkeit, nämlich das bittere, das falsche und das freudlose. Sie entsprechen aufeinanderfolgenden, wie soll ich es sagen, aufeinanderfolgenden . . . auf . . . aufeinanderfolgenden Hautabschürfungen des Verstandes, und der Übergang vom einen zum anderen ist der Übergang vom kleineren zum größeren, vom niederen zum höheren, vom äußeren zum inneren, vom groben zum feinen, vom Stoff zur Form. Das heute freudlose Lachen war einst falsch, das heute falsche Lachen war einst bitter. Und das heute bittere Lachen? Zum weinen, Mr. Watt, zum Weinen. Aber wir wollen nicht unsere Zeit damit verschwenden, wir wollen *nicht noch mehr Zeit* damit verschwenden, Mr.

Watt. Nein, wirklich nicht. Wo waren wir stehengeblieben? Das bittere, das falsche und – ha! ha! – das freudlose. Das bittere Lachen lacht über das, was nicht gut ist, es ist das ethische Lachen. Das falsche Lachen lacht über das, was nicht wahr ist, es ist das intellektuelle Lachen. Nicht gut! Nicht wahr! Nun ja. Aber das freudlose Lachen ist das dianoetische Lachen, durch den Rüssel – ha! – so. Es ist *das* Lachen, der *risus purus,* das über das Lachen lachende Lachen, das verblüfft dem höchsten Witz huldigt, mit einem Wort, das Lachen, das über das lacht, was – Ruhe, bitte! – was unglücklich ist. Ich persönlich bedaure natürlich alles. Alles, alles, alles. Kein Wort, keine – aber habe ich das nicht schon gesagt? Wirklich? Lassen Sie mich dann lieber über mein jetziges Gefühl sprechen, das dem Gefühl der Trauer so täuschend ähnlich ist, daß ich die beiden kaum unterscheiden kann. Ja. Wenn ich bedenke, daß diese Stunde meine letzte auf Erden in Mr. Knotts Hauswesen ist, wo ich so viele Stunden verbracht habe, so viele glückliche Stunden, so viele unglückliche Stunden, und – das Allerschlimmste – so viele Stunden, die weder glücklich noch unglücklich waren, und daß, ehe der Hahn kräht, oder spätestens ein wenig später, meine müden kleinen Beine mich, so gut sie können, von hier wegtragen müssen, meinen Rumpf, der noch müder ist als sie, und meinen Kopf, der am allermüdesten ist, weg, weit weg von diesem Zustand oder Ort, in die ich seit so langer Zeit meine Hoffnungen gesetzt hatte, so schnell sie den müden, kleinen, dicken Hintern und Bauch hinein- und hinausbewegen können, weit weg von hier, und den eingefallenen Brustkasten und den armen kleinen, dicken Kahlkopf, der so wackelig ist, daß er herunterzufallen droht, immer schneller durch die graue Luft und immer weiter weg, in irgendeine der dreihundertsechzig Richtungen, die einem hoffnungslosen Mann von durchschnittlicher Beweglichkeit offenstehen, und oft drehe ich mich um, mit tränenblindem Blick – ha! – ohne dabei meinen Lauf zu unterbrechen (was gar nicht leicht ist), und vielleicht mit dem einzigen Wunsch, in eine Steinsäule verwandelt zu werden oder in einen Hünenstein, mitten auf einem Feld oder an einem Berghang, den die künftigen Generationen bewundern werden und an dem künftige Kühe und Pferde und Schafe und Ziegen sich reiben werden und an den künftige Männer und Hunde pissen werden und über den künftige Gelehrte nachdenken werden und auf den enttäuschte Menschen Parteiparolen und Obszönes schreiben werden und in dem künftige Liebende ihre Namen verewigen werden, in einem Herzen, mit Datum, und an dem dann und wann ein einsamer sitzender Mann wie ich angelehnt einschlafen wird, in der Sonne, wenn die Sonne zufällig scheint. Darum habe ich ein Gefühl, das in jeder Hinsicht dem Gefühl der Trauer so täuschend ähnlich ist, der Trauer über das, was war, ist und sein wird, insofern es mich persönlich betrifft, denn ich bin momentan außerstande, mir über die Sorgen und Nöte anderer den Kopf zu zerbrechen, der allmählich so wackelig geworden ist, daß er herunterzufallen droht, was, wie ich glaube, einem intellektuellen Kerl meines Schlages – ha! – durchaus erlaubt zu behaupten, daß nur wenige Empfindungen peinlicher sein können, ebenso wie für einen Lebemann das Gefühl, daß seine Geschlechtsteile herunterzufallen drohen, sehr wahrscheinlich das qualvollste wäre, und so weiter für die vielerlei anderen verschiedenen Kategorien von Menschen. Ja, diese Momente zusammen haben uns verändert, Ihre Momente und meine Momente, so daß wir jetzt nicht nur nicht länger die gleichen sind, die wir waren, als sie anfingen – ticktack! ticktack! – zu vergehen, wir wissen sogar, daß wir nicht länger die gleichen sind, und wir wissen nicht nur, daß wir nicht länger die gleichen sind, wir wissen sogar, inwiefern wir nicht länger die gleichen sind, Sie weiser, aber nicht trauriger, und ich trauriger, aber nicht weiser, denn weiser könnte ich ohne ernste persönliche Unannehmlichkeiten schwerlich werden, während die Traurigkeit etwas ist, zu der man sein Leben lang immer noch mehr hinzufügen kann, nicht wahr, wie zu einer Briefmarken- oder Vogeleiersammlung, ohne daß einem die Nachteile besonders auffallen, nicht wahr? Wenn nun jemand den Platz von einem anderen übernimmt, dann ist es vielleicht für denjenigen, der den Platz übernimmt, von Vorteil, etwas von demjenigen, der die Stelle innehat, zu wissen, obgleich freilich gleichzeitig andererseits das Umgekehrte nicht notwendigerweise zutrifft, ich meine, daß demjenigen, dessen Stelle übernommen wird, schwerlich übelgenommen werden kann, wenn er kein großes Interesse für denjenigen, der seinen Platz übernimmt, aufbringen kann. Diese interessante Beziehung wird, wie ich zu meinem Bedauern sagen muß, oft per procura hergestellt. Nehmen wir, zum Beispiel, den Fall unterschlüpfender und herausstürzender Haus- und Zimmermädchen (ich sage Haus- und Zimmermädchen, aber Sie wissen, was ich meine), von denen das letztere herausgestürzt ist, ehe das erstere unterschlüpfte, und zwar früh genug, um jede Möglichkeit einer Begegnung auszuschließen, sei es vor dem Haus oder auf dem Weg zu oder von der Straßenbahn- oder Autobushaltestelle, zum oder vom Bahnhof, Droschken- oder Taxistand, zu oder von der Stehbierhalle oder Kanalböschung. Nennen wir nun die erstere dieser beiden Frauen Mary und die letztere Ann, oder, besser noch, die erstere Ann und die letztere Mary, und führen wir noch eine dritte Person ein, die gnädige Frau oder den gnädigen Herrn, da ohne eine solche höhere Existenz die Existenz des Haus- und Zimmermädchens, ob es sich nun auf dem Weg zum Haus und Zimmer oder auf dem Weg aus dem Zimmer und Haus oder untätig in einem Zimmer des Hauses befindet, kaum denkbar ist. Also diese dritte Person von deren Existenz die Existenzen Anns und Marys abhängen, und deren Existenz, wenn man will, auch in einem gewissen Sinne von den Existenzen Anns und Marys abhängt sagt zu Mary, nein, sagt zu Ann, denn jetzt ist Mary schon über alle Berge, in der Straßenbahn, im Autobus, im Zug, in der Droschke, im Taxi, in der Stehbierhalle oder im Kanal, sie sagt also zu Ann, Jane, morgens, sobald Mary mit etwas fertig war, wenn

Mary, wie man sagen darf, je mit etwas fertig wurde, begann sie mit etwas anderem, das heißt, sie stellte sich entschieden und gemütlich in halbwegs aufrechter Haltung vor die zu bewältigende Aufgabe und blieb davor stehen, indem sie seelenruhig Perlzwiebeln und Pfefferminzbonbons aß, der Reihe nach, ich meine, zuerst eine Zwiebel, dann ein Bonbon, dann wieder eine Zwiebel, dann wieder ein Bonbon, dann wieder eine Zwiebel, dann wieder ein Bonbon, dann wieder eine Zwiebel, dann wieder ein Bonbon, dann wieder eine Zwiebel, dann wieder ein Bonbon, dann wieder eine Zwiebel, dann wieder ein Bonbon, dann wieder eine Zwiebel, dann wieder ein Bonbon, dann wieder eine Zwiebel, dann wieder ein Bonbon, dann wieder eine Zwiebel, dann wieder ein Bonbon und so weiter, indes allmählich der Grund für ihren Aufenthalt an diesem Ort aus ihrem Verstand wie die Trugbilder des Id mit dem Morgengrauen verschwand, und das Staubtuch, dessen Bürde sie bis dahin zu wacker getragen hatte, aus ihren Fingern glitt, in den Staub, wo es sofort die Farbe (Grau) seiner Umgebung annahm und unbemerkt bis zum nächsten Frühling liegenblieb. Auf diese Weise ging ein Durchschnitt von sechsundzwanzig bis siebenundzwanzig prächtigen Wollstaubtüchern pro Monat infolge der Schlamperei unserer Mary während ihres letzten Dienstjahres in diesem unglückseligen Haus verloren. Welcher Art, so mag man sich fragen, mögen die Phantasiegebilde gewesen sein, die Mary derart um das Bewußtsein ihrer Lage brachten? Träume von weniger Arbeit und mehr Lohn? Erotische Gelüste? Kindheitserinnerungen? Klimakterische Störungen? Trauer um einen lieben Menschen, der verstorben oder mit unbekanntem Ziel verzogen ist? Daltonsche Vergegenwärtigung der Rennprogramme der Morgenzeitungen? Gebete für eine Seele? Sie war keine vertrauensselige Frau. Sie war sogar, wenn ich mich nicht sehr irre, grundsätzlich jeder Art von Unterhaltung als solcher abhold. Ganze Tage, und sogar ganze Wochen vergingen, ohne daß Mary je ihre Klappe aus einem anderen Grund aufmachte, als um ihre fünf Finger hineinzustecken, mit denen sie etwas Eßbares festhielt, denn an den Löffel, das Messer und sogar die Gabel, diese klassischen Hilfen bei der Nahrungsaufnahme, hatte sie sich nie selber gewöhnen können, trotz ihrer glänzenden Referenzen. Ihr Appetit war dagegen außergewöhnlich. Nicht daß die von Mary während einer bestimmten Zeit vertilgte Portion mengenmäßig größer gewesen wäre oder reicher an Vitaminen als die im gleichen Zeitraum für eine gesunde Person als bekömmlich angesehene Ration, nein. Aber ihr Appetit war insofern außergewöhnlich, als er nie nachließ. Ein normales Wesen ißt, ruht sich dann eine gewisse Zeit aus, ißt dann wieder, ruht sich dann wieder aus, ißt dann wieder, ruht sich dann wieder aus, ißt dann wieder, ruht sich dann wieder aus, ißt dann wieder, ruht sich dann wieder aus, ißt dann wieder, ruht sich dann wieder aus, und auf diese Weise löst es, bald essend, bald ruhend, das schwierige Problem des Hungers und, ich glaube hinzufügen zu dürfen, des Durstes, auf die beste Weise, die seine Fähigkeiten und sein Vermögen ihm erlauben. Möge er ein schlechter Esser, ein mäßiger Esser, ein großer Esser, ein Vegetarier, Naturmensch, Kannibale oder Koprophile sein, möge er sich auf die Mahlzeit freuen oder sie nachher bereuen oder beides, möge er gut ausscheiden oder schlecht ausscheiden, möge er rülpsen, kotzen, furzen oder sich infolge einer schlecht zugemessenen Diät, eines angeborenen Leidens oder einer Verwöhnung im frühesten Kindesalter auf andere Weisen nicht zusammenreißen können oder wollen, möge er, Jane, sagte ich, einer oder mehrere oder alle oder mehr als alle von ihnen, oder aber möge er andererseits keiner von ihnen sein, sondern etwas ganz anderes, wie es der Fall wäre, wenn er beispielsweise sich auf einen Hungerstreik einließe oder sich in einem katatonischen Stupor befände oder aus gewissen, seinen ärztlichen Beratern wohlbekannten Gründen genötigt wäre, sich wegen seiner Ernährung dem Klistier zuzuwenden, die Tatsache steht fest und kann kaum widerlegt werden, daß er fortdauert mittels dessen, was wir Mahlzeiten nennen, ob sie nun freiwillig oder unfreiwillig eingenommen werden, mit Vergnügen oder mit Schmerzen, mit oder ohne Erfolg, durch den Mund, die Nase, die Poren, durch den Speiseschlauch oder durch den Hintern von unten nach oben mit Hilfe einer Spritze, das alles ist nicht wichtig, und daß zwischen diesen Nährprozessen, ohne die das Leben wie es allgemein aufgefaßt wird, kaum fortdauern könnte, Perioden der Ruhe oder Entspannung ohne jede Nahrung eintreten, es sei denn eventuell von Zeit zu Zeit bei Gelegenheit ein Gläschen, eine Erfrischung oder ein Häppchen, die, wenn auch nicht unerläßlich, nichtsdestoweniger willkommen sind, und zwar aufgrund einer unvorhergesehenen Beschleunigung des Stoffwechsels infolge unvorhersehbarer Umstände wie zum Beispiel: eine verlorene Rennwette, die Geburt eines Kindes, die Bezahlung einer Schuld, die Eintreibung eines Lohns, die Stimme des Gewissens oder jede andere Erschütterung des Sympathikus, welche die Ursache eines plötzlichen Ergusses von Chymus oder Chylus oder beidem über die halbverdaute, langsam aber sicher erdwärts strebende Masse aus, zum Beispiel, Sherry, Suppe, Bier, Fisch, Stout, Fleisch, Bier, Gemüse, Pudding, Obst, Käse, Stout, Sardellen, Bier, Kaffee und Benediktiner ist, die leichten Herzens vor wenigen Stunden erst höchstwahrscheinlich zu den Akkorden eines Klaviers und eines Cellos hinuntergeschlungen wurden. Mary dagegen aß den ganzen Tag, das heißt, vom Morgengrauen oder jedenfalls von ihrem Erwachen, das, nach dem Zeitpunkt ihres Aufstehens, oder besser, ihres ersten Auftauchens in den Tiefen dieses unglücklichen Hauses zu urteilen, durchaus nicht zeitig erfolgte, bis spät in die Nacht, denn sie ging jeden Abend um Punkt acht Uhr, ohne den Tisch abzudecken, zu Bett, wo sie sofort von einem bleiernen Schlaf übermannt wurde, wenn ihr Schnarchen, von dem man mich oft sagen hörte, daß ich nie von einem ähnlichen gestört wurde, nicht vorgetäuscht war, was mir unglaubwürdig erscheint, da es mit unverminderter Lautstärke die ganze Nacht dauerte, was, wie ich hinzufügen darf, mich in der Vermutung bestärkt, daß Mary wie so viele Frauen auf dem flachen Rücken schlief, eine meines Erachtens gefährliche und abscheuliche Gewohnheit, obgleich ich freilich weiß, daß es Zeiten gibt, in denen es schwierig, ja sogar unmöglich ist, es anders zu machen. Hm! Wenn ich nun sage, daß Mary den ganzen Tag aß, von dem Augenblick, in dem sie morgens ihre Augen öffnete, bis zu dem Zeitpunkt, in dem der Schlaf sie ihr abends wieder schloß, so meine ich, daß Marys Mund während dieser Zeitspanne in keinem Moment mehr als halb leer war, oder, wenn Sie das lieber wollen, weniger als halb voll, denn an die allgemein verbreitete Gepflogenheit, den Mund leerzuessen, bevor man ihn neu füllt, hatte Mary sich ungeachtet ihrer bemerkenswerten Papiere nie selber gewöhnen können. Wenn ich nun sage, daß Marys Mund in Marys wachem Zustand keinen Moment mehr als halbleer oder weniger als halbvoll war, meine ich nicht, daß es immer so war, denn bei einer gründlichen oder auch nur oberflächlichen Untersuchung hätte er sich in neun von zehn Fällen als zum Überlaufen voll erwiesen, was Marys Gleichgültigkeit gegenüber den Freuden der Unterhaltung in hohem Maße erklärt. Wenn ich nun im Hinblick auf Marys Mund den Ausdruck zum Überlaufen voll gebrauche, meine ich damit nicht nur, daß er in neun Zehnteln der Zeit so voll war, daß er überzulaufen drohte, denn in Gedanken gehe ich viel weiter und behaupte, ohne jede Furcht vor Widerspruch, daß er in neun Zehnteln der Zeit so voll war, daß er in der Tat überlief, überall in dieser unheilvollen Wohnung, und Spuren dieses Überflusses in Form von schlecht durchkauten Bissen, die sich aus Fleisch, Obst, Brot, Gemüse, Nüssen und Gebäck zusammensetzten, habe ich häufig an räumlich so weit voneinander entfernten und so verschiedenen Zwecken dienenden Orten gefunden wie dem Kohlenplatz, dem Wintergarten, der Hausbar, der Hauskapelle, dem Keller, dem Dachboden, dem Milchraum und, mit Verlaub, dem Dienstbotenklo, wo mehr von Marys Zeit vertrieben wurde, als mit einem zufriedenstellenden oder noch leidlichen Zustand des Verdauungsapparates zu vereinbaren war, es sei denn, wir nähmen an, daß sie sich auf der Suche nach ein wenig frischer Luft, Ruhe und Frieden an diesen Ort zurückgezogen hätte, denn eine mehr auf Ruhe und Frieden bedachte Frau habe ich, wie ich ohne jede Furcht vor Übertreibung sage, nie persönlich oder nur vom Hörensagen gekannt. Aber um dahin zurückzukehren, wo wir sie verlassen haben: ich sehe sie noch vor mir, zusammengesackt in einer Art Betäubung an einer der in diesem elenden Gebäude so zahlreichen Wände, ihr langes, graues, fettiges Haar wie eine Kapuze aus skrofulös verfilzten Strähnen ein Gesicht umrahmend, in dem Blässe, Schwäche, Hunger, Pickel, ganz neuer Dreck, uralter Kummer und ein paar Barthaare sich den Rang streitig zu machen scheinen. Fetzen gestärkter Spitze umwinden ein Ohr. Unter dem düsteren Baumwollkittel, der ganz von Flecken trokkener Spucke überkrustet ist, deuten zwei trichterförmige Vertiefungen den Platz der Brüste und eine kegelförmige Protuberanz den des Bauches an. Zwischen einem großen Beutel oder Sack einerseits, der die geschickt in dem zerlumpten Rock versteckten Vormittagsvorräte enthält, und Marys Mund andererseits sausen Marys Hände so regelmäßig hin und her, daß ich nicht zögere, sie mit Pleuelstangen zu vergleichen. Im selben Moment, in dem eine flache Hand zwischen die unermüdlichen Kiefer eine kalte Kartoffel, eine Zwiebel, ein Plätzchen oder ein Butterbrot hineinpreßt, taucht die andere flink in den Beutel und packt dort unfehlbar ein Butterbrot, eine Zwiebel, ein Plätzchen oder eine kalte Kartoffel nach Marys Willen. Und die erstere, die hinabsaust, um gefüllt zu werden, begegnet der letzteren, die hinaufsaust, um geleert zu werden, an einem Punkt, der gleich weit von ihren Start- oder Zielpunkten entfernt ist. Und außer den fliegenden Armen, den kauenden Kiefern und dem schlingenden Schlund bewegt sich kein Muskel von Mary, und über allem das träumende Gesicht, das Ihnen sonderbar vorkommen mag, Jane, aber, glauben Sie mir,

Jane, ich erfinde nichts. Was nun Marys untere Gliedmaßen betrifft, hm, von denen meines Wissens noch nicht die Rede war, Winter und Sommer . . . Winter und Sommer. Und so weiter. Sommer! Wenn ich im Sterben liege, Mr. Watt, hinter dem roten Wandschirm, wissen Sie, dann wird vielleicht dieses Wort zu hören sein, Sommer, und die Worte für die Sommerdinge. Nicht daß ich ihnen je viel Beachtung geschenkt hätte. Aber einige rufen nach dem Priester und andere nach den langen Tagen, als die Sonne eine Last war. Es war Sommer, als ich hier landete. Und nun werde ich enden, und Sie werden meine Stimme nicht mehr hören, es sei denn, wir sähen uns woanders wieder, was in Anbetracht unseres mutmaßlichen Gesundheitszustands nicht wahrscheinlich ist. Dann werde ich aufstehen, nein, ich sitze nicht, dann werde ich aufbrechen, so wie ich bin, in den Kleidern, in denen ich hier stehe, wenn man das stehen nennen kann, ohne auch nur eine Zahnbürste in der Tasche, mit der ich meine Zähne bürsten könnte, morgens und abends, und ohne die kleinste Münze in der Tasche, mit der ich mir ein Rosinenbrötchen kaufen könnte, in der Mittagshitze, ohne Hoffnung, ohne Freund, ohne Plan, ohne Aussicht und ohne Hut, den ich vor den freundlichen Damen und Herren vom Kopf nehmen könnte, und meines Weges gehen, so gut ich kann, den Pfad hinunter zum Tor, zum letzten Mal, im Morgengrauen, und von da mit einem Nicken hinaus auf die harte Straße und dann auf den harten Bürgersteig treten und so leichtesten Fußes voranschreiten, indes meine Wange die staubige, ungestutzte Ligusterhecke streift, und so weiter, immer weiter, immer heißer, immer schwächer, bis jemand Mitleid mit mir kriegt oder Gott Erbarmen mit mir hat, oder besser beides, oder falls nicht, bis ich auf dem Wege falle, ohne wieder aufstehen zu können, und fliegenschwarz, von einem blauen Ordnungshüter in Obhut genommen werde, Sie hier an meinem Platz lassend, mit allem vor sich, was ich hinter mir habe, und allem, was ich vor mir habe, ha! allem, was ich vor mir habe. Es war Sommer. Es waren drei Männer im

Haus: der Meister, den wir Mr. Knott nennen, wie Sie wissen; ein alter Diener namens Vincent, glaube ich; und ein nicht so alter, insofern als seine Anstellung jüngeren Datums war, namens, wenn ich nicht irre, Walter. Der erste ist hier, in seinem Bett, oder jedenfalls in seinem Schlafzimmer. Aber der zweite, ich meine Vincent, ist nicht mehr hier, und zwar aus dem einfachen Grunde, weil er ging, als ich kam. Aber der dritte, ich meine Walter, ist auch nicht mehr hier, und zwar aus dem einfachen Grunde, weil er ging, als Erskine kam, so wie Vincent ging, als ich kam. Und ich, ich meine Arsene, bin auch nicht mehr hier, und zwar aus dem einfachen Grunde, weil ich ging, als Sie kamen, so wie Vincent ging, als ich kam, und wie Walter ging, als Erskine kam. Aber Erskine, ich meine den, der als vorletzter gekommen ist und als nächster zu gehen hat, Erskine ist noch immer hier, schlafend und ohne Ahnung von dem, was der neue Tag bescheren wird, ich meine seine Beförderung und ein neues Gesicht und die Aussicht auf das Ende. Aber es wird kommen, es kommt ein anderer Abend, und das Licht des Himmels schwindet dahin mit den Farben der Erde, und die Tür öffnet sich zum Wind oder Regen oder Wolkenbruch oder Hagel oder Schnee oder Matsch oder Sturm oder zu den lauen Düften des ruhigen Sommers oder dem Schweigen des Eises oder der erwachenden Erde oder der Ernte stille oder den fallenden Blättern, die durch das Dunkel aus verschiedenen Höhen hinabsinken, ohne daß je zwei die Erde gleichzeitig berühren, und dann rasch rot und braun und gelb und grau dahinhuschen, eine Weile, ja, durch das Dunkel, eine Weile, und zu Haufen zusammenstrudeln, hier ein Haufen und da ein Haufen, um aufgewirbelt zu werden von glücklichen Jungen und Mädchen auf dem Heimweg von der Schule, in Vorfreude auf Allerheiligen und Allerseelen und Weihnachten und Neujahr, ha! ja, glückliche Mädchen und Jungen in Vorfreude auf das glückliche neue Jahr, und dann vielleicht weggekarrt zu alten Abladeplätzen und im nächsten Frühling von den Armen als Dünger benützt, und ein

Mann kommt, der die Tür hinter sich zuschlägt, und Erskine geht. Und dann bricht eine andere Nacht herein, und ein anderer Mann kommt und Watt geht, Watt, der gerade gekommen ist, denn das Kommen liegt im Schatten des Gehens, und das Gehen liegt im Schatten des Kommens, das ist das Unangenehme daran. Und doch ist da jemand, der weder kommt noch geht, ich spreche, wie ich wohl kaum zu sagen brauche, von meinem früheren Arbeitgeber, sondern an seinem Platz zu bleiben scheint, bis auf weiteres jedenfalls, wie die Eiche, die Ulme, die Buche oder die Esche, um nur die Eiche, die Ulme, die Buche oder die Esche zu nennen, und wir nisten ein Weilchen in seinem Geäst. Er muß doch einmal gekommen sein, wie wäre er sonst hier, und ich vermute, daß er früher oder später gehen wird, obgleich man es kaum für möglich hält, wenn man ihn so sieht. Aber der Schein kann oft trügen, wie meine arme alte Mutter mit einem Seufzer zu meinem armen alten Vater (denn ich bin nicht illegitim) zu sagen pflegte, und zwar vor meinen Ohren (da sie sich vor mir nie Zwang antaten), eine Ansicht, zu der ich meinen armen alten Vater immer noch mit einem Seufzer zustimmend sagen höre, Gott sei Dank, eine Meinung, die meine arme alte Mutter in einem Ton, den ich immer noch nicht vergessen kann, gelten ließ, indem sie seufzend sagte, amen. Entweder gibt es ein Kommen, das kein Ankommen ist, ein Gehen, das kein Weggehen ist, einen Schatten, der nicht der Schatten des Ziels ist, oder nicht? Denn was ist dieser Schatten des Gehens, in dem wir kommen, dieser Schatten des Kommens, in dem wir gehen, dieser Schatten des Kommens und Gehens, in dem wir warten, wenn nicht der Schatten des Ziels, des Ziels, das aufblühend verwelkt, das verwelkend aufblüht, dessen Blumen aufblühendes Verwelken sind? Ich kann gut reden, nicht wahr, für einen Mann in meiner Lage. Und was ist dieses Kommen, das nicht unser Kommen war, und dieses Hiersein, das nicht unser Hiersein ist, und dieses Gehen, das nicht unser Gehen sein wird, wenn nicht ein Kommen und Hiersein und Gehen ohne den Schatten eines Ziels? Und obgleich ich nun den Anschein erwecken mag, ohne Ziel zu gehen, tue ich es doch nicht, ebensowenig wie ich einst ohne Ziel gekommen bin, denn ich gehe nun mit meinem Ziel, wie ich einst mit ihm gekommen bin, mit dem einzigen Unterschied, daß es einst lebendig war und nun tot ist, was man genauso nennen kann wie das, was die Deutschen, glaube ich, gehupft wie gesprungen nennen. Oder verwechsle ich sie mit den Österreichern? Aber um wieder auf Vincent und auf Walter zurückzukommen, sie waren beinahe so wie Sie, gleiche Höhe, gleiche Breite und Weite, das heißt, große, knochige, schäbige, mickerige, hagere, x-beinige Männer, mit faulen Zähnen und dicken roten Nasen als Folge zu großer Einsamkeit, wie sie zu sagen pflegten, so wie ich auch beinahe so wie Erskine bin und Erskine beinah so wie ich, das heißt, kleine, fette, schäbige, mickerige, speckige oder schmierige, o-beinige Männer, mit einem kleinen, fetten, vorspringenden Bauch und einem kleinen fetten rückspringenden Hintern, denn was sollte ein kleiner, fetter, vorspringender Bauch ohne einen kleinen fetten, rückspringenden Hintern? Denn wenn das Gerücht geht, daß Mr. Knott am liebsten durchaus niemanden zu seiner Versorgung um sich hätte, wo er doch genötigt ist, durchaus jemanden zu seiner Versorgung um sich zu haben, da er gar nicht imstande ist, sich selbst zu versorgen, dann versteht es sich geradezu von selbst, daß er am liebsten die geringste Anzahl von kleinen, fetten, schäbigen, mickerigen, schmierigen, o-beinigen, dickbäuchigen, dickarschigen Männern zu seiner Pflege um sich herum haben oder, mangels dieser, möglichst wenige große knochige, mickerige, schäbige, hagere, x-beinige, zahnkranke, rotnasige Männer zu seiner Pflege um sich haben möchte, wenn auch gleichzeitig freimütig angedeutet wird, daß er sich zu seiner Bemutterung mangels dieser und jener sehr wohl mit Männern von anderem Schrot und Korn um sich herum begnügen würde, die körperlich so verschieden von Ihnen und von Vincent und von Walter wären wie von Erskine und von mir, wenn das denkbar ist, wenn sie nur mikkerig und schäbig und nicht zahlreich wären, denn an allem Mickerigen und Schäbigen und nicht Zahlreichen hängt er sehr, wenn man überhaupt sagen kann, daß er sehr an etwas hängt, obschon ich gehört habe, wie steif und fest behauptet wurde, daß, wenn er Mickeriges und Schäbiges und nicht Zahlreiches nicht haben könne, er ganz entzückt darauf verzichten würde, sie zu seiner Bedienung um sich zu haben. Aber daß er nie andere als einerseits große, knochige, mikkerige, schäbige, hagere, x-beinige, zahnkranke, rotnasige Männer wie Sie und andererseits kleine, fette, mickerige, schäbige, speckige oder schmierige, o-beinige, dickbäuchige, dickarschige Männer wie mich um sich herum gehabt hat, zu seiner Versorgung, scheint sicher zu sein, es sei denn, es wäre so lange her, daß jede Spur von ihnen verloren ist. Denn Vincent und Walter waren nicht die ersten, o nein, denn vor ihnen waren da Vincent und ein anderer, dessen Namen ich vergessen habe, und vor denen jener andere, dessen Namen ich vergessen habe, und ein anderer, dessen Namen ich auch vergessen habe, und vor denen jener andere, dessen Namen ich auch vergessen habe, und ein anderer, dessen Namen ich nie gekannt habe, und vor denen jener andere, dessen Namen ich nie gekannt habe, und ein anderer, an dessen Namen Walter sich nicht erinnern konnte, und vor denen jener andere, an dessen Namen Walter sich nicht erinnern konnte und ein anderer, an dessen Namen Walter sich auch nicht erinnern konnte, und vor denen jener andere, an dessen Namen Walter sich auch nicht erinnern konnte, und ein anderer, dessen Namen Walter nie gekannt hat, und vor denen jener andere, dessen Namen Walter nie gekannt hat, und ein anderer, dessen Namen selbst Vincent sich nicht ins Gedächtnis zurückrufen konnte, und vor denen jener andere, dessen Namen selbst Vincent sich nicht ins Gedächtnis zurückrufen konnte, und ein anderer, dessen Namen selbst Vincent sich auch nicht ins Gedächtnis zurückrufen konnte, und vor denen jener andere, dessen Namen selbst Vincent sich auch nicht ins Gedächtnis zurückrufen konnte, und ein anderer, dessen Namen selbst Vincent nie gekannt hat, und so weiter, bis jegliche Spur verloren ist, infolge der Kürze des menschlichen Gedächtnisses, da einer immer den anderen verdrängt, obgleich verdrängen vielleicht nicht das richtige Wort ist, genauso wie Sie mich verdrängt haben, und Erskine Walter, und ich Vincent, und Walter jenen anderen, dessen Namen ich auch vergessen habe, und jener andere, dessen Namen ich vergessen habe, jenen anderen, dessen Namen ich nie gekannt habe, und jener andere, dessen Namen ich auch vergessen habe, jenen anderen, an dessen Namen Walter sich nicht erinnern konnte, und jener andere, dessen Namen ich nie gekannt habe, jenen anderen, an dessen Namen Walter sich auch nicht erinnern konnte, und jener andere, an dessen Namen Walter sich nicht erinnern konnte, jenen anderen, dessen Namen Walter nie gekannt hat, und jener andere, an dessen Namen Walter sich auch nicht erinnern konnte, jenen anderen, dessen Namen selbst Vincent sich nicht ins Gedächtnis zurückrufen konnte, und jener andere, dessen Namen Walter nie gekannt hat, jenen anderen, dessen Namen selbst Vincent sich auch nicht ins Gedächtnis zurückrufen konnte, und jener andere, dessen Namen selbst Vincent sich nicht ins Gedächtnis zurückrufen konnte, jenen anderen, dessen Namen selbst Vincent nie gekannt hat, und so weiter, bis jegliche Spur verloren ist, in Anbetracht der Nichtigkeit menschlicher Hoffnungen. Aber daß alle jene, von denen nicht jegliche Spur verloren ist, selbst wenn ihre Namen vergessen sind, wenn nicht groß, knochig, mickerig, schäbig, hager, x-beinig, zahnkrank und rotnasig, wenigstens klein, fett, mickerig, schäbig, schmierig, o-beinig, dickbäuchig und dickarschig waren, scheint sicher zu sein, wenn man der mündlichen Überlieferung trauen kann, wie sie von Mund zu Mund erfolgt, von einer flüchtigen Generation zur nächsten, oder, wie es meist der Fall ist, zu der übernächsten. Wenn damit auch nicht unwiderleglich bewiesen wird, daß von all jenen, von denen jegliche Spur verloren ist, kein einziger sich körperlich sehr von uns unterschied, so trägt es nichtsdestoweniger doch zur Stützung der so oft geäußerten Hypothese bei, daß Mr. Knott etwas Anziehendes an sich hat, das zwei Typen von Menschen veranlaßt, um ihn herum zu sein und für ihn zu sorgen, und zwar nur zwei, einerseits den großen, knochigen, mickerigen, schäbigen, hageren, x-beinigen Typus mit den faulen Zähnen und der dicken roten Nase, und andererseits den kleinen fetten, mickerigen, schäbigen, schmierigen oder speckigen, o-beinigen Typus mit dem kleinen, fetten Hintern und Bauch, die in entgegengesetzte Richtungen hervorragen, oder aber, daß diese beiden Typen von Männern etwas an sich haben, das sie, zu Mr. Knott hindrängend, veranlaßt, um ihn herum zu sein zu seiner Behütung, obwohl es gleichzeitig durchaus möglich ist, daß, wenn wir das Skelett von einem dieser Männer untersuchen könnten, von denen nicht nur der Name, sondern jegliche Spur verloren ist, von dem, zum Beispiel, dessen Namen selbst jener andere, dessen Namen selbst Vincent (wenn das sein Name war) nie gekannt hat, nie gekannt hat, wir feststellen könnten, daß er ein ganz anderer Typ Mensch gewesen war, weder groß noch klein, weder knochig noch fett, weder mickerig noch schäbig, weder hager noch schmierig, weder zahnkrank noch dickbäuchig, weder rotnasig noch dickarschig, durchaus durchaus möglich, wenn nicht durchaus durchaus wahrscheinlich. Und obgleich ich von Anfang an gewußt habe, daß ich keine Zeit haben würde, auf diese Fragen so erschöpfend einzugehen, wie ich es gewünscht hätte, oder wie sie es verdienen, fühlte ich doch, vielleicht zu Unrecht, daß es meine Pflicht sei, sie zu erwähnen, sei es auch nur, um Ihnen ganz klarzumachen, daß um Mr. Knott herum, gespannt auf seine Bedürfnisse, wenn man im Zusammenhang mit Mr. Knott von Bedürfnissen sprechen kann, sich immer zwei Männer und, soweit wir es wissen, nie mehr und nie weniger befunden haben, und daß es bei diesen beiden Männern nicht immer nötig ist, soweit wir das beurteilen können, daß einer knochig und so weiter sein muß und der andere fett und so weiter, wie es nun der Fall bei Ihnen und Arsene, Verzeihung, bei Ihnen und Erskine ist, weil beide knochig und so weiter sein können, wie es der Fall bei Vincent und Walter war, oder weil beide fett und so weiter sein können, wie es der Fall bei Erskine und mir war, daß es aber nötig ist, soweit wir wahrnehmen können, daß von diesen beiden, die unablässig mit unermüdlichem Eifer um Mr. Knott herumkreisen, der eine oder der andere oder beide entweder knochig und so weiter oder fett und so weiter ist oder sind, obgleich, wenn wir uns in der reinen Zeit so leicht zurückbewegen könnten, wie wir es im reinen Raum können, die Möglichkeit, wenn nicht sogar die Wahrscheinlichkeit, nicht ausgeschlossen ist, daß wir zwei oder weniger als zwei oder sogar mehr als zwei Männer oder Frauen oder Männer und Frauen so wenig knochig und so weiter wie fett und so weiter finden würden, die ewig in unermüdlicher Liebe um Mr. Knott herumkreisen. Aber auf diese Angelegenheit so lange und so gründlich und so erschöpfend einzugehen, wie ich es gern getan hätte und sie es verdient, kommt leider nicht in Frage. Nicht daß es an Raum fehlte, denn es fehlt nicht an Raum. Nicht daß es an Zeit gebräche, denn es gebricht nicht an Zeit. Aber ich höre eine Brise, die kommt und geht, kommt und geht, draußen, in den Büschen, und im Hühnerstall rührt der Hahn sich unruhig in seinem Schlaf. Und ich glaube, genug gesagt zu haben, um in Ihrem Geist das Licht angezündet zu haben, das nie mehr erstickt werden wird oder nur mit größter Mühe, so wie Vincent es für mich getan hat, und Walter für Erskine, und wie Sie es vielleicht füreinander tun werden, obgleich das nicht sicher ist, nach Ihrem Aussehen zu schließen. Nicht daß ich Ihnen alles erzählt hätte, was ich weiß, durchaus nicht, da ich nun ein gutmütiger Mann bin, ja sogar guten Willens, und nachsichtig gegenüber den Träumen des mittleren Alters, die meine Träume waren, ebenso wie Vincent mir nicht alles erzählte, und Walter Erskine nicht, und die anderen den anderen nicht, denn hier scheinen wir alle als gutmütige Menschen zu enden, und guten Willens, und nachsichtig gegenüber den Träumen des mittleren Alters, die unsere Träume waren, was uns auch immer an bitteren und, ich sage es errötend, sogar blasphemischen Worten und Ausdrücken entschlüpfen möge, und vielleicht auch, weil das, was wir wissen, in nicht geringem Maße zum Wesen dessen gehört, was so treffend das Unsagbare oder Unaussprechliche genannt wurde, so daß jeder Versuch, es zu sagen oder auszusprechen, zum Scheitern verurteilt ist, zum Scheitern, zum Scheitern. Ich selber habe sogar, ganz allein in einer schwer verdiensten Arbeitspause durch diesen zauberhaften Garten schlendernd, immer wieder zu formulieren versucht, diese köstliche ha! und, wie ich hinzufügen darf, ganz unnütze, so teuer erkaufte Weisheit, von der ich sozusagen vom Scheitel bis zur Sohle erfüllt bin, so daß, ich weder essen noch trinken, noch ein- und ausatmen, noch Kacka machen kann, es sei denn klüger denn je, wie Theseus Ariadne, oder Ariadne Theseus gegen Ende am Meeresufer küßte, und zwar vergeblich versucht, trotz der Schönheiten des Schauplatzes, Lauben und Rasen, Lichtung und Hag, Sonnenschein und Schatten, und des angenehmen Schlendrians, der mich umhertrieb, mitten unter sie, hin und her, mit unvergleichlicher Klugheit. Aber alles, was ich sagen konnte, oder wenigstens ein Teil davon, und ich meine nicht den am wenigsten unterhaltsamen, glaube ich gesagt zu haben, und soweit es in meiner Macht lag, Sie zu führen, unter diesen Umständen, glaube ich, Sie geführt zu haben, unter diesen Bedingungen. Und von nun an geht auf dem Weg, der uns trennt, eine Zeitlang Erskine an Ihrer Seite, als Ihr Begleiter, und danach werden Sie den Rest Ihrer Reise allein machen, oder nur mit Schatten zu Ihrer Gesellschaft, und das, glaube ich, werden Sie, wenn Ihre Erfahrung nur in etwa meiner gleicht, für den besten Teil Ihres Weges oder wenigstens für den am wenigsten langweiligen halten, selbst wenn das Licht schnell dahinschwindet und tief unten auf dem fernen Boden die

Füße stolpern. Und für das, was ich schlecht gesagt habe, und für das, was ich gut gesagt habe, und für das, was ich gut getan habe, und für das, was ich ungetan ließ, bitte ich Sie ebenfalls um Verzeihung. Und ich bitte Sie, wenn Sie an mich denken, es immer – Scheißknöpfe – verzeihend zu tun, so wie Sie wünschen, daß an Sie verzeihend gedacht werde, obwohl mir persönlich freilich alles gleich ist, ob man verzeihend an mich denkt oder verbittert, oder gar nicht. Gute Nacht.

Aber er war kaum gegangen, als er wieder erschien vor Watt. Er stand schräg auf der Küchentürschwelle, mit dem Blick auf Watt, und Watt sah die hinter ihm offenstehende Haustür und die dunklen Büsche, und darüber in weiter Ferne etwas, das ihm vielleicht schon wieder der neue Tag zu sein schien. Und als Watt seinen Blick auf das richtete, was ihm vielleicht schon wieder der neue Tag zu sein schien, wurde der schräg auf der Küchentürschwelle stehende Mann mit dem Blick auf Watt zu zwei schräg auf zwei Küchentürschwellen stehenden Männern mit den Blicken auf ihn. Aber Watt griff nach seinem Hut und hielt ihn vor die Lampe, um besser beurteilen zu können, ob das, was er durch die Haustür sah, wirklich schon wieder der neue Tag war, oder nicht. Aber als er hinblickte, verschwand es, nicht plötzlich, nein, und auch nicht allmählich, sondern wie durch eine feste, ruhige Hand weggewischt. Da wußte Watt nicht mehr, was er davon halten sollte. Sich deshalb der Lampe zuwendend, zog er sie an sich und drehte den Docht herunter und blies in den Glaszylinder hinein, bis das Licht ganz gelöscht war. Aber selbst das brachte ihn kein bißchen weiter. Denn wenn es wirklich schon wieder der neue Tag war in irgendeinem niedrigen und fernen Himmelsviertel, war es noch nicht schon wieder der neue Tag in der Küche. Aber es würde kommen, Watt wußte, daß es kommen würde, mit Geduld würde es kommen, nach und nach, ob es ihm paßte oder nicht, über die Mauer des kleinen Hofs und durch das Fenster, zuerst das Grau, dann die helleren Farben, eine nach der anderen, bis gegen neun Uhr vormittags all das Gold und Weiß und Blau die Küche erfüllen würde, all das unbeschmutzte Licht des neuen Tages, des neuen Tages endlich, des noch nie dagewesenen Tages endlich.

II

Mr. Knott war ein guter Herr, wenn man will.
Watt hatte nicht unmittelbar mit Mr. Knott zu tun, in jener Periode. Nicht, daß Watt je unmittelbar mit Mr. Knott zu tun haben sollte, durchaus nicht, aber er dachte in jener Periode, daß die Zeit kommen würde, da er unmittelbar mit Mr. Knott zu tun hätte, im ersten Stock. Ja, er dachte, daß die Zeit für ihn kommen würde, wie er dachte, daß sie für Arsene gerade zu Ende gegangen war und für Erskine gerade begonnen hatte.
Einstweilen war alle Arbeit Watts im Erdgeschoß zu verrichten. Selbst der Unrat des ersten Stocks, den er zu leeren hatte, wurde von Erskine heruntergebracht, jeden Morgen, in einem Eimer. Der Unrat des ersten Stocks hätte ebenso bequem, wenn nicht bequemer im ersten Stock geleert und der Eimer dort ausgespült werden können, aber das geschah nie, aus unbekannten Gründen. Watt hatte zwar die Anweisung, diesen Unrat nicht so zu leeren, wie Unrat gewöhnlich geleert wird, nein, sondern im Garten, vor Sonnenaufgang oder nach Sonnenuntergang, auf das Veilchenbeet zur Veilchenzeit, und auf das Stiefmütterchenbeet zur Stiefmütterchenzeit, und auf das Rosenbeet zur Rosenzeit, und auf das Selleriebeet zur Selleriezeit, und auf das Seekohlbeet zur Seekohlzeit, und in das Tomatenhaus zur Tomatenzeit, und so weiter, immer im Garten, im Ziergarten, im Gemüsegarten und im Obstgarten auf irgendein junges durstiges Pflänzchen, im Augenblick seiner größten Bedürftigkeit, nur freilich nicht bei Frost, oder wenn der Boden unter Schnee lag oder wenn der Boden unter Wasser lag. Für diese Fälle hatte er Anweisung, den Unrat auf dem Misthaufen zu leeren. Aber Watt war nicht so töricht anzunehmen, daß dies der wahre Grund war, warum Mr. Knotts Unrat nicht ein für allemal im ersten Stock geleert wurde, wie es so leicht hätte

geschehen können. Dies war nur der dem Verstand angebotene Grund.

Bemerkenswert war das Fehlen jeglicher derartigen Anweisung in bezug auf den Unrat des zweiten Stocks, das heißt, den Unrat Watts und den Unrat Erskines. Wenn dieser Unrat heruntergebracht worden war, Erskines von Erskine und Watts von Watt, stand es Watt frei, nach Belieben darüber zu verfügen. Man hatte ihm aber nichtsdestoweniger zu verstehen gegeben, daß seine Vermischung mit dem des ersten Stocks, wenn auch nicht ausdrücklich verboten, so doch unangebracht sei.

Watt sah Mr. Knott also kaum. Denn Mr. Knott war selten im Erdgeschoß, es sei denn, um zu speisen, im Speisezimmer, oder um hindurchzugehen auf seinem Weg zum und vom Garten. Und Watt war selten im ersten Stock, es sei denn, wenn er hinabging, um seinen Tag zu beginnen, am Morgen, und dann wieder am Abend, wenn er hinaufging, um seine Nacht zu beginnen.

Sogar im Speisezimmer sah Watt Mr. Knott nicht, obwohl Watt für das Speisezimmer verantwortlich war und für das Auftragen der Mahlzeiten, die Mr. Knott dort einnahm. Die Gründe hierfür mögen klarwerden, wenn es an der Zeit ist, die komplexe und heikle Frage von Mr. Knotts Nahrung zu behandeln.

Dies will nicht heißen, daß Watt Mr. Knott in dieser Periode nie sah, denn selbstverständlich sah er ihn. Er sah ihn von Zeit zu Zeit im Erdgeschoß auf seinem Weg von seiner Wohnung im ersten Stock zum Garten und auf seinem Weg zurück vom Garten in seine Wohnung, und er sah ihn auch im Garten selber. Aber diese seltenen Erscheinungen Mr. Knotts und den sonderbaren Eindruck, den sie auf Watt machten, werden ausführlicher, so Gott will, bei anderer Gelegenheit beschrieben werden.

Es kam kaum Besuch. Kaufleute kamen freilich, und Bettler und Hausierer. Der Briefträger, ein reizender Mann namens Severn, ein glänzender Tänzer und Windhundefreund, kam nur selten. Aber manchmal doch, immer abends, leichten, flotten Schritts, mit seinem Hund, um eine Rechnung oder eine Bittschrift auszuhändigen.

Das Telefon klingelte nur selten, und wenn es klingelte, dann handelte es sich um etwas Unwichtiges wie die sanitäre Einrichtung, das Dach oder die Lebensmittellieferungen, das Erskine regeln konnte, oder sogar Watt, ohne ihren Herrn zu stören.

Mr. Knott empfing niemanden und hörte von niemandem, soweit Watt das beurteilen konnte. Aber Watt war nicht so töricht, den geringsten Schluß daraus zu ziehen.

Aber diese flüchtigen Bestätigungen von Mr. Knotts Haus, die kleinen Spritzern der Außenwelt glichen und ohne die es schwerlich hätte fortbestehen können, werden, so bleibt zu hoffen, später Gegenstand einer gründlicheren Untersuchung sein, ebenso wie die Art und Weise, in der einige wichtig für Watt waren und andere nicht. Besonders das Erscheinen des Gärtners, eines Mr. Graves, an der Hintertür, zweimal und sogar dreimal täglich, verlangt eine eingehende Prüfung, obgleich die Wahrscheinlichkeit gering ist, daß dadurch irgendein Licht auf Mr. Knott oder auf Watt oder auf Mr. Graves fällt.

Aber selbst da, wo kein Licht für Watt war, wo es nicht das geringste für seinen Wortführer gibt, mag es Licht für andere geben. Oder gab es vielleicht doch etwas Licht für Watt, auf Mr. Knott, auf Watt, durch solche Beziehungen wie die zu Mr. Graves oder zu der Fischhändlerin, Licht, das er verschwieg? Es ist gar nicht ausgeschlossen.

Mr. Knott verließ nie sein Grundstück, soweit Watt das beurteilen konnte. Watt hielt es für unwahrscheinlich, daß Mr. Knott sein Grundstück verlassen könnte, ohne daß es ihm auffiel. Aber er schloß die Möglichkeit nicht aus, daß Mr. Knott sein Grundstück verließ, ohne daß es ihm zur Kenntnis gekommen wäre. Aber die Unwahrscheinlichkeit, einerseits, daß Mr. Knott sein Grundstück verließ und, andererseits, daß er es tun könnte, ohne eine allgemeine Mißbilligung heraufzubeschwören, schien Watt sehr groß zu sein. Ein einziges Mal während Watts Dienstperiode im Erdgeschoß wurde die Schwelle von einem Fremden überschritten, oder vielmehr von anderen Füßen als denen Mr. Knotts oder Erskines oder Watts, denn alle waren Mr. Knotts Haus fremd, soweit Watt das beurteilen konnte, mit Ausnahme von Mrs. Knott selber und seinem augenblicklichen Personal. Diese vorübergehende Invasion fand kurz nach Watts Ankunft statt. Nachdem er die Tür wie gewöhnlich, wenn an die Tür geklopft wurde, geöffnet hatte, sah er davor, wie ihm später klar wurde, Arm in Arm einen alten Mann und einen Mann mittleren Alters stehen. Der letztere sagte:

Wir sind die Galls, Vater und Sohn, und zwar sind wir den ganzen Weg von der Stadt gekommen, um das Klavier zu stimmen.

Sie waren zu zweit, und sie standen so Arm in Arm da, weil der Vater blind war, wie so viele seiner Berufskollegen. Denn wenn der Vater nicht blind gewesen wäre, hätte er nicht seines Sohnes bedurft, damit er ihm seinen Arm reiche und ihn führe bei seinen Rundgängen, nein, er hätte es vielmehr seinem Sohn freigestellt, seinen eigenen Geschäften nachzugehen. So viel vermutete Watt, obgleich nichts im Gesicht des Vaters verriet, daß er blind war, und auch nichts an seiner Haltung, es sei denn, daß er sich wie jemand, der offensichtlich auf Unterstützung angewiesen war, an seinen Sohn anlehnte. Aber das hätte er auch tun können, wenn er lahm gewesen wäre, oder nur müde, wegen seines fortgeschrittenen Alters. Es gab keinerlei Familienähnlichkeit zwischen den beiden, soweit Watt das feststellen konnte, und nichtsdestoweniger wußte er, daß er einen Vater und Sohn vor sich hatte, denn hatte man ihm das nicht gerade gesagt? Oder waren sie vielleicht nur Stiefvater und Stiefsohn? Wir sind die Galls, Stiefvater und Stiefsohn – das waren vielleicht die Worte, die hätten gesagt werden müssen. Aber es war nur zu menschlich, die anderen vorzuziehen. Nicht daß sie nicht

sehr wohl ein wahrer Vater und Sohn sein konnten, ohne einander im geringsten zu gleichen, das konnten sie wohl.
Welch ein Glück für Mr. Gall, sagte Watt, daß er seinen Sohn zur Verfügung hat, der vor lauter Aufopferung trieft und dessen bloße Anwesenheit, wo er doch ganz offensichtlich anderswo sein Schäfchen ins trockene bringen könnte, von einem bei den besten Stimmern typischen Leiden zeugt und etwas höhere Vergütungen als gewöhnlich rechtfertigt.
Nachdem er sie ins Musikzimmer geführt und dort gelassen hatte, fragte Watt sich, ob er es richtig gemacht hatte. Er fühlte, daß er es richtig gemacht hatte, aber er war nicht sicher. Hätte er sie nicht vielleicht doch besser zum Teufel geschickt? Watt hatte das Gefühl, daß jedem, der mit solcher ruhigen Bestimmtheit Einlaß in Mr. Knotts Haus begehrte, in Ermangelung anderslautender Bestimmungen Einlaß zu gewähren sei.
Das Musikzimmer war ein großer, leerer, weißer Raum. Das Klavier stand vor dem Fenster. Der schneeweiße Gipskopf und -hals von Buxtehude stand auf dem Kaminsims. An der Wand, an einem Nagel, hing ein Ravanastron, wie ein Regenpfeifer.
Nach einer Weile kehrte Watt wieder ins Musikzimmer zurück, mit Erfrischungen auf einem Tablett.
Nicht Mr. Gall senior, sondern Mr. Gall junior stimmte das Klavier, zu Watts großem Erstaunen. Mr. Gall senior stand mitten im Raum, womöglich lauschend. Watt schloß daraus nicht, daß Mr. Gall junior der richtige Klavierstimmer sei, und Mr. Gall senior nur ein armer, blinder alter Mann, der zu dieser Gelegenheit angeheuert worden wäre, durchaus nicht. Er schloß vielmehr daraus, daß Mr. Gall senior, sein Ende ahnend und ängstlich darauf bedacht, daß sein Sohn in seine Fußstapfen trete, sich beeilte, einer flüchtigen Lehre den letzten Schliff zu geben, ehe es zu spät wäre.
Während Watt sich nach einem Platz umschaute, wo er sein Tablett hinstellen könnte, beendete Mr. Gall junior seine Arbeit. Er setzte das Klaviergehäuse wieder zusammen,

legte seine Arbeitsgeräte wieder in die Tasche und stand auf.
Die Mäuse sind wieder da, sagte er.
Der Ältere sagte nichts. Watt fragte sich, ob er es gehört hatte.
Neun Dämpfer sind noch übrig, sagte der Jüngere, und ebenso viele Hämmer.
Nicht zusammenpassende, hoffe ich, sagte der Ältere.
In einem Falle, sagte der Jüngere.
Der Ältere hatte nichts dazu zu sagen.
Die Saiten sind zerfleddert.
Der Ältere hatte wieder nichts dazu zu sagen.
Das Klavier ist hin, meines Erachtens, sagte der Jüngere.
Der Klavierstimmer auch, sagte der Ältere.
Der Klavierspieler auch, sagte der Jüngere.
Dies war vielleicht der Hauptzwischenfall während Watts Anfangszeit in Mr. Knotts Haus.
In gewisser Hinsicht glich er allen bemerkenswerten Zwischenfällen, die sich Watt während seines Aufenthalts in Mr. Knotts Haus boten, und von denen eine gewisse Anzahl hier ohne Hinzufügung oder Auslassung wiedergegeben wird, und in gewisser Hinsicht doch wieder nicht.
Er glich ihnen insofern, als er nicht beendet war, nachdem er vorbei war, sondern sich weiterentwickelte, in Watts Kopf, vom Anfang bis zum Ende, immer wieder, mit dem komplexen Spielen seiner Lichter und Schatten, dem Übergang von der Stille zum Geräusch und vom Geräusch zur Stille, der Ruhe vor der Bewegung und der Ruhe danach, den Beschleunigungen und Verzögerungen, den Annäherungen und Trennungen, all den wechselnden Einzelheiten seines Ablaufs und Gefüges, gemäß der unwiderruflichen Zufälligkeit, die ihn zu dem machte, was er war. Er glich ihnen aufgrund der Lebhaftigkeit, mit der er rein plastische Gestalt annahm und allmählich, im feinen Wandel seines Lichts, seines Geräuschs, seiner Akzente und Rhythmen, jede Bedeutung, sogar die wortgetreueste verlor.
So hörte diese Szene im Musikzimmer mit den beiden Galls

sehr bald auf, für Watt ein Klavier, das gestimmt wird, eine zweifelhafte verwandtschaftliche und berufliche Beziehung, einen Austausch von mehr oder weniger verständlichen Urteilen und so weiter zu bedeuten, wenn sie überhaupt je so etwas bedeutet hatte, und wurde zu einem bloßen Beispiel für Körper erläuterndes Licht, und Bewegung erläuternde Ruhe, und Geräusch erläuternde Stille und Erläuterung erläuternde Erläuterung.
Diese Vergänglichkeit der äußeren Bedeutung wirkte sich schlecht auf Watt aus, da sie ihn nötigte, nach einer anderen zu suchen, nach irgendeiner Bedeutung dessen, was geschehen war, im Bild dessen, wie es geschehen war.
Die geringste, die am wenigsten einleuchtende hätte Watt zufriedengestellt, der kein Symbol gesehen und auch keine Auslegung durchgespielt hatte seit seinem vierzehnten oder fünfzehnten Lebensjahr, und der, wie auch immer jämmerlich, sein Erwachsenenleben inmitten von oberflächlichen Eindrücken gelegt hatte, von denen zumindest er nur oberflächliche Eindrücke hatte. Mancher sieht das Fleisch vor den Gebeinen, und mancher sieht die Gebeine vor dem Fleisch, und mancher sieht die Gebeine nie, und mancher sieht das Fleisch nie, sieht das Fleisch nie und nimmer. Aber was Watt auch immer sah, auf den ersten Blick, es war genug für Watt, es war immer genug gewesen für Watt, mehr als genug für Watt. Und er hatte buchstäblich nichts erlebt, seit er vierzehn oder fünfzehn Jahre alt war, von dem er, rückblickend, sich nicht zu sagen begnügte, Das ist es, was damals geschah. Er konnte sich, eigentlich ohne jedes Vergnügen, aber wie an gewöhnliche Gelegenheiten an den Moment erinnern, als sein toter Vater ihm in einem Wald erschien, mit über die Knie aufgekrempelten Hosen und seinen Schuhen und Socken in der Hand; oder an den Moment, als er vor lauter Verdutztheit, eine ungewöhnlich grobe Stimme ihm raten zu hören, er solle seinen Leiden ein Ende bereiten, mit knapper Not dem sicheren Tod unter den Rädern eines Karrens entging; oder an den Moment, als er, allein in einem Ruder-

boot, fern vom Ufer, plötzlich blühende Johannisbeeren roch; oder an den Moment, als eine alte Dame aus bestem Hause und mit vorteilhaftem Äußeren, da sie weit über dem Knie amputiert war, der er mindestens bei drei verschiedenen Gelegenheiten nachgestellt hatte, ihr Holzbein losschnürte und ihre Krücke beiseite legte. Hier gab es nicht die geringste Neigung etwa der Hose seines Vaters, in eine Reihe von Erscheinungen zu zerfallen, graue, weiche und wahrscheinlich röhrenartige, oder der Beine seines Vaters in der Farce von Eigentümlichkeit unterzugehen, nein, sondern seines Vaters Beine und Hose, so wie er sie in dem Wald gesehen und später vergegenwärtigt hatte, blieben Beine und Hose, und nicht nur Beine und Hose, sondern seines Vaters Beine und Hose, das heißt, ganz verschieden von allen Beinen und Hosen, die Watt je gesehen hatte, und er hatte davon, sowohl von Beinen als auch von Hosen, eine große Zahl gesehen in seinem Leben. Der Zwischenfall mit den Galls hingegen verlor so schnell die jämmerliche Bedeutung von zwei Männern, die gekommen waren, um ein Klavier zu stimmen, und es stimmten und ein paar Worte wechselten, wie Männer es tun, und gingen, daß dies eher zu irgendeiner vor langer Zeit erzählten Geschichte zu gehören schien, ein Moment aus dem Leben eines anderen, schlecht erzählt, schlecht gehört und mehr als halb vergessen.

Also wußte Watt nicht, was geschehen war. Er machte sich, wie man gerechterweise sagen muß, nichts aus dem, was geschehen war. Aber er spürte das Bedürfnis zu denken, daß dies und das damals geschehen war, das Bedürfnis, wenn die Sequenzen der Szene wieder abzurollen begannen, sagen zu können, Ja, ich erinnere mich, das ist es, was damals geschah.

Dieses Bedürfnis, dieses nicht immer befriedigte Bedürfnis, hatte Watt unablässig während des größten Teils seines Aufenthalts in Mr. Knotts Haus. Denn auf den Zwischenfall mit den Galls, Vater und Sohn, folgten andere ähnlicher Art, das

heißt Zwischenfälle von großem formalem Glanz und unbestimmbarem Inhalt.
Watts Aufenthalt in Mr. Knotts Haus war aus diesem Grunde weniger angenehm, als er hätte sein können, wenn solche Zwischenfälle unbekannt gewesen wären, oder seine Einstellung ihnen gegenüber weniger ängstlich, das heißt, wenn Mr. Knotts Haus ein anderes Haus gewesen wäre, oder Watt ein anderer Mann. Denn außerhalb Mr. Knotts Haus, und seines Anwesens natürlich, waren solche Zwischenfälle unbekannt, Watt vermutete es wenigstens. Und Watt konnte sie nicht als das gelten lassen, was sie vielleicht waren, als die einfachen Spiele, welche die Zeit mit dem Raum spielt, bald mit diesem Spielzeug und bald mit jenem, er war vielmehr aufgrund seines etwas eigenartigen Charakters gezwungen, zu erforschen, was sie bedeuteten, oh, nicht, was sie wirklich bedeuteten, so eigenartig war sein Charakter nun wieder nicht, sondern nur, was zu bedeuten sie veranlaßt werden könnten, mit ein wenig Geduld, ein wenig Findigkeit.
Aber was war diese Jagd nach einer Bedeutung inmitten dieser Gleichgültigkeit gegenüber der Bedeutung? Und was bedeutete sie? Das sind heikle Fragen. Denn als Watt endlich über diese Zeit sprach, war sie schon lange Zeit vorbei, und das, was er davon behalten hatte, war in gewisser Hinsicht womöglich weniger klar, als er es sich gewünscht hätte, obgleich es, in anderer Hinsicht, zu klar für sein Gefühl war. Hinzu kommt die notorische Schwierigkeit, Gefühlsebenen nach Belieben wiederzugewinnen, die mit einer gewissen Zeit und einem gewissen Ort und vielleicht auch einem gewissen Gesundheitszustand verbunden sind, wenn die Zeit vergangen, der Ort verlassen und der Körper in einer ganz neuen Verfassung ist. Hinzu kommt die Undeutlichkeit von Watts Mitteilungen, die Schnelligkeit seines Redeflusses und die Absonderlichkeiten seiner Syntax, von der im weiteren berichtet wird. Hinzu kommt die Gesamtheit der materiellen Umstände, unter denen diese Mitteilungen gemacht wurden. Hinzu kommt die unzulängliche Aufnahmefähigkeit dessen,

dem sie angeboten wurden. Hinzu kommt die unzulängliche Wiedergabefähigkeit dessen, dem sie anvertraut wurden. Wenn man das bedenkt, wird man vielleicht eine schwache Vorstellung von den Schwierigkeiten gewinnen, denen man beim Formulieren nicht nur von Fragen wie der gerade aufgeworfenen begegnet, sondern von der Gesamtheit der Erfahrungen, vom Moment seiner Ankunft in Mr. Knotts Hauswesen bis zum Moment seines Fortgehens.

Aber bevor wir von den Galls, Vater und Sohn, zu weniger strittigen, oder weniger langweilig strittigen Fragen übergehen, scheint es angebracht, das wenige, was man darüber weiß, zu sagen. Denn der Zwischenfall mit den Galls, Vater und Sohn, war der erste und das Muster für manche andere. Und von dem wenigen, was darüber bekannt ist, wurde noch nicht alles gesagt. Vieles ist gesagt worden, aber nicht alles.

Nicht daß noch viel zu sagen bliebe über die Galls, Vater und Sohn, durchaus nicht. Denn es sind nur noch drei oder vier Dinge zu sagen in diesem Zusammenhang. Und drei oder vier Dinge sind eigentlich nicht viel im Vergleich zu der Anzahl von Dingen, die darüber hätten erfahren und gesagt werden können, was nun nie mehr der Fall sein wird.

Was Watt bei diesem Zwischenfall mit den Galls, Vater und Sohn, und bei späteren, ähnlichen Zwischenfällen betrübte, war nicht so sehr, daß er nicht wußte, was geschehen war, denn er machte sich nichts aus dem, was geschehen war, als vielmehr die Tatsache, daß nichts geschehen war, daß etwas, das nichts hieß, geschehen war, mit der äußersten formalen Klarheit, und daß es weiterhin geschah, in seinem Geist, wie er vermutete, obgleich er nicht genau wußte, was das bedeutete, und obgleich es außerhalb von ihm, vor ihm und um ihn herum zu sein schien, und so weiter, und sich unerbittlich in allen Phasen abspielte, beginnend mit der ersten (dem Klopfen, das kein Klopfen war) und endend mit der letzten (dem Türschließen, das kein Türschließen war), und ohne die geringste auszulassen, ungebeten und ganz unvermutet, in den unpassendsten Momenten. Ja, Watt konnte nicht gelten lassen, wie wahrscheinlich auch Erskine nicht gelten lassen konnte, und wie wahrscheinlich Arsene und Walter und Vincent und die anderen außerstande gewesen waren gelten zu lassen, daß nichts mit all der Klarheit und Unumstößlichkeit des sogenannten Etwas geschehen war, und ebendas verfolgte ihn derart, daß er genötigt war, sich dem von Anfang bis Ende aufs neue zu unterwerfen, die gleichen Geräusche zu hören, die gleichen Lichter zu sehen, die gleichen Oberflächen zu berühren und so weiter, wie bei seinem ersten Ringen mit ihren unentwirrbaren Verwicklungen. Wenn er imstande gewesen wäre, es gelten zu lassen, hätte es ihn vielleicht nicht verfolgt, so daß er sich eine Menge Ärger erspart hätte, gelinde gesagt. Aber er konnte es nicht gelten lassen, er konnte es nicht ertragen. Man möchte sich manchmal fragen, wo Watt zu sein glaubte. In einem Kulturpark? Aber wenn er sagen könnte, sooft das Klopfen an der Tür ertönte, und das Klopfen zu einem Klopfen an der Tür, und die Tür zu einer Tür geworden wäre, in seinem Geist, vermutlich in seinem Geist, was auch immer das sein mochte. Ja, ich erinnere mich, genau das ist es, was damals geschah, wenn er das dann sagen könnte, so schiene ihm, daß die Szene aufhören und ihn nicht mehr stören würde, so wie die Erscheinung seines Vaters mit seiner aufgekrempelten Hose und seinen Schuhen und Socken in seinen Händen ihn nicht mehr störte, weil er, wenn es begann, sagen konnte, Ja, ja, ich erinnere mich, das war, als mein Vater mir erschien, im Wald, um loszuwaten. Aber um etwas vom Nichts hervorzubringen, bedarf es einer gewissen Geschicklichkeit, und Watt war nicht immer erfolgreich bei seinen Bemühungen darum. Nicht daß er immer erfolglos gewesen wäre, durchaus nicht. Denn wenn er immer erfolglos gewesen wäre, wie wäre es ihm dann möglich gewesen, so über die Galls, Vater und Sohn, und von dem Klavier, das zu stimmen sie den ganzen Weg von der Stadt gekommen waren, und von ihrem Klavierstimmen, und davon, daß sie die Worte gewechselt hätten, die sie gewechselt hatten, zu sprechen, wie er doch davon sprach. Nein, er hätte nie von all diesen Dingen sprechen können, wenn sie sich darauf versteift hätten, nichts zu bedeuten, wie andere sich darauf versteiften, und zwar bis zum Ende. Denn die einzige Möglichkeit, über nichts zu sprechen, ist, darüber zu sprechen, als ob es etwas wäre, ebenso wie die einzige Möglichkeit, über Gott zu sprechen, ist, über ihn zu sprechen, als ob er ein Mensch wäre, der er freilich war, in gewisser Hinsicht, eine Zeitlang, und wie die einzige Möglichkeit, über den Menschen zu sprechen, ist, was sogar unsere Anthropologen begriffen haben, über ihn wie über die Termite zu sprechen. Aber wenn Watt bald erfolglos war und bald erfolgreich wie bei den Galls, Vater und Sohn, da eine Bedeutung hineinzuschmuggeln, wo sich keine zeigte, so traf meist weder das eine noch das andere zu. Denn Watt meinte mit Recht, bei diesem Unternehmen erfolgreich zu sein, wenn es ihm gelang, aus den haarscharfen Phantomen, die ihn bedrängten, eine Hypothese herauszulesen, die sie zu vertreiben vermochte, sooft sich dies als notwendig erweisen sollte. Es gab nichts bei diesem Verfahren, was Watts Denkgewohnheiten widersprach. Denn Erklären war immer Beschwören gewesen für Watt. Und er meinte, erfolglos zu sein, wenn es ihm mißlang. Und er meinte, weder ganz erfolgreich noch ganz erfolglos zu sein, wenn die herausgelesene Hypothese ihre Wirkung nach einer oder zwei Anwendungen verlor und durch eine andere ersetzt werden mußte, die ihrerseits eines Tages wirkungslos wurde, und so weiter. Und das geschah in den meisten Fällen. Nun Beispiele für Watts Mißerfolge und für Watts Erfolge und für Watts Teilerfolge in diesem Zusammenhang anzuführen, ist sozusagen unmöglich. Denn wenn er, zum Beispiel, über den Zwischenfall mit den Galls, Vater und Sohn, spricht, tut er es dann im Sinne der einzigen Hypothese, die erforderlich war, um damit fertig zu werden und ihn unschädlich zu machen, oder im Sinne der letzten, oder im Sinne irgendeiner anderen der Serie? Denn wenn Watt über einen Zwischenfall dieser Art sprach, so tat er es nicht notwendigerweise im Sinne der einzigen Hypothese, oder der letzten, obgleich dies auf den ersten Blick die einzige mögliche Alternative zu sein scheint, und der Grund dafür, daß er es nicht tat, daß sie es nicht ist, ist nämlich, daß, wenn irgendeine aus der Serie von Hypothesen, mit denen Watt sich abmühte, seinen Geistesfrieden zu erhalten, ihre Wirkung verlor und zugunsten einer anderen verworfen werden mußte, es manchmal vorkam, daß die besagte Hypothese nach einer ausreichenden Ruhezeit ihre Wirkung wiedergewann und wieder verfügbar gemacht werden konnte, an Stelle einer anderen, deren Brauchbarkeit beendet war, wenigstens vorläufig. Das trifft in einem Maße zu, daß man sich manchmal in bezug auf zwei oder sogar drei Zwischenfälle, die Watt ganz deutlich auseinanderhielt, fragen möchte, ob es sich nicht in Wirklichkeit um einen und denselben, verschieden ausgelegten Zwischenfall handelt. Ein Beispiel für den zweiten Fall, nämlich den Mißerfolg, anzuführen, kommt selbstverständlich nicht in Frage. Denn da haben wir es mit Ereignissen zu tun, die allen Bemühungen Watts, ihnen eine Bedeutung und eine Formel anzuhängen, derart widerstanden haben, daß er weder über sie nachdenken, noch über sie sprechen, sondern sie nur ertragen konnte, sobald sie ihm wieder in den Sinn kamen, obgleich es wahrscheinlich ist, daß sie ihm um die Zeit, da Watt sich mir anvertraute, nicht mehr in den Sinn kamen, sondern so waren, als wären sie nie gewesen.

Alsdann, um wieder zu dem Zwischenfall mit den Galls, Vater und Sohn, so wie Watt ihn wiedergab, zurückzukehren, hatte er ursprünglich diese Bedeutung für Watt, um sie später zu verlieren, ehe er sie wiedergewann? Oder hatte er für Watt ursprünglich eine ganz andere Bedeutung, um sie später zu verlieren, ehe er diese, allein oder mit anderen, annahm, die er in Watts Wiedergabe aufwies? Oder hatte er für Watt ursprünglich überhaupt keine Bedeutung und gab es damals weder die Galls noch ein Klavier, sondern nur eine unverständliche Folge von Wechseln, aus der Watt schließlich die Galls und das Klavier gleichsam aus Notwehr bezog? Dies sind sehr heikle Fragen. Watt sprach darüber, als wären schon ursprünglich die Galls und das Klavier dabei vorgekommen, aber er war genötigt, es zu tun, selbst wenn der Zwischenfall ursprünglich nichts mit den Galls und dem Klavier zu tun hatte. Denn selbst wenn die Galls und das Klavier viel späteren Datums wären als die Phänomene, die zu ihnen werden sollten, war Watt genötigt, daran zu denken und darüber zu sprechen, als handelte es sich dabei ursprünglich schon um den Zwischenfall mit den Galls und dem Klavier, wenn er überhaupt daran denken und darüber sprechen mußte, und es darf angenommen werden, daß Watt nie an solche Zwischenfälle gedacht und über sie gesprochen hätte, wenn es für ihn nicht absolut notwendig gewesen wäre, das zu tun. Aber im allgemeinen ist es wahrscheinlich so, daß die Bedeutung, die Watt in seinen Wiedergaben Zwischenfällen dieser Art beimaß, bald die ursprüngliche, verlorene und dann wiedergewonnene Bedeutung war, und bald eine von der ursprünglichen Bedeutung ganz verschiedene Bedeutung, und bald eine in mehr oder weniger langer Zeit, unter mehr oder weniger großen Mühen, aus dem ursprünglichen Fehlen der Bedeutung entwickelte Bedeutung.

Noch ein Wort zu diesem Thema.

Watt lernte gegen Ende seines Aufenthalts in Mr. Knotts Haus einzusehen, daß nichts geschehen war, daß ein Nichts geschehen war, er lernte, es zu ertragen und sogar, es schüchtern liebzugewinnen. Aber da war es zu spät.

Insofern also war der Zwischenfall mit den Galls, Vater und Sohn, anderen Zwischenfällen, von denen er nur der erste war, ähnlich, anderen bemerkenswerten Zwischenfällen. Aber zu sagen, wie es gesagt wurde, daß der Zwischenfall mit den Galls, Vater und Sohn, diesen Aspekt mit allen darauffolgenden bemerkenswerten Zwischenfällen gemein habe, heißt vielleicht, etwas zu weit gehen. Denn nicht alle darauffolgenden bemerkenswerten Zwischenfälle, mit denen Watt

fertig zu werden hatte während seines Aufenthalts in Mr. Knotts Haus und natürlich auf Mr. Knotts Anwesen, boten diesen Aspekt, nein, denn einige bedeuteten etwas von Anfang an und bedeuteten es unablässig, mit aller Ausdauer beispielsweise der Johannisbeerblüte im Ruderboot oder der Kapitulation der einbeinigen Mrs. Watson, bis zum Ende.
Inwiefern nun aber der Zwischenfall mit den Galls, Vater und Sohn, sich von den darauffolgenden Zwischenfällen derselben Kategorie unterschied, so ist es nicht mehr klar und kann deshalb nicht mehr mit Gewinn dargestellt werden. Aber der Unterschied darf als so gering angenommen werden, daß er ohne nachteilige Folgen übersehen werden kann, bei einem Überblick dieser Art.
Watt dachte mitunter an Arsene. Er fragte sich, was Arsene gemeint hatte, nein, er fragte sich, was Arsene gesagt hatte, am Abend seines Scheidens. Denn seine Äußerung war nur bruchstückweise in Watts Ohren gedrungen, und in seinen Verstand, wie immer, wenn etwas nur bruchstückweise in die Ohren dringt, so gut wie nicht. Er hatte freilich gemerkt, daß Arsene sprach, und zwar in gewisser Hinsicht zu ihm, aber etwas, vielleicht die Müdigkeit, hatte ihn gehindert, zu beachten, was gesagt wurde, und zu ergründen, was gemeint wurde. Watt neigte nun dazu, es zu bedauern, denn von Erskine war keine Auskunft zu bekommen. Nicht daß Watt Auskünfte wünschte, durchaus nicht. Er wünschte vielmehr, daß Worte in bezug auf seine Lage, auf Mr. Knott, auf das Haus, auf die Ländereien, auf seine Pflichten, auf die Treppe, auf sein Schlafzimmer, auf die Küche, kurzum auf die Existenzbedingungen angewandt würden, in denen er sich befand. Denn Watt befand sich jetzt inmitten von Dingen, die zwar ihre Benennung zuließen, aber nur widerstrebend. Und der Zustand, in dem Watt sich befand, spottete jeder Beschreibung wie keiner von all den Zuständen, in denen Watt sich je befunden hatte, und Watt hatte sich in seinem Leben in sehr vielen Zuständen befunden. Beim Anblick eines Topfes, zum Beispiel, oder beim Gedanken an einen Topf,

eines der Töpfe von Mr. Knott, an einen der Töpfe von Mr. Knott, sagte Watt vergeblich, Topf, Topf. Oh, vielleicht nicht ganz vergeblich, aber beinahe. Denn es war kein Topf, je länger er es sah und je länger er darüber nachdachte, um so sicherer war er, daß es kein Topf war, nein, durchaus nicht. Es ähnelte einem Topf, es war beinahe ein Topf, aber es war kein Topf, von dem man Topf, Topf sagen und somit erleichtert sein konnte. Obgleich es in unbestreitbarer Angemessenheit allen Zwecken eines Topfes entsprach und alle seine Dienste leistete, war es kein Topf. Und ebendiese verschwindend geringe Abweichung vom Wesen des wahren Topfes quälte Watt so sehr. Denn wenn die Annäherung nicht so streng gewesen wäre, wäre Watt nicht so beängstigt gewesen. Dann hätte er nämlich nicht gesagt, Das ist ein Topf und doch kein Topf, nein, er hätte vielmehr gesagt, Das ist etwas, dessen Namen ich nicht weiß. Und Watt hatte eigentlich lieber mit Dingen zu tun, deren Namen er nicht wußte, obgleich er auch darunter litt, als mit Dingen, deren bekannter Name, deren bewährter Name für ihn nicht mehr der Name war. Denn er konnte stets hoffen, von etwas, dessen Namen er nie gewußt hatte, eines Tages den Namen zu lernen und so beruhigt zu werden. Er konnte dies jedoch nicht erwarten, wenn es sich um etwas handelte, dessen wahrer Name plötzlich oder allmählich aufgehört hatte, der wahre Name für Watt zu sein. Denn Watt war davon überzeugt, daß der Topf immer ein Topf bleiben würde, für jeden außer Watt. Für Watt allein war es kein Topf mehr, nein, durchaus nicht.

Wenn er sich dann zur Beruhigung sich selber zuwandte, der nicht Mr. Knott gehörte wie der Topf, der vielmehr von draußen gekommen war, und den das Draußen wieder aufnehmen würde*, machte er die betrübliche Entdeckung, daß

* Watt hatte, anders als Arsene, nie angenommen, daß Mr. Knotts Haus seine letzte Zuflucht sein würde. War es seine erste? In gewisser Hinsicht war sie es, aber sie war nicht die Art erster Zuflucht, welche die letzte zu sein verspricht. Ihm war freilich gegen Ende seines Aufenthalts bisweilen so, als

er auch von sich selber nichts behaupten konnte, das nicht ebenso falsch erschien, wie wenn er es von einem Stein behauptet hätte. Nicht daß Watt daran gewöhnt gewesen wäre, etwas von sich zu behaupten, das nicht, es war für ihn nur eine Hilfe, von Zeit zu Zeit mit einem schwachen Anschein von Recht sagen zu können, Watt ist ein Mensch, immerhin, Watt ist ein Mensch, oder, Watt ist auf der Straße in Rufweite Tausender von Mitmenschen. Und durch diese winzige Kleinigkeit war Watt sehr verwirrt worden, so sehr, wie er vielleicht durch nichts je verwirrt worden war, und Watt war in seinem Leben oft und maßlos verwirrt worden durch diese unmerkliche, nein, nicht ganz unmerkliche, da er sie ja bemerkte, durch diese undefinierbare Kleinigkeit, die ihn von dem Gegenstand, der einem Topf zum Verwechseln ähnlich sah, nicht mit Überzeugung und Erleichterung sagen ließ, daß er ein Topf sei, und von dem Geschöpf, das trotz allem noch eine gewisse Anzahl spezifisch menschlicher Züge aufwies, daß es ein Mensch sei. Und für Watt war das Bedürfnis nach semantischem Trost zuweilen so groß, daß er den Dingen und sich selber Namen anzuprobieren begann, etwa so wie ein Fräulein Fähnchen anprobiert. So kam er dazu, nach reiflicher Überlegung von dem Pseudo-Topf zu sagen, Das ist ein Schild, oder etwas kühner, Das ist ein Rabe, und so weiter. Aber der Topf erwies sich ebensowenig als Schild, oder als Rabe, oder als irgendeines der Dinge, mit deren Namen Watt ihn bezeichnete, wie als Topf. Was ihn selber betraf, so war es ihm, wenn er sich selber auch nicht länger wie einst mit der Ahnung, nicht unbedingt Un-

ob diese Zuflucht, diese zeitweilige Zuflucht, seine letzte hätte sein können, als ob er sie zu seiner letzten hätte machen können, wenn er geschickter oder weniger ruhebedürftig gewesen wäre. Aber Watt war sehr launisch gegen Ende seines Aufenthalts unter Mr. Knotts Dach. Und unter dem ähnlichen Druck einer Vision der elften Stunde, einer Vision dessen, was hätte sein können, äußerte Arsene sich, wie er es tat, in der Nacht seines Scheidens. Denn es ist kaum denkbar, daß ein Mann vom Schlage Arsenes, mit seiner Erfahrung, im voraus irgendein Halt für das letzte Halt hätte nehmen können.

sinn zu sagen, einen Menschen nennen konnte, gleichwohl nicht möglich, sich vorzustellen, wie er sich anders nennen sollte als einen Menschen. Aber Watts Vorstellungskraft war nie sehr lebhaft gewesen. So daß er sich weiterhin selber für einen Menschen hielt, wie seine Mutter es ihn gelehrt hatte, als sie sagte, Das ist aber ein liebes Menschenkind, oder, Das ist aber ein hübsches Menschenkind, oder, Das ist aber ein kluges Menschenkind. Doch so groß die Erleichterung, die es ihm verschaffte, auch war, er hätte sich ebensogut für eine Schachtel oder eine Urne gehalten.

Aus diesen Gründen vor allem wäre Watt glücklich gewesen, Erskines Stimme zu hören, wie sie die Küche mit Worten ausmaß und die außergewöhnliche Treppensäulenlampe, die sich immer verändernde Treppe, deren Stufenzahl sich sogar von einem Tag zum anderen und vom Abend zum Morgen zu ändern schien, und noch mancherlei andere Dinge im Haus und die Sträucher draußen und andere Gartengewächse, die Watt so oft, selbst bei schönstem Wetter hinderten, an die Luft zu gehen, so daß er blaß und hartleibig wurde, und sogar das Licht, sein Kommen und Gehen, und die Wolken, die den Himmel erklommen, mal langsam, mal schnell, und meist von Westen nach Osten, oder die zur Erde hinabglitten, auf der anderen Seite, denn die von Mr. Knotts Anwesen aus gesehenen Wolken waren nicht ganz die gleichen Wolken, an die Watt gewöhnt war, und Watt war an viele Wolken gewöhnt und konnte die verschiedenen Arten unterscheiden, die Zirrus-, Stratus-, Kumuluswolken und Konsorten, auf den ersten Blick. Nicht daß, wenn Erskine den Topf benannte oder zu Watt sagte, Mein lieber Freund, oder Menschenskind, oder, Zum Teufel mit Ihnen, damit für Watt der Topf zum Topf oder Watt zu einem Menschen gemacht worden wäre, nein, durchaus nicht. Aber es hätte gezeigt, daß wenigstens für Erskine der Topf ein Topf war und Watt ein Mensch. Nicht daß die Tatsache, daß für Erskine der Topf ein Topf war oder Watt ein Mensch, den Topf hätte veranlassen können, für Watt ein Topf zu sein, oder Watt hätte veranlassen können, für Watt ein Mensch zu sein, nein, durchaus nicht. Aber diese Tatsache hätte vielleicht die von Watt mitunter gehegte Hoffnung etwas bestärkt, daß er infolge der Anstrengungen seines Körpers, sich der fremden Umgebung anzupassen, in schlechtem Gesundheitszustand wäre, und die Anstrengungen letztlich erfolgreich sein würden, und seine Gesundheit wiederhergestellt würde, und die Dinge wieder auftauchen würden, und er selber wieder auftauchen würde, alles in der einstigen Gestalt, und daß sie dulden würden, mit den altehrwürdigen Namen benannt zu werden und vergessen zu werden. Nicht daß Watt zu jeder Zeit diese Wiederherstellung der Dinge und seiner selbst in ihrer relativen Harmlosigkeit angestrebt hätte, nein, durchaus nicht. Denn es gab Zeiten, da er ein Gefühl hatte, das dem der Genugtuung, so von den letzten Ratten verlassen zu sein, sehr ähnlich war. Denn wenn diese geflohen wären, gäbe es keine Ratte mehr, nicht mehr die geringste Ratte, und es gab Zeiten, da Watt diese Aussicht, endlich von seinen letzten Ratten erlöst zu sein, beinahe begrüßte. Es würde einsam sein, freilich, anfangs, und still, nach all dem Geknabber, dem Getrippel, dem Gequieke. Die Dinge und er selber hatten ihn seit so langer Zeit schon begleitet, durch schlechtes und weniger schlechtes Wetter. Die Dinge im gewöhnlichen Sinne und dann die Leeren zwischen ihnen, und das Licht hoch oben, bevor es auf sie herabfiel, und dann das andere, längliche, schwere, hohle, unbeständige Ding, das die Gräser niedertrampelte und den Sand aufwirbeln ließ, wenn es seinen Lauf nahm. Aber wenn es Zeiten gab, da Watt diese Verlassenheit beinahe mit Genugtuung ins Auge faßte, so waren sie selten, vor allem in den ersten Zeiten seines Aufenthalts in Mr. Knotts Haus. Und sehr oft sehnte er sich nach einer Stimme, nach Erskines Stimme, seit er mit Erskine allein war, um von Mr. Knotts kleiner Welt zu sprechen, mit den alten Worten, den alten beglaubigten Worten. Da war freilich der Gärtner, um über den Garten zu sprechen. Aber konnte der Gärtner über den Garten sprechen, der Gärtner, der jeden Abend heimging, vor Einbruch der Nacht, und am nächsten Morgen erst zurückkehrte, wenn die Sonne längst hoch am Himmel war? Nein, die Äußerungen des Gärtners waren nicht schlüssig, nach Ansicht Watts. Nur Erskine konnte vom Garten sprechen, so wie nur Erskine mit Gewinn für Watt vom Haus sprechen konnte. Und Erskine sprach nie, weder vom einen noch vom anderen. Erskine machte tatsächlich nie den Mund auf in Watts Gegenwart, es sei denn, um zu essen, oder zu rülpsen, oder zu husten, oder zu kotzen, oder zu gähnen, oder zu seufzen, oder zu singen, oder zu niesen. Es ist wahr, daß während der ersten Woche kaum ein Tag verging, ohne daß Erskine sich an Watt wandte, um über Watts Pflichten zu sprechen. Aber in der ersten Woche waren Watt die Worte noch nicht ausgegangen, oder es war Watts Welt noch nicht unaussprechlich geworden. Es ist auch wahr, daß Erskine mitunter ganz aufgeregt zu Watt gerannt kam mit einer höchst lächerlichen Frage wie, Haben Sie Mr. Knott gesehen? oder, Ist Kate gekommen? Aber das war viel später. Vielleicht, sagte Watt, wird er eines Tages fragen, Wo ist der Topf? oder, Wo haben Sie den Topf hingestellt? Diese Fragen, so absurd sie auch sein mochten, schienen dennoch eine Bestätigung Watts zu sein, die Watt prompt zu würdigen wußte. Aber er hätte sie mehr gewürdigt, wenn sie früher erfolgt wäre, ehe er sich an seinen Seinsverlust gewöhnt hatte.

Das Lied, das Erskine sang, oder vielmehr psalmodierte, war immer das gleiche. Es klang so:

?

Mag sein, daß, wenn Watt mit Erskine gesprochen hätte, Erskine mit Watt gesprochen hätte, Antwort gebend. Aber so weit ging Watt keineswegs.

Watt widmete anfangs allem, was um ihn herum geschah, größte Aufmerksamkeit. Es gab kein Geräusch in Hörweite, das er nicht sofort vernahm und sich, notfalls, vornahm, und er öffnete weit seine Augen vor allem, was nahebei und in der Ferne vorbeizog, vor allem, was kam und ging und verweilte und sich rührte, und vor allem, was heller und dunkler und größer und kleiner wurde, und er begriff in manchen Fällen die Natur des betroffenen Gegenstands und sogar den unmittelbaren Grund dafür. Auch den tausend Gerüchen, welche die Zeit hinterläßt, schenkte Watt die lebhafteste Aufmerksamkeit. Und er rüstete sich mit einem tragbaren Spucknapf aus.

Diese beständige Beanspruchung einiger seiner edelsten Sinnesorgane ermüdete Watt sehr. Und die Ergebnisse waren alles in allem kümmerlich. Aber er hatte keine Wahl, anfangs.

Zu den ersten Dingen, die Watt so lernte, gehörte die Tatsache, daß Mr. Knott manchmal spät aufstand und früh zu Bett ging, und manchmal sehr spät aufstand und sehr spät zu Bett ging, und manchmal weder aufstand noch zu Bett ging, denn kann zu Bett gehen, wer nicht aufgestanden ist? Was Watt hier interessierte, war die Tatsache, daß, je früher Mr. Knott aufstand, er um so später zu Bett ging, und daß, je später er aufstand, er um so früher zu Bett ging. Aber zwischen dem Zeitpunkt seines Aufstehens und dem seines Zubettgehens schien es keine konstante Wechselbeziehung zu geben, es sei denn eine so abstruse, daß es sie nicht gab, für Watt. Lange Zeit war dies eine Ursache großer Verwunderung für Watt, denn er sagte, Hier ist einer, der anscheinend einerseits zögert, seinen Zustand zu verändern, und den es andererseits dazu drängt. Denn montags, dienstags und freitags stand er um elf auf und ging um sieben zu Bett, und mittwochs und samstags stand er um neun auf und ging um acht zu Bett, und sonntags stand er weder auf noch ging zu Bett. Bis Watt begriff, daß es zwischen dem aufgestandenen Mr. Knott und dem zu Bett gegangenen Mr. Knott sozusagen keinen Unterschied gab. Denn sein Aufstehen war kein Wechsel vom Zustand des Schlafens in den des Wachens, und sein Zubettgehen war keiner vom Zustand des Wachens

in den des Schlafens, sondern sein Aufstehen und sein Zubettgehen waren Wechsel von einem Zustand, der weder einer des Schlafens noch einer des Wachens war, in einen Zustand, der weder einer des Wachens noch einer des Schlafens war. Selbst von Mr. Knott konnte man schwerlich erwarten, daß er Tag und Nacht in der gleichen Lage blieb.
Mr. Knotts Mahlzeiten machten kaum Mühe.
Samstag abends wurde eine Menge Nahrung zubereitet und gekocht, die genügte, um Mr. Knott eine Woche lang durchzubringen.
Dieses Gericht enthielt Nahrungsmittel verschiedener Art, wie Suppen verschiedener Art, Fisch, Eier, Wild, Geflügel, Fleisch, Käse, Obst, alles verschiedener Art, und freilich Brot und Butter, und es enthielt auch Getränke, denen am meisten zugesprochen wird, wie Absinth, Mineralwasser, Tee, Kaffee, Milch, Stout, Bier, Whisky, Cognac, Wein und Wasser, und es enthielt auch viel für die Gesundheit, wie Insulin, Digitalin, Kalomel, Jod, Laudanum, Quecksilber, Kohle, Eisen, Kamille und Wurmmittel, und freilich Salz und Senf, Pfeffer und Zucker, und freilich ein Tröpfchen Salizylsäure gegen die Gärung.
Alle diese Dinge und noch viele andere, die zu zahlreich sind, als daß sie hier erwähnt werden könnten, wurden in dem berühmten Topf innig miteinander vermischt und vier Stunden lang gekocht, bis die Konsistenz von Maische oder Mus erreicht war, und all die guten Sachen zum Essen und all die guten Sachen zum Trinken und all die guten Sachen für die Gesundheit wurden unwiederbringlich vermengt und in eine einzige gute Sache verwandelt, die weder Speise noch Trank, noch Arznei war, sondern eine ganz neue gute Sache, von der schon ein Löffel voll den Appetit gleichzeitig anregte und verdarb, Durst erzeugte und löschte, die Lebensfunktionen des Körpers gefährdete und förderte, und überdies angenehm zu Kopf stieg.
Watt fiel die Aufgabe zu, die Zutaten, aus denen sich dieses Gericht zusammensetzte, mit äußerster Genauigkeit zu wie-

gen, zu messen und zu zählen, und jene, die einer Zubereitung bedurften, für den Topf zuzubereiten und sie ohne Einbuße innig miteinander zu vermischen, so daß nichts mehr voneinander zu unterscheiden war, und sie zum Kochen zu bringen, und wenn sie kochten, sie am Kochen zu halten, und wenn sie gekocht waren, ihr Kochen zu unterbrechen und sie hinauszustellen ins Kühle, an einen kühlen Platz. Diese Aufgabe beanspruchte Watts Kräfte, die seines Geistes und die seines Körpers, auf das äußerste, so heikel und so schwer war sie. Und bei warmem Wetter geschah es bisweilen, während er mischte, bis zu den Hüften entblößt, und mit beiden Händen die große Eisenstange handhabte, daß Tränen hinabfielen, Tränen geistiger Erschöpfung, von seinem Gesicht in den Topf, und von seiner Brust, und aus seinen Achselhöhlen, durch seine Anstrengungen hervorgerufene dicke Schweißperlen, ebenfalls in den Topf. Auch seine seelischen Reserven wurden auf eine harte Probe gestellt, so groß war sein Verantwortungsbewußtsein. Denn er wußte, so als hätte man es ihm gesagt, daß das Rezept dieses Gerichts seit seiner Zusammenstellung vor langer, langer Zeit nie verändert worden war und daß die Auswahl, die Dosierung und die Mengen der nötigen Zutaten mit der peinlichsten Genauigkeit berechnet worden waren, um Mr. Knott für eine Folge von vierzehn vollen Mahlzeiten, das heißt sieben vollen Mittagsmahlzeiten und sieben vollen Abendmahlzeiten, ein mit der Erhaltung seiner Gesundheit vereinbares Höchstmaß an Genuß zu gewähren.

Dieses Gericht wurde Mr. Knott kalt, in einem Napf, um Punkt zwölf Uhr mittags und pünktlich um sieben Uhr abends das ganze Jahr hindurch serviert.
Das heißt, daß Watt zu diesen Stunden den vollen Napf in das Speisezimmer trug und auf den Tisch stellte. Eine Stunde später kehrte er dahin zurück und nahm ihn weg, ganz gleich in welchem Zustand Mr. Knott ihn hinterlassen hatte. Wenn der Napf noch Nahrung enthielt, so trug Watt diese Nahrung

zum Trog des Hundes hinüber. Wenn er aber leer war, so wusch Watt ihn, im Hinblick auf die folgende Mahlzeit.
So sah Watt Mr. Knott nie zu den Mahlzeiten. Denn Mr. Knott kam nie pünktlich zu Tisch. Aber er verspätete sich selten mehr als zwanzig Minuten oder eine halbe Stunde. Und ob er den Napf leerte oder nicht, er brauchte dazu nie mehr als fünf Minuten, oder höchstens sieben Minuten. So daß Mr. Knott nie im Speisezimmer war, wenn Watt den Napf hineinbrachte; und er war auch nie da, wenn Watt dahin zurückkehrte, um den Napf wieder wegzunehmen. So sah Watt Mr. Knott nie, niemals, nie sah er Mr. Knott zu den Mahlzeiten.
Mr. Knott aß dieses Gericht mit einem versilberten Schäufelchen, wie es in Süßwarenläden und Kolonialwarenhandlungen benutzt wird, und in Teegeschäften.
Diese Anordnung stellte eine große Arbeitserleichterung dar. Außerdem wurde so Kohle gespart.
Wem, so fragte sich Watt, war diese Anordnung zu verdanken? Mr. Knott selber? Oder irgendeiner anderen Person, zum Beispiel einem vielleicht genialen ehemaligen Hausangestellten, oder einem berufsmäßigen Diätetiker? Und wenn nicht Mr. Knott selber, sondern irgendeiner anderen Person (oder freilich anderen Personen), wußte Mr. Knott überhaupt, daß es solche Anordnung gab, oder wußte er es nicht?
Man hörte Mr. Knott nie über seine Nahrung klagen, obgleich er sie nicht immer aß. Manchmal leerte er den Napf, und kratzte mit dem Schäufelchen an der Innenwand und über den Boden, bis sie blank waren, und manchmal ließ er die Hälfte oder irgendeinen anderen Bruchteil stehen, und manchmal ließ er alles stehen.
Zwölf Möglichkeiten fielen Watt in diesem Zusammenhang ein.

1. Mr. Knott war für die Anordnung verantwortlich und wußte, daß er für die Anordnung verantwortlich war, und

wußte, daß es eine solche Anordnung gab, und war zufrieden.
2. Mr. Knott war nicht für die Anordnung verantwortlich, wußte aber, wer für die Anordnung verantwortlich war, und wußte, daß es solche Anordnung gab, und war zufrieden.
3. Mr. Knott war für die Anordnung verantwortlich und wußte, daß er für die Anordnung verantwortlich war, wußte aber nicht, daß es solche Anordnung gab, und war zufrieden.
4. Mr. Knott war für die Anordnung nicht verantwortlich, wußte aber, wer für die Anordnung verantwortlich war, wußte aber nicht, daß es solche Anordnung gab, und war zufrieden.
5. Mr. Knott war für die Anordnung verantwortlich, wußte aber weder, wer für die Anordnung verantwortlich war, noch daß es solche Anordnung gab, und war zufrieden.
6. Mr. Knott war für die Anordnung nicht verantwortlich, wußte weder, wer für die Anordnung verantwortlich war, noch daß es solche Anordnung gab, und war zufrieden.
7. Mr. Knott war für die Anordnung verantwortlich, wußte aber nicht, wer für die Anordnung verantwortlich war, und wußte, daß es solche Anordnung gab, und war zufrieden.
8. Mr. Knott war für die Anordnung nicht verantwortlich, noch wußte er, wer für die Anordnung verantwortlich war, und wußte, daß es solche Anordnung gab, und war zufrieden.
9. Mr. Knott war für die Anordnung verantwortlich, wußte aber, wer für die Anordnung verantwortlich war, und wußte, daß es solche Anordnung gab, und war zufrieden.
10. Mr. Knott war für die Anordnung nicht verantwortlich, wußte aber, daß er für die Anordnung verantwortlich war, und wußte, daß es solche Anordnung gab, und war zufrieden.
11. Mr. Knott war für die Anordnung verantwortlich, wußte aber, wer für die Anordnung verantwortlich war, wußte aber nicht, daß es solche Anordnung gab, und war zufrieden.
12. Mr. Knott war für die Anordnung nicht verantwortlich,

wußte aber, daß er für die Anordnung verantwortlich war, wußte aber nicht, daß es solche Anordnung gab, und war zufrieden.

Weitere Möglichkeiten fielen Watt in diesem Zusammenhang ein, aber er schob sie beiseite, er schlug sie sich aus dem Sinn, als einer ernsthaften Betrachtung unwürdig, vorläufig. Der Zeitpunkt käme vielleicht einmal, da sie einer ernsthaften Betrachtung wert wären, und dann würde er, wenn er es könnte, sich ihrer entsinnen und sie ernsthaft betrachten. Aber im Moment schienen sie ihm einer ernsthaften Betrachtung nicht wert zu sein, so daß er sie sich ganz aus dem Sinn schlug und sie vergaß.

Watts Anweisung lautete, das, was Mr. Knott von seinem Gericht stehenließ, an den Tagen, da er nicht alles aß, dem Hund zu geben.

Nun gab es aber keinen Hund im Hause, das heißt, keinen Haushund, dem man diese Nahrung hätte geben können an Tagen, da Mr. Knott ihrer nicht bedurfte.

Darüber nachdenkend, hörte Watt eine leise Stimme sagen, Mr. Knott kannte einst einen Mann, der von einem Hund gebissen wurde, ins Bein, und er kannte einst einen anderen Mann, der von einer Katze gekratzt wurde, in der Nase, und er kannte einst eine schöne, stattliche Frau, die von einer Ziege gestoßen wurde, in die Lenden, und er kannte einst einen anderen Mann, der von einem Stier mit den Hörnern ausgeweidet wurde, auf der Weide, und er verkehrte einst mit einem Kanonikus, der von einem Pferd geschlagen wurde, ins Gemächt, und darum ist er mißtrauisch gegenüber Hunden und anderen vierfüßigen Freunden des Menschen um ihn herum, und gegenüber seinen sprachlosen zweifüßigen Brüdern und Schwestern in Gott kaum minder, denn er kannte einst einen Missionar, der von einem Strauß zu Tode getrampelt wurde, in den Magen, und er kannte einst einen Priester, der, als er mit einem Seufzer der Erleichterung gerade die Kapelle verließ, wo er eigenhändig für über hundert Menschen die Messe zelebriert hatte, beschissen wurde, von oben, von einer Taube, ins Auge.

Watt wußte nie so recht, was er von dieser besagten leisen Stimme halten sollte, ob es ein Scherz war oder Ernst.

Es war also nötig, daß ein Hund von draußen wenigstens einmal täglich ans Haus kam, für den Fall, daß man ihm einen Teil oder alles von Mr. Knotts Mittagessen oder Abendessen oder beidem zu fressen geben müsse.

Nun mußte man in dieser Angelegenheit großen Schwierigkeiten begegnet sein, trotz der großen Zahl hungriger und sogar verhungernder Hunde, von denen es in der Nachbarschaft wimmelte und wahrscheinlich schon immer gewimmelt hatte, in weitem Umkreis, in allen Richtungen. Und der Grund dafür war vielleicht, daß die Zahl der Tage, an denen der Hund mit vollem Bauch wieder wegging, gering war, verglichen mit der Zahl der Tage, an denen er mit halbleerem Bauch wieder wegging, und die Zahl der Tage, an denen er mit halbleerem Bauch wieder wegging, gering war, verglichen mit der Zahl der Tage, an denen er mit dem leeren Bauch, mit dem er gekommen war, wieder wegging. Denn es kam häufiger vor, daß Mr. Knott all seine Nahrung aufaß, anstatt nur einen Teil davon zu essen, und daß er nur einen Teil davon aß, anstatt überhaupt nichts davon zu essen, viel, viel häufiger. Denn obgleich es stimmt, daß Mr. Knott sehr oft sehr spät aufstand und sehr früh zu Bett ging, so war doch die Zahl der Tage sehr groß, an denen Mr. Knott gerade rechtzeitig aufstand, um sein Mittagessen zu essen, und sein Abendessen gerade rechtzeitig aß, um zu Bett zu gehen. Die Tage, an denen er weder aufstand noch zu Bett ging und so beides, sein Mittagessen und sein Abendessen, unangerührt stehenließ, waren freilich herrliche Tage, für den Hund. Aber sie waren sehr selten.

Wird nun aber der durchschnittliche hungrige oder verhungernde Hund aus eigenem freien Willen immer wieder pünktlich eintreffen, unter solchen Umständen? Nein, der durchschnittliche hungrige oder verhungernde Hund, der sich

selber überlassen ist, wird es nicht tun, denn es wäre nicht der Mühe wert.
Hinzu kommt noch, daß der Hund nicht zu irgendeiner x-beliebigen Tages- oder Nachtzeit, wann immer es ihm gerade einfallen mochte, einzutreffen hatte, nein, sondern innerhalb einer genau bestimmten Frist, und zwar zwischen acht Uhr abends und zehn Uhr abends. Und der Grund dafür war, daß um zehn Uhr das Haus für die Nacht geschlossen wurde und man bis acht Uhr nicht wußte, ob Mr. Knott etwas, alles oder nichts von seiner Tagesnahrung übriggelassen hatte. Denn obgleich Mr. Knott im allgemeinen sowohl sein Mittagessen als auch sein Abendessen bis auf das letzte Bißchen aufaß, so daß der Hund nichts bekam, hinderte ihn doch nichts daran, sein Mittagessen bis auf das letzte Bißchen aufzuessen und dann sein Abendessen oder einen Teil seines Abendessens stehenzulassen, so daß der Hund das stehengelassene Abendessen oder den stehengelassenen Teil des Abendessens bekam, oder sein Mittagessen oder einen Teil seines Mittagessens stehenzulassen und sein Abendessen bis auf das letzte Bißchen aufzuessen, so daß der Hund das stehengelassene Mittagessen oder den stehengelassenen Teil seines Mittagessens bekam, oder nur einen Teil seines Mittagessens zu essen und dann wieder nur einen Teil seines Abendessens, so daß dem Hund beide stehengelassenen Teile zugute kamen, oder weder sein Mittagessen noch sein Abendessen anzurühren, so daß der Hund, wenn er weder zu früh noch zu spät eintraf, schließlich mit vollem Bauch davonzog.
Wie waren nun Hund und Nahrung zusammenzubringen an Tagen, da Mr. Knott von seiner Tagesnahrung alles oder einen Teil stehenließ und alles oder einen Teil der Nahrung für den Hund zur Verfügung stand? Denn Watt hatte die ausdrückliche Anweisung: An jenen Tagen, da Nahrung übrigblieb, war diese übriggebliebene Nahrung dem Hund zu geben, ohne jeglichen Zeitverlust.
Dies war das Problem, dem Mr. Knott sich gegenüberge-

sehen hatte, in weit entfernter Vergangenheit, als er sich häuslich niederließ.

Dies war eins der zahlreichen Probleme, denen Mr. Knott sich damals gegenübergesehen hatte.

Oder wenn nicht Mr. Knott, dann ein anderer, von dem jegliche Spur verloren ist. Oder wenn nicht ein anderer, dann andere, von denen keine Spuren geblieben sind.

Watt ging nun zu der Frage über, wie dieses Problem gelöst worden war, wenn nicht von Mr. Knott, dann von jenem anderen, und wenn weder von Mr. Knott noch von jenem anderen, dann von jenen anderen, mit einem Wort, wie dieses Problem gelöst worden war, dieses Problem, wie Hund und Nahrung zusammenzubringen waren, durch Mr. Knott oder durch irgendeine andere Person, die vor diesem Problem gestanden hatte, in jener weit entfernten Vergangenheit, als Mr. Knott sich häuslich niederließ, denn daß es von irgend jemandem oder mehreren hätte gelöst werden können, dem oder denen es sich nie gestellt hatte, schien Watt unwahrscheinlich, höchst unwahrscheinlich.

Aber bevor er zu dieser Frage überging, hielt er inne, um darüber nachzudenken, daß die Lösung dieses Problems, wie Hund und Nahrung in der beschriebenen Weise zusammenzubringen seien, womöglich von demjenigen oder denjenigen gefunden worden war, von dem oder denen die Lösung des Problems, wie Mr. Knotts Nahrung zubereitet werden mußte, vor so langer Zeit gefunden worden war.

Und nachdem er innegehalten hatte, um darüber nachzudenken, hielt er noch etwas länger inne, bevor er zu der Lösung überging, die sich als die richtige erwiesen zu haben schien, um wenigstens einige von jenen zu erwägen, die sich nicht als die richtigen erwiesen zu haben schienen.

Aber bevor er noch etwas länger innehielt, um dies zu tun, nahm er sich schnell noch die Zeit, um festzustellen, daß diese Lösungen, die sich nicht als die richtigen erwiesen zu haben schienen, von dem Finder oder den Findern der Lösung, die sich als die richtige erwiesen zu haben schien, vielleicht erwogen und als unbefriedigend verworfen worden waren oder vielleicht auch nicht.

1. Es hätte vielleicht ein außergewöhnlich hungriger oder verhungernder Hund ausfindig gemacht werden können, der aus ihm selber wohlbekannten Gründen es für der Mühe wert gehalten hätte, in der erforderlichen Weise zu dem Haus zu kommen.

Aber die Möglichkeit der Existenz eines solchen Hundes war gering.

Aber die Wahrscheinlichkeit, einen solchen Hund zu finden, wenn er existierte, war minimal.

2. Es hätte ein unterernährter ortsansässiger Hund ausgesucht werden können, dem mit Zustimmung seines Herrn durch einen der Leute Mr. Knotts alles oder ein Teil von Mr. Knotts Nahrung an den Tagen hätte gebracht werden können, da Mr. Knott alles oder einen Teil von seiner Tagesnahrung stehenließ.

Aber dann hätte einer von Mr. Knotts Leuten seinen Mantel anziehen, seinen Hut aufsetzen und womöglich in stockfinsterer Nacht und höchstwahrscheinlich bei strömendem Regen hinausgehen und seinen Weg in Finsternis und Regenschauern ertasten müssen, den Topf mit der Nahrung in der Hand, als eine klägliche, lächerliche Figur, zu dem Lager des Hundes.

Aber gab es die geringste Garantie dafür, daß der Hund da wäre, bei der Ankunft des Mannes? Hätte der Hund nicht fortgegangen sein können, für die Dauer der Nacht?

Aber angenommen, der Hund wäre bei der Ankunft des Mannes da, gäbe es dann die geringste Garantie dafür, daß der Hund hungrig genug wäre, um den Topf voll Nahrung aufzufressen, bei der Ankunft des Mannes mit dem Topf voll Nahrung? Hätte der Hund nicht seinen Hunger gestillt haben können, im Laufe des Tages? Oder angenommen, der Hund wäre bei der Ankunft des Mannes nicht da, gäbe es dann die geringste Sicherheit dafür, daß der Hund hungrig genug sein würde, wenn er am Morgen oder im Laufe der

Nacht zurückkehrte, um den vom Mann gebrachten Topf voller Nahrung aufzufressen? Hätte der Hund seinen Hunger nicht im Laufe der Nacht gestillt und sogar das Haus mit diesem einzigen Ziel verlassen haben können?

3. Es hätte ein Bote, ein Mann oder ein Junge oder eine Frau oder ein Mädchen, angestellt werden können, um jeden Abend zu dem Haus zu kommen, um, sagen wir, acht Uhr fünfzehn abends, und an jenen Abenden, da Nahrung für den Hund zur Verfügung stände, diese Nahrung einem Hund, irgendeinem Hund zu bringen und bei diesem Hund zu bleiben, bis er die Nahrung gefressen hätte und, wenn er die Nahrung nicht auffressen könnte oder wollte, das, was von der Nahrung noch stehengeblieben wäre, einem anderen Hund, irgendeinem anderen Hund zu bringen und bei diesem anderen Hund zu bleiben, bis er das, was von der Nahrung noch stehengeblieben wäre, gefressen hätte, und wenn er das, was von der Nahrung noch stehengeblieben wäre, nicht auffressen könnte oder wollte, das, was von der Nahrung immer noch stehengeblieben wäre, einem anderen Hund, irgendeinem anderen Hund zu bringen, und so weiter, bis alle Nahrung aufgefressen wäre und kein bißchen mehr übriggeblieben wäre, und den leeren Topf zurückzubringen.

(Diese Person hätte außerdem beauftragt werden können, die Schnürstiefel zu putzen und die Halbschuhe, entweder vor dem Verlassen des Hauses mit dem vollen Topf, der freilich gar nicht voll wäre, oder bei der Rückkehr zum Haus mit dem leeren Topf, oder ganz einfach bei der Nachricht, daß keine Nahrung für den Hund zur Verfügung stünde, an diesem Tage.

Das hätte den Gärtner, einen Mr. Graves, sehr entlastet und ihm ermöglicht, dem Garten die Zeit zu widmen, die er den Schnürstiefeln und Halbschuhen widmete. Und ist es nicht merkwürdig, höchst merkwürdig, daß man von etwas sagt, es sei voll, wenn es gar nicht voll ist, wohingegen man von etwas nicht sagt, es sei leer, wenn es nicht leer ist? Und der

Grund dafür ist vielleicht die Tatsache, daß, wenn man etwas füllt, man es selten ganz füllt, weil es nicht bequem wäre, wohingegen man, wenn man etwas leert, es vollkommen leert, indem man das Gefäß mit der Öffnung nach unten hält und es notfalls mit kochendheißem Wasser ausspült, in einer Art Raserei.)

Aber gab es die geringste Garantie dafür, daß der Bote tatsächlich die Nahrung einem Hund oder Hunden geben würde, gemäß seiner Anweisung? Was hinderte den Boten daran, die Nahrung selber zu essen, oder alles oder einen Teil der Nahrung anderweitig zu verkaufen, oder sie zu verschenken, oder sie wegzuschütten in den nächsten Graben oder in das erste beste Loch, um Zeit zu sparen und Ärger zu vermeiden?

Aber was würde geschehen, wenn der Bote wegen Unpäßlichkeit oder Trunkenheit oder Nachlässigkeit oder Faulheit versäumte, an einem Abend zum Haus zu kommen, an dem Nahrung für den Hund zur Verfügung stände?

Aber könnte nicht selbst der stärkste, der nüchternste, der gewissenhafteste aller Boten, der alle ortsansässigen Hunde, ihre Gewohnheiten und Hütten, ihre Farben und Gestalten kennte, immer noch etwas Nahrung vorfinden in dem alten Topf, abends um zehn, im Begriff zu gehn, und wie sollte der arme Tropf dann diesen Topf zurückbringen, der treue Bote, wenn der Topf nicht rechtzeitig leer wäre, denn am nächsten Morgen würde es zu spät sein, da Mr. Knotts Geschirr nicht draußen bleiben durfte, über Nacht.

Aber war ein Hund dasselbe wie der Hund? Denn in Watts Anweisungen war keine Rede von einem Hund, sondern nur von dem Hund, was nur bedeuten konnte, daß nicht irgendein Hund erforderlich war, sondern ein ganz bestimmter Hund, das heißt, nicht heute dieser Hund und morgen ein anderer und womöglich übermorgen ein dritter, nein, sondern jeden Tag derselbe, jeden Tag derselbe arme alte Hund, solange der Hund lebte. Aber – a fortiori – waren mehrere Hunde dasselbe wie der Hund?

4. Es hätte ein Besitzer eines ausgehungerten Hundes ausfindig gemacht werden können, dessen Geschäfte ihn in Begleitung seines Hundes an Mr. Knotts Haus vorbeiführten, an jedem Abend des Jahres zwischen acht und zehn. Dann würde an jenen Abenden, da Nahrung für den Hund zur Verfügung stünde, in Mr. Knotts Fenster oder irgendeinem anderen weithin sichtbaren Fenster ein rotes Licht angezündet werden, oder vielleicht besser ein grünes, und an allen anderen Abenden ein violettes Licht, oder vielleicht besser überhaupt kein Licht, und dann würde der Mann (und wahrscheinlich bald auch der Hund) im Vorübergehen seine Augen zum Fenster erheben und beim Anblick eines roten Lichts oder eines grünen Lichts zur Haustür eilen und bei seinem Hund bleiben, bis sein Hund alle Nahrung, die Mr. Knott stehengelassen hätte, aufgefressen hätte, beim Anblick eines violetten Lichts oder überhaupt keines Lichts jedoch nicht zur Tür eilen mit seinem Hund, sondern seinen Weg fortsetzen, auf der Straße, mit seinem Hund, als ob nichts geschehen wäre.

Aber war es wahrscheinlich, daß solch ein Mann existierte?

Aber war es wahrscheinlich, daß er, wenn er existierte, ausfindig gemacht werden könnte?

Aber könnte er nicht, wenn er existierte, und wenn er ausfindig gemacht würde, am Hause vorübergehend, auf seinem Weg nach Hause, oder auf seinem Weg nach draußen, denn es kann keinen anderen Weg geben für einen, der noch unterwegs ist, könnte er dann nicht in seinem Geiste das rote Licht mit dem violetten, das violette mit dem grünen, das grüne mit dem fehlenden und das fehlende mit dem roten Licht verwechseln und, wenn da keine Nahrung für ihn wäre, kommen, um tock-tock-tock an die Tür zu klopfen und, wenn da etwas Nahrung für ihn wäre, unverdrossen den Weg fortsetzen, die Straße entlang, gefolgt von seinem treuen, abgemagerten Hund?

Aber könnte es nicht sein, daß Erskine oder Watt oder irgendein anderer Erskine oder irgendein anderer Watt aus

Versehen das falsche Licht oder gar kein Licht ins Fenster stellen oder, wenn es schon zu spät wäre, aus Vergeßlichkeit oder Nachlässigkeit das richtige Licht oder gar kein Licht, und Mann und Hund zur Tür gerannt kommen, wenn nichts da wäre, oder unverdrossen den Weg fortsetzen, wenn etwas da wäre?
Aber würde dies nicht den Ärger, die Verantwortung und die schon so große Mühe von Mr. Knotts Bediensteten noch vergrößern?
So erwog Watt nicht nur einige jener Lösungen, die sich offensichtlich nicht als die richtigen erwiesen hatten, sondern auch einige jener Einwendungen, die vielleicht der Grund dafür gewesen waren, daß sie sich nicht als die richtigen erwiesen hatten, in folgender Einteilung:

Lösung	*Zahl der Einwendungen*
1.	2
2.	3
3.	4
4.	5

Zahl der Lösungen	*Zahl der Einwendungen*
4	14
3	9
2	5
1	2

Dann zu der Lösung übergehend, die sich als die richtige erwiesen zu haben schien, fand Watt, sie bestehe im großen und ganzen darin, daß ein geeigneter ortsansässiger Hundebesitzer, das heißt ein bedürftiger Mann mit einem ausgehungerten Hund, ausfindig gemacht werden sollte, dem pro Jahr die runde Summe von fünfzig Pfund in Form von zwölf Monatszahlungen auszusetzen sei, damit dieser jeden Abend zwischen acht und zehn in Begleitung seines ausgehungerten Hundes zu Mr. Knotts Haus komme, und an jenen Tagen, da Nahrung für seinen Hund da wäre, bei seinem Hund bleibe, mit einem Stock in der Hand, unter Zeugen, bis der Hund alle Nahrung bis auf das letzte Bißchen aufgefressen hätte, und sich dann mit seinem Hund davonmache, und zwar unverzüglich; und daß ein jüngerer, ausgehungerter Hund von diesem Mann auf Mr. Knotts Kosten erworben und für den Tag in Bereitschaft gehalten werden sollte, an dem der erste ausgehungerte Hund sterben würde, und daß dann wieder ein anderer ausgehungerter Hund auf die gleiche Weise beschafft und für die unausbleibliche Stunde bereitgehalten werden sollte, in der der zweite ausgehungerte Hund der Natur seine Schuld bezahlen würde, und immer weiter so, so daß stets diese beiden ausgehungerten Hunde zur Verfügung stünden, von denen der eine die von Mr. Knott stehengelassene Nahrung in der beschriebenen Weise zu fressen hätte, bis er stürbe, und der andere dann, solange er lebte, das gleiche zu tun hätte, und immer weiter so; und außerdem, daß ein ähnlich situierter, junger, ortsansässiger, aber hundeloser Mann für den Tag ausfindig gemacht werden sollte, an dem der erste ortsansässige Mann sterben würde, damit er in der gleichen Weise und unter den gleichen Bedingungen die beiden überlebenden, ausgehungerten, nun herren- und hüttenlos gewordenen Hunde in Obhut und in Dienst nehme; und daß dann wieder ein anderer junger, ortsansässiger, hundeloser Mann auf die gleiche Weise für die schreckliche Stunde fest verpflichtet werden sollte, in welcher der zweite ortsansässige Mann der Auflösung anheimfallen würde, und immer weiter so, so daß stets zwei ausgehungerte Hunde und zwei bedürftige ortsansässige Männer zur Verfügung stünden, der erste bedürftige, ortsansässige Mann, um die zwei ausgehungerten Hunde in der beschriebenen Weise, solange er leben würde, zu halten und zu benutzen, und dann der andere, um, solange er atmete, das gleiche zu tun, und immer weiter so; und daß für den mit Recht zu befürchtenden Fall, daß einer der beiden ausgehungerten Hunde oder beide ausgehungerten

Hunde ihren Herrn nicht überleben und ihm unverzüglich ins Grab folgen würde oder würden, ein dritter, ein vierter, ein fünfter, und sogar ein sechster ausgehungerter Hund angeschafft und in angemessener Weise auf Mr. Knotts Kosten an irgendeinem geeigneten Ort in ausgehungertem Zustand unterhalten werden sollte, oder daß, besser noch, auf Mr. Knotts Kosten auf irgendeinem günstigen Grundstück ein Zwinger oder ein Heim für ausgehungerte Hunde errichtet werden sollte, von wo jederzeit ein reinrassiger, gut abgerichteter, ausgehungerter Hund abgeholt und in der beschriebenen Weise in Dienst gestellt werden könnte; und daß für den wenig wahrscheinlichen Fall, daß der zweite ortsansässige, arme, junge Mann zur gleichen Zeit wie der erste ortsansässige arme Mann oder sogar noch vor ihm ins Jenseits hinüberwechseln würde, und es geschehen alle Augenblicke noch viel erstaunlichere Dinge, ein dritter, ein vierter, ein fünfter und sogar ein sechster ortsansässiger, armer, junger, hundeloser Mann oder sogar eine Frau in ähnlicher Lage ausfindig gemacht werden und mittels guter Worte und gelegentlicher Zuwendungen von Geld und abgetragenen Kleidern in der beschriebenen Weise für Mr. Knotts Dienst eventuell fest verpflichtet werden sollte, oder besser noch, daß eine geeignete ortsansässige kinderreiche, bettelarme, große, bedürftige Familie von, sagen wir, zwei Eltern und zehn bis fünfzehn Kindern und Enkelkindern, die sehr heimatverbunden wären, ausfindig gemacht werden und mittels eines hübschen kleinen Handgelds zunächst und einer großzügigen Jahresrente von fünfzig Pfund in monatlichen Zahlungen und gelegentlicher, festtäglicher Geschenke von Kleingeld und engen Kleidern und durch unermüdliche, wohl abgepaßte, gefühlvolle Ratschläge und Worte der Ermutigung und des Trostes unwiderruflich und vollzählig, mit ihren Kindern und Kindeskindern, Mr. Knotts Dienerschaft fest angegliedert werden sollte, im Hinblick auf alle Dinge, die den zum Fressen der von Mr. Knott stehengelassenen Nahrung erforderlichen Hund betreffen würden, und zwar ausschließlich im Hinblick auf diese Dinge, und daß der Zwinger oder die Zucht ausgehungerter Hunde, die Mr. Knott gegründet hätte, damit es nie mehr an einem ausgehungerten Hund zum Fressen seiner Nahrung an jenen Tagen, da er selber sie nicht äße, fehle, ihrer Sorge ein für allemal anvertraut werden sollte, denn das Ding Zwinger war eins, was das Ding Hund betrifft. Und dies schien Watt ungefähr der Weg zu sein, auf dem die Lösung des Problems, wie Mr. Knotts Nahrung dem Hund zu geben sei, gefunden worden war, und obgleich es freilich eine Zeitlang nichts anderes gewesen sein kann als ein sich bald ausdehnendes, bald sich zusammenziehendes Gedankengewebe in einem Schädel, so war es doch sehr wahrscheinlich sehr bald viel mehr als dies, da es von unermeßlichen verarmten Familien meilenweit im Umkreis in allen denkbaren Richtungen wimmelte und von jeher gewimmelt haben mußte, und sehr wahrscheinlich kam sehr bald allabendlich, so daß ihn jeder sehen und bewundern konnte, ein leibhaftiger ausgehungerter Hund in Lebensgröße mit der Regelmäßigkeit eines Uhrwerks an Mr. Knotts Hintertür, geführt und vermutlich gefolgt von einem unverkennbaren Exemplar ortsansässiger fruchtbarer Armut, und die Rente wurde bezahlt und, hin und wieder, höchst unerwartet wurde eine halbe Krone gespendet oder ein Gulden oder ein Shilling oder ein Sixpence oder ein Threepence oder ein Penny oder ein Halfpenny, und die abgelegten Kleider, von denen Mr. Knott, der ein großer Kleiderableger war, ein großes Lager hatte, wurden ausgehändigt, mal eine Weste, mal ein Wintermantel, mal ein Regenmantel, mal eine Hose, mal ein paar Knickerbocker, mal ein Hemd, mal ein Unterhemd, mal eine Unterhose, mal eine Hemdhose, mal ein paar Hosenträger, mal ein Gürtel, mal ein Kragen, mal eine Krawatte, mal ein Schal, mal ein Halstuch, mal ein Hut, mal eine Mütze, mal ein Strumpf, mal eine Socke, mal ein Schnürstiefel und mal ein Halbschuh, und die Ratschläge wurden gegeben und die Worte der Ermutigung und des Trostes gesprochen, und die kleinen Beweise der Freundlichkeit und Liebe wurden in Hülle und Fülle gerade in dem Moment geliefert, da man ihrer am dringendsten bedurfte, und der Zwinger ausgehungerter Hunde wurde in vollem Aufschwung übergeben, so daß alle ihn sehen und bewundern konnten.

Der Name dieser glücklichen Familie war Lynch, und zu der Zeit, da Watt in Mr. Knotts Dienste trat, setzte sich diese glückliche Familie Lynch wie folgt zusammen.

Da waren Tom Lynch, Witwer, fünfundachtzig Jahre alt, ans Bett gefesselt durch unaufhörliche, unerklärliche Schmerzen am Blinddarm, und seine drei noch lebenden Jungen Joe, fünfundsechzig Jahre alt, ein Rheuma-Krüppel, und Jim, vierundsechzig Jahre alt, ein buckliger Trunkenbold, und Bill, Witwer, dreiundsechzig Jahre alt, der in seiner Bewegungsfreiheit stark durch den Verlust beider Beine infolge eines Fehltritts mit anschließendem Fall behindert war, und seine einzige noch lebende Tochter May Sharpe, Witwe, zweiundsechzig Jahre alt, im Vollbesitz all ihrer Fähigkeiten mit Ausnahme der des Sehens. Dann waren da Joes Frau, geborene Doyly-Byrne, fünfundsechzig Jahre alt, an der Parkinsonschen Krankheit leidend, aber sonst ganz munter und wohlauf, und Jims Frau Kate, geborene Sharpe, vierundsechzig Jahre alt, ganz mit nässenden Wunden unbestimmter Art bedeckt, aber sonst munter und wohlauf. Dann waren da Joes Junge Tom, einundvierzig Jahre alt, der unglücklicherweise wechselnden Anfällen ausgesetzt war, bald einer Exaltation, die es ihm unmöglich machte, sich auch nur im geringsten anzustrengen, und bald einer Depression, während deren er kein Glied rühren konnte, und dann Bills Junge Sam, vierzig Jahre alt, dessen Lähmung sich dank einer gütigen Schicksalsfügung nur unterhalb des Knies und oberhalb der Hüften auswirkte, und Mays ledige Tochter Ann, neununddreißig Jahre alt, körperlich und geistig in hohem Maße geschwächt durch eine schmerzhafte angeborene Krankheit namenloser Art, und Jims Junge Jack, achtunddreißig Jahre alt, schwach im Kopf, und die untrennbaren Zwillinge Art und Con, siebenunddreißig Jahre alt, die in ihren Strümpfen einen Meter zehn maßen und ausgezogen mit ihren knochigen, sehnigen Rümpfen vierunddreißig Kilo wogen und die einander in jeder Hinsicht so ähnlich waren, daß selbst jene (und sie waren zahlreich), die sie kannten und liebten, bisweilen Art Con riefen, wenn sie Art meinten, und Con Art, wenn sie Con meinten, und das mindestens genausooft wie, wenn nicht noch öfter als sie Art Art riefen, wenn sie Art meinten, und Con Con, wenn sie Con meinten. Und dann war da Toms junge Frau Mag, geborene Sharpe, einundvierzig Jahre alt, in ihrer Tätigkeit daheim und außer Haus sehr gehemmt durch monatlich eintretende Krisen, während deren sie sich mit Schaum auf den Lippen über den Küchenboden wälzte, oder über das Hofpflaster, oder über das Gemüsebeet, oder über das Flußufer, und es in den meisten Fällen nicht unterließ, sich selber auf die eine oder andere Weise zu schaden, so daß sie genötigt war, sich ins Bett zu legen und darin zu bleiben, jeden Monat, bis es ihr wieder besserging, und Sams Frau Liz geborene Sharpe, achtunddreißig Jahre alt, zu ihrem Glück mehr tot als lebendig, da sie Sam im Laufe von zwanzig Jahren neunzehn Kinder geschenkt hatte, von denen vier überlebten, und die wieder in Hoffnung war, und des armen Jacks, der, nicht zu vergessen, schwach im Kopf war, des armen Jacks Frau Lil, geborene Sharpe, achtunddreißig Jahre alt, die schwach auf der Brust war. Und dann, um zur nächsten Generation überzugehen, waren da Toms Junge Simon, zwanzig Jahre alt, von dem leider gesagt werden muß, daß er

?

und seine junge Base und Frau, Onkel Sams Tochter Ann, neunzehn Jahre alt, deren Schönheit und Nützlichkeit, wie bedauerlicherweise mitgeteilt werden muß, durch zwei ausgedörrte Arme und ein lahmes Bein unvermuteten tuberkulösen Ursprungs, stark gemindert waren, und dann die beiden noch lebenden Jungen Sams Bill und Mat, achtzehn beziehungsweise siebzehn Jahre alt, die blind beziehungsweise lahm zur Welt gekommen, als blinder Bill beziehungsweise lahmer Mat bekannt waren, und Sams zweite verheiratete Tochter Kate, einundzwanzig Jahre alt, ein stattliches Mädchen, wenngleich ein Bluter*, und ihr junger Vetter und Mann, Onkel Jacks Sohn Sean, einundzwanzig Jahre alt, ein echter Kerl, wenngleich auch ein Bluter, und Franks Tochter Bridie, fünfzehn Jahre alt, Halt und Stütze der Familie, da sie bei Tage schlief und nachts im Geräteschuppen, um die Familie nicht zu stören, Besucher empfing für zwei Pence oder drei Pence oder vier Pence oder manchmal sogar fünf Pence pro Besuch, je nachdem, oder für eine Flasche Bier, und Jacks anderer Junge Tom, vierzehn Jahre alt, von dem manche sagten, er schlage nach seinem Vater wegen seines schwachen Kopfs, und andere, er schlage nach seiner Mutter wegen seiner schwachen Brust, und manche, er schlage nach Jim, seinem Großvater väterlicherseits, wegen seiner Neigung zu starken Getränken, und andere, er schlage nach Kate, seiner Großmutter väterlicherseits, wegen eines nässenden Ekzems, das sich tellergroß an seinem Kreuzbein ausgebreitet hatte, und einige, er schlage nach Tom, seinem Großvater väterlicherseits, wegen der Krämpfe, die seinen Magen piesackten. Und dann schließlich, um zur aufsteigenden Generation überzugehen, waren da Seans zwei kleine Mädchen Rose und Cerise, fünf beziehungsweise vier Jahre alt, und diese unschuldigen, kleinen Mägdelein waren Bluter wie ihr Vater und ihre Mutter, und es war fürwahr sehr schlecht von Sean, der wußte, was er war, und wußte, was Kate war, zu tun, was er Kate antat, so daß sie empfing und Rose gebar, und es war fürwahr wieder sehr schlecht von Sean, der wußte, was er war und was Kate war und was Rose nun war, wieder zu tun, was er Kate wieder antat, so daß

*Die Hämophilie ist, wie die Prostatitis, eine ausschließlich männliche Krankheit. Aber nicht in diesem Werk.

Kate wieder empfing und Cerise gebar, und fürwahr es war wieder schlecht von ihr, es ihn wieder tun zu lassen, und dann waren da Simons zwei kleine Jungen Pat und Larry, vier beziehungsweise drei Jahre alt, und der kleine Pat war rachitisch mit streichholzähnlichen Ärmchen und Beinchen und einem Kopf, dick wie ein Ballon, und einem Bauch, dick wie ein anderer Ballon, und das war auch der kleine Larry, und der einzige Unterschied zwischen dem kleinen Pat und dem kleinen Larry war, abgesehen von dem geringen Namens- und Altersunterschied, daß die Beinchen des kleinen Larry Streichhölzern noch ähnlicher waren als die des kleinen Pat, während die Ärmchen des kleinen Pat Streichhölzern noch ähnlicher waren als die des kleinen Larry, und daß der Bauch des kleinen Larry einem Ballon etwas weniger ähnlich war als der des kleinen Pat, während der Kopf des kleinen Pat einem Ballon etwas weniger ähnlich war als der des kleinen Larry.

Fünf Generationen, achtundzwanzig Seelen, neunhundertundachtzig Jahre, das war der stolze Rekord der Familie Lynch, als Watt in Mr. Knotts Dienst trat*.

Dann verging ein Augenblick, und alles war verändert. Nicht daß jemand gestorben wäre, durchaus nicht. Nicht daß jemand geboren worden wäre, auch das nicht. Aber, uff, uff, wieder Atem, sie atmen ein und aus, die achtundzwanzig, und alles war verändert.

So wie durch die wolkenverhüllte und wolkenlose Sonne das Meer, der See, das Eis, das Land, der Sumpf, der Hang oder jede andere ähnliche natürliche Fläche, sei sie nun flüssig oder fest, verändert wird.

Bis, von Veränderung zu Veränderung, in zwanzig geteilt durch achtundzwanzig gleich fünf geteilt durch sieben mal zwölf gleich sechzig geteilt durch sieben gleich etwa achteinhalb Monaten, wenn niemand stürbe, wenn niemand geboren würde, die tausend Jahre voll wären!

*Die hier angegebenen Zahlen stimmen nicht. Die sich daraus ergebenden Berechnungen stimmen also erst recht nicht.

Wenn alle verschont blieben, die Lebenden und die Ungeborenen.
In achteinhalb Monaten, von dem Tage an, an dem Watt in Mr. Knotts Dienst trat.
Aber alle blieben nicht verschont.
Denn Watt war noch keine vier Monate bei Mr. Knott, als Liz, Sams Frau, niederkam und ein Kind ausstieß, ihr zwanzigstes, mit der größten Leichtigkeit, die man sich vorstellen kann, und in wenigen darauffolgenden Tagen aufs angenehmste alle jene, die sie kannten (und die waren zahlreich) durch ein ungewöhnlich gesundes Aussehen überraschte und durch einen ihrer Natur ganz fremden Anflug guter Laune, denn seit vielen Jahren schon hatte man sie mit Recht mehr für tot als lebendig gehalten, und sie stillte den Säugling anscheinend mit viel Vergnügen und Befriedigung, da der Milchfluß erstaunlich reichlich war für eine Frau ihres Alters und bei der Verfassung ihres Körpers, der blutarm war, und dann nach fünf oder sechs oder vielleicht sogar sieben Tagen dieser Güte wurde sie plötzlich schwach, und zur größten Verwunderung ihres Mannes Sam, ihrer Söhne blinder Bill und lahmer Mat, ihrer verheirateten Töchter Kate und Ann und deren Männern Sean und Simon, ihrer Nichte Bridie und ihres Neffen Tom, ihrer Schwestern Mag und Lil, ihrer Schwäger Tom und Jack, ihrer Kusinen Ann, ihrer Vettern Art und Con, ihrer Schwiegertanten May und Mag, ihrer Tante Kate, ihrer Schwiegeronkel Joe und Jim, ihres Schwiegervaters Bill und ihres Schwiegergroßvaters Tom, der so etwas nicht im geringsten erwartet hatte, wurde sie schwächer und schwächer, bis sie starb.
Dieser Verlust war ein großer Verlust für die Familie Lynch, dieser Verlust einer Frau von vierzig Jahren, die schwer wogen.
Denn es war nicht nur eine Frau, eine Mutter, eine Schwiegermutter, eine Tante, eine Schwester, eine Schwägerin, eine Kusine, eine Schwiegernichte, eine Nichte, eine Schwiegernichte, eine Schwiegertochter, eine Schwiegerenkelin und

natürlich eine Großmutter ihrem Schwiegergroßvater, ihrem Schwiegervater, ihren Schwiegeronkeln, ihrer Tante, ihren Schwiegertanten, ihren Kusinen und Vettern, ihren Schwägern, ihren Schwestern, ihrer Nichte, ihrem Neffen, ihren Schwiegersöhnen, ihren Töchtern, ihren Söhnen, ihrem Mann und natürlich ihren vier kleinen Enkelkindern (die allerdings kein anderes Zeichen der Rührung zu erkennen gaben als das der Neugier, da sie wahrscheinlich zu jung waren, um das schreckliche Geschehen ermessen zu können, denn ihr Gesamtalter betrug nicht mehr als sechzehn Jahre) unwiederbringlich entrissen worden, sondern Lynchs Tausendjähriges wurde um ungefähr anderthalb Jahre verzögert, vorausgesetzt, daß während dieser Zeit alle verschont blieben, und konnte folglich erst etwa zwei Jahre nach Liz' Hinscheiden erwartet werden und nicht mehr nach einer Frist von nur fünf Monaten, wie es der Fall gewesen wäre, wenn Liz zusammen mit der übrigen Familie verschont geblieben wäre, ja, sogar in einer fünf oder sechs Tage kürzeren, wenn der Säugling auch verschont geblieben wäre, was er freilich war, aber auf Kosten seiner Mutter, so daß das Ziel, zu dem die ganze Familie strebte, um nicht weniger als runde neunzehn Monate, wenn nicht noch mehr, entwichen war, vorausgesetzt, daß alle anderen verschont blieben, in der Zwischenzeit.

Aber alle anderen blieben nicht verschont, in der Zwischenzeit.

Denn es waren seit Liz' Tod noch keine zwei Monate vergangen, als Ann sich zur Verwunderung der ganzen Familie in die Geborgenheit ihres Schlafzimmers zurückzog und das Leben zuerst einem stattlichen, springlebendigen kleinen Jungen schenkte, und dann einem fast ebenso stattlichen, springlebendigen kleinen Mädchen, und wenn sie auch nicht sehr lange stattlich blieben und auch nicht lange springlebendig waren, bei ihrer Geburt waren beide äußerst stattlich und erstaunlich lebhaft.

Hierdurch wurde die Gesamtzahl der Seelen in Lynchs

Haushalt auf dreißig erhöht, und der glückliche Tag, den alle sehnlichst erwarteten, um ungefähr vierundzwanzig Tage nähergerückt, vorausgesetzt, daß alle verschont blieben, in der Zwischenzeit.

Die Frage, die man nun allenthalben zu erörtern begann, war folgende, Wer hatte gewagt, oder wen hatte Ann überredet, dies Ann anzutun? Denn Ann war keinesfalls eine reizende Frau, und die peinlichen Umstände, unter denen sie kreißte, waren allgemein bekannt, nicht nur in Lynchs Familienkreis, sondern meilenweit im Umkreis in jeder Richtung. Mehrere Namen wurden in diesem Zusammenhang offen ausgesprochen.

Die einen sagten, es sei ihr Vetter Sam gewesen, dessen Hang zur Liebelei nicht nur im Schoße der engsten Familie notorisch war, sondern in der ganzen Nachbarschaft, und der kein Hehl daraus machte, sich mit seinem Selbstfahrer-Invalidenrollstuhl von Stelldichein zu Stelldichein begebend, auf örtlicher Ebene in großem Maßstab Ehebruch getrieben zu haben mit verwitweten Frauen, mit verheirateten Frauen und mit alleinstehenden Frauen, von denen einige jung und reizend waren und andere jung, aber nicht reizend, und andere reizend, aber nicht jung, und andere weder jung noch reizend, und von denen einige als Ergebnis von Sams Einmischung empfingen und einen Sohn oder eine Tochter oder zwei Söhne oder zwei Töchter oder einen Sohn und eine Tochter gebaren, denn Sam hatte nie Drillinge zustande gebracht, und das war der wunde Punkt bei Sam, daß er nie Drillinge zustande gebracht hatte, und andere empfingen und gebaren nicht, und andere empfingen überhaupt nicht, aber das war außergewöhnlich, daß sie überhaupt nicht empfingen, wenn Sam sich einmischte. Und auf die Vorwürfe, die man Sam dieserhalb machte, erwiderte er wie aus der Pistole geschossen, daß, gelähmt, wie er sei, von den Hüften aufwärts und von den Knien abwärts, er im Leben kein anderes Ziel, kein anderes Interesse und keine andere Freude habe, als nach einer guten Fleisch- und Gemüsemittagsmahlzeit seinen Rollstuhl in Bewegung zu setzen und draußen zu bleiben, um Ehebrüche zu begehen, bis es Zeit wäre, heimzukehren zur Abendmahlzeit, nach der er seiner Ehefrau zur Verfügung stünde. Aber bis dahin hatte er, soweit man das wissen konnte, Liz nie unter ihrem eigenen Dach hintergangen, oder, genauer, mit keiner der Frauen, die es beschirmte, wenn es auch nicht an Leuten fehlte, die unterstellten, daß er der Vater seiner Vettern Art und Con wäre.

Und andere sagten, es sei ihr Vetter Tom gewesen, der im Stadium einer akuten Exaltation oder im Stadium einer akuten Depression Ann dies angetan habe. Und denjenigen, die hiergegen einwandten, daß Tom im Stadium einer akuten Exaltation außerstande sei, sich auch nur im geringsten anzustrengen, und daß er im Stadium einer akuten Depression unfähig sei, auch nur ein Glied zu bewegen, wurde erwidert, daß die Anstrengung und Bewegung, um die es sich hier handelte, nicht die Anstrengung und Bewegung waren, die durch Toms Anfälle verhindert wurden, sondern eine ganz andere Anstrengung und eine ganz andere Bewegung, worunter zu verstehen war, daß die Hemmung keine physische Hemmung war, sondern eine moralische oder ästhetische, und daß Toms endemische Unfähigkeit, einerseits gewisse Aufgaben zu erfüllen, die von seinem Körper nicht den geringsten Kraftaufwand verlangten, wie zum Beispiel, einen Wasserkessel oder Schmortopf im Auge zu behalten, und, andererseits, sich von dem Platz fortzubewegen, wo er stand, saß oder lag, oder seine Hand oder seinen Fuß auszustrekken nach einem Werkzeug wie einem Hammer oder einem Meißel, oder nach einem Küchengerät wie einer Schaufel oder einem Eimer, weder in dem einen noch in dem anderen Falle eine absolute Unfähigkeit war, sondern eine Unfähigkeit, die auf die Art der zu erfüllenden Aufgabe oder der zu vollziehenden Handlung beschränkt war. Und es wurde außerdem zur Bekräftigung dieser These zynisch darauf hingewiesen, daß Tom, wenn man ihn aufgefordert hätte, nicht den Wasserkessel oder den Schmortopf im Auge zu behalten, sondern seine Nichte Bridie bei ihrer Abendtoilette, er es bestimmt getan hätte, so akut seine Depression in dem Moment auch hätte sein mögen, und daß es oft aufgefallen sei, wie urplötzlich seine Exaltation in der Nähe eines Korkenziehers und einer Flasche Stout abklang. Denn Ann hatte, obgleich sie offensichtlich keine Schönheit und durch die Krankheit zermürbt war, ihre Anhänger, und zwar im Hause als auch außer Hause. Und denjenigen, die einwandten, daß weder Anns Reize noch ihre Überredungskünste den Vergleich mit den entsprechenden Qualitäten Bridies oder einer Flasche Stout aushielten, wurde entgegnet, daß Tom, wenn er es nicht im Stadium einer akuten Depression oder im Stadium einer akuten Exaltation getan hätte, es in einer Pause zwischen dem Stadium einer akuten Depression und dem Stadium einer akuten Exaltation getan hätte, oder in der Pause zwischen dem Stadium einer akuten Exaltation und dem Stadium einer akuten Depression, oder in der Pause zwischen dem Stadium einer akuten Depression und einem anderen Stadium einer akuten Depression, oder in der Pause zwischen dem Stadium einer akuten Exaltation und einem anderen Stadium einer akuten Exaltation, denn bei Tom folgten Depression und Exaltation einander nicht in regelmäßigem Wechsel, welche gegenteiligen Behauptungen man auch immer aufgestellt haben mag, denn oft tauchte er aus dem Stadium einer akuten Depression nur auf, um kurz darauf in einem anderen zu versinken, und häufig befreite er sich aus dem Stadium einer akuten Exaltation nur, um beinahe unmittelbar darauf dem nächsten zu verfallen, und während der kurzen Pausen benahm sich Tom mitunter ganz sonderbar, beinahe wie jemand, der nicht wußte, was er tat.

Einige sagten, es wäre ihr Onkel Jack gewesen, der, nicht zu vergessen, schwach im Kopf war. Und denjenigen, die nicht dieser Meinung waren, gaben diejenigen, die wohl dieser Meinung waren, freundlichst zu verstehen, daß Jack nicht nur schwach im Kopf sei, sondern auch eine Ehefrau

habe, die schwach auf der Brust sei, wohingegen von Anns Brust nicht gesagt werden könne, daß sie schwach sei, was auch immer über ihre anderen Körperteile gesagt worden sein mochte, denn es war wohlbekannt, daß Ann einen prächtigen Busen hatte, weiß und feist und prall, und was konnte für einen Mann wie Jack, der schwachsinnig und an eine schwachbrüstige Frau gebunden war, natürlicher sein als die Vorstellung, daß dieser prächtige, so weiße, so feiste und so pralle Körperteil von Ann größer und größer, weißer und weißer, feister und feister und immer praller würde, bis jeder Gedanke an Anns andere Körperteile (und die waren zahlreich), wo nichts Weißes, Feistes oder Pralles zu finden war, sondern alles grau und sogar grün und dünn und schlaff aussah, völlig verdrängt wäre.
Andere in diesem Zusammenhang erwähnte Namen waren die von Anns Onkeln Joe, Bill und Jim, und von ihren Neffen, dem blinden Bill, dem lahmen Mat, Sean und Simon.
Daß keiner von Anns Bluts- und Anverwandtschaft, sondern ein Fremder von draußen Ann in diese üble Lage versetzt hatte, wurde von manchen für möglich gehalten, und die Namen mancher Fremden von draußen wurden in diesem Zusammenhang freimütig erwähnt.
Dann, etwa vier Monate später, als der Winter endgültig vorbei zu sein schien und einige schon den Frühling in der Luft zu riechen glaubten, wurden die Brüder Joe, Bill und Jim, gleich der stattlichen Summe von über hundertdreiundneunzig Jahren, in dem kurzen Zeitraum von einer Woche dahingerafft, Joe, der Älteste, an einem Montag, und Bill, der ein Jahr jüngere, am folgenden Mittwoch, und Jim, der zwei beziehungsweise ein Jahr jüngere, am folgenden Freitag, so daß der alte Tom ohne Söhne, und May und Kate ohne Ehemänner, und May Sharpe ohne Brüder, und Tom und Jack und Art und Con und Sam ohne Väter, und Mag und Lil ohne Schwiegerväter, und Ann ohne Onkel, und Simon und Ann und Bridie und Tom und Sean und Kate und Bill und Mat und Sams Kind von der verstorbenen Liz ohne

Großväter, und Rose und Cerise und Pat und Larry ohne Urgroßväter hinterblieben.
Dies rückte den ersehnten Tag, auf den der Blick der Lynches immer noch, wenn auch mit weniger Zuversicht als zuvor, gerichtet war, um nicht weniger als ungefähr siebzehn Jahre hinaus, das heißt weit hinter den Horizont der Erwartung oder sogar der Hoffnung. Denn der alte Tom, zum Beispiel, verfiel täglich mehr, und wurde einmal überrascht bei den Worten, Warum sind meine drei Jungen dahin und ich mit meinen Molesten bin übriggeblieben?, worunter zu verstehen war, daß es seiner Meinung nach besser gewesen wäre, wenn seine Jungen, die, wenn sie überhaupt unter etwas zu leiden hätten, jedenfalls nicht unter einer unaufhörlichen Agonie im Caecum litten, übriggeblieben wären und er mit seinen Molesten geholt worden wäre, und manche andere Familienmitglieder verfielen auch täglich mehr, so daß nicht zu erwarten war, daß sie noch sehr viel länger leben würden. Dann tat ihnen leid, was sie denjenigen gesagt hatten, die gesagt hatten, es sei ihr Onkel Joe gewesen, und die gesagt hatten, es sei ihr Onkel Bill gewesen, und die gesagt hatten, es sei ihr Onkel Jim gewesen, der es Ann angetan habe, denn alle drei hatten ihre Sünden gebeichtet, einem Priester, ehe sie dahingerafft wurden, und der Priester war ein alter, vertrauter Freund der Familie. Und von den Leichen der Brüder erhob sich die Wolke der Stimmen und sank schwebend herab, um unter den Lebenden zu ruhen, hier einige, dort andere, hier wieder einige, dort wieder andere, bis es kaum noch einen Lebenden gab ohne seine Stimme und jede Stimme ihre Ruhe hatte. Und von denjenigen, die gleicher Meinung gewesen waren, waren viele nun verschiedener Meinung, und von denjenigen, die verschiedener Meinung gewesen waren, waren viele nun gleicher Meinung, obgleich einige, die gleicher Meinung gewesen waren, immer noch gleicher Meinung waren, und einige, die verschiedener Meinung gewesen waren, immer noch verschiedener Meinung waren. Und so entstanden neue Freundschaften und neue

Feindschaften, und alte Freundschaften und alte Feindschaften dauerten fort. Und alles war einer Meinung und verschiedener Meinung und in Freundschaft und Feindschaft wie einst, nur in neuer Verteilung. Und keine einzige Stimme, die weder dafür noch dagegen gewesen wäre, nein, keine einzige. Denn alles war Einwand und Entgegnung und Entgegnung und Einwand, wie einst, nur in anderen Mündern. Nicht daß viele nicht weiterhin sagten, was sie immer schon gesagt hatten, durchaus nicht. Aber noch mehr taten es nicht. Und der Grund dafür war vielleicht die Tatsache, daß nicht nur diejenigen, die gesagt hatten, was sie über Jim, über Bill und über Joe gesagt hatten, nun infolge des Todes von Joe, von Bill und von Jim keine Möglichkeit mehr hatten, es weiterhin zu tun, und somit genötigt waren, irgend etwas anderes zu finden, da Bill, Joe und Jim bei all ihrer Dummheit nicht so dumm waren, daß sie sich leisteten, dahingerafft zu werden, ohne vorher freimütig dem Priester anzuvertrauen, was sie Ann angetan hatten, wenn sie es überhaupt getan hatten, sondern daß auch von denjenigen, die in diesem Zusammenhang nie das geringste über Jim, über Joe und über Bill gesagt hatten, außer daß sie Ann nichts angetan hatten, und die deshalb keineswegs infolge des Todes von Joe, von Jim und von Bill keine Möglichkeit mehr hatten, weiterhin zu sagen, was sie in diesem Zusammenhang immer gesagt hatten, viele es dennoch vorzogen, wenn sie einige von denjenigen, die immer gegen jene gesprochen hatten, und gegen die sie immer gesprochen hatten, nun mit jenen sprechen hörten, nicht mehr zu sagen, was sie in diesem Zusammenhang immer gesagt hatten, und damit zu beginnen, etwas ganz anderes zu sagen, damit sie weiterhin gegen jene sprechen hören könnten und jene weiterhin gegen die größtmögliche Anzahl von denjenigen sprechen könnten, die vor dem Tode von Bill, von Joe und von Jim immer gegen jene gesprochen hatten, und gegen die sie immer gesprochen hatten. Denn es ist sonderbar, aber anscheinend wahr, daß diejenigen, die sprechen, eher aus Lust am Gegensprechen

sprechen als aus Lust am Mitsprechen, und der Grund dafür ist vielleicht, daß bei Meinungsgleichheit die Stimme vielleicht nicht ganz so hoch erhoben werden kann wie bei Meinungsverschiedenheit.

Die Kleinigkeit mit der Nahrung und dem Hund setzte Watt aus Bemerkungen zusammen, die alle Augenblicke, abends, den Zwergzwillingen Art und Con entschlüpften. Denn sie waren es, die den halbverhungerten Hund jeden Abend bis an die Tür führten. Sie hatten es seit ihrem zwölften Lebensjahr getan, das heißt während des letzten Vierteljahrhunderts, und sie taten es weiter, während der ganzen Zeit, die Watt in Mr. Knotts Haus verbrachte oder vielmehr während der ganzen Zeit, die er im Erdgeschoß verbrachte, denn als Watt in den ersten Stock versetzt wurde, verlor Watt jeden Kontakt mit dem Erdgeschoß und sah weder den Hund wieder noch jene, die ihn brachten. Aber es waren sicherlich immer noch Art und Con, die den Hund jeden Abend um neun Uhr zu Mr. Knotts Hintertür führten, auch als Watt nicht mehr da war, um es zu beobachten, denn sie waren kräftige kleine Kerle, die ganz in ihrer Arbeit aufgingen.

Der Hund, der im Dienst war, als Watt in Mr. Knotts Dienst trat, war der sechste Hund in fünfundzwanzig Jahren, den Art und Con auf diese Weise beschäftigten.

Die Hunde, die zum Fressen von Mr. Knotts gelegentlichen Resten beschäftigt wurden, wurden in der Regel nicht alt. Das war ganz natürlich. Denn außer dem, was der Hund dann und wann an der Schwelle von Mr. Knotts Hintertür zu fressen bekam, bekam er sozusagen nichts zu fressen. Denn wenn man ihm eine andere Nahrung als jene gegeben hätte, die Mr. Knott ihm von Zeit zu Zeit gab, hätte sein Appetit auf die Nahrung, die Mr. Knott ihm gab, verdorben werden können. Denn Art und Con konnten morgens nie sicher sein, daß abends auf der Schwelle von Mr. Knotts Hintertür nicht ein Topf mit so nahrhafter und so reichlicher Nahrung für ihren Hund stehen würde, daß nur ein ganz ausgehungerter Hund sie hätte verschlingen können.

Und auf diese Möglichkeit hatten sie immer gefaßt zu sein. Hinzu kommt, daß Mr. Knotts Nahrung ziemlich reichhaltig und aufreizend war, für einen Hund.
Hinzu kommt, daß der Hund selten von seiner Kette loskam und also keine nennenswerten Bewegungsmöglichkeiten hatte. Das war unvermeidlich. Denn wenn der Hund losgelassen worden wäre, um nach Belieben herumzulaufen, hätte er die Pferdeäpfel auf der Straße gefressen, und all das andere eklige Zeug, das in Mengen auf dem Boden herumliegt, und er hätte so seinen Appetit verdorben, womöglich für immer, oder, noch schlimmer, er wäre weggelaufen und nie wiedergekommen.
Der Name dieses Hundes, um nicht zu sagen dieser Hündin, zu der Zeit, da Watt in Mr. Knotts Dienst trat, war Kate. Kate war alles andere als ein schöner Hund. Sogar Watt, der wegen seiner Vorliebe für Ratten Hunden gegenüber voreingenommen war, hatte nie einen Hund gesehen, der ihm weniger zusagte als Kate. Es war kein großer Hund, und doch konnte man ihn nicht einen kleinen Hund nennen. Er war ein mittelgroßer Hund mit abstoßendem Äußeren. Wenn man ihm den Namen Kate gegeben hatte, dann nicht, wie man annehmen könnte, zur Erinnerung an Jims Kate, die so früh Witwe werden sollte, sondern zur Erinnerung an eine ganz andere Kate, eine gewisse Katie Byrne, eine Art Kusine von Joes Ehefrau May, die auch so früh Witwe werden sollte, und diese Katie Byrne stand in besonderer Gunst bei Art und Con, denen sie immer eine Rolle Kautabak mitbrachte, wenn sie zu Besuch kam, und Art und Con waren große Kautabakkauer und hatten nie genug, nie und nimmer hatten sie genug Kautabak, nach ihrem Geschmack.
Kate starb, als Watt noch im Erdgeschoß war, und wurde durch einen Hund namens Cis ersetzt. Watt wußte nicht, zu wessen Gedächtnis man diesem Hund diesen Namen gegeben hatte. Wenn er sich erkundigt hätte, wenn er, aus sich herausgehend, freimütig gefragt hätte, Con oder Art, Kate hatte, wie ich weiß, ihren Namen zur Erinnerung an eure

Verwandte Katie Byrne, aber zur Erinnerung an wen hat Cis ihren Namen?, dann hätte er vielleicht erfahren, was er so sehnlichst zu wissen wünschte. Aber es gab Grenzen bei dem, was Watt zu tun bereit war, auf der Jagd nach Auskünften. Es gab Momente, da er aufgrund der Wirkung, die dieser Name auf Art und Con ausübte, besonders wenn er mit gewissen strengen Verboten verbunden war, beinahe glaubte, daß es der Name einer Freundin von ihnen war, einer innig geliebten Freundin, und daß sie zu Ehren dieser innig geliebten Freundin dem Hunde den Namen Cis lieber als irgendeinen anderen Namen gegeben hatten. Aber dies war nur eine Vermutung, und in anderen Momenten neigte Watt mehr zu dem Glauben, daß, wenn der Hund Cis genannt wurde, dies nicht wegen irgendeiner Cis heißenden lebenden Person geschah, nein, sondern nur weil der Hund irgendwie genannt werden mußte, um ihn in seinem eigenen Interesse und im Interesse anderer unterscheiden zu können von allen anderen Hunden, und daß Cis ein ebenso guter Name war wie jeder andere und sogar ein besser klingender als viele.

Cis lebte noch, als Watt aus dem Erdgeschoß zum ersten Stock hinaufzog. Von dem, was später aus ihr und aus den Zwergen wurde, wußte er nicht das geringste. Denn als Watt einmal im ersten Stock war, verlor er das Erdgeschoß aus den Augen und aus dem Sinn. Das war tatsächlich ein glücklicher Zufall, nicht wahr, daß in dem Augenblick, in dem Watt das Erdgeschoß aus den Augen verlor, er es auch aus dem Sinn verlor.

Es gehörte zu Watts Pflichten, Art und Con zu empfangen, wenn sie abends mit dem Hund kamen, und, wenn Nahrung für den Hund da war, das Fressen des Hundes zu beobachten, bis kein bißchen mehr übriggeblieben wäre. Aber nach den ersten Wochen hörte Watt plötzlich eigenmächtig auf, diese Pflicht zu erfüllen. Und hinfort füllte er, wenn Nahrung für den Hund da war, diese draußen vor der Tür, auf der Türschwelle in die Schüssel des Hundes, und er zündete eine

Lampe im Flurfenster an, damit die Türschwelle auch in der finstersten Nacht nicht im Dunkeln wäre, und er stellte für die Schüssel des Hundes einen kleinen Deckel her, der daran befestigt werden konnte, mittels Klammern, die sich fest an die Ränder der Schüssel anklammerten. Und Art und Con begriffen allmählich, daß jedesmal, wenn die Schüssel des Hundes nicht auf der Türschwelle stand und auf sie wartete, keine Nahrung für Kate oder Cis da war. Sie brauchten nicht zu klopfen und sich nicht zu erkundigen, nein, die leere Türschwelle genügte. Und sie begriffen auch allmählich, daß jedesmal, wenn keine Lampe im Flurfenster brannte, keine Nahrung da war für den Hund. Und sie lernten auch, abends nie weiter voranzudringen als bis zu der Stelle, von der aus sie das Flurfenster sehen konnten, und erst dann weiterzugehen, wenn eine Lampe im Fenster brannte, und immer wegzugehen, ohne weiter voranzudringen, wenn keine dort brannte. Dies war leider nur von geringem praktischem Nutzen für Art und Con, da man, wenn man so plötzlich, um das vorspringende Gesträuch herumgehend, an der Hintertür ankam, das Flurfenster nicht sehen konnte, das neben der Hintertür war, es sei denn, man befand sich schon so nahe an der Hintertür, daß man sie mit einem Stock hätte berühren können, wenn man es gewollt hätte. Aber Art und Con lernten nach und nach aus einer nicht geringeren Entfernung als zehn oder fünfzehn Schritt erkennen, ob eine Lampe am Flurfenster brannte oder nicht. Denn obwohl die Lampe hinter dem vorspringenden Gesträuch versteckt war, schien sie durch das Flurfenster und verbreitete einen Schimmer in der Luft, einen Schimmer, den man, besonders in finsteren Nächten, aus einer nicht geringeren Entfernung als zehn oder fünfzehn Schritt sehen konnte. Also hatten Art und Con in günstigen Nächten nichts anderes zu tun, als ein Stückchen die Avenue entlang voranzudringen bis zu der Stelle, von wo aus die Lampe, wenn sie brannte, zu sehen sein mußte, als ein Schimmer, ein schwacher Schimmer, in der Luft, und dann weiterzugehen zur Hintertür oder zurückzugehen, zur Gittertür, je nachdem. Im Hochsommer freilich konnte nur die leere Türschwelle Art und Con und Kate oder Cis zeigen, ob Nahrung für den Hund da war oder nicht. Denn im Hochsommer zündete Watt keine Lampe am Flurfenster an, wenn Nahrung für den Hund da war, nein, denn im Hochsommer lag die Türschwelle nicht vor zehn Uhr dreißig oder elf abends im Finstern, sondern leuchtete in der schwindenden Glut des Sommerlichts, da sie nach Westen lag, die Hintertürschwelle. Und unter diesen Umständen eine Lampe am Flurfenster anzünden, wäre nichts als Petroleumverschwendung gewesen. Aber während mehr als drei Viertel des Jahres war Arts und Cons Aufgabe sehr erleichtert wegen Watts Weigerung, anwesend zu sein, wenn der Hund die Nahrung fraß, und der Maßnahmen, die er infolgedessen ergreifen mußte. Wenn Watt dann kurz nach acht die Schüssel hinausgestellt hatte, nahm er sie kurz vor zehn wieder herein und spülte sie für den nächsten Tag, bevor er abschloß für die Nacht und hinaufging ins Bett, wobei er die Lampe hoch über seinen Kopf hielt, um seine Schritte zu lenken, auf den Stufen, den Stufen, die nie die gleichen Stufen zu bleiben schienen, von einem Abend zum anderen, und die bald hart und bald weich und bald hoch und bald niedrig und bald breit und bald schmal und bald gefährlich und bald sicher waren und die er, inmitten beweglicher Schatten, jeden Abend kurz nach zehn Uhr hinaufkletterte.

Diese Weigerung Mr. Knotts, Verzeihung, Watts, dabeizusein, wenn der Hund Mr. Knotts Reste fraß, hätte die schlimmsten Folgen sowohl für Watt als auch für Mr. Knotts Haus vermuten lassen können.

Watt war auf irgend etwas dieser Art gefaßt. Und doch hätte er es nicht anders tun können, als er es getan hatte. Es tat nichts zur Sache, daß er Hunde nicht mochte, denen er Ratten entschieden vorzog, er hätte es, man glaube es oder nicht, nicht anders tun können, als er es getan hatte. Es war jedoch so, daß nichts geschah, sondern alles ging anscheinend so weiter wie vorher. Es gab keine Strafe, kein Donnerwetter für Watt, und Mr. Knotts Haus trieb weiter durch die ruhigen Tage und Nächte in aller gewohnten Gelassenheit. Und es war ein Grund höchster Verwunderung für Watt, daß er ungestraft solche ehrwürdige Überlieferung oder Verordnung mißachtet hatte. Aber er war nicht so dumm, darin eine Verhaltensregel oder einen Präzedenzfall für Widerspenstigkeit zu erkennen, o nein, denn Watt war nur allzu willig, jederzeit zu tun, was man ihm gesagt hatte und was üblich war. Und wenn er genötigt war zu fehlen, wie im Falle der Beobachtung der Hundemahlzeit, so bemühte er sich, auf solche Weise zu fehlen und seine Verfehlung mit solch behutsamen Vorsichtsmaßregeln zu umgeben, daß es beinahe aussah, als habe er gar nicht gefehlt. Und vielleicht wurde ihm dies nachsichtig angerechnet. Und er beruhigte die Verwunderung, die Verwirrung in seinem Geist mit der Überlegung, daß, wenn er vorerst ungestraft bliebe, er vielleicht nicht immer ungestraft bleiben würde und daß, wenn der dem Hause Mr. Knotts versetzte Schlag sich nicht sofort zeigte, er sich vielleicht eines Tages zeigen würde, eine kleine Stoßstelle zuerst, und dann eine größere, und dann eine noch größere, bis sie, immer größer werdend, das Ganze schwärzen würde.

Aus Gründen, die dunkel bleiben, war Watt während einer gewissen Zeit sehr interessiert an, und sogar fasziniert von der Sache mit dem Hund, der in die Welt gesetzt worden war und unter hohen Kosten darin behalten wurde zum einzigen Zweck des Fressens von Mr. Knotts Nahrung an jenen Tagen, da Mr. Knott nicht geruhte, sie selber zu essen, und er maß dieser Sache eine Wichtigkeit und sogar eine Bedeutung bei, die kaum gerechtfertigt erscheinen. Denn weshalb wäre er sonst so ausführlich auf diese Sache eingegangen. Und wäre er so ausführlich auf die Familie Lynch eingegangen, wenn er in Gedanken nicht genötigt gewesen wäre, von dem Hund zu den Lynches überzugehen als zu einem Endpunkte der Beziehung, die der Hund nächtlich webte, wohingegen der andere freilich Mr. Knotts Reste

waren. Aber viel mehr noch als den Lynches oder Mr. Knotts Resten galt Watts Sorge, solange sie dauerte, dem Hund. Aber sie dauerte nicht lange, diese Sorge Watts, nicht sehr lange, verglichen mit anderen ähnlichen. Und doch war sie eine Hauptsorge damals, solange sie dauerte. Aber hatte Watt einmal den Mechanismus dieser Einrichtung in seiner ganzen Kompliziertheit begriffen, nämlich wie es dazu kam, daß die Nahrung übrigblieb und der Hund zur Verfügung stand und beide vereint wurden, so interessierte es ihn nicht mehr, und er erfreute sich diesbezüglich eines relativen Geistesfriedens. Nicht daß Watt auch nur flüchtig vermutete, das Spiel der Kräfte in diesem besonderen Falle erkannt oder sogar die Formen, die sie annahmen, wahrgenommen, oder die geringste nützliche Kenntnis über sich selbst oder Mr. Knott gewonnen zu haben, durchaus nicht. Aber er hatte nach und nach einen Wirrwarr in Worte verwandelt, er hatte ein Kissen aus alten Worten für seinen Kopf gemacht. Nach und nach und nicht ohne Mühe. Zum Beispiel wenn Kate aus der Schüssel fraß und die Zwerge dabeistanden, wie hatte er sich da bemüht zu erkennen, was das war, zu erkennen, wer der Täter und was der Täter und was das Tun, und wer der Leidtragende und was der Leidtragende und was das Erlittene war, und was das für Gebilde waren, die nicht im Boden verwurzelt waren, wie die Veronica, sondern im Dunkel zerschmolzen, nach einer Weile.
Erskine rannte immerzu die Treppe hinauf und wieder hinunter. Nicht so Watt, der nur einmal am Tag hinunterkam, wenn er aufstand, um seinen Tag zu beginnen, und nur einmal am Tag hinaufging, wenn er sich hinlegte, um seine Nacht zu beginnen. Außer wenn er in seinem Schlafzimmer, am Morgen, oder in der Küche, am Abend, etwas vergessen hatte, das er nicht missen konnte. Dann freilich ging er wieder zurück, hinauf oder hinunter, um das Ding zu holen, was auch immer es sein mochte. Aber das war sehr selten. Denn was konnte Watt vergessen, was er nicht hätte missen können, für einen Tag, für eine Nacht? Sein Taschen-

tuch vielleicht. Aber Watt benutzte nie ein Taschentuch. Seinen Kehrichtsack? Nein, er wäre nicht nur wegen seines Kehrichtsacks den ganzen Weg hinuntergegangen. Nein, es gab sozusagen nichts, was Watt vergessen konnte, was er nicht missen konnte, für die vierzehn oder fünfzehn Stunden, die sein Tag dauerte, für die zehn oder neun Stunden, die seine Nacht dauerte. Und doch vergaß er alle Augenblicke etwas, irgend etwas Kleines, so daß er genötigt war, zurückzukehren und es zu holen, denn ohne es hätte er nicht durchhalten können, den ganzen Tag, die ganze Nacht. Aber das war sehr selten. Und sonst blieb er ruhig, wo er war, im zweiten Stock in seinem kleinen Schlafzimmer in der Nacht, und am Tag im Erdgeschoß, meist in der Küche oder wo auch immer seine Pflichten ihn festhalten mochten, oder im Ziergarten hin- und herwandelnd, oder in einem Baum, oder auf dem Boden sitzend, an einen Baum oder Strauch gelehnt, oder auf einer Bank aus Baumästen. Denn im ersten Stock hielten seine Pflichten ihn nie fest, damals, und auch nicht im zweiten, wenn er einmal sein Bett gemacht und sein kleines Zimmer saubergefegt hatte, was er jeden Morgen zuerst tat, ehe er hinunterging, mit leerem Magen. Wohingegen Erskine im Erdgeschoß nie einen Finger rührte, da er alle seine Pflichten im ersten Stock zu erfüllen hatte. Und Watt wußte nicht und wollte nicht fragen, worin diese Pflichten genau bestanden. Aber während Watts Pflichten im Erdgeschoß ihn ruhig im Erdgeschoß hielten, hielten Erskines Pflichten im ersten Stock Erskine nicht ruhig im ersten Stock, sondern er raste, immerzu treppauf vom ersten Stock zum zweiten Stock und wieder treppab vom zweiten Stock zum ersten Stock und treppab vom ersten Stock zum Erdgeschoß und wieder treppauf vom Erdgeschoß zum ersten Stock, in einer Eile, die Watt grundlos zu sein schien, wenn das freilich auch etwas war, in das kein tiefer Einblick von Watt erwartet werden konnte, da er nicht wußte und nicht fragen wollte, worin Erskines Pflichten im ersten Stock genau bestanden. Dies soll nun nicht heißen, daß Erskine nicht einen großen Teil seiner Zeit ruhig im ersten Stock verbrachte, denn er tat es, sondern nur, daß die Zeit, die er im Laufe eines Tages hinauf- und wieder hinunter- und hinunter- und wieder hinaufrasend verbrachte, Watt außergewöhnlich zu sein schien. Und was Watt außerdem außergewöhnlich zu sein schien, war die Kürze der Zeit, die Erskine, wenn er hinaufraste, oben verbrachte, ehe er wieder hinunterraste, und die Kürze der Zeit, die er, wenn er hinunterraste, unten verbrachte, bevor er wieder hinaufraste, und freilich die Raschheit seines Rasens, als habe er es immer eilig, wieder zurückzukehren. Und wenn gefragt würde, wie Watt, der nie vom Morgen bis zum Abend im zweiten Stock war, wissen konnte, wieviel Zeit Erskine im zweiten Stock verbrachte, wenn er auf diese Weise dahin gelangte, wäre die Antwort darauf vielleicht, daß Watt, von der Tiefe des Hauses aus, wo er saß, Erskine treppauf hasten hören konnte, zur Höhe des Hauses, und dann wieder treppab hasten zur Mitte des Hauses, fast ohne Pause. Und der Grund dafür war vielleicht, daß das Geräusch durch den Küchenkamin hinabdrang.

Watt wollte nicht ausdrücklich nach der Bedeutung von alledem forschen, denn er sagte, All dies wird Watt im richtigen Augenblick offenbart werden, womit er freilich meinte, wenn Erskine ginge und ein anderer käme. Aber er hatte keine Ruhe, solange er nicht in kurzen und einzelnen Sätzen oder Satzfetzen, die durch beträchtliche Pausen voneinander getrennt waren, gesagt hatte, Vielleicht schickt Mr. Knott ihn bald treppauf und bald treppab, wegen dieser und jener Besorgung, wobei er sagt, Aber komm mir schnell wieder, Erskine, bummele nicht, komm mir schnell wieder. Aber welche Art von Besorgung? Vielleicht um ihm etwas zu holen, das er vergessen hat und das er plötzlich benötigt, wie zum Beispiel ein gutes Buch oder ein Stück Watte oder Seidenpapier. Oder vielleicht, damit er durch ein Fenster oben schaue, um sich zu vergewissern, daß niemand kommt, oder damit er schnell unten nachschaue, um sich zu vergewissern, daß dem Fundament keine Gefahr droht. Aber bin ich nicht hier, im Erdgeschoß, irgendwo auf der Hut? Aber es kann sein, daß Mr. Knott mehr Vertrauen zu Erskine hat, der schon viel länger hier ist als ich, als zu mir, der noch nicht so lange hier ist wie Erskine. Und doch sieht das Mr. Knott nicht ähnlich, immer dies oder das zu wollen und Erskine loszuschicken, damit er schnell danach schaue. Aber was weiß ich von Mr. Knott? Nichts. Und was mir ihm höchst unähnlich zu sehen scheint, und was mir ihm höchst ähnlich zu sehen scheint, kann in Wirklichkeit ihm höchst ähnlich sehen, ihm höchst unähnlich sehen, nichts beweist mir das Gegenteil. Oder vielleicht ist Erskine, weil er den ersten nur schwer ertragen kann, genötigt, von Zeit zu Zeit treppauf zu rasen, um im zweiten Stock Luft zu schnappen, und dann von Zeit zu Zeit treppab, um im Erdgeschoß Luft zu schnappen, oder sogar im Garten, ebenso wie in gewissen Wassern gewisse Fische, um die mittleren Tiefen ertragen zu können, gezwungen sind, hinaufzusteigen und hinabzutauchen, bald zur wogenden Oberfläche und bald zum Bett des Ozeans. Aber gibt es solche Fische? Ja, solche Fische gibt es, hinfort. Aber in welchem Sinne schwer ertragen? Mag sein, wer weiß, daß Mr. Knott so etwas wie Wellen ausstrahlt, mit niederdrückender oder unterdrückender Wirkung, oder vielleicht bald diese, bald jene, auf eine unfaßliche Weise. Aber das ist ganz unvereinbar mit meiner Vorstellung von Mr. Knott. Aber welche Vorstellung habe ich von Mr. Knott? Keine.

Watt fragte sich, ob Arsene, Walter, Vincent und die anderen die gleiche Phase durchgemacht hatten, die Erskine damals durchmachte, und er fragte sich, ob er, Watt, sie auch durchmachen würde, wenn seine Stunde käme. Watt konnte sich nicht leicht vorstellen, daß Arsene sich je so verhalten würde, geschweige denn er selber. Aber es gab viele Dinge, die Watt sich nicht leicht vorstellen konnte.

Manchmal nachts drückte Mr. Knott auf eine Klingel, die in Erskines Zimmer klingelte, und dann stand Erskine auf und ging hinunter. Das wußte Watt, denn in seinem Bett, wo er lag, nicht weit weg, hörte er die Klingel kling! klingeln und Erskine aufstehen und hinuntergehen. Er hörte das Klingeln der Klingel, weil er nicht schlief, oder nur halb schlief, oder nur leicht schlief. Denn es ist selten, daß das Klingeln einer Klingel nicht weit weg nicht gehört wird von jemandem, der nur halb schläft oder nur leicht schläft. Oder er hörte nicht das Klingeln der Klingel, sondern Erskines Aufstehen und Hinuntergehen, was aufs gleiche hinauskommt. Denn wäre Erskine aufgestanden und hinuntergegangen, wenn die Klingel nicht geklingelt hätte? Nein. Er hätte ohne das Klingeln der Klingel aufstehen können, um sein großes Geschäft oder sein kleines Geschäft in seinen großen runden Nachttopf zu machen. Aber aufstehen und hinuntergehen, ohne das Klingeln der Klingel, nein. Bei anderen Gelegenheiten, wenn Watt tief schlief oder in Betrachtung versunken oder anderweitig beansprucht war, dann freilich mochte die Klingel klingeln und klingeln und Erskine aufstehen und aufstehen und hinuntergehen und hinuntergehen und Watt keine Ahnung davon haben. Aber das tat nichts zur Sache. Denn Watt hatte oft genug die Klingel klingeln und Erskine aufstehen und hinuntergehen hören, um zu wissen, daß Mr. Knott manchmal nachts auf eine Klingel drückte, und daß Erskine dann, den Aufforderungen wahrscheinlich gehorchend, aufstand und hinunterging. Denn gab es andere Finger, andere Daumen im Haus, als Mr. Knotts und Erskines und Watts, die auf die Klingel hätten drücken können? Denn womit anders als mit einem Finger oder einem Daumen hätte man auf die Klingel drücken können? Mit einer Nase? Einer Zehe? Einer Ferse? Einem vorstehenden Zahn? Einem Knie? Einem Ellbogen? Oder irgendeinem anderen knochigen oder fleischigen Vorsprung? Wahrscheinlich. Aber wessen, wenn nicht Mr. Knotts? Watt hatte nicht, kein Teil von Watt hatte auf eine Klingel gedrückt, dessen war er sich innerlich ganz sicher, denn es gab keine Klingel in seinem Zimmer, auf die er hätte gedrückt haben können. Und wenn er aufgestanden und hinuntergegangen wäre bis zu der Stelle, wo die Klingel sich befand, und er wußte nicht, wo die Klingel sich befand, und darauf gedrückt hätte, hätte er dann rechtzeitig in sein Zimmer und in sein Bett zurückgehen und gelegentlich sogar in einen leichten Schlaf sinken können, um von da aus, wo er lag, in seinem Bett, die Klingel klingeln zu hören? Es war in der Tat so, daß Watt nie eine Klingel in Mr. Knotts ganzem Hause gesehen oder eine unter anderen Umständen als jenen, die ihn so verwirrten, gehört hatte. Im Erdgeschoß war keinerlei Klingel, das konnte er bezeugen, es sei denn, sie wäre so geschickt versteckt, daß keine Spur davon zu sehen war, weder an den Wänden noch an den Türpfosten. Da war freilich das Telefon in einem Flur. Aber was in der Nacht in Erskines Zimmer klingelte, war kein Telefon, dessen war Watt sicher, sondern eine Klingel, eine einfache Klingel, eine einfache, kleine, wahrscheinlich weiße elektrische Klingel, von jenen, auf die man drückt, bis sie kling! klingelt, und dann zurückspringen läßt in die Ruhelage. Ebenso hätte Erskine, wenn er auf die Klingel gedrückt hätte, in seinem eigenen Zimmer darauf gedrückt haben müssen, und zwar von da aus, wo er lag, in seinem Bett, wie aus dem Geräusch hervorging, das Erskine beim Aufstehen aus dem Bett machte, sobald die Klingel klingelte. Aber war es wahrscheinlich, daß in Erskines Zimmer eine Klingel war, auf die er drücken konnte, von seinem Bett aus, wenn in Watts ganzem Zimmer keinerlei Klingel war? Und selbst wenn in Erskines Zimmer eine Klingel wäre, auf die er, ohne sein Bett zu verlassen, drücken könnte, welches Interesse könnte Erskine haben, darauf zu drücken, da er doch wußte, daß er beim Klingeln der Klingel sein warmes Bett verlassen und die Treppe hinuntergehen mußte, in unzulänglicher Kleidung? Wenn Erskine sein molliges Bett zu verlassen und halbnackt die Treppe hinunterzugehen wünschte, hätte er es dann nicht tun können, ohne vorher auf die Klingel zu drücken? Oder war Erskine von Sinnen? Und er, Watt selber, war er nicht vielleicht ein wenig aus dem Lot? Und Mr. Knott selber, war er ganz klar im Kopf? Waren sie alle drei nicht vielleicht ein wenig durchgedreht? Die Frage, wer auf die Klingel drückte, die nachts in Erskines Zimmer klingelte, war für Watt eine Zeitlang die Ursache großen Verdrusses, und hielt ihn nachts wach, auf seiner Hut. Wenn Erskine ein Schnarcher gewesen wäre und das Geräusch der Klingel gleichzeitig mit dem Geräusch des Schnarchens ertönt wäre, hätte sich, wie es Watt schien, das Rätsel aufgelöst wie Nebel im Sonnenschein. Aber Erskine war eben kein Schnarcher. Und doch hätte man ihn bei seinem Anblick oder beim Anhören seines Singsangs für einen Schnarcher gehalten, für einen großen Schnarcher. Und doch war er kein Schnarcher. So ertönte das Geräusch der Klingel immer in der Stille. Aber nach reiflicher Überlegung schien es Watt, daß ein gleichzeitiges Klingeln und Schnarchen das Rätsel nicht aufgelöst, sondern es ganz gelassen hätte. Denn was hinderte Erskine, ein Schnarchen zu heucheln, wenn er gerade den Arm ausstreckte und auf die Klingel drückte, oder zu wiederholten Malen ein Schnarchen zu heucheln, das in dem Schnarchen gipfelte, das er heuchelte, wenn er auf die Klingel drückte, um Watt zu täuschen und ihn glauben zu machen, daß nicht Erskine auf die Klingel drückte, sondern Mr. Knott, in irgendeinem anderen Teil des Hauses? So machte schließlich die Tatsache, daß Erskine nicht schnarchte und daß das Geräusch der Klingel immer in der Stille ertönte, Watt glauben, nicht daß es Erskine sein könnte, der auf die Klingel drückte, wie dies es ihn zuerst hatte glauben machen, nein, sondern daß es Mr. Knott sein mußte, der auf die Klingel drückte. Denn wenn Erskine auf die Klingel drückte und nicht wollte, daß man es wüßte, dann hätte er ein Schnarchen von sich gegeben oder etwas anderes vorgetäuscht, wenn er gerade auf die Klingel drückte, um Watt glauben zu machen, daß nicht er, Erskine, es war, der auf die Klingel drückte, sondern Mr. Knott. Aber dann fiel Watt ein, daß Erskine auf die Klingel drücken könnte, ohne sich darum zu scheren, ob man wüßte oder nicht, daß er es war, der es tat, und daß er in diesem Falle keine Mühe darauf verwenden würde, ein Schnarchen von sich zu geben oder etwas anderes vorzutäuschen, wenn er gerade auf die Klingel drückte, sondern das Geräusch der Klingel in der Stille ertönen lassen würde, damit Watt daraus machte, was er wollte.

Watt beschloß zu guter Letzt, daß eine Besichtigung von Erskines Zimmer erforderlich sei, wenn sein Geist befriedigt werden sollte, in diesem Zusammenhang. Dann würde er imstande sein, die Sache fallenzulassen und sie zu vergessen, wie man die Schale einer Apfelsine oder einer Banane fallen läßt und vergißt.

Watt hätte Erskine fragen können, er hätte sagen können, Sagen Sie mal, Erskine, gibt es eine Klingel in Ihrem Zimmer, oder gibt es keine darin? Aber das hätte Erskine stutzig machen können, und das wollte Watt nicht. Oder Erskine hätte antworten können, Ja!, wenn die wahre Antwort Nein! gewesen wäre, oder Nein!, wenn die wahre Antwort Ja! gewesen wäre, oder er hätte wahr Ja! oder Nein! antworten können, und Watt wäre außerstande gewesen, ihm zu glauben. Und dann wäre Watt nicht besser daran gewesen als vorher, sondern eher schlechter, denn er hätte Erskine stutzig gemacht.

Aber Erskines Zimmer war immer verschlossen, und der Schlüssel steckte immer in Erskines Tasche. Oder besser, Erskines Zimmer war nie länger offen und der Schlüssel nie länger außerhalb von Erskines Tasche als zwei oder drei Sekunden auf einmal, was der Zeit entsprach, die Erskine brauchte, um den Schlüssel aus seiner Tasche zu nehmen, seine Tür von draußen aufzuschließen, in sein Zimmer zu schlüpfen, seine Tür von innen wieder zuzuschließen und den Schlüssel wieder in seine Tasche zu stecken, oder den Schlüssel aus seiner Tasche zu nehmen, seine Tür von innen aufzuschließen, aus seinem Zimmer zu schlüpfen, die Tür von draußen wieder zuzuschließen und den Schlüssel wieder in seine Tasche zu stecken. Denn wenn Erskines Zimmer

immer verschlossen und der Schlüssel *immer* in Erskines Tasche gewesen wäre, hätte es Erskine trotz seiner Gewandtheit schwer gehabt, so wie er es zu tun pflegte, in sein Zimmer und aus seinem Zimmer zu schlüpfen, es sei denn, er wäre durch das Fenster oder durch den Kamin hinein- und hinausgeschlüpft. Aber durch das Fenster hätte er nicht hinein- und hinausschlüpfen können, ohne sich den Hals zu brechen, und ebensowenig durch den Kamin, ohne sich totzuquetschen. Und das galt auch für Watt.

Das Schloß war eines von denen, die Watt nicht aufbrechen konnte. Watt konnte einfache Schlösser aufbrechen, aber er konnte nicht okkulte Schlösser aufbrechen.

Der Schlüssel war einer von denen, die Watt nicht nachmachen konnte. Watt konnte einfache Schlüssel nachmachen, in einer Werkstatt, in einem Schraubstock, mit einer Feile und Lötmittel, einen anderen, ganz verschiedenen einfachen Schlüssel hier mit der Feile verkleinernd und dort mit Lötmittel vergrößernd, bis die beiden Einfachheiten einander völlig glichen. Aber Watt konnte nicht okkulte Schlüssel nachmachen.

Ein weiterer Grund dafür, daß Watt Erskines Schlüssel nicht nachmachen konnte, war vielleicht, daß er sich dessen nicht bemächtigen konnte, auch nicht für einen Augenblick.

Woher wußte Watt denn, daß Erskines Schlüssel nicht ein einfacher Schlüssel war? Nun ja, weil er mit seinem kleinen Draht in dem Loch herumgestochert hatte.

Also sagte Watt, okkulte Schlüssel können einfache Schlösser aufschließen, aber einfache Schlüssel nie okkulte Schlösser. Aber Watt hatte dies kaum gesagt, als er es auch schon bedauerte. Aber da war es zu spät, die Worte waren gesagt und konnten nie wieder vergessen, nie wieder zurückgenommen werden. Aber ein wenig später bedauerte er sie weniger. Und ein wenig später bedauerte er sie überhaupt nicht mehr. Und ein wenig später gefielen sie ihm wieder, als ob er sie zum ersten Male so weich, so schmeichlerisch in seinem Schädel ertönen hörte. Und dann wieder ein wenig später bedauerte er sie wieder, ganz bitterlich. Und so weiter. Bis es nur noch wenige Reuegrade und wenige Wonnegrade gab, aber vor allem Reuegrade, mit denen Watt nicht vertraut war, hinsichtlich dieser Worte. Und dies ist vielleicht erwähnenswert, weil es für Watt eine alltägliche Erfahrung war, wenn es um Worte ging. Und wenn es mitunter geschah, daß eine kurze Überlegung genügte, um ein für allemal seine Haltung gegenüber Worten zu bestimmen, sobald sie ertönten, so daß er sie mehr oder weniger liebte oder haßte, mit unveränderlicher Liebe oder unveränderlichem Haß, so geschah dies doch nicht oft, nein, sondern, bald dies denkend und bald das, wußte er letztlich nicht, was er halten sollte von den Worten, die laut geworden waren, selbst wenn sie so klar und bescheiden waren wie die oben erwähnten, mit ihrer so einleuchtenden Bedeutung und ihrer so harmlosen Form, das spielte keine Rolle, er wußte nicht, was er von ihnen halten sollte, von einem Ende des Jahres zum anderen, ob er sie für schlecht, für gut oder für gleichgültig halten sollte.

Und wenn Watt nicht gewußt hätte, daß Erskines Schlüssel kein einfacher Schlüssel war, dann hätte ich es auch nicht gewußt, und auch die Welt nicht. Denn alles, was ich über Mr. Knott weiß und über alles das, was Mr. Knott betraf, und über Watt und über alles, was Watt betraf, kam von Watt, und von Watt allein. Und wenn ich über Mr. Knott und über Watt und über alles, was sie betraf, nicht sehr viel zu wissen scheine, dann deshalb, weil Watt nicht viel darüber wußte, oder es lieber verschwieg. Aber er versicherte mir zu der Zeit, als er sein Garn zu spinnen begann, daß er alles sagen wolle, und dann wieder, einige Jahre später, als er sein Garn gesponnen hatte, daß er alles gesagt hätte. Und so wie ich ihm einmal und dann wieder einmal geglaubt hatte, glaubte ich ihm weiter, lange nachdem das Garn gesponnen und Watt verschwunden war. Nicht daß es den geringsten Beweis dafür gegeben hätte, daß Watt in der Tat alles, was er darüber wußte, gesagt hatte, oder aber daß er sich vorgenommen hatte, es zu tun, denn wie könnte es ihn geben, da ich außer dem, was Watt mir gesagt hat, nichts darüber weiß. Denn Erskine, Arsene, Walter, Vincent und die anderen waren alle verschwunden, lange vor meiner Zeit. Nicht daß Erskine, Arsene, Walter, Vincent und die anderen irgend etwas über Watt hätten gesagt haben können, außer vielleicht Arsene ein wenig, und Erskine ein wenig mehr, durchaus nicht, aber sie hätten etwas über Mr. Knott gesagt haben können. Dann hätten wir Erskines Mr. Knott und Arsenes Mr. Knott und Walters Mr. Knott und Vincents Mr. Knott zum Vergleich mit Watts Mr. Knott gehabt. Das wäre eine sehr interessante Aufgabe gewesen. Aber sie verschwanden alle, lange vor meiner Zeit.

Das bedeutet nicht, daß Watt nicht gewisse Dinge ausgelassen hätte, die geschehen waren oder dagewesen waren, oder daß er nicht andere Dinge hinzugefügt hätte, die nie geschehen waren oder nie dagewesen waren. Es ist bereits auf die Schwierigkeiten hingewiesen worden, denen Watt bei den Bemühungen begegnete, das, was in Mr. Knotts Haus geschehen war, von dem, was dort nicht geschehen war, und das, was dort gewesen war, von dem, was dort nicht gewesen war, zu unterscheiden. Und Watt machte bei seinen Unterhaltungen mit mir kein Hehl daraus, daß manche Dinge, die beschrieben worden waren, als wären sie in Mr. Knotts Haus und freilich auf seinem Grund und Boden geschehen, vielleicht überhaupt nicht geschehen waren, oder ganz anders, und daß manche Dinge, die beschrieben worden waren, als wären sie dagewesen oder vielmehr als wären sie nicht dagewesen, denn diese waren die wichtigsten, vielleicht nicht dagewesen waren oder vielmehr immer dagewesen waren. Aber abgesehen davon ist es für jemanden wie Watt schwer, eine lange Geschichte wie die von Watt zu erzählen, ohne einige Dinge auszulassen und andere hinzuzufügen. Und das bedeutet auch nicht, daß ich nicht einige der Dinge ausgelassen hätte, die Watt mir gesagt hatte, oder nicht andere hinzugefügt hätte, die Watt mir nie gesagt hatte, obgleich ich mir die größte Mühe gab, alles sofort zu notieren, in meinem kleinen Notizbuch. Es ist bei einer langen Geschichte wie der Geschichte, die Watt erzählte, selbst wenn man sich die größte Mühe gibt, alles sofort zu notieren, in seinem kleinen Notizbuch, so schwer, nicht einige der Dinge, die gesagt wurden, auszulassen, und nicht andere Dinge, die nie gesagt wurden, die überhaupt nie gesagt wurden, hinzuzufügen.

Auch war der Schlüssel nicht einer von den Schlüsseln, von denen ein Abdruck gemacht werden konnte, in Wachs oder Gips oder Kitt oder Butter, und der Grund dafür war, daß es nicht möglich war, sich des Schlüssels zu bemächtigen, auch nur einen Augenblick.

Denn die Tasche, in der Erskine diesen Schlüssel aufbewahrte, war nicht eine der Taschen, die Watt ausplündern konnte. Denn es war keine gewöhnliche Tasche, nein, sondern eine verborgene, die an der Vorderseite von Erskines Unterhose angenäht war. Wenn die Tasche, in der Erskine diesen Schlüssel aufbewahrte, eine gewöhnliche Tasche gewesen wäre, so wie eine Rocktasche oder eine Hosentasche oder sogar eine Westentasche, dann hätte Watt durch Ausplünderung der Tasche, während Erskine nicht aufpaßte, sich des Schlüssels lange genug bemächtigen können, um dessen Form in Wachs oder Gips oder Kitt oder Butter einzuprägen. Wenn er einmal die Form geprägt hätte, hätte er den Schlüssel wieder in dieselbe Tasche stecken können, aus der er ihn genommen hätte, wobei er sich vorher bemüht hätte, ihn sauberzuwischen, mit einem feuchten Lappen. Aber eine an der Vorderseite der Unterhose eines Mannes angenähte Tasche auszuplündern, selbst wenn der Mann in eine andere Richtung schaute, ohne dessen Aufsehen zu erregen, lag, wie Watt wußte, nicht in seiner Macht. Wenn Erskine allerdings eine Dame gewesen wäre...
Aber Erskine war eben keine Dame.

Und wenn man fragen sollte, wie man wissen kann, daß die Tasche, in der Erskine diesen Schlüssel aufbewahrte, an der

Vorderseite seiner Unterhose angenäht war, so würde die Antwort lauten, daß eines Tages, als Erskine sein kleines Geschäft an einem Strauch machte, Watt, der, wie Lachesis es wollte, sein kleines Geschäft ebenfalls an demselben Strauch machte, aber an der anderen Seite, durch den Strauch, der ein Laubstrauch war, einen Schimmer des Schlüssels auffing, der zwischen den Knöpfen der Hosenklappe hervorleuchtete.

Und so könnte immer, wenn die Unmöglichkeit, in der ich mich befinde und in der Watt sich befand, ich, zu wissen, was ich weiß, und Watt, gewußt zu haben, was er wußte, absolut und unüberwindlich und unleugbar und unbezwingbar zu sein scheint, bewiesen werden, daß ich weiß, weil Watt es mir sagte, und daß Watt wußte, weil jemand es ihm gesagt hatte, oder weil er es selber gefunden hatte. Denn ich weiß nichts in diesem Zusammenhang außer dem, was Watt mir sagte. Und Watt wußte nichts über dieses Thema außer dem, was man ihm gesagt hatte, oder was er selber auf die eine oder andere Weise gefunden hatte.

Watt hätte die Tür aufbrechen können, mit einer Axt oder einem Brecheisen oder einer kleinen Ladung Sprengstoff, aber das hätte Erskine mißtrauisch machen können, und das wollte Watt nicht.

So daß, wenn man das eine und das andere bedenkt, daß Watt weder dies wünschte noch das wollte, es schien, daß Watt, so wie er damals war, nie in Erskines Zimmer dringen konnte, nie und nimmer in Erskines Zimmer dringen konnte, so wie es damals war, und daß, damit Watt in Erskines Zimmer dringen könnte, so wie sie damals waren, Watt ein anderer Mensch sein müßte oder Erskines Zimmer ein anderes Zimmer.

Und doch, ohne daß Watt aufhörte zu sein, was er war, und ohne daß das Zimmer aufhörte zu sein, was es war, drang Watt in das Zimmer und lernte dort, was er zu wissen wünschte.

List eine durch, sagte er, und als er sagte, List eine durch, errötete er, bis seine Nase eine normale Farbe zu haben schien, und ließ seinen Kopf hängen und verdrehte und entdrehte seine großen roten, knochigen Hände.
Es war eine Klingel in Erskines Zimmer, aber sie war kaputt.
Das einzige weitere Bemerkenswerte in Erskines Zimmer war ein Gemälde, das an der Wand hing, an einem Nagel. Ein offensichtlich mittels eines Zirkels gezeichneter und an seinem niedrigsten Punkt unterbrochener Kreis nahm die Mitte des Vordergrunds dieses Gemäldes ein. Entfernte er sich? Watt hatte den Eindruck. Im östlichen Hintergrund war ein Punkt oder Fleck. Die Kreislinie war schwarz. Der Punkt war blau, so blau! Der Rest war weiß. Wie die perspektivische Wirkung erreicht wurde, wußte Watt nicht. Aber sie war erreicht worden. Mit welchen Mitteln die Illusion einer Bewegung im Raum und sozusagen in der Zeit erzeugt worden war, konnte Watt nicht sagen. Aber sie war erzeugt worden. Watt fragte sich, wie lange es dauern würde, bis Punkt und Kreis sich in derselben Ebene einfinden würden. Oder war das nicht schon geschehen, oder beinahe? Und befand sich nicht vielmehr der Kreis im Hintergrund und der Punkt im Vordergrund? Watt fragte sich, ob sie einander gesichtet hätten, oder ob sie blindlings so flögen, von irgendeiner rein mechanischen gegenseitigen Anziehungskraft getrieben, oder als Spielbälle des Zufalls. Er fragte sich, ob sie möglicherweise innehalten und sich unterhalten, sich vielleicht sogar vereinigen würden, oder ob sie ruhig jeder seines Weges ziehen würden wie Schiffe in der Nacht vor der Erfindung der drahtlosen Telegraphie. Wer weiß, sie könnten sogar aufeinanderprallen. Und er fragte sich, was der Künstler hatte darstellen wollen (Watt verstand nichts von Malerei), einen Kreis und seine Mitte auf der Suche nacheinander, oder einen Kreis und seine Mitte auf der Suche nach einer Mitte beziehungsweise einem Kreis oder einen Kreis und seine Mitte auf der Suche nach einer Mitte

beziehungsweise einem Kreis oder einen Kreis und seine Mitte, auf der Suche nach einer Mitte, die nicht seine Mitte wäre, auf der Suche nach seiner Mitte beziehungsweise seinem Kreis oder einen Kreis und eine Mitte, die nicht seine Mitte wäre, auf der Suche nach einer Mitte beziehungsweise einem Kreis oder einen Kreis und eine Mitte, die nicht seine Mitte wäre, auf der Suche nach seiner Mitte beziehungsweise einem Kreis oder einen Kreis und eine Mitte, die nicht seine Mitte wäre, auf der Suche nach einer Mitte beziehungsweise seinem Kreis, in grenzenlosem Raum, in endloser Zeit (Watt verstand nichts von Physik), und bei dem Gedanken, daß es dies vielleicht sei, ein Kreis und eine Mitte, die nicht seine Mitte wäre, auf der Suche nach einer Mitte beziehungsweise seinem Kreis, in grenzenlosem Raum, in endloser Zeit, füllten sich Watts Augen mit Tränen, die er nicht zurückhalten konnte, und sie rannen hemmungslos seine ausgekehlten Wangen hinab, in einem unablässigen, höchst erquicklichen Strom.

Watt fragte sich, wie das Gemälde unterst zuoberst aussehen würde, mit dem Punkt im Westen und der Bresche im Norden, oder rechts herumgedreht, mit dem Punkt im Norden und der Bresche im Osten, oder linksherum, mit dem Punkt im Süden und der Bresche im Westen.

Also nahm er es von seinem Haken und hielt es sich vor Augen, mit ausgestreckten Armen, unterst zuoberst, und rechts herumgedreht und links herumgedreht.

Aber in diesen Positionen gefiel Watt das Gemälde weniger gut, als es ihm an der Wand gefallen hatte. Und der Grund dafür war vielleicht, daß die Bresche nicht mehr unten war. Und der Gedanke an den schließlich von unten nach oben in sie hineingleitenden Punkt, wenn er schließlich heimkehrte oder neu einkehrte, und der Gedanke an die vielleicht für immer vergeblich unten offene Bresche, diese Gedanken verlangten, damit sie Watt so gefielen, wie sie es taten, daß die Bresche unten sei und nirgends anders. Durch den Nadir kommen wir, sagte Watt, und durch den Nadir gehen wir, was immer das bedeuten soll. Und der Künstler mußte auch irgend etwas Ähnliches empfunden haben, denn der Kreis drehte sich nicht, wie sich Kreise drehen, sondern segelte unentwegt auf seinem weißen Firmament, mit seiner geduldigen Bresche für immer nach unten. Watt hängte das Gemälde also wieder an seinen Haken, in der Position, in der er es gefunden hatte.

Watt fragte sich all diese Dinge freilich nicht sofort, sondern nur einige sofort und die anderen später. Aber jene Fragen, die er sich sofort stellte, stellte er sich später noch einmal, zusammen mit denen, die er sich nicht sofort stellte, immer, immer wieder. Und manche andere Fragen ebenfalls in diesem Zusammenhang, einige davon sofort und die anderen später, stellte Watt sich auch später, zahllose Male.

Eine dieser letzten betraf das Eigentum. Gehörte das Gemälde Erskine oder war es von irgendeinem anderen Dienstboten gebracht und hinterlassen worden oder war es ein integrierender Bestandteil von Mr. Knotts Hauswesen?

Langwierige und mühselige Betrachtungen nötigten Watt zu der Schlußfolgerung, daß das Gemälde integrierender Bestandteil von Mr. Knotts Hauswesen war.

Die Frage zu dieser Antwort war die folgende sehr wichtige, wie Watt meinte. War das Gemälde ein festes und dauerhaftes Zubehör des Gebäudes, wie zum Beispiel Mr. Knotts Bett, oder war es nur eine Art Paradigma, heute hier und morgen weg, ein Glied einer Reihe wie die der Hunde Mr. Knotts oder die der Leute Mr. Knotts oder etwa die der Jahrhunderte, die nacheinander aus der Schote der Ewigkeit fallen?

Eine kurze Überlegung gab Watt die Gewißheit, daß das Gemälde noch nicht lange im Haus war und daß es nicht lange im Haus bleiben würde und daß es zu einer Reihe gehörte.

Es gab Momente, in denen Watt imstande war, schnell zu urteilen, beinahe so schnell wie Mr. Nackybal. Und es gab andere Momente, in denen sein Geist sich derart langsam bewegte, daß er sich überhaupt nicht zu bewegen, sondern

stillzustehen schien. Und er bewegte sich doch, wie Galileis Wiege. Watt war sehr betrübt wegen dieser Verschiedenheit. Und sie war in der Tat betrüblich.
Watt hatte im Laufe der Zeit mehr und mehr den Eindruck, daß Mr. Knotts Hauswesen nichts hinzugefügt und daß ihm nichts entnommen werden konnte, sondern daß es jetzt war, wie es war im Anfang und bleiben würde immerdar, in jedem wesentlichen Betracht, und daß jede bedeutende Gegenwärtigkeit zu irgendeinem Zeitpunkt, und hier war jede Gegenwärtigkeit bedeutend, wenn man auch nicht sagen konnte, was sie bedeutete, eine Gegenwärtigkeit zu aller Zeit oder doch eine gleichrangige Gegenwärtigkeit bewies, wobei bloß das äußere Gesicht sich wandelte, aber tun das Gesichter nicht immer, so wie vielleicht sogar Mr. Knotts Gesicht sich immerfort langsam wandelte.
Diese Vermutung wurde, soweit sie das Gemälde betraf, bald aufs treffendste bejaht. Und von den zahllosen Vermutungen, die Watt während seines Aufenthalts in Mr. Knotts Haus gehegt hatte, war dies die einzige, die bejaht, um nicht zu sagen verneint wurde durch Geschehnisse (wenn man hier von Geschehnissen sprechen kann), oder vielmehr die einzige Stelle, die bejaht wurde, die einzige Stelle der langen schwindenden Vermutung, die Watts Erfahrung in Mr. Knotts Haus und freilich auf seinem Boden bildete, die bejaht wurde.
Ja, nichts änderte sich in Mr. Knotts Hauswesen, da nichts blieb und nichts kam oder ging, da alles ein Kommen und ein Gehen war.
Watt schien entzückt über diese Xenie zehnten Grades, Aus seinem Munde, von hinten nach vorn, klang sie gar nicht übel, das stimmt.
Aber was Watt gegen Ende seines Aufenthalts im Erdgeschoß am allermeisten beunruhigte, war die Frage, wie lange er im Erdgeschoß und in dem damaligen Schlafzimmer bleiben würde, bevor er zum ersten Stock und in Erskines Schlafzimmer versetzt werden würde, und dann, wie lange

er im ersten Stock und in Erskines Schlafzimmer bleiben würde, bevor er den Ort für immer verlassen würde.
Watt zweifelte keinen Augenblick an dem Zusammenhang des Erdgeschosses mit seinem Schlafzimmer und des ersten Stocks mit dem Erskines. Und doch, was konnte ungewisser sein als solche Beziehung? Da es für das, was Watt begreifen konnte, und für das, was er nicht begreifen konnte, keinen gemeinsamen Nenner zu geben schien, schien es auch keinen für das, was er für gewiß hielt, und das, was er für zweifelhaft hielt, zu geben.
Watt hatte in dieser Hinsicht das Gefühl, daß er Mr. Knott ein Jahr im Erdgeschoß dienen würde und dann ein weiteres Jahr im ersten Stock.
Zur Unterstützung dieser ungeheurlichen Voreingenommenheit faßte er folgende Erwägungen zusammen.

Wenn die Dienstzeit, zunächst im Erdgeschoß und dann im ersten Stock, nicht ein Jahr dauerte, so dauerte sie weniger als ein Jahr oder mehr als ein Jahr. Und wenn sie weniger als ein Jahr dauerte, gab es einen Mangel, da Jahreszeiten vergingen oder eine Jahreszeit oder ein Monat oder eine Woche oder ein Tag ganz oder zum Teil, ohne daß das Licht von Mr. Knotts Dienst darauf geschienen oder sein Dunkel darauf gelastet hätte, so daß eine Seite der Rede der Erde nicht umgeblättert wurde. Denn in einem Jahr ist alles gesagt, in irgendeiner bestimmten geographischen Breite. Und wenn es mehr als ein Jahr dauerte, gab es einen Überschuß, eine Seite des Geschwafels noch einmal, da dann durch Licht und Schatten von Mr. Knotts Dienst Jahreszeiten zweimal gingen oder eine Jahreszeit oder ein Monat oder eine Woche oder ein Tag ganz oder zum Teil. Denn das neue Jahr sagt dem im Raum festgelegten Menschen nichts Neues. Also ein Jahr im Erdgeschoß und ein weiteres im ersten Stock, denn das Tageslicht des Erdgeschosses war nicht das des ersten Stocks (trotz ihrer Nähe), ebensowenig wie die Lichter ihrer Nächte die gleichen Lichter waren.

Aber selbst Watt konnte sich nicht lange über die Sinnlosigkeit dieser Konstruktionen hinwegtäuschen, die vorgaben, daß die Dienstzeit für jeden Diener gleich sei und unabänderlich in zwei Phasen von gleicher Dauer unterteilt wäre. Und er war in dieser Hinsicht der Meinung, daß die Dienstzeit und -verteilung vom Diener, von dessen Fähigkeiten und von dessen Bedürfnissen abhängen müsse; daß es lang- und kurzbleibende gebe, Erdgeschoß- und Erster-Stock-Leute gebe; daß etwas, das der eine oder den einen in zwei Monaten zu erschöpfen vermöchte, ein anderer oder einen anderen in zehn Jahren nicht zu erschöpfen vermöchte; und daß manchem im Erdgeschoß Mr. Knotts Nähe lange ein Greuel sein müsse und lange ein Greuel anderen im ersten Stock seine Ferne. Aber er hatte kaum die Sinnlosigkeit dieser Dinge einerseits gefühlt, und die Notwendigkeit jener andererseits (denn es kommt selten vor, daß dem Gefühl der Sinnlosigkeit nicht das Gefühl der Notwendigkeit folgt), als er die Sinnlosigkeit dieser Dinge fühlte, deren Notwendigkeit er gerade gefühlt hatte (denn es kommt selten vor, daß dem Gefühl der Notwendigkeit nicht das Gefühl der Sinnlosigkeit folgt). Denn der fragliche Dienst war nicht der Dienst eines Dieners, sondern der zweier Diener und sogar dreier Diener und sogar unendlich vieler Diener, von denen der erste erst hinauskonnte, wenn der zweite hinaufkonnte, und der zweite erst hinaufkonnte, wenn der dritte hineinkonnte, und der dritte erst hineinkonnte, wenn der erste hinauskonnte, und der erste erst hinauskonnte, wenn der dritte hineinkonnte, und der dritte erst hineinkonnte, wenn der zweite hinaufkonnte, und der zweite erst hinaufkonnte, wenn der erste hinauskonnte, da jedes Gehen, jedes Verweilen, jedes Kommen von einem Verweilen und einem Kommen, von einem Kommen und einem Gehen sowie von einem Gehen und einem Verweilen abhing, oder vielmehr von jedem Verweilen und jedem Kommen, von jedem Kommen und jedem Gehen, von jedem Gehen und jedem Verweilen aller Diener, die Mr. Knott je gedient hatten, und von allen

Dienern, die Mr. Knott je dienen würden. Und in dieser langen Kette gegenseitiger Abhängigkeiten, einer Kette, die sich von den längst Toten bis zu den fernen Ungeborenen erstreckt, konnte der Begriff der Willkür nur als der Begriff einer präetablierten Willkür überdauern. Man nehme nur drei oder vier x-beliebige Diener, Tom, Dick, Harry und einen anderen, wenn Tom zwei Jahre im ersten Stock dient, so dient Dick zwei Jahre im Erdgeschoß, und dann kommt Harry, und wenn Dick zehn Jahre im ersten Stock dient, dann dient Harry zehn Jahre im Erdgeschoß, und dann kommt der andere, und so weiter für jede Zahl von Dienern, wobei die Dienstzeit jedes gegebenen Dieners im Erdgeschoß immer mit der Dienstzeit seines Vorgängers im ersten Stock übereinstimmt und mit seines Nachfolgers Ankunft an Ort und Stelle endet. Aber Toms zwei Jahre im ersten Stock haben ihren *Grund* nicht in Dicks zwei Jahren im Erdgeschoß oder in Harrys damaligem Kommen, und Dicks zwei Jahre im Erdgeschoß haben ihren *Grund* nicht in Toms zwei Jahren im ersten Stock oder in Harrys damaligem Kommen, und Harrys damaliges Kommen hat seinen *Grund* nicht in Toms zwei Jahren im ersten Stock oder in Dicks zwei Jahren im Erdgeschoß, und Dicks zehn Jahre im ersten Stock haben ihren *Grund* nicht in Harrys zehn Jahren im Erdgeschoß oder im damaligen Kommen eines anderen, und Harrys zehn Jahre im Erdgeschoß haben ihren *Grund* nicht in Dicks zehn Jahren im ersten Stock oder im damaligen Kommen eines anderen, und das damalige Kommen eines anderen hat seinen *Grund* (Nase voll vom Unterstreichen dieses verflixten Worts) nicht in Dicks zehn Jahren im ersten Stock oder in Harrys zehn Jahren im Erdgeschoß, nein, das in Betracht zu ziehen, wäre zu abscheulich, sondern Toms zwei Jahre im ersten Stock und Dicks zwei Jahre im Erdgeschoß und Harrys damaliges Kommen und Dicks zehn Jahre im ersten Stock und Harrys zehn Jahre im Erdgeschoß und das damalige Kommen eines anderen, all das hat seinen Grund darin, daß Tom Tom ist, und Dick Dick, und Harry Harry, und jener andere jener andere, davon war der armselige Watt überzeugt. Denn andernfalls würde in Mr. Knotts Haus und an Mr. Knotts Tür und auf dem Weg zu Mr. Knotts Tür und auf dem Weg von Mr. Knotts Tür Lauheit und Fieber herrschen, die Lauheit dessen, der die Aufgabe erfüllt, aber nicht beendet hat, und das Fieber dessen, der die Aufgabe beendet, aber nicht erfüllt hat, die Lauheit und das Fieber beim Zuspätkommen und -gehen und die Lauheit und das Fieber beim Zufrühkommen und -gehen. Aber zu Mr. Knott, bei Mr. Knott und von Mr. Knott kam man, verweilte man und schied man ohne Lauheit und ohne Fieber, denn Mr. Knott war der Hafen, Mr. Knott war der Zufluchtsort, den man ruhig anlief, wo man freiwillig festmachte und den man fröhlich verließ. Angetrieben, festgehalten, fortgerissen von den Stürmen draußen, den Stürmen drinnen? Den Stürmen draußen! Den Stürmen drinnen! Menschen wie Vincent und Walter und Arsene und Erskine und Watt! Ha! Nein. Vielmehr unter dem Druck, der Drohung, dem Sog des Sturms, in Ermangelung, im Besitz und beim Verlust von Zuflucht, Ruhe und Freiheit und Fröhlichkeit. Nicht daß Watt sich ruhig und frei und froh fühlte, oder je gefühlt hätte, durchaus nicht. Aber er dachte, daß er sich vielleicht ruhig und frei und froh fühlte, oder, wenn nicht ruhig und frei und froh, wenigstens ruhig und froh oder frei und froh oder froh und ruhig oder, wenn nicht ruhig und frei oder frei und froh oder froh und ruhig, wenigstens ruhig oder frei oder froh, ohne es zu wissen. Aber warum Tom Tom? Und Dick Dick? Und Harry Harry? Weil Dick Dick und Harry Harry? Weil Harry Harry und Tom Tom? Weil Tom Tom und Dick Dick? Watt hatte nichts dagegen einzuwenden. Aber es war eine Konzeption, die er vorderhand nicht benötigte, und Konzeptionen, die Watt vorderhand nicht benötigte, entfaltete Watt vorderhand nicht, sondern ließ sie in Ruhe, wie man, in Erwartung eines regnerischen Tages, seinen Schirm nicht entfaltet, sondern im Schirmständer in Ruhe läßt. Und der Grund dafür, daß Watt dieses

Konzept vorderhand nicht nötig hatte, war vielleicht die Tatsache, daß, wenn man den Arm voll von wachsweißen Lilien hat, man nicht anhält, um etwas anderes zu pflücken oder zu riechen oder zu streicheln oder auf eine andere Weise anzuerkennen, ein Tausendschönchen oder eine Primel oder eine Schlüsselblume oder eine Butterrose oder ein Veilchen oder ein Löwenmäulchen oder ein Tausendschönchen oder eine Primel oder irgendeine andere Feldblume oder irgendein anderes Unkraut, sondern man tritt sie nieder, und sobald der Druck vorüber ist und der tief in die weiße Süße getauchte blinde Kopf, richten sich die geknickten Stengel unterm Gewicht ihrer Blütenblätter allmählich wieder auf, das heißt jene, die das Glück hatten, nicht zerbrochen zu werden. Denn nicht die Tomheit Toms, die Dickheit Dicks und die Harryheit Harrys, so bemerkenswert diese an sich auch sein mochten, beschäftigten Watt vorderhand, sondern ihre Tomheit, ihre Dickheit und ihre Harryheit damals, ihre damalige Tomheit, damalige Dickheit und ihre damalige Harryheit; auch nicht die Bestimmung eines zukünftigen Seins durch ein vergangenes Sein oder eines vergangenen Seins durch ein zukünftiges Sein (eine an sich zweifellos faszinierende Studie), wie in einer musikalischen Komposition des Takts sagen wir hundert durch den Takt sagen wir zehn und des Takts sagen wir zehn durch den Takt sagen wir hundert, sondern das Intervall zwischen den beiden, die neunzig Takte, die Zeit, die das Wahre brauchte, um wahr gewesen zu sein, die Zeit, die das Wahre brauchte, um als wahr bewiesen zu werden, was auch immer das bedeuten mag. Oder freilich als falsch, was auch immer das heißen mag.

So plagte Watt sich anfangs sowohl geistig als auch körperlich mit seiner alten Plage.

Und so fand Watt, nachdem er diese Blechbüchse mit seiner Lötlampe geöffnet hatte, daß sie leer war.

Wie sich zeigte, sollte Watt nie wissen, wie lange er in Mr. Knotts Haus weilte, wie lange im Erdgeschoß, wie lange im ersten Stock und wie lange insgesamt. Alles, was er sagen konnte, war, daß es ihm lange gedauert zu haben schien.

Als er dann auf der Suche nach Ruhe über die möglichen Beziehungen zwischen solchen *Serien* wie diesen nachdachte, der Hunde-*Serie,* der Menschen-*Serie* und der Gemälde-*Serie,* um nur diese *Serien* zu erwähnen, erinnerte Watt sich an eine ferne Sommernacht in einem nicht weniger fernen Land, wo Watt jung und frisch ganz allein stocknüchtern in einem Graben liegend sich fragte, ob es schon die Zeit und der Ort und das geliebte Wesen sei, und die drei Frösche quakten Krak!, Krek! und Krik! bei eins, neun, siebzehn, fünfundzwanzig, usw., und bei eins, sechs, elf, sechzehn, usw. und bei eins, vier, sieben, zehn, usw., je nachdem, und wie er hörte:

Krak!	—	—	—	—	—	—	—
Krek!	—	—	—	—	Krek!	—	—
Krik!	—	—	Krik!	—	—	Krik!	—
Krak!	—	—	—	—	—	—	—
—	—	Krek!	—	—	—	—	Krek!
—	Krik!	—	—	Krik!	—	—	Krik!
Krak!	—	—	—	—	—	—	—
—	—	—	—	Krek!	—	—	—
—	—	Krik!	—	—	Krik!	—	—
Krak!	—	—	—	—	—	—	—
—	Krek!	—	—	—	—	Krek!	—
Krik!	—	—	Krik!	—	—	Krik!	—
Krak!	—	—	—	—	—	—	—
—	—	—	Krek!	—	—	—	—
—	Krik!	—	—	Krik!	—	—	Krik!
Krak!	—	—	—	—	—	—	—
Krek!	—	—	—	—	Krek!	—	—
—	—	Krik!	—	—	Krik!	—	—
Krak!	—	—	—	—	—	—	—
—	—	Krek!	—	—	—	—	Krek!

Krik!	—	—	Krik!	—	—	Krik!	—
Krak!	—	—	—	—	—	—	—
—	—	—	—	Krek!	—	—	—
—	Krik!	—	—	Krik!	—	—	Krik!
Krak!	—	—	—	—	—	—	—
—	Krek!	—	—	—	—	Krek!	—
—	—	Krik!	—	—	Krik!	—	—
Krak!	—	—	—	—	—	—	—
—	—	—	Krek!	—	—	—	—
Krik!	—	—	Krik!	—	—	Krik!	—
Krak!	—	—	—	—	—	—	—
Krek!	—	—	—	—	Krek!	—	—
—	Krik!	—	—	Krik!	—	—	Krik!
Krak!	—	—	—	—	—	—	—
—	—	Krek!	—	—	—	—	Krek!
—	—	Krik!	—	—	Krik!	—	—
Krak!	—	—	—	—	—	—	—
—	—	—	—	Krek!	—	—	—
Krik!	—	—	Krik!	—	—	Krik!	—
Krak!	—	—	—	—	—	—	—
—	Krek!	—	—	—	—	Krek!	—
—	Krik!	—	—	Krik!	—	—	Krik!
Krak!	—	—	—	—	—	—	—
—	—	—	Krek!	—	—	—	—
—	—	Krik!	—	—	Krik!	—	—

Krak!
Krek!
Krik!

Die Fischfrau gefiel Watt sehr. Watt war kein Frauenmann, aber die Fischfrau gefiel ihm sehr. Andere Frauen würden ihm vielleicht noch mehr gefallen, später. Aber von allen Frauen, die ihm bis dahin je gefallen hatten, konnte keine dieser Fischfrau das Wasser reichen, Watts Meinung nach. Und Watt gefiel der Fischfrau. Das war eine gnädige Koinzidenz, daß sie einander gefielen. Denn wenn die Fischfrau Watt gefallen hätte, ohne daß Watt der Fischfrau gefallen hätte, oder wenn Watt der Fischfrau gefallen hätte, ohne daß die Fischfrau Watt gefallen hätte, was wäre dann aus Watt geworden oder aus der Fischfrau? Nicht daß die Fischfrau eine Männerfrau gewesen wäre, durchaus nicht, da sie fortgeschrittenen Alters war und ihr von Natur aus auch jene Eigenschaften versagt waren, die bei Frauen anziehend auf Männer wirken, außer vielleicht den Resten eines vornehmen Gangs, als Folge der Gewohnheit, ihren Fischkorb auf dem Kopf zu tragen, über weite Strecken. Nicht daß ein Mann, der keine jener Eigenschaften besitzt, die bei Männern anziehend auf Frauen wirken, nicht ein Frauenmann sein könnte, auch nicht daß eine Frau, die keine jener Eigenschaften besitzt, die bei Frauen anziehend auf Männer wirken, nicht eine Männerfrau sein könnte, durchaus nicht. Denn Mrs. Gorman hatte mehrere Bewunderer gehabt, sowohl vor als auch nach Mr. Gorman und selbst zur Zeit von Mr. Gorman, und Watt mindestens zwei ausgesprochene Romanzen, im Laufe seiner Junggesellenzeit. Watt war auch nicht ein Männermann, da er keine jener Eigenschaften besaß, die bei Männern anziehend auf Männer wirken, obgleich er freilich männliche Freunde gehabt hatte (wer könnte dem entgehen?) bei mehr als einer Gelegenheit. Nicht daß Watt nicht ein Männermann hätte sein können, ohne eine jener Eigenschaften zu besitzen, die bei Männern anziehend auf Männer wirken, durchaus nicht. Aber es traf sich so, daß er es nicht war. Was die Frage betrifft, ob Mrs. Gorman eine Frauenfrau war oder nicht, so ist die Antwort darauf unbekannt. Einerseits war sie es vielleicht, andererseits war sie es vielleicht nicht. Aber wahrscheinlich war sie es nicht. Nicht daß es ganz und gar unmöglich für einen Mann wäre, sowohl ein Männermann als auch ein Frauenmann zu sein, oder für eine Frau, sowohl eine Frauenfrau als auch eine Männerfrau, beinahe in ein und demselben Atemzug. Denn bei Männern und Frauen, bei Männermännern und Frauenmännern, bei

Männerfrauen und Frauenfrauen, bei Männer- und Frauenmännern und bei Männer- und Frauenfrauen ist in diesem Zusammenhang bis zum Beweis des Gegenteils alles möglich.

Mrs. Gorman kam jeden Donnerstag vorbei, außer wenn sie unpäßlich war. Dann kam sie nicht vorbei, sondern blieb zu Hause, im Bett oder in einem bequemen Sessel am Feuer bei kaltem Wetter, und am offenen Fenster bei warmem Wetter, und bei weder kaltem noch warmem Wetter am geschlossenen Fenster oder am leeren Herd. Deshalb war der Donnerstag der Tag, den Watt allen anderen Tagen vorzog. In dieser Beziehung sind die Männer sehr verschieden. Die einen ziehen den Sonntag vor, andere den Montag, wieder andere den Dienstag, wieder andere den Mittwoch, wieder andere den Freitag und wieder andere den Samstag. Aber Watt zog den Donnerstag vor, weil Mrs. Gorman donnerstags vorbeikam. Dann führte er sie in die Küche und öffnete für sie eine Flasche Stout und setzte sie auf sein Knie und legte seinen rechten Arm um ihre Taille und lehnte seinen Kopf an ihre rechte Brust (die linke war leider im Eifer eines chirurgischen Eingriffs entfernt worden), und verharrte in dieser Haltung, ohne sich zu rühren, oder sich so wenig wie möglich rührend, seine Nöte vergessend, gute zehn Minuten lang, oder eine Viertelstunde. Und auch Mrs. Gorman war, obgleich sie mit ihrer linken Hand an seine grauroten Haarbüschel rührte und mit ihrer rechten Hand in wohl abgemessenen zeitlichen Abständen die Flasche an ihre Lippen führte, auf ihre eigene bescheidene Weise zufrieden, für eine Weile.

Von Zeit zu Zeit richtete Watt seinen müden Kopf auf, wobei er seine müde Umarmung von der Taille auf den Nacken übertrug, und küßte Mrs. Gorman verzweifelt auf den Mund und um den Mund herum, bevor er wieder in seine Nachkreuzigungshaltung zusammensackte. Und diese Küsse wurden, wenn ihre erste fieberhafte Glut zu verglimmen begann, das heißt kurze Zeit nachdem sie gegeben worden waren, von Mrs. Gorman unermüdlich aufgefangen, sozusagen von ihren eigenen Lippen, und mit gelassener Höflichkeit zurückgegeben, so wie man einen Handschuh aufhebt oder eine Zeitung, die an irgendeinem öffentlichen Ort fallen gelassen wurde, und sie mit einem Lächeln, wenn nicht sogar mit einer Verbeugung dem rechtmäßigen Besitzer wiedergibt. So daß jeder Kuß in Wirklichkeit zwei Küsse waren, erst der willensschwache, schüchterne Kuß Watts und dann der salbungsvolle, verbindliche Mrs. Gormans.

Aber Mrs. Gorman saß nicht immer auf Watt, denn manchmal saß Watt auf Mrs. Gorman. An manchen Tagen saß Mrs. Gorman die ganze Zeit auf Watt, an anderen Tagen saß Watt ununterbrochen auf Mrs. Gorman. Und es fehlte auch nicht an Tagen, an denen Mrs. Gorman am Anfang auf Watt saß und am Ende Watt auf sich sitzen hatte, oder an denen Watt am Anfang auf Mrs. Gorman saß und am Ende Mrs. Gorman auf sich sitzen hatte. Denn Watt neigte dazu, ehe für Mrs. Gorman die Zeit des Abschiednehmens kam, Mrs. Gormans Sitzens auf ihm oder seines Sitzens auf Mrs. Gorman überdrüssig zu werden. Wenn dann Mrs. Gorman auf Watt und nicht Watt auf Mrs. Gorman saß, so schob er sie schonungsvoll von seinem Schoß auf ihre Füße auf die Fliesen und erhob sich selber, bis sie, die einen Moment vorher noch beide gesessen hatten, sie auf ihm und er auf dem Stuhl, nun standen, nebeneinander, auf ihren Füßen, auf den Fliesen. Und dann kamen sie, Watt und Mrs. Gorman, zusammen wieder zur Ruhe, der letztere auf dem Stuhl und die erstere auf dem letzteren. Aber wenn nicht Mrs. Gorman auf Watt saß, sondern Watt auf Mrs. Gorman, so kletterte er von ihren Knien und half ihr mit sanfter Hand auf die Füße und nahm (seine Knie beugend) ihre Platz auf dem Stuhl ein und zog (seine Schenkel spreizend) sie hinab in seinen Schoß. Und Watt konnte an einigen Tagen so schlecht einerseits Mrs. Gormans Drücken von oben und andererseits Mrs. Gormans Stoßen von unten ertragen, daß nicht weniger als zwei oder drei oder vier oder fünf oder sechs oder sieben oder acht oder neun oder zehn oder elf oder sogar zwölf oder sogar dreizehn Stellungswechsel für nötig gehalten wurden, ehe für Mrs. Gorman die Zeit des Abschiednehmens kam. Was, wenn man eine Minute für die Umstellung ansetzt, eine durchschnittliche Sitzung von fünfzehn Sekunden ergibt und, auf der bescheidenen Basis eines Kusses von einer Minute alle anderthalb Minuten, eine Tagessumme von einem einzigen Kuß, von einem einzigen Doppelkuß, begonnen während der ersten Sitzung und vollendet während der letzten, denn während der Umstellungen konnten sie nicht küssen, so sehr hielten sie diese in Atem.

Weiter kamen sie, wie leider gesagt werden muß, nie, obgleich sie bei mehr als einer Gelegenheit mehr als drauf und dran waren. Warum war das so? War es in ihren Herzen, in Watts Herzen und in Mrs. Gormans Herzen, einer vergangenen Leidenschaft, eines ehemaligen Irrtums raunendes Echo, das sie warnte, in den Schmutz der Kloake klonischer Ergötzung zu zerren, was eine so schöne, so seltene, so holde, so zarte Blume war? Nichts nötigt zu dieser Annahme. Denn Watt hatte nicht die Kraft, und Mrs. Gorman hatte nicht die Zeit, die für eine auch noch so flüchtige Verschmelzung unerläßlich ist. Die Ironie des Lebens! Des Liebeslebens! Daß jenem, der Zeit hat, die Kraft fehlen soll, und daß jener, die die Kraft hat, die Zeit fehlen soll! Daß eine läppische und höchstwahrscheinlich heilbare Verstopfung irgendeiner endokrinen Bandusia, daß eine bloße Angelegenheit von fünfundvierzig oder fünfzig Minuten auf der Uhr es vermögen, so sicher wie der Tod oder der Hellespont die Liebenden zu trennen. Denn wenn Watt ein wenig mehr Schwung gehabt hätte, so hätte Mrs. Gorman gerade genug Zeit gehabt, und wenn Mrs. Gorman ein bißchen mehr Zeit gehabt hätte, so hätte Watt höchstwahrscheinlich bei behutsamer Behandlung seiner lauen Wallungen einen des Anlasses nicht unwürdigen Brecher zustande gebracht. Da es sich nun einmal so verhielt mit Watts Kraft und Mrs. Gormans Zeit, die ja so begrenzt waren, ist es schwer, sich vorzustellen, was sie noch hätten tun können außer dem, was sie taten, außer dem Nacheinander-Aufeinandersitzen, dem Küssen, dem Ruhen, dem Wiederküssen und Wiederruhen, bis für Mrs. Gorman die Zeit gekommen war, ihren Rundgang fortzusetzen.

Was war an Mrs. Gorman und was an Watt, das Watt so verführte und Mrs. Gorman so rührte? Zwischen welchen Tiefen Ruf und Gegenruf? Zwischen Watt, dem Nicht-Männermann, und Mrs. Gorman, der Nicht-Frauenfrau? Zwischen Watt, dem Nicht-Frauenmann, und Mrs. Gorman, der Nicht-Männerfrau? Zwischen Watt, dem Nicht-Männermann, und Mrs. Gorman, der Nicht-Männerfrau? Zwischen Watt, dem Nicht-Frauenmann, und Mrs. Gorman, der Nicht-Frauenfrau? Zwischen Watt, dem Weder-Männer- noch Frauenmann, und Mrs. Gorman, der Weder-Männer- noch Frauenfrau? In seinen eigenen edelsten Teilen ahnte er sie in nuklearer Umklammerung, die Männer, die weder Männer- noch Frauenmänner waren. Und Mrs. Gorman war zweifellos der Spielball einer ähnlichen Konglutination. Aber das hatte nichts zu bedeuten. Und war es nicht vielleicht doch eher so, daß die Ursachen der Zuneigung Mrs. Gormans zu Watt und Watts zu Mrs. Gorman bei ihr die Flasche Stout und bei ihm der Fischgeruch waren? Dies war die Meinung, zu der Watt Jahre später, als Mrs. Gorman nicht mehr als eine blasse Erinnerung, als ein sich verflüchtigender Duft war, neigte.

Mr. Graves fand sich viermal täglich an der Hintertür ein. Morgens, wenn er ankam, um den Schlüssel für den Schuppen zu holen, und mittags, um seine volle Teekanne zu holen, und nachmittags, um seine Flasche Stout zu holen und die leere Teekanne zurückzubringen, und abends, um den Schlüssel und die Flasche zurückzubringen.

Watt hegte für Mr. Graves ein Gefühl, das an Gefallen grenzte. Vor allem Mr. Graves' Aussprache mißfiel Watt nicht. Mr. Graves sprach sein *th* zauberhaft aus. »Turd« und »fart« sagte er statt »third« und »fourth«. Watt liebte diese

ehrwürdigen sächsischen Worte. Und wenn Mr. Graves auf der sonnigen Stufe sein Nachmittags-Stout trank, mit seinem blinzelnden alten blauen Auge aufblickte und in scheinbarer Mißbilligung sagte, »Tis« ist nur mein »turd or fart«, dann fühlte Watt, daß er sich vielleicht selber nicht zwecklos prostituierte.
Mr. Graves hatte viel zu sagen über Mr. Knott und über Erskine, Arsene, Walter, Vincent und andere, deren Namen er vergessen oder nie erfahren hatte. Aber nichts Interessantes. Er berief sich sowohl auf die Erfahrungen seiner Vorfahren als auf seine eigenen. Denn sein Vater hatte für Mr. Knott gearbeitet und seines Vaters Vater, und so weiter. Noch eine Serie. Seine Familie, sagte er, hätte den Garten zu dem gemacht, was er sei. Er könne nur Gutes über Mr. Knott und über seine jungen Herren sagen. Dies war das erste Mal, daß Watt der Klasse junger Herren zugeordnet wurde. Aus Mr. Graves Mund hörte es sich jedoch genauso an, als wären sie Kneipkumpane.
Aber Mr. Graves' Lieblingsthemen waren seine häuslichen Sorgen. Er verstand sich, wie es schien, nicht sehr gut mit seiner Frau, und das schon seit einiger Zeit. Er verstand sich sogar überhaupt nicht mit seiner Frau. Mr. Graves schien das Alter erreicht zu haben, in dem die Unmöglichkeit, sich mit seiner Frau zu verstehen, häufiger ein Grund zur Zufriedenheit als zur Unzufriedenheit ist. Sie entmutigte Mr. Graves jedoch sehr. Während seines ganzen Ehelebens hatte er sich mit seiner Frau verstanden wie Feuer und Flamme, und nun war es ihm schon seit einiger Zeit ganz unmöglich. Für Mrs. Graves war es auch sehr schmerzlich, daß ihr Mann sich gar nicht mehr mit ihr verstehen konnte, da es nichts gab, was Mrs. Graves mehr liebte, als sich gut mit jemandem zu verstehen.
Watt war nicht der erste, dem Mr. Graves diesbezüglich sein Herz ausschüttete. Denn er hatte sein Herz Arsene viele Jahre früher ausgeschüttet, als seine Sorge noch grün war, und Arsene hatte ihm einen Rat gegeben, den Mr. Graves

getreu befolgt hatte. Aber es war nie etwas dabei herausgekommen.

Auch Erskine war von Mr. Graves ins Vertrauen gezogen worden, und Erskine war höchst großzügig mit seinem Rat gewesen. Es war nicht derselbe Rat wie der Arsenes, und Mr. Graves hatte sich, so gut er konnte, daran gehalten. Aber es war nichts dabei herausgekommen.

An Watt wandte Mr. Graves sich jedoch nicht mit den Worten, Sagen Sie mir, was ich tun soll, Mr. Watt, damit ich mich wieder mit meiner Frau verstehen kann wie in früheren Zeiten. Und es war vielleicht gut, daß er es nicht tat, denn Watt hätte solche Frage nicht beantworten können. Und sein Schweigen wäre vielleicht von Mr. Graves mißverstanden und so aufgefaßt worden, als wäre es Watt einerlei, ob Mr. Graves sich mit seiner Frau verstand oder nicht.

Die Frage war dennoch unausgesprochen aufgeworfen worden, und zwar unausweichlich. Denn als Mr. Graves die Geschichte seiner Sorgen zu Ende erzählt hatte, ging er nicht weg, sondern blieb, wo er war, schweigend, wartend, seine Melone befummelnd (Mr. Graves nahm immer, selbst unter freiem Himmel, seinen Hut ab, wenn er mit besseren Leuten sprach) und zu Watt hinaufblickend, der auf der Schwelle stand. Und da Watts Gesicht seinen vertrauten Ausdruck, den des Richters Jeffrey, als dieser der Kirchlichen Kommission präsidierte, bewahrte, hatte Mr. Graves gute Hoffnung, irgend etwas Hilfreiches zu hören. Leider dachte Watt gerade an die Vögel, an ihre Sturzflüge, ihre Startgesänge. Aber ihrer bald überdrüssig, kehrte er ins Haus zurück und schloß die Tür hinter sich.

Aber bald begann Watt damit, den Schlüssel abends hinauszulegen, neben die Schwelle, unter einen Stein, und die volle Teekanne mittags hinauszustellen, unter einem Teewärmer, und die Flasche Stout nachmittags hinauszustellen, mit einem Korkenzieher, in den Schatten. Und abends, wenn Mr. Graves heimgegangen war, holte Watt die leere Teekanne und die Flasche und den Schlüssel herein, die von

Mr. Graves wieder dahin gestellt worden waren, wo er sie gefunden hatte. Aber kurze Zeit darauf gab Watt es auf, den Schlüssel wieder hereinzuholen. Denn warum den Schlüssel um sechs hereinholen, wenn er um zehn wieder hinausgelegt werden mußte. So daß der Schlüssel nicht mehr an den Schlüsselhaken in der Küche kam, sondern nur noch in Mr. Graves Tasche, und unter den Stein. Aber wenn Watt den Schlüssel abends, wenn Mr. Graves gegangen war, nicht hereinholte, sondern nur die leere Teekanne und die Flasche, so versäumte er doch nie, wenn er die leere Teekanne und die Flasche hereinholte, unter den Stein zu schauen und sich zu vergewissern, daß der Schlüssel dort lag.

Dann, eines Nachts, als es bitterkalt war, verließ Watt sein warmes Bett und ging hinunter und holte den Schlüssel herein und wickelte ihn in ein Schnipselchen Bettdecke, das er von seiner eigenen Bettdecke geschnipselt hatte. Und dann legte er ihn wieder hinaus, unter den Stein. Und als er am nächsten Abend nachschaute, fand er ihn, wie er ihn hinterlassen hatte, in seiner Bettdecke, unter dem Stein. Denn Mr. Graves war ein verständnisvoller Mann.

Watt fragte sich, ob Mr. Graves einen Sohn hatte, wie Mr. Gall einen hatte, damit er in seine Fußstapfen trete, wenn er gestorben wäre. Watt hielt es für höchstwahrscheinlich. Denn kann man sich mit seiner Frau verstehen, ein ganzes Eheleben lang, wie Feuer und Flamme, ohne mindestens einen Sohn zu haben, damit er in eines Fußstapfen trete, wenn man stirbt oder in den Ruhestand tritt?

Manchmal bekam Watt Mr. Knott flüchtig in der Diele zu sehen, oder im Garten, wie angewachsen oder langsam herumlaufend.

Eines Tages hätte Watt, als er hinter einem Strauch hervorkam, beinahe Mr. Knott angerempelt, was Watt einen Augenblick sehr verwirren sollte, da er seine Kleidung noch nicht ganz geordnet hatte. Aber er hätte sich gar nicht verwirren zu lassen brauchen. Denn Mr. Knotts Hände waren hinter seinem Rücken und sein Kopf war zum Boden hinabgeneigt.

Als Watt dann seinerseits hinabblickte, sah er zuerst nichts außer dem kurzen grünen Gras, aber als er etwas länger hingeblickt hatte, sah er ein blaues Blümchen und daneben einen dicken Wurm, der sich in die Erde verkroch. Dies war es also, was Mr. Knotts Aufmerksamkeit vielleicht angezogen hatte. So standen sie da ein Weilchen zusammen, der Herr und der Diener, wobei die geneigten Köpfe sich beinahe berührten (was Mr. Knotts Größe annähernd anzeigt, nicht wahr, wenn man voraussetzt, daß der Boden eben war), bis der Wurm verschwunden war und nur die Blume übrigblieb. Eines Tages würde die Blume verschwunden sein und nur der Wurm übrigbleiben, aber an diesem Tage blieb die Blume, und der Wurm verschwand. Und als Watt aufblickte, sah er, daß Mr. Knotts Augen geschlossen waren, und hörte seinen Atem, sanft und leicht, wie der Atem eines schlafenden Kindes.

Watt wußte nicht, ob er froh oder traurig darüber war, daß er Mr. Knott nicht öfter sah. In einem gewissen Sinne war er traurig und in einem anderen froh. Und der Sinn, in dem er traurig war, war der, daß er Mr. Knott von Angesicht zu Angesicht sehen wollte, und der Sinn, in dem er froh war, war der, daß er sich davor fürchtete. Ja, tatsächlich, in dem Maße, wie er wünschte, und in dem Maße, wie er fürchtete, Mr. Knott von Angesicht zu Angesicht zu sehen, machte ihn sein Wunsch traurig und seine Befürchtung froh darüber, daß er ihn so selten sah, und im allgemeinen aus so großer Entfernung und so flüchtig und so oft von der Seite und sogar von hinten.

Watt fragte sich, ob Erskine in dieser Hinsicht besser dran war als er. Aber in dem Maße, wie die Zeit, wenn sie will, verging und Watts Dienstzeit im Erdgeschoß sich dem Ende näherte, waren dieser Wunsch und diese Befürchtung, und also diese Traurigkeit und diese Fröhlichkeit wie so viele andere Traurigkeiten und Fröhlichkeiten immer mehr abgeflaut, bis sie überhaupt nicht mehr zu spüren waren. Und der Grund dafür war vielleicht, daß Watt nach und nach alle

Hoffnung und alle Furcht, Mr. Knott je von Angesicht zu Angesicht zu sehen, verlor, oder vielleicht, daß Watt, immer noch in dem Glauben an die Möglichkeit, eines Tages Mr. Knott von Angesicht zu Angesicht zu sehen, ihre Verwirklichung allmählich als eine, der keine Wichtigkeit beigemessen werden konnte, betrachtete, oder vielleicht, daß in dem Maße, wie Watts Interesse für das, was man den Geist Mr. Knotts nennt, zunahm, sein Interesse für das, was man gewöhnlich unter dem Körper versteht, abnahm (denn es ist vielfach so, daß, wenn etwas irgendwo zunimmt, etwas anderes anderswo abnimmt), oder vielleicht war es etwas ganz anderes wie, zum Beispiel, bloße Müdigkeit, die mit den oben erwogenen Gründen nichts zu tun hat.

Hinzu kommt, daß bei den wenigen Malen, da Watt Mr. Knott flüchtig zu sehen bekam, er ihn nicht deutlich zu sehen bekam, sondern so wie in einer Glasscheibe, einer gewöhnlichen Fensterscheibe, eines Ostfensters morgens oder eines Westfensters abends.

Hinzu kommt, daß die Gestalt, die Watt manchmal in der Diele und im Garten flüchtig zu sehen bekam, von einem flüchtigen Blick zum anderen selten dieselbe Gestalt war, sondern sich, soweit Watt es erkennen konnte, im Hinblick auf ihre Leibesfülle, Größe, ihren Teint und sogar Haarwuchs und freilich auf ihre Art, sich zu bewegen oder nicht zu bewegen, als so veränderlich erwies, daß Watt sie nie für dieselbe gehalten hätte, wenn er nicht gewußt hätte, daß es Mr. Knott war.

Watt hatte Mr. Knott auch nie gehört, das heißt, ihn nie beim Sprechen oder Lachen oder Weinen gehört. Aber einmal glaubte er ihn Piep! Piep! sagen zu hören zu einem Vögelchen, und einmal hörte er ihn ein sonderbares Geräusch machen, *PLOPF* PLOPF *Plopf* Plopf *plopf* plopf plop plo pl. Das war im Blumengarten..

Watt fragte sich, ob Erskine in dieser Beziehung besser dran war. Führten er und sein Herr Gespräche? Watt hatte sie es nie tun hören, wie er sicherlich getan hätte, wenn sie es getan hätten. Vielleicht flüsternd. Ja, vielleicht führten sie Gespräche im Flüsterton, der Herr und sein Diener, in zwei Flüstertönen, des Herrn Flüsterton und des Dieners Flüsterton.

Eines Tages gegen Ende von Watts Aufenthalt im Erdgeschoß klingelte das Telefon, und eine Stimme fragte, wie es Mr. Knott gehe. Das war bestimmt eine Fangfrage. Die Stimme sagte auch, Eine ihm nahestehende Person. Es hätte eine hohe männliche Stimme sein können oder eine tiefe weibliche Stimme.

Watt formulierte diesen Zwischenfall wie folgt:

Eine Mr. Knott nahestehende Person unbestimmten Geschlechts ruft an, um zu erfahren, wie es ihm gehe.

Bald zeigten sich brüchige Stellen in dieser Formulierung.

Aber Watt war zu müde, um sie zu reparieren. Watt wagte nicht, sich noch mehr zu ermüden.

Wie oft hatte er der Gefahr, sich noch mehr zu ermüden, getrotzt. Potz Blitz, hatte er gesagt, potz Blitz, und sich trotzdem angeschickt, die brüchigen Stellen zu reparieren. Aber jetzt nicht.

Watt war nun des Erdgeschosses müde, das Erdgeschoß hatte ihn vollkommen ermüdet.

Was hatte er erfahren? Nichts.

Was wußte er über Mr. Knott? Nichts.

Von seinem Verlangen, sich zu verbessern, von seinem Verlangen zu verstehen, von seinem Verlangen zu gesunden, blieb was übrig? Nichts.

Aber war das nicht schon etwas?

Er sah sich selbst damals, so klein, so arm. Und nun, noch kleiner, noch ärmer. War das nicht schon etwas?

So krank, so einsam.

Und nun.

Noch kränker, noch einsamer.

War das nicht schon etwas?

Wie der Komparativ etwas ist. Ob er nun mehr als sein Positiv ist oder weniger. Ob er nun weniger als sein Superlativ ist oder mehr.

Rot, blauer, am gelbsten, dieser alte Traum war zu Ende, halb zu Ende, zu Ende. Noch einmal.

Kurz vor dem Morgengrauen.

Aber schließlich erwachte er, um aufstehend und hinabgehend keinen Erskine, und, noch etwas weiter hinabgehend, einen Fremden in der Küche zu finden.

Er wußte nicht, wann es war. Es war, als die Eibe dunkelgrün, beinahe schwarz war. Es war an einem weißen und weichen Morgen, und die Erde schien für das Grab geschmückt zu sein. Es war beim Klang von Glocken, von Klosterglocken, von Kirchenglocken. Es war an einem Morgen, an dem der Milchjunge singend an die Tür kam, mit seinem durchdringenden klanglosen Gesang, und singend wieder wegging, nachdem er die Milch aus der Kanne in den Krug gegossen hatte, reichlich bemessen, wie gewöhnlich.

Der Fremde glich Arsene und Erskine, körperlich. Er sagte, sein Name sei Arthur. Arthur.

III

Es war um diese Zeit, daß Watt in einen anderen Pavillon verlegt wurde und mich in dem alten Pavillon zurückließ. Infolgedessen trafen und unterhielten wir uns seltener als vorher. Nicht daß wir uns je sehr oft getroffen und unterhalten hätten, durchaus nicht. Denn wir verließen selten unsere Pavillons, Watt verließ seinen Pavillon selten, und selten verließ ich meinen. Und wenn unser Lieblingswetter uns dazu trieb, die Pavillons zu verlassen und in den Park zu gehen, so trieb es uns nicht immer gleichzeitig dazu. Denn mein Lieblingswetter hatte, obgleich es Watts Lieblingswetter glich, gewisse Eigenschaften, die Watts Lieblingswetter nicht hatte, und ihm fehlten gewisse Eigenschaften, die Watts Lieblingswetter hatte. So daß, wenn wir beide durch das, was jeder von uns für sein Lieblingswetter hielt, aus unseren Zwingern gelockt, im kleinen Park zusammentrafen und uns vielleicht unterhielten (denn wenn wir uns nicht unterhalten konnten, ohne uns zu treffen, so konnten wir uns doch, was oft geschah, treffen, ohne uns zu unterhalten), die Enttäuschung von wenigstens einem von uns beinahe unausbleiblich war, ebenso wie das Bedauern, das bittere Bedauern, seinen Pavillon überhaupt verlassen zu haben, und das Gelübde, das Lippengelübde, nie wieder seinen Pavillon zu verlassen, nie, nie, unter keinen Umständen. So daß wir auch den Widerstand kennenlernten, den Widerstand gegen den Ruf unseres Lieblingswetters, aber selten gleichzeitig. Nicht daß unser gleichzeitiger Widerstand in irgendeiner Beziehung zu unserem Treffen und unserer Unterhaltung gestanden hätte, durchaus nicht. Denn wenn wir beide widerstanden, trafen wir uns ebensowenig und unterhielten uns ebensowenig, wie wenn der eine widerstand und der andere nachgab. Wohingegen wenn wir beide nachgaben, wir uns trafen und uns vielleicht unterhielten, im kleinen Park.

Das Ja ist so leicht, das Nein ist so leicht, wenn der Ruf zu hören ist, so leicht, so leicht. Aber zu uns, in unsere Fensterlosigkeit, in unsere Körperwärme, in unsere Stille, zu uns, die wir weder den Wind hören noch die See sehen konnten, welcher Ruf von unserem Lieblingswetter konnte zu uns dringen, wenn nicht ein so leiser, daß er jedes Jas und jedes Neins spottete? Und den meteorologischen Auskünften unserer Wärter war freilich nicht das geringste Vertrauen zu schenken. Es ist daher nicht verwunderlich, wenn wir, bald Watt, bald ich, und bald Watt und ich, in schierer Unkenntnis dessen, was draußen vorging, viele entfliehende Stunden drinnen verbrachten, die ebensogut, wenn nicht besser, und bestimmt nicht schlechter uns mit uns entflohen wären, bei einem Spaziergang von Watt oder von mir oder von Watt und mir und vielleicht sogar bei irgendwelchen Formen der Unterhaltung im kleinen Park. Nein, verwunderlich ist vielmehr, daß zu uns beiden, die wir, jeder für sich in seiner laut- und lichtlosen Wärme, bereit waren nachzugeben, der Ruf so oft dringen konnte, wie es der Fall war, manchmal der Fall war, um uns hinauszulocken, in den kleinen Park. Ja, daß es je möglich war, daß wir uns trafen, uns unterhielten und einander zuhörten, und daß es je möglich war, daß mein Arm auf seinem Arm ruhte und seiner auf meinem, und unsere Schultern sich berührten, und unsere Beine sich hin- und herbewegten, im Gleichschritt über den mehr oder minder gleichen Boden, parallel, die rechten Beine hin, die linken Beine her, und dann unverzüglich umgekehrt, und wir vornübergebeugt, Brust an Brust, uns küßten (oh, ausnahmsweise, und freilich nie auf den Mund), das alles fand ich, als ich mich letztlich daran erinnerte, erstaunlich, erstaunlich. Denn nie verließen wir unsere Pavillons, nie, es sei denn dem Ruf des Lieblingswetters folgend, Watt verließ seinen nie meinetwegen, ich verließ meinen nie seinetwegen, aber indem wir sie unabhängig voneinander, dem Ruf unseres Lieblingswetters folgend, verließen, trafen wir uns und unterhielten uns manchmal aufs freundlichste, ja aufs zärtlichste in dem kleinen Park.

Keinen Kontakt mit dem anderen Pack, das sich lauthals grölend, quengelnd, nölend durch die Gänge drängelt und Ball spielt, immerzu Ball spielt, sondern langsam aber sicher durch diese tobende, diese johlende Menge hinaus aus unseren Pavillons in unser Lieblingswetter und ebenso wieder zurück.
Unser Lieblingswetter war eine Mischung aus heftigem Wind und strahlender Sonne*. Aber während für Watt der Wind die Hauptsache war, war die Sonne die Hauptsache für Sam. Woraus sich ergab, daß, obgleich die Sonne schien, wenn auch nicht so, wie sie hätte scheinen können, Watt bei heftigem Wind nicht hörbar klagte, und daß ich, wenn ich von Strahlen angemessenen Glanzes beleuchtet wurde, einem Wind zu verzeihen vermochte, der, wenn er auch stark war, gut und gern stärker hätte sein können. Es ist also einleuchtend, daß die Gelegenheiten höchst selten waren, bei denen wir, im kleinen Park spazierend und vielleicht uns unterhaltend, dort mit gleichem Vergnügen spazierten und vielleicht uns unterhielten. Denn wenn Sam von strahlender Sonne beschienen wurde, rang Watt im Vakuum nach Atem, und wenn Watt wie ein welkes Blatt geschüttelt wurde, stolperte Sam in tiefster Finsternis. Wenn aber ausnahmsweise die ersehnten Grade der Belüftung und Bestrahlung im kleinen Park vereint waren, so genossen wir den gleichen Frieden, jeder auf seine Weise, bis der Wind sich legte und die Sonne unterging.
Nicht daß der Park so klein gewesen wäre, durchaus nicht, da er sich über fünf oder sechs Hektar ausdehnte. Aber wir fanden ihn klein, nach unseren Zwingern.
Darin standen hohe, bleiche Espen und immerdunkle Eiben in tropischer Üppigkeit und andere Bäume in geringerer Zahl.
Sie wuchsen aus dem wuchernden, pfadlosen Gras empor,

* Watt liebte die Sonne damals, oder er ertrug sie wenigstens. Über die Ursache dieses Sinneswechsels ist nichts bekannt. Es schien ihm zu gefallen, daß sich alle Schatten bewegten, nicht nur er selbst.

so daß wir oft im dichten, zitternden, wilden, ungestümen Schatten spazierten.
Im Winter wanden sich die dünnen Schatten unter unseren Füßen im dürren, wilden Gras.
Von Blumen war da nichts zu erblicken, abgesehen von jenen Blumen, die sich selber fortpflanzen oder nie sterben, oder erst nach vielen Sommern sterben, erwürgt vom gefräßigen Gras. Vornean der Löwenzahn.
Von Gemüse war da nichts zu entdecken.
Da war ein Flüßchen oder Bächlein, nie trocken, bald langsam, bald reißend schnell, für immer in seinem engen Bett. Unzuverlässig überspannte eine ländliche Brücke sein dunkles Wasser, eine ländliche, buckelige Brücke im Zustand äußersten Verfalls.
An der höchsten Stelle dieser Konstruktion geschah es eines Tages, daß Watt, etwas schwerer als gewöhnlich auftretend oder seine Schritte weniger sorgfältig als sonst lenkend, mit seinem Fuß und einem Teil seines Beins einbrach. Und er wäre sicherlich gefallen und vielleicht von der darunter herfließenden Flut fortgespült worden, wenn ich nicht zur Stelle gewesen wäre, um ihn festzuhalten. Für diese Hilfeleistung, die nicht der Rede wert war, erntete ich, wie mir wieder einfällt, keinen Dank. Aber wir machten uns sofort an die Arbeit, Watt von dem einen Ufer aus, ich von dem anderen, mit dicken Ästen und Weidenruten, um dem Übelstand abzuhelfen. Wir lagen der Länge nach auf unseren Bäuchen, ich meiner Länge nach auf meinem Bauch und Watt seiner nach auf seinem, halb (sicherheitshalber) auf unseren Ufern, halb auf den Steigungen des Brückenbogens, und arbeiteten emsig mit ausgestreckten Armen, bis unser Werk vollbracht und die Stelle instand gesetzt war, und zwar so gut wie zuvor, wenn nicht noch besser. Als unsere Blicke einander dann begegneten, lächelten wir, was wir selten taten, wenn wir zusammen waren. Und als wir eine Weile mit diesem außergewöhnlichen Lächeln auf unseren Lippen dagelegen hatten, begannen wir, uns selber vorwärts-

zuziehen und aufwärts, und setzten diese Bemühungen hartnäckig fort, bis unsere Köpfe, unsere edlen hohen Stirnen, einander begegneten und berührten. Watts edle Stirn und meine edle Stirn. Und dann taten wir etwas, was wir selten taten, wir küßten einander. Watt legte seine Hände auf meine Schultern, und ich legte meine auf seine (ich konnte schwerlich etwas anderes tun), und dann berührte ich Watts linke Wange mit meinen Lippen, und dann berührte Watt meine linke Wange mit seinen (er konnte kaum weniger tun), das alles ohne Leidenschaft, unterm Gewölbe windgeschüttelter Äste.

Wir hingen, wie man sieht, an der kleinen Brücke. Denn wie hätten wir ohne sie von einem Teil des Parks zum anderen gelangen können, ohne nasse Füße zu bekommen und uns vielleicht eine Erkältung zuzuziehen, die eine Lungenentzündung mit sehr wahrscheinlich letalem Ausgang nach sich gezogen hätte.

Von Sitzen zum Draufsetzen und Ausruhen gab es keine Spur.

Sträucher und Büsche, im eigentlichen Sinne dieser Wörter, fehlten auf dem Schauplatz. Aber Dickichte erhoben sich allenthalben, Gestrüpp undurchdringlicher Dichte und turmhohe, bienenstockförmige Brombeermassen.

Vögel aller Arten gab es reichlich, und es war uns ein Vergnügen, sie mit Steinen und Erdklumpen zu verfolgen. Vor allem Rotkehlchen haben wir dank ihrer Vertrauensseligkeit in großer Zahl umgebracht. Und Lerchennester voller Eier, die noch warm von der Mutterbrust waren, zerstampften wir unter unseren Füßen mit höchster Befriedigung, in der entsprechenden Jahreszeit.

Aber unsere besonderen Freunde waren die Ratten, die das Flußufer heimsuchten. Sie waren lang und schwarz. Wir brachten ihnen von unserer Anstaltskost solche Leckerbissen wie Käserinden und Knorpelstückchen, und wir brachten ihnen auch Vogeleier, Frösche und Nestlinge. Auf diese Gefälligkeiten erpicht, scharten sie sich bei unserem Nahen mit allen Anzeichen des Vertrauens und der Zuneigung um uns und huschten an unseren Hosenbeinen empor und hängten sich an unsere Brust. Dann setzten wir uns in ihrer Mitte hin und gaben ihnen zu fressen, aus unseren Händen, etwas von einem frischen, dicken Frosch oder von einem Drosselküken. Oder aber, wenn wir unvermutet eine gesättigt in unserem Schoß ruhende fette junge Ratte schnappten, fütterten wir damit ihre Mutter oder ihren Vater oder ihren Bruder oder ihre Schwester oder irgendeinen ihrer weniger begünstigten Verwandten.

Bei diesen Gelegenheiten waren wir, wie wir nach einem Meinungsaustausch übereinstimmend feststellten, Gott am nächsten.

Wenn Watt sprach, sprach er mit leiser und schneller Stimme. Es hat Stimmen gegeben und wird Stimmen geben, die leiser und langsamer waren und sein werden als Watts Stimme, das ist außer allem Zweifel. Aber daß es je möglich war, je wieder möglich sein wird, daß aus einem Menschenmund, außer in Momenten des Wahns oder während des Meßopfers, eine so schnelle und so leise Stimme *zugleich* drang oder wieder dringen wird, ist kaum zu glauben.

Watt sprach auch ohne gebührende Beachtung der Regeln der Sprachlehre, des Satzbaus, der Aussprache, der Vortragskunst und sehr wahrscheinlich, wenn man den Dingen auf den Grund ginge, auch der Rechtschreibung, so wie man sie im allgemeinen lernt. Eigennamen hingegen, von Orten und von Personen, wie Knott, Christ, Gomorrha, Cork sprach er sehr bedächtig aus, und aus seiner Rede ragten sie, Palmen, Atollen gleich, nur dann und wann, da er selten spezifierte, höchst erfrischend empor. Die Mühe der Komposition, die Ungewißheit darüber, wie es oder ob es überhaupt weitergehen soll, die sogar von unseren glücklichsten Stegreifschöpfungen nicht zu trennen ist und von der weder der Gesang der Vögel noch das Gebrüll der Vierfüßler frei sind, war hier unbeteiligt, wie es schien. Aber Watt sprach wie jemand, der etwas nachsprach oder aufsagte, wie ein

Papagei einen durch langes Vorplappern vertraut gewordenen Text. Von diesem ungestümen Geflüster drang vieles vergebens in meine schlechten Ohren und meinen schwachen Verstand, und vieles wurde vom heulenden Wind für immer verweht.

Dieser Park war von einem hohen Stacheldrahtzaun umgeben, der einer Instandsetzung mit neuem Draht und frischen Stacheln dringend bedurfte. Durch diesen Zaun waren da, wo er nicht von Dornen und riesigen Brennesseln überwachsen war, deutlich auf allen Seiten ähnliche Parks zu sehen, die ähnlich eingezäunt waren, jeder mit seinem Pavillon. Bald konvergierend, bald divergierend, bildeten diese Zäune Konturen von auffallender Unregelmäßigkeit. Kein Zaun war eigentliche Grenze zwischen zwei Parks, auch kein Teil irgendeines Zauns. Aber die Zäune waren einander an einigen Stellen so nahe, daß ein breitschultriger oder breithüftiger Mann, um durch diesen engen Gang zu schlüpfen, es bequemer und, mit weniger Gefahr für seinen Rock und vielleicht sogar seine Hosen, seitwärts als vorwärts schaffen würde. Für einen dickarschigen Mann hingegen oder einen dickbäuchigen Mann wäre die Vorwärtsbewegung eine absolute Notwendigkeit, wenn er nicht möchte, daß sein Bauch oder sein Arsch oder womöglich beide von einem rostigen Stachel oder von rostigen Stacheln durchdrungen werden. Für eine dickarschige, dickbusige Frau, eine fettleibige Amme, zum Beispiel, würde eine ähnliche Notwendigkeit bestehen. Während zugleich breitschultrige und dickbäuchige, oder breithüftige und dickarschige, oder breithüftige und dickbäuchige, oder breitschultrige und dickarschige, oder dickbusige und breitschultrige, oder dickbusige und breithüftige Personen sich auf keinen Fall, wenn sie recht bei Sinnen wären, freiwillig in diesen heimtückischen Gang begeben, sondern umkehren und den Rückzug antreten sollten, es sei denn, sie wünschten aufgespießt zu werden, an verschiedenen Stellen zugleich, und vielleicht zu verbluten, oder lebendig von den Ratten aufgefressen zu werden, oder den Unbilden der Witterung zu erliegen, lange bevor ihre Schreie gehört und noch länger bevor die Retter erscheinen würden, rennend, mit Scheren, Kognak und Jod. Denn wenn ihre Schreie nicht gehört würden, wären ihre Aussichten auf Rettung gering, so ausgedehnt waren diese Parks, und so verlassen, normalerweise.

Es verging eine Weile nach Watts Verlegung, bis wir uns wieder trafen. Ich spazierte in meinem Park wie gewöhnlich, das heißt, wenn ich dem Ruf meines Lieblingswetters nachgab, und ebenso spazierte Watt in seinem. Aber da es nicht mehr derselbe Park war, trafen wir uns nicht. Als wir uns endlich wieder trafen, in der weiter unten beschriebenen Weise, war uns beiden, mir und Watt, klar, daß wir uns schon viel früher hätten treffen können, wenn wir es gewünscht hätten. Aber der Wunsch, einander zu treffen, fehlte eben. Watt wünschte nicht, mich zu treffen, ich wünschte nicht, Watt zu treffen. Was nicht heißen soll, daß wir es ablehnten, uns zu treffen und unsere Spaziergänge, unsere Unterhaltungen wie vorher fortzusetzen, durchaus nicht, es war nur so, daß der Wunsch, es zu tun, nicht empfunden wurde, von Watt nicht, von mir nicht.

Dann, eines schönen Tages mit unvergleichlich strahlender Sonne und tobendem Wind fühlte ich, daß meine Schritte, wie von irgendeiner äußeren Kraft zum Zaun getrieben wurden; und dieser Antrieb wirkte fort, bis ich nicht mehr weiter in diese Richtung gehen konnte, ohne mir selbst eine schwere, wenn nicht sogar tödliche Verletzung zuzufügen; dann verließ er mich, und ich schaute mich um, etwas, das ich nie zu tun pflegte, auf keinen Fall, normalerweise. Wie abscheulich ist das Semikolon. Ich sagte, eine äußere Kraft; denn aus eigener Willenskraft, die, wenn sie auch nicht stark war, dennoch zu jener Zeit eine Art katzenhafter Zähigkeit besaß, wäre ich nie in die Nähe des Zauns gegangen, unter keinen Umständen; denn ich hatte eine Schwäche für Zäune, für Drahtzäune, eine sehr große Schwäche; nicht für Mauern, nicht für Palisaden und nicht für dichte Hecken, nein; aber mit allem, was die Bewegung begrenzte, ohne dabei die Sicht zu begrenzen, mit dem Graben, der Grube, dem Kerkerfenster, dem Sumpf, dem Flugsand, dem Gitter, fühlte ich mich verbunden damals, sehr verbunden. Und (was womöglich das Folgende noch sonderbarer erscheinen läßt, als es ohnedies ist) genauso erging es, glaube ich, Watt. Denn als wir vor seiner Verlegung zusammen in unserem Park spazierten, näherten wir uns in keinem einzigen Falle dem Zaun, wie wir es sicherlich ein- oder zweimal hätten tun müssen, wenn der Zufall uns geleitet hätte. Watt führte mich nicht, und ich führte Watt nicht, sondern in völliger Übereinstimmung, wie in beiderseitigem, stillschweigendem Einverständnis näherten wir uns dem Zaun nie mehr als bis auf hundert oder fünfhundert Meter. Manchmal sahen wir ihn in der Ferne, undeutlich, die alten durchhängenden Drähte, die schiefen Pfosten, schwankend im Wind, am Ende einer Lichtung. Oder wir sahen einen großen schwarzen Vogel, im Leeren hockend, vielleicht krähend oder sein Gefieder putzend.

So nahe am Zaun nun, daß ich ihn mit einem Stock hätte berühren können, wenn ich es gewollt hätte, und um mich schauend wie ein Wahnsinniger, merkte ich, ohne die geringste Möglichkeit eines Irrtums, daß ich mich vor einem jener oben beschriebenen Kanäle oder engen Gänge befand, wo die Grenze meines Parks und die eines anderen derselben Strecke folgten, so nahe beieinander und so weit hin, daß in jedem vernünftigen Kopf unausbleiblich Zweifel hinsichtlich der geistigen Gesundheit des für die Anlage Verantwortlichen aufkamen. Indem ich meine Inspektion wie ein Irrsinniger fortsetzte, erkannte ich mit einer Deutlichkeit, die keinen Zweifel erlaubte, in dem angrenzenden Park wen meinen Sie wohl? Watt persönlich, der rückwärtsgehend auf mich zu kam. Sein Rückwärtsgang war langsam und schlängelnd, wahrscheinlich, weil er keine Augen in seinem Hinterkopf hatte, und auch mühsam, nehme ich an, da er oft gegen Baumstümpfe stieß, oder sich mit dem Fuß im Gewirr des

Gestrüpps verfing und auf den Boden fiel, platt auf den Rücken, oder in eine große Ansammlung von Brombeergesträuch oder von Heidekraut oder von Brennesseln oder von Disteln. Aber noch immer kam er ohne ein Murren näher, bis er sich an den Zaun lehnte, mit ausgestreckten Armen und den Draht ergreifenden Händen. Dann machte er kehrt, wahrscheinlich in der Absicht, so, wie er gekommen war, wieder zurückzugehen, und ich sah sein Gesicht und die ganze Vorderseite. Sein Gesicht war blutig, auch seine Hände, und Dornen steckten in seinem Haupt. (Seine Ähnlichkeit in jenem Augenblick mit dem Bosch zugeschriebenen Christus, der damals in der National Gallery hing, war so verblüffend, daß sie mir auffiel.) Und im selben Augenblick hatte ich plötzlich das Gefühl, vor einem großen Spiegel zu stehen, in dem mein Park zu sehen war und mein Zaun und ich, und die wahren, vom Wind hin- und hergestoßenen Vögel, so daß ich meine Hände betrachtete und mein Gesicht betastete und meinen glänzenden Schädel, mit ebenso echter wie ungerechtfertigter Sorge. (Denn wenn jemand, zu jener Zeit, wahrhaftig dem Bosch zugesprochenen Christus, der damals in der National Gallery hing, unähnlich genannt werden konnte, so war, ohne jede Schmeichelei, ich es.) Nanu, Watt, rief ich, das ist eine schöne Lage, in die du dich selber gebracht hast, wirklich. Wahr nicht, ja, antwortete Watt. Dieser kurze Satz bereitete mir, glaube ich, mehr Angst, mehr Pein, als wenn ich unvermutet, aus nächster Nähe eine Ladung Schrot in die Spalte gekriegt hätte. Dieser Eindruck wurde durch das Folgende verstärkt. Mir du ob, sagte Watt, kannst leihen Tuchtaschen ein wohl, wischen weg Blut. Warte, warte, ich komme, rief ich. Und ich glaube, daß ich in meiner Ungeduld, Watt damals zu erreichen, mich selber gegen das Hindernis geworfen hätte, mit Haut und Haaren, notfalls. Ich ging mit dieser Absicht tatsächlich so weit, daß ich mich hastig zehn oder fünfzehn Schritt entfernte und nach einem jungen Baum oder Ast umsah, der sich schnell und ohne Hilfe irgendeines Schneidewerkzeugs in einen Stab oder eine Stange hätte verwandeln lassen. Während ich so mit halbem Herzen zugange war, glaubte ich im Zaun, zu meiner Rechten, ein großes, unregelmäßiges Loch zu sehen. Man stelle sich also mein Erstaunen vor, als ich näher herantretend feststellte, daß ich mich nicht geirrt hatte. Es war ein Loch im Zaun, ein großes, unregelmäßiges Loch, verursacht durch zahllose Windstöße, durch zahllose Regengüsse oder durch einen Eber oder durch einen Bullen auf der Flucht, bei der Verfolgung, durch einen wilden Eber, durch einen wilden Bullen, in blinder Angst, in blinder Wut, oder, wer weiß, vielleicht in blinder Läufigkeit, der an dieser Stelle durch den Zaun brach, welcher durch zahllose Windstöße, durch zahllose Regengüsse erschlafft war. Durch dieses Loch drang ich ohne Anstoß oder Schaden an meiner hübschen Uniform, und ich stand, mich umschauend, da ich noch nicht wieder im Lot war, im Gang. Da meine Sinne nun auf das Zehn- oder Fünfzehnfache ihrer normalen Schärfe verfeinert waren, dauerte es nicht lange, bis ich im anderen Zaun ein anderes Loch erblickte, das, was seinen Ort und seine Form betraf, sich jenem gegenüber befand beziehungsweise jenem ähnlich war, durch das ich mir etwa zehn oder fünfzehn Minuten früher einen Weg gebahnt hatte. So daß ich sagte, daß weder ein Eber diese Löcher gemacht hatte noch irgendein Bulle, sondern die Wirkung des Wetters, die hier besonders heftig war. Denn wo war der Eber, wo der Bulle, imstande, nach dem Aufreißen eines Loches im ersten Zaun ein zweites, absolut gleiches im zweiten aufzureißen? Denn würde nicht das Aufreißen des ersten Loches die in Wut geratene Masse so bremsen, daß das Aufreißen des zweiten im Laufe desselben Angriffs unmöglich wäre? Hinzu kommt, daß kaum ein Meter die beiden Zäune voneinander trennte, an dieser Stelle, so daß die Schnauze, oder das Maul, zwangsläufig mit dem zweiten Zaun in Berührung wäre, ehe das Hinterteil den ersten hinter sich gebracht hätte, und folglich der Platz fehlen würde, auf dem, nach dem Aufreißen des ersten

Loches, der zum Aufreißen des zweiten nötige neue Anlauf genommen werden könnte. Es war auch unwahrscheinlich, daß der Bulle oder Eber sich nach dem Aufreißen des ersten Loches bis dahin zurückgezogen hatte, von wo aus er, auf die gleiche Weise wie vorher, den erforderlichen Schwung gewonnen hätte, um das zweite Loch aufzureißen, durchs erste Loch hindurch. Denn entweder war das Tier nach dem Aufreißen des ersten Loches immer noch in blinder Leidenschaft, oder nicht mehr. Wenn es immer noch in diesem Zustand war, so hatte es tatsächlich nur geringe Aussichten, das erste Loch deutlich genug zu sehen, um es mit der für das Aufreißen des zweiten Loches erforderlichen Geschwindigkeit zu durchdringen. Und wenn es nicht mehr darin war, sondern durch das Aufreißen des ersten Loches beruhigt worden war, und seine Augen öffnete, dann wäre es wirklich erstaunlich gewesen, wenn es ein anderes hätte aufreißen wollen. Es war auch unwahrscheinlich, daß das zweite Loch, oder noch besser Watts Loch (da nichts andeutete, daß das sogenannte zweite Loch nicht früher entstanden war als das sogenannte erste Loch, und das sogenannte erste Loch nicht später entstanden war als das sogenannte zweite Loch), unabhängig zu irgendeiner ganz anderen Zeit aufgerissen worden war, von Watts Zaunseite aus. Denn wenn die beiden Löcher unabhängig voneinander aufgerissen worden waren, das von Watts Seite von Watts Zaun und das andere von meiner von meinem, durch zwei ganz verschiedene in Wut geratene Eber oder Bullen (denn, daß das eine von einem in Wut geratenen Eber aufgerissen worden wäre, und das andere von einem in Wut geratenen Bullen, war unwahrscheinlich), und zu zwei ganz verschiedenen Zeiten, das eine von Watts Seite von Watts Zaun, und das andere von meiner von meinem, so war ihre Konjunktion an dieser Stelle unbegreiflich, gelinde gesagt. Es war auch unwahrscheinlich, daß die beiden Löcher, das Loch in Watts Zaun und das Loch in meinem, bei derselben Gelegenheit aufgerissen worden waren, durch zwei in Wut geratene Bullen, oder durch zwei in Wut geratene Eber, oder durch einen in Wut geratenen Bullen und eine in Wut geratene Kuh, oder durch einen in Wut geratenen Eber und eine in Wut geratene Sau (denn daß sie gleichzeitig aufgerissen worden waren, das eine durch einen in Wut geratenen Bullen und das andere durch eine in Wut geratene Sau, oder das eine durch einen in Wut geratenen Eber und das andere durch eine in Wut geratene Kuh, war kaum zu glauben), die mit feindseliger oder wollüstiger Absicht anstürmten, der eine von Watts Seite von Watts Zaun her, die andere von meiner von meinem her, und nachdem die Löcher einmal aufgerissen waren, an der Stelle zusammenprallten, wo ich nun stand und zu verstehen versuchte. Denn das setzte das Aufreißen der Löcher durch die Bullen, oder durch die Eber, oder durch Bullen und Kuh, oder durch Eber und Sau in genau demselben Moment voraus, und nicht zuerst das eine und nach einer Sekunde das andere. Denn wenn zuerst das eine und nach einer Sekunde das andere, so würde der Bulle, die Kuh, der Eber oder die Sau, die oder der zuerst durch den Zaun drängte und schon mit dem Kopf gegen den anderen stieße, wohl oder übel das Durchdringen jenes anderen, an ebendieser Stelle, durch den Bullen, die Kuh, den Bullen, den Eber, die Sau oder den Eber, in der Eile, ihn oder sie mit alldem Ungestüm des Hasses oder dem Ungestüm der Liebe zu treffen, verhindern. Und so lange ich auch kniend das wuchernde Gras auseinanderbreitete, ich konnte dennoch keinerlei Spur eines Kampfes oder einer Paarung finden. Diese Löcher waren also weder das Werk eines Bullen noch eines Ebers, noch zweier Bullen, noch zweier Eber, noch zweier Kühe, noch zweier Säue, noch eines Bullen und einer Kuh, noch eines Ebers und einer Sau, *nein,* sondern der Wirkung des Wetters, der zahllosen Regengüsse und Windstöße, der Sonnenbestrahlungen, Schneefälle, Froststarren und Tauwetter, die hier besonders heftig waren. Oder war es nicht vielleicht doch gerade möglich, daß ein einziges in Wut geratenes oder in Schrecken versetztes ungewöhnlich starkes Tier, ein Bulle,

oder eine Kuh, oder ein Eber, oder eine Sau, oder sogar irgendein anderes wildes Tier durch diese verwitterten, erschlafften zwei Zäune gedrungen war, entweder von Watts Seite von Watts Zaun her oder von meiner von meinem her, so als ob die beiden Zäune nur einer wären?
Mich nun dahin wendend, wo ich zuletzt das Vergnügen gehabt hatte, Watt zu sehen, sah ich, daß er nicht mehr da war, ebensowenig wie an irgendeiner der anderen Stellen, und sie waren zahlreich, die ich sehen konnte. Aber als ich Watt! Watt! rief, da kam er, unbeholfen die Hose zuknöpfend, die er das Hinterste zuvorderst trug, hinter einem Baum hervor, und ging rückwärts, geführt von meinen Rufen, langsam, mühsam, oft fallend, aber ebensooft sich wieder aufraffend, und ohne ein Murren auf die Stelle zu, wo ich stand, bis ich ihn schließlich, nach so langer Zeit wieder berühren konnte, mit meiner Hand. Dann streckte ich meine Hand aus, durch das Loch, und zog ihn durch das Loch auf meine Seite, und mit einem Tuch, das ich in meiner Tasche hatte, wischte ich über sein Gesicht und seine Hände. Und dann nahm ich eine kleine Dose mit Salbe, die ich in meiner Tasche hatte, aus meiner Tasche und salbte sein Gesicht und seine Hände, und dann nahm ich einen kleinen Kamm aus meiner Tasche und glättete seine Haarbüschel und seinen Backenbart, und dann nahm ich eine kleine Kleiderbürste aus meiner Tasche und bürstete seinen Rock und seine Hose. Dann drehte ich ihn herum, bis er mir gegenüberstand. Dann legte ich seine Hände auf meine Schultern, seine linke Hand auf meine rechte Schulter, und seine rechte Hand auf meine linke Schulter. Dann legte ich meine Hände auf seine Schultern, auf seine linke Schulter meine rechte Hand und auf seine rechte Schulter meine linke Hand. Dann ging ich einen einzigen Schritt vorwärts, mit meinem linken Bein, und er einen einzigen Schritt rückwärts, mit seinem rechten Bein (er konnte kaum anders). Dann ging ich einen Doppelschritt vorwärts mit meinem rechten Bein, und er freilich mit seinem linken Bein einen Doppelschritt rückwärts. Und so

schritten wir zusammen zwischen den Zäunen, ich vorwärts, er rückwärts, bis wir dahin kamen, wo die Zäune wieder auseinanderliefen. Und dann machten wir kehrt, ich machte kehrt und er machte kehrt, und wir schritten den Weg, den wir gekommen waren, zurück, ich vorwärts und er freilich rückwärts, mit unseren Händen auf unseren Schultern, wie zuvor. Und so den Weg, den wir gekommen waren, zurückschreitend, kamen wir an den Löchern vorbei und schritten weiter, bis wir dahin kamen, wo die Zäune wieder auseinanderliefen. Und dann machten wir kehrt, wie ein Mann, und wir schritten den Weg zurück, den wir gerade zurückgeschritten und den wir gekommen waren, und ich sah, wohin wir gingen, und er sah, woher wir kamen. Und so, auf und ab, auf und ab, schritten wir zwischen den Zäunen, wieder zusammen nach so langer Zeit, unter strahlender Sonne und tobendem Wind.

Wieder zusammen zu sein, nach so langer Zeit, wir Freunde des sonnigen Windes, der windigen Sonne, in der Sonne, im Wind, das ist vielleicht etwas, vielleicht etwas.

Für uns, die wir uns so zwischen den Zäunen bewegten, zwischen den Stellen, wo sie auseinanderliefen, war gerade Platz genug.

In Watts Park, in meinem Park, hätten wir es bequemer gehabt. Aber es kam mir nie in den Sinn, mit Watt rückwärts in meinen Park zu gehen, oder vorwärts mit ihm in seinen. Aber es kam Watt nie in den Sinn, rückwärts mit mir in seinen Park zu gehen, oder vorwärts mit mir in meinen. Denn mein Park war mein Park, und Watts Park war Watts Park, wir hatten keinen gemeinsamen Park mehr. So gingen wir in der beschriebenen Weise hin und her, keiner von beiden in seinem Park.

So begannen wir nach so langer Zeit wieder zusammen zu spazieren und uns zu unterhalten, von Zeit zu Zeit.

Wie Watt ging, so sprach er nun, rückwärts.

Das Folgende ist ein Beispiel von Watts Stil in jener Phase:
Tag vom viel, Nacht der Teil, Knott mit nun. Stund zur bis,

gesehn wenig so oh, gehört wenig so oh, Nacht zur Morgen vom, gehört dies, gesehn dies, dann was. Stilles, Trübes. Nun versagen Ohren, Augen auch. Lautlosen im, Lichtlosen im, so ich ging.

Woraus vielleicht zu entnehmen ist:
daß die Inversion nicht die Reihenfolge der Sätze, sondern nur die der Wörter betraf;
daß die Inversion unvollkommen war;
daß die Ellipse häufig vorkam;
daß die Euphonie angestrebt wurde;
daß die Spontaneität vielleicht nicht ganz fehlte;
daß es sich vielleicht um mehr als eine Umkehrung der Rede handelte;
daß das Denken vielleicht invertiert war.
So beneidet jeder früher oder später die Fliege und all die Freuden des langen Sommers, die sie vor sich hat.
Die Sprechweise war ebenso schnell und leise wie vorher.
Es waren Laute, die anfangs, obwohl wir Auge in Auge spazierten, bedeutungslos für mich waren.
Auch Watt folgte mir nicht. Entschuldigung um bitte, sagte er, Entschuldigung, Entschuldigung um bitte.
So entging mir, wie ich glaube, viel Hochinteressantes, wie ich vermute, das alles, wie ich annehme, das erste oder Anfangsstadium der zweiten oder Endphase von Watts Aufenthalt in Mr. Knotts Haus betraf.
Denn Watts Sinn für Chronologie war ziemlich entwickelt, und sein Abscheu vor der Wiederkäuerei war stark entwickelt.
Oft ließen meine Hände seine Schultern los, um eine Notiz in ihr kleines Notizbuch einzutragen. Aber seine ließen meine nie los, es sei denn, ich selber löste sie.
Aber bald gewöhnte ich mich an diese Laute, und dann verstand ich ebensogut wie vorher, das heißt, einen großen Teil von dem, was ich hörte.
So ging alles gut, bis Watt begann, nicht mehr die Reihen-

folge der Wörter im Satz umzukehren, sondern die der Buchstaben im Wort.

Diese weitere Veränderung vollzog Watt mit all seinem gewohnten Takt, seinem Sinn für das, was dem Ohr erträglich war, und seinem ästhetischen Urteilsvermögen. Dennoch war diese Umstellung für jemanden wie mich, der vor allem auf Auskünfte erpicht war, recht verwirrend.

Das Folgende ist ein Beispiel von Watts Stil in jener Phase: *Srüf egua, ressalb kelf, selknud amgam. Srüf ro, resiel lah, resiel lah. Srüf nelüf, etsief essam, etsief essam. Srüf necheir, redaf knatseg, redaf knatseg. Rüf eid egnust, rertib siewsch, rertib siewsch.*

Dies waren Laute, die anfangs, obwohl wir Brust an Brust spazierten, kaum oder keine Bedeutung für mich hatten.

Auch Watt folgte mir nicht. Ettib mu gnugidluschtne, sagte er, ettib mu gnugidluschtne.

So entging mir, wie ich glaube, viel Hochinteressantes, wie ich annehme, was alles, wie ich vermute, das zweite Stadium der zweiten oder Endphase von Watts Aufenthalt in Mr. Knotts Haus betraf.

Aber bald gewöhnte ich mich an diese Laute, und dann verstand ich ebensogut wie vorher.

So ging alles gut, bis Watt begann, nicht mehr die Reihenfolge der Buchstaben im Wort umzukehren, sondern die der Sätze in der Periode.

Das Folgende ist ein Beispiel von Watts Stil in jener Phase: *Des Nichts. Zur Quelle. Zum Lehrer. Zum Tempel. Brachte es zu ihm. Dies entleerte Herz. Diese entleerten Hände. Diesen unwissenden Geist. Diesen elenden Körper. Verschmähte mein weniges, um ihn zu lieben. Verwarf mein weniges, um ihn zu bekommen. Vergaß mein weniges, um ihn zu erfahren. Gab auf mein weniges, um ihn zu finden.*

Dies waren Laute, die mir anfangs, trotz unserer Tuchfühlung, nicht ganz klar waren.

Auch Watt folgte mir nicht. Entschuldigung um bitte, Verzeihung, sagte er, Entschuldigung um bitte.
So entging mir, wie ich vermute, viel Hochinteressantes, wie ich annehme, das alles, wie ich glaube, das dritte Stadium der zweiten oder Endphase von Watts Aufenthalt in Mr. Knotts Haus betraf.
Aber bald gewöhnte ich mich an diese Laute, und dann verstand ich ebensogut wie vorher.
So ging alles gut, bis Watt begann, nicht mehr die Reihenfolge der Sätze in der Periode umzukehren, sondern die der Wörter im Satz gleichzeitig mit der der Buchstaben im Wort.
Das Folgende ist ein Beispiel von Watts Stil in jener Phase:
Ton tat saw? Tonk. Nemmokeb saw? Tonk. Lof chlek raw? Hap! Ton tat reba? Tchin tchieleif. Nemmokeb reba? Tchin siew.
Dies waren Laute, die anfangs, obgleich wir Bauch an Bauch spazierten, lauter Luft für mich waren.
Auch Watt folgte mir nicht. Gnugidluschtne mu ettib, sagte er, gnugidluschtne, gnugidluschtne mu ettib.
So entging mir, wie ich vermute, viel Hochinteressantes, wie ich glaube, was alles, wie ich annehme, das vierte Stadium der zweiten oder Endphase von Watts Aufenthalt in Mr. Knotts Haus betraf.
Aber bald gewöhnte ich mich an diese Laute.
Dann ging alles gut, bis Watt begann, nicht mehr die Reihenfolge der Wörter im Satz gleichzeitig mit der der Buchstaben im Wort umzukehren, sondern die der Wörter im Satz gleichzeitig mit der der Sätze in der Periode.
Das Folgende ist ein Beispiel von Watts Stil in jener Pahse:
Nein, er sagte, Weste die, Unterjacke die, Hose die, Socken die, Schuhe die, Hemd das, Unterhosen die, Rock der, Anziehen zum bereit alles als. Er sagte, Anziehen! Nein, er sagte, Wasser das, Handtuch das, Schwamm der, Seife die, Salze die, Handschuh der, Bürste die, Schüssel die, Waschen zum bereit alles als. Er sagte, Waschen! Nein, er sagte, Was-

ser das, Handtuch das, Schwamm der, Seife die, Rasiermesser das, Puder der, Pinsel der, Schale die, Rasieren zum bereit alles als. Er sagte, Rasieren!
Dies waren Laute, die anfangs, obgleich wir Sack an Sack spazierten, leere Blasen für mich waren.
Auch Watt folgte mir nicht. Entschuldigung, Entschuldigung um bitte, sagte er, Entschuldigung um bitte.
So entging mir, wie ich annehme, viel Hochinteressantes, wie ich glaube, was alles, wie ich vermute, das fünfte Stadium der zweiten oder Endphase von Watts Aufenthalt in Mr. Knotts Haus betraf.
Aber bald gewöhnte ich mich an diese Laute.
Bis Watt begann, nicht mehr die Reihenfolge der Wörter im Satz gleichzeitig mit der der Sätze in der Periode umzukehren, sondern die der Buchstaben im Wort gleichzeitig mit der der Sätzc in der Periode:
Das Folgende ist ein Beispiel von diesem Stil:
Gat must sib, os retiew. Tchin tonk, tchin taw. Tchin reprök, tchin tsieg. Tchin dnebel, tchin tot. Tchin gärt, tchin chaw. Tchin orf, tchin giruart. Tbeleg os, tiest egnal.
Dies sagte mir nichts.
Ettib mu gnugidluschtne, gnugidluschtne, sagte Watt, ettib mu gnugidluschtne.
So entging mir, wie ich annehme, viel Hochinteressantes, wie ich vermute, was alles, wie ich glaube, das fünfte, nein, das sechste Stadium der zweiten oder Endphase von Watts Aufenthalt in Mr. Knotts Haus betraf.
Aber schließlich verstand ich es.
Dann begann Watt, nicht mehr die Reihenfolge der Buchstaben im Wort gleichzeitig mit der der Sätze in der Periode umzukehren, sondern die der Buchstaben im Wort gleichzeitig mit der der Wörter im Satz gleichzeitig mit der der Sätze in der Periode.
Zum Beispiel:
Ties na ties, nam iewst. Sgatstnag, tchan red liet. Soldne. Soldne osla tiest. Nien. Taw ust charps tonk? Nien. Tonk ust

charps taw? Nien. Tonk ust etkilb taw? Nien. Taw ust etkilb tonk? Dnilb, fmuts, muts. Tchan red liet, sgatstnag. Nam iewst, ties na ties.

Ich brauchte eine Weile, um mich hieran zu gewöhnen.

Gnugidluschtne mu ettib, sagte Watt, gnugidluschtne mu ettib.

So entging mir, wie ich glaube, viel Hochinteressantes, wie ich vermute, was alles, wie ich annehme, das siebente Stadium der zweiten oder Endphase von Watts Aufenthalt in Mr. Knotts Haus betraf.

Dann setzte er sich in den Kopf, nicht mehr die Reihenfolge der Wörter im Satz, und auch nicht mehr die der Buchstaben im Wort, und auch nicht mehr die der Sätze in der Periode, und auch nicht mehr gleichzeitig die der Wörter im Satz und die der Buchstaben im Wort, und auch nicht mehr gleichzeitig die der Wörter im Satz und die der Sätze in der Periode, und auch nicht mehr gleichzeitig die der Buchstaben im Wort und die der Sätze in der Periode, und auch nicht mehr gleichzeitig die der Buchstaben im Wort und die der Wörter im Satz und die der Sätze in der Periode umzukehren, o nein, sondern im kurzen Ablauf einer und derselben Periode bald die der Wörter im Satz, bald die der Buchstaben im Wort, bald die der Sätze in der Periode, bald gleichzeitig die der Wörter im Satz und die der Buchstaben im Wort, bald gleichzeitig die der Wörter im Satz und die der Sätze in der Periode, bald gleichzeitig die der Buchstaben im Wort und die der Sätze in der Periode und bald gleichzeitig die der Buchstaben im Wort und die der Wörter im Satz und die der Sätze in der Periode.

Ich erinnere mich an kein Beispiel dieses Stils.

Dies waren Laute, die mir anfangs, obgleich wir aneinanderklebend spazierten, gälisch vorkamen.

Auch Watt folgte mir nicht. Ettib mu gnugidluschtne, sagte er, gnugidluschtne, Entschuldigung ettib.

So entging mir, wie ich glaube, viel Hochinteressantes, wie ich annehme, was alles, wie ich vermute, das achte oder

Endstadium der zweiten oder Endphase von Watts Aufenthalt in Mr. Knotts Haus betraf.

Aber bald gewöhnte ich mich an diese Laute, und dann verstand ich ebensogut wie immer, das heißt, gut die Hälfte dessen, was durch mein Trommelfell gedrungen war.

Denn mein eigenes Gehör begann nun zu versagen, obgleich meine Kurzsichtigkeit unverändert blieb. Meine rein geistigen Fähigkeiten hingegen, die so treffend die Fähigkeiten

zu ?

? ?

? ?

genannt werden, waren womöglich reger denn je.

Diesen Unterhaltungen verdanken wir folgende Auskünfte.

Eines Tages waren sie alle vier im Garten, Mr. Knott, Watt, Arthur und Mr. Graves. Es war ein herrlicher Sommertag. Mr. Knott wandelte langsam umher, bald hinter einem Strauch verschwindend, bald hinter einem anderen wieder auftauchend. Watt saß auf einem Erdhügel. Arthur stand auf dem Rasen und redete mit Mr. Graves. Mr. Graves stützte sich auf eine Forke. Aber die große Masse des leeren Hauses war nahebei. Ein Sprung, und sie wären alle in Sicherheit.

Arthur sagte:

Verzweifeln Sie nicht, Mr. Graves. Eines Tages werden sich die Wolken davonwälzen, und die so lange verhangene Sonne wird schließlich für Sie, Mr. Graves, wieder strahlen.

Keinen Mumm mehr, Mr. Arter, sagte Mr. Graves.

Oh, Mr. Graves, sagte Arthur, sagen Sie das nicht.

Wenn ich Mumm sage, sagte Mr. Graves, so meine ich –. Er machte eine Bewegung mit seiner Forke.

Haben Sie es mal mit Fixo versucht, Mr. Graves, sagte Arthur. Eine Kapsel vor und nach den Mahlzeiten, in lauwarmer Milch, und noch eine abends, beim Zu-Bett-Gehen. Ich hatte alles mögliche versucht und war ganz niedergeschlagen, als eine Freundin mir Fixo empfahl. Ihr Mann nahm das immer, verstehen Sie. Versuch es mal mit Fixo, sagte sie, und komm in fünf oder sechs Jahren wieder. Ich

versuchte es, Mr. Graves, und es verwandelte mein ganzes Leben. Aus mir, dem mürrischen, mißmutigen, mickerigen, mit Schuppen übersäten Mann, den alle seine Mitmenschen mieden, der einen üblen Mundgeruch und einen perversen Appetit hatte (da ich seit Jahren nichts anderes als ranzigen Speck gegessen hatte), aus mir wurde nach vierjähriger Fixo-Kur der lebhafte, unermüdliche, beliebte Nudist mit regelmäßigem Stuhlgang, der Beinahe-Vater und Liebhaber von Salzkartoffeln. Fixo. Schreibt sich, wie man es spricht.
Mr. Graves sagte, daß er einen Versuch machen wolle.
Das Dumme mit Fixo, sagte Arthur, ist nur, daß man es nicht mehr bekommen kann in diesem unglückseligen Land. Ich meine, daß minderwertige Präparate wie Ostrein und spanische Fliegen noch von einigen menschenfreundlichen Apothekern der Stadtrandbezirke während der ersten zehn Minuten oder der ersten Viertelstunde nach dem Mittagessen herausgerückt werden. Aber für Fixo wird man sogar an einem Samstagnachmittag vergebens katzbuckeln. Denn der Staat, der wie gewöhnlich das Gesetz in seine eigenen Hände nimmt und geziemend gleichgültig gegenüber den Leiden von Tausenden von Männern und Zehntausenden von Frauen im ganzen Land ist, hat es für richtig gehalten, diesen wunderbaren Artikel zu verbieten, durch den preiswerte Freude in die Wohnungen sprudeln könnte und an andere Stätten der Begegnung, die nun verlassen sind. In unsere Häfen und über unsere Grenze im Norden kann er nur noch tröpfelnd, gelegentlich, auf gefährlichen Schleichwegen gelangen, ich meine, Stück für Stück unter Damenunterwäsche, zum Beispiel, oder in Herrengolfschlägertaschen oder im ausgehöhlten Brevier eines weitherzigen Priesters, wo es unmittelbar nach der Entdeckung von irgendeinem durch Samenvergiftung halbverrückten Zollbeamten beschlagnahmt wird, um dann zum zehn- oder sogar fünfzehnfachen Preis an erschöpfte Handelsreisende auf ihrem Heimweg von verlustreichen Geschäftsreisen verkauft zu werden. Aber ich werde besser erläutern, was ich meine,

wenn ich Ihnen erzähle, was meinem alten Freund Mr. Ernest Louit widerfuhr, der in den düstersten Stunden meiner Zeit in der Schule und Universität (aus der er mit den höchsten Auszeichnungen in zahlreichen durchweg für unvereinbar gehaltenen Disziplinen mit einem Forschungsstipendium im Werte von drei Pfund, sieben Shilling und sechs Pence hervorgegangen ist) nie auf die Idee gekommen war, mich im Stich zu lassen, obgleich er dazu oft von seinen wie auch von meinen Gönnern aufgefordert worden war. Der Titel seiner Dissertation war, wie mir wieder einfällt, *Die mathematischen Intuitionen der Westkelten,* ein Thema, über das er die unerschütterlichsten Meinungen verbreitete, da er eng mit dem Quästor befreundet war, ihre Verbindung (gelinde gesagt) basierte auf einer Übereinstimmung des Geschmacks und sogar, wie ich fürchte, der in Akademikerkreisen allzu verbreiteten Praktiken, von denen vielleicht die annehmbarste der Schnapsgenuß beim Erwachen war, den sie sich gewöhnlich gemeinsam leisteten. Louit beantragte damals über den Quästor und bekam schließlich auch ein zusätzliches Stipendium von fünfzig Pfund, die gutgläubig berechnet waren, um die Kosten einer sechsmonatigen Forschungsreise in die Grafschaft Clare zu decken. Sein lächerlicher Kostenanschlag war wie folgt gegliedert:

	£	s.	d.
Reise	1	15	0
Schnürstiefel	0	15	0
Bunte Perlen	5	0	0
Geschenke	0	10	0
Verpflegung	42	0	0
Gesamtbetrag	50	0	0

Die erforderliche Nahrung zum Unterhalt seines Hundes, eines Bullterriers im Zustand der grausamen Plethora, an die er sich gewöhnt hatte, erklärte er großzügig aus seiner eigenen Tasche bezahlen zu wollen, und er fügte mit der ihm eigenen Offenheit zur größten Freude des Stipendienkomitees hinzu, daß er glaube, sich auf O'Connor verlassen zu können, um vom Lande zu leben. Gegen keinen dieser Posten wurde der geringste Einwand gemacht, aber das Fehlen anderer, in solchen Fällen gewöhnlich angeführter Posten, wie zum Beispiel des die Übernachtungen betreffenden, verursachte eine große Verwunderung. Vom Quästor aufgefordert, zu diesem Versäumnis Stellung zu nehmen, erwiderte Louit durch den Mund des Quästors, daß er im Hinblick auf sein körperliches Wohl sehr wählerisch sei und die Absicht habe, seine Nächte, solange er in diesem Teil des Landes bleibe, entweder im wohlriechenden Heu oder im wohlriechenden Stroh der örtlichen Scheunen zu verbringen, je nachdem. Diese Erklärung erzeugte weitere große Heiterkeit unter den Mitgliedern des Komitees. Und die Freimütigkeit wurde von vielen bewundert, denen Louit bei seiner Rückkehr gestand, im Laufe seiner Exkursion nicht mehr als drei Scheunen gefunden zu haben, von denen zwei leere Flaschen enthielten und die dritte ein Ziegenskelett. Aber anderen erschienen diese und ähnliche Feststellungen in einem weniger freundlichen Licht. Denn Ernest, der sehr blaß und abgespannt aussah, kehrte drei Wochen früher als erwartet in seine Unterkunft zurück. Vom Quästor aufgefordert, die Schnürstiefel vorzuzeigen, für deren Anschaffung ihm fünfzehn Shilling aus dem kümmerlichen College-Fonds bewilligt worden waren, erwiderte Louit durch den gleichen Mund, sie seien am späten Nachmittag des einundzwanzigsten November in der Nähe von Handcross unglücklicherweise von seinen Füßen gezogen worden, angesogen von einem Sumpf, den er im Dämmerlicht und in seiner durch anhaltende Blutleere verursachten Sinnesverwirrung irrtümlich für ein Feld Spätzwiebeln gehalten hätte. Auf die sogleich höflich ausgedrückte Hoffnung, daß O'Connor seinen kurzen Ausflug genossen haben möge, erwiderte Louit dankbar und erkenntlich, daß er gegen seinen Willen genötigt gewesen sei, bei der gleichen Gelegenheit O'Connors Kopf in den Morast zu drücken, bis dessen treues Herz zu schlagen aufgehört hätte, und ihn dann in seinem Fell, das abzuziehen er nicht über sich gebracht hätte, über einem Schilf- und Ginsterfeuer zu braten. Er rechnete es sich nicht hoch an, O'Connor hätte an seiner Stelle das gleiche für ihn getan. Die Knochen seines alten Gefährten, die bis aufs Mark vollständig erhalten wären, befänden sich nun in seiner Unterkunft, in einem Sack, und könnten jeden Nachmittag außer sonntags zwischen zwei Uhr fünfundvierzig und drei Uhr fünfzehn besichtigt werden. Der Quästor fragte sich alsdann im Namen des Komitees, ob es Mr. Louit recht sei, einen kurzen Bericht über die Anregungen zu erstatten, die er für seine Studien bei seinem kurzen Aufenthalt auf dem Lande gewonnen habe. Louit erwiderte, daß es ihm ein Vergnügen gewesen wäre, dies zu tun, wenn er nicht das Mißgeschick gehabt hätte, eben am Morgen seiner Abreise aus dem Westen zwischen elf und zwölf in der Herrentoilette des Bahnhofs von Ennis die einhundertfünf losen Zettel zu verlegen, die beidseitig mit Kurzschriftnotizen über die ganze fragliche Zeit bedeckt waren. Dies entspreche, wie er hinzufügte, einem Durchschnitt von nicht weniger als fünf Blättern oder zehn Seiten pro Tag. Er sei nun in äußerstem Maße, ja, wie er fürchte, sogar mehr, als seine Kräfte erlaubten, darum bemüht, sein Manuskript wieder aufzutreiben, das als Manuskript nicht den geringsten Wert für irgend jemanden haben könnte, es sei denn für ihn selbst und womöglich für die Menschheit. Aber nach seiner Kenntnis der Bahnhofstoiletten, vor allem der des Eisenbahnnetzes im Westen, werde alles, was dort hinterlassen wird und die geringste Ähnlichkeit mit Papier hat, alles, mit Ausnahme vielleicht der Visitenkarten, Briefmarken, Lottoscheine und gelochten Fahrkarten, unterschiedslos fortgespült und gehe so verloren, für immer. So daß seine Anstrengungen, sein Eigentum wiederzugewinnen, die durch mangelnde Kräfte und fehlende Gelder sehr beeinträchtigt würden, eher zum Scheitern verurteilt als erfolgversprechend zu sein schienen. Und ein solcher Verlust sei nicht wiedergutzumachen, denn an die zahllosen Beobachtungen, die er während seiner Rundreise gemacht habe und an die Überlegungen, die sich daraus ergeben hätten und die hastig unter den widrigsten Umständen zu Papier gebracht worden seien, könne er sich zu seinem größten Bedauern kaum oder gar nicht mehr erinnern. Dem Bericht über diese schmerzlichen Ereignisse, das heißt über den Verlust seiner Schnürstiefel, seines Hundes, seiner Arbeit, seines Geldes, seiner Gesundheit und vielleicht sogar der Achtung seiner akademischen Vorgesetzten hatte Louit nichts hinzuzufügen, es sei denn, daß er sich darauf freue, in einem zu vereinbarenden Zeitpunkt vor dem Komitee zu erscheinen, um zu beweisen, daß seine Mission nicht ganz vergebens gewesen sei. Nachdem Tag und Stunde anberaumt worden waren, sah man Louit ankommen und, an seiner Hand, einen alten Mann, der mit Kilt, Plaid, Bergschuhen und, trotz der Kälte, mit einem Paar Seidensocken bekleidet war, die an den violettroten Waden mit einem schlichten Paar knappsitzender rotvioletter Sockenhalter angeschnallt waren, und der einen schwarzen Filzhut mit breitem Rand unter seinem Arm trug. Louit sagte, Dies, meine Herren, ist Mr. Thomas Nackybal, geboren in Burren. Dort hat er sein ganzes Leben verbracht, von dort ist er wider Willen aufgebrochen, dorthin wünscht er sehnlichst zurückzukehren, um sein Jahresschwein zu töten, den letzten, einzigen Trost seiner Einsamkeit. Mr. Nackybal ist nun sechsundsiebzig Jahre alt und hat während der ganzen Zeit nie andere Belehrungen bekommen als jene, die zur Ausübung seines Berufes unerläßlich sind und mit landwirtschaftlichen Themen zusammenhängen, wie die Felskartoffeln, das Kleedach, die Kunst der Selbstdüngung, der schwer entzündbare Torf und das insektenfressende Schwein, so daß er weder lesen noch schreiben kann und jemals können wird, und auch nicht ohne Rückgriff auf seine Finger und Zehen die kleinste ganze Zahl mit einer anderen addieren oder multiplizieren, von einer anderen subtrahieren oder durch eine andere dividieren kann. Soviel zu dem geistigen Nackybal. Was den körperlichen –. Halt, Mr. Louit, sagte der Präsident, seine Hand erhebend. Einen Augenblick, Mr. Louit, wenn ich bitten darf. Tausend, Sir, wenn Sie wünschen, sagte Louit. Auf dem Podium saßen sie zu fünft: Mr. O'Meldon, Mr. Magershon, Mr. Fitzwein, Mr. de Baker und Mr. MacStern, von links nach rechts. Sie berieten sich. Mr. Fitzwein sagte, Mr. Louit, Sie werden uns nicht weismachen, daß die geistige Existenz dieses Mannes sich in der aus völliger Unkenntnis der Grundlagen hervorragenden bloßen Kenntnis dessen erschöpft, was für sein Amlebenbleiben unerläßlich ist. Ebendas, erwiderte Louit, ist der kühne Anspruch, den ich für meinen Freund stelle, in dessen Geist meiner Überzeugung nach außer der matten Musik der von Ihnen erwähnten Unkenntnis und der in irgendeinem Winkel des Kleinhirns, wo alle landwirtschaftliche Ideation lokalisiert ist, schwach schimmernden Kenntnis der Art und Weise, wie er dem uralten halben Morgen Moräne ein Maximum an Nahrung für sich und sein Schwein mit einem Minimum an Mühe entziehen kann, alles eine Ekstase der Finsternis und der Stille ist. Das Komitee, dessen Blicke unverwandt auf Louit gerichtet waren, während er diese Worte sagte, wandte sie nun Mr. Nackybal zu, als handelte es sich um seine Hautfarbe. Dann begannen sie, einander anzublicken, und es verging eine ganze Weile, ehe es ihnen gelang. Nicht daß sie einander lange angeblickt hätten, nein, so dumm waren sie nicht. Aber wenn, falls fünf Personen einander anblicken, theoretisch dazu nur zwanzig Blicke erforderlich sind, da jeder viermal blickt, so reicht diese Zahl praktisch selten aus, wegen der vielen Blicke, die sich verirren. Zum Beispiel, Mr. Fitzwein blickt Mr. Magershon zu seiner Rechten an. Aber Mr. Magershon blickt gerade nicht Mr. Fitzwein zu seiner Linken an, sondern Mr. O'Meldon zu seiner Rechten. Aber Mr. O'Meldon blickt nicht Mr. Magershon zu seiner Linken an, sondern, seinen Kopf nach vorn streckend, Mr.

MacStern, vier Sitze links von ihm, am anderen Ende des Tisches. Aber Mr. MacStern blickt nicht, seinen Kopf nach vorn streckend, Mr. O'Meldon, vier Sitze rechts von ihm, am anderen Ende des Tisches an, sondern sitzt kerzengerade und blickt Mr. de Baker zu seiner Rechten an. Aber Mr. de Baker blickt nicht gerade Mr. MacStern zu seiner Linken an, sondern Mr. Fitzwein zu seiner Rechten. Dann hat Mr. Fitzwein es satt, Mr. Magershons Hinterkopf anzublicken, streckt seinen Kopf nach vorn und blickt Mr. O'Meldon, zwei Sitze rechts von ihm am Ende des Tisches an. Aber Mr. O'Meldon hat es satt, den Kopf nach vorn zu strecken und Mr. MacStern anzublicken, streckt den Kopf nach hinten und blickt Mr. de Baker, drei Sitze links von ihm an. Aber Mr. de Baker hat es satt, Mr. Fitzweins Hinterkopf anzublicken, streckt den Kopf nun nach vorn und blickt Mr. Magershon, zwei Sitze rechts von ihm an. Aber Mr. Magershon hat den Anblick von Mr. O'Meldons linkem Ohr satt und streckt seinen Kopf nun nach vorn und blickt Mr. MacStern, drei Sitze links von ihm am Ende des Tisches an. Aber Mr. MacStern hat es satt, Mr. de Bakers Hinterkopf anzublicken, streckt seinen Kopf nun nach vorn und blickt Mr. Fitzwein, zwei Sitze rechts von ihm an. Dann hat Mr. Fitzwein es satt, seinen Kopf nach vorn zu strecken und Mr. O'Meldon anzublicken, streckt seinen Kopf in die entgegengesetzte Richtung vor und blickt Mr. MacStern, zwei Sitze links von ihm, am Ende des Tisches an. Aber Mr. MacStern hat es satt, den Kopf nach vorn zu strecken und Mr. Fitzwein anzublicken, streckt den Kopf nun nach hinten und blickt Mr. Magershon, drei Sitze rechts von ihm an. Aber Mr. Magershon hat es satt, den Kopf nach hinten zu strecken und Mr. MacStern anzublicken, streckt nun den Kopf nach vorn und blickt Mr. de Baker, zwei Sitze links von ihm an. Aber Mr. de Baker hat es satt, den Kopf nach vorn zu strecken und Mr. Magershon anzublicken, streckt den Kopf nun nach hinten und blickt Mr. O'Meldon, drei Sitze rechts von ihm am Ende des Tisches an. Aber Mr. O'Meldon hat es satt, den Kopf nach hinten zu strecken und Mr. de Baker anzublicken, streckt den Kopf nun nach vorn und blickt Mr. Fitzwein, zwei Sitze links von ihm an. Dann hat Mr. Fitzwein es satt, den Kopf nach vorn zu strecken und Mr. MacSterns linkes Ohr anzublicken, setzt sich zurück und wendet sich dem einzigen Komiteemitglied zu, dessen Auge er noch nicht zu erwischen versucht hat, nämlich Mr. de Baker, was ihm einen Anblick des kahlen Hinterhaupts dieses Gentlemans einbringt, denn Mr. de Baker, der es satt hatte, den Kopf nach hinten zu strecken und Mr. Magershons linkes Ohr anzublicken, und der sich schon vergeblich allen Mitgliedern des Komitees, mit Ausnahme seines linken Nachbarn, zugewandt hatte, hatte sich wieder aufgerichtet und blickte nun hinab in die schmutzige Muschel von Mr. MacSterns rechtem Ohr. Denn Mr. MacStern hatte die Nase voll von Mr. Magershons linkem Ohr und streckte nun, da er keine Wahl hatte, den Kopf nach vorn und betrachtete die angeekelte und sogar anekelnde rechte Seite von Mr. O'Meldons Gesicht. Denn Mr. O'Meldon hatte sich natürlich, nachdem er alle seine Kollegen mit Ausnahme seines unmittelbaren Nachbarn abgefertigt hatte, wieder aufgerichtet und sah sich nun die Furunkel, die Pusteln und Mitesser von Mr. Magershons Nacken an. Denn Mr. Magershon, den Mr. de Bakers linkes Ohr nicht mehr interessierte, hat sich wieder aufgerichtet und profitiert nun, freilich nicht zum ersten Male an diesem Nachmittag, aber in größerem Maße, von Mr. Fitzweins Nieren mit Bohnen vom Mittag. So daß von fünf mal vier oder zwanzig geworfenen Blicken kein einziger erwidert wurde, und all das Nach-vorn- und Nach-hinten-Strecken der Köpfe und das Nach-rechts- und Nach-links-Blicken zu nichts geführt hat, und bei diesem vom Komitee auf dem Gebiet des Einander-Anblickens gemachten Fortschritt, aller Augen ebensogut hätten geschlossen oder zum Himmel erhoben sein können. Und das ist noch nicht alles. Denn nun wird Mr. Fitzwein sehr wahrscheinlich sagen, Es ist schon viel Zeit vergangen, seitdem ich Mr. Magershon anblickte, ich will ihn nun wieder anblicken, wer weiß, vielleicht blickt er mich gerade an. Aber Mr. Magershon, der bekanntlich gerade Mr. Fitzwein angeblickt hat, hat nun sicherlich den Kopf herumgewandt, um Mr. O'Meldon anzublicken, in der Hoffnung, Mr. O'Meldon ihn anblicken zu sehen, denn es ist viel Zeit vergangen, seitdem Mr. Magershon Mr. O'Meldon anblickte. Aber wenn viel Zeit vergangen ist, seitdem Mr. Magershon Mr. O'Meldon anblickte, so ist noch nicht viel Zeit vergangen, seitdem Mr. O'Meldon Mr. Magershon anblickte, denn das hat er doch gerade getan, nicht wahr? Und er würde es vielleicht immer noch tun, da Schatzmeisterblicke sich nicht schnell zu senken oder abzuwenden pflegen, es sei denn infolge eines merkwürdig riechenden, anfangs nicht unangenehmen, aber auf die Dauer wirklich abstoßenden Miefs, der zwischen den Falten von Mr. Magershons Unterzeug aufsteigt und, leichter als die Luft, zwischen seinem Nacken und Stehkragen hervorströmt, als ein kühner und unbestreitbar erfolgreicher Versuch seitens des Nervus pneumogastricus dieses Würdenträgers, die augenblickliche Verwirrung seiner höheren Konnexionen auszugleichen. Mr. Magershon wendet sich also Mr. O'Meldon zu und sieht Mr. O'Meldon nicht ihn anblicken, wie er gehofft hatte (denn wenn er nicht gehofft hätte, Mr. O'Meldon ihn anblicken zu sehen, dann hätte er sich nicht Mr. O'Meldon zugewandt, um ihn anzublicken, nein, sondern er hätte den Kopf nach vorn oder vielleicht nach hinten gestreckt, um Mr. MacStern anzublicken, oder vielleicht Mr. de Baker, aber eher noch den ersteren als einen, den er länger nicht angeblickt hatte, denn den letzteren), sondern Mr. MacStern, in der Hoffnung, Mr. MacStern ihn anblicken zu sehen. Und das ist ganz natürlich, denn es ist mehr Zeit vergangen, seitdem Mr. O'Meldon Mr. MacStern anblickte, als seitdem Mr. O'Meldon irgendeinen der anderen anblickte, und Mr. O'Meldon kann eigentlich nicht wissen, daß, seitdem Mr. MacStern ihn anblickte, weniger Zeit vergangen ist, als seitdem Mr. MacStern irgendeinen der anderen anblickte, denn

Mr. MacStern hat gerade erst aufgehört, Mr. O'Meldon anzublicken, nicht wahr? Mr. O'Meldon sieht also Mr. MacStern nicht ihn anblicken, wie er gehofft hatte, sondern, in der Hoffnung, Mr. de Baker ihn anblicken zu sehen, Mr. de Baker. Aus dem gleichen Grunde aber, aus dem Mr. Magershon nicht Mr. Fitzwein anblickt, sondern Mr. O'Meldon, und aus dem Mr. O'Meldon nicht Mr. Magershon anblickt, sondern Mr. MacStern, und aus dem Mr. MacStern nicht Mr. O'Meldon anblickt, sondern Mr. de Baker, blickt Mr. de Baker nicht Mr. MacStern an, wie Mr. MacStern gehofft hatte (denn wenn Mr. MacStern nicht gehofft hätte, Mr. de Baker ihn anblicken zu sehen, als er sich Mr. de Baker zuwandte, um ihn anzublicken, so hätte er sich nicht Mr. de Baker zugewandt, um ihn anzublicken, nein, sondern er hätte den Kopf nach vorn oder vielleicht nach hinten gestreckt, um einen Blick auf Mr. Fitzwein zu werfen, oder vielleicht auf Mr. Magershon, aber eher noch auf den ersteren als einen, den er länger nicht angeblickt hatte, denn auf den letzteren), sondern Mr. Fitzwein, der nun von der Rückansicht Mr. Magershons in beinahe der gleichen Weise profitiert wie einen Augenblick früher noch Mr. Magershon von seiner und Mr. O'Meldon von Mr. Magershons. Und so weiter. Bis von den fünf mal acht oder vierzig geworfenen Blikken kein einziger erwidert worden ist, und das Komitee trotz allen Verdrehungen und Verrenkungen auf dem Gebiet des Einander-Anblickens nicht weitergekommen ist, als es in dem nun unwiderruflichen Augenblick war, in dem es sich anschickte, dies zu tun. Und das ist noch nicht alles. Denn viele, viele Blicke können noch geworfen werden, und viel, viel Zeit kann noch verlorengehen, ehe jedes Auge das Auge sieht, das es sucht, und in jeden Geist die Kraft, der Trost und die Zuversicht fließen, die nötig sind, um zur Tagesordnung zurückzukehren. Und all dies aus Mangel an Methode, der um so unverzeihlicher bei einem Komitee ist, als es bei Komitees, bei großen wie bei kleinen, öfter nötig ist, daß man sich anblickt, denn in jeder anderen Versammlung mit Ausnahme vielleicht der Kommissionen. Und eine der besten Methoden, bei denen ein Komitee sich schnell anblicken und all den Ärger und Verdruß, den Komitees haben, die sich unmethodisch anblicken, vermeiden kann, ist vielleicht die, daß Nummern an die Mitglieder des Komitees gegeben werden, eins, zwei, drei, vier, fünf, sechs, sieben, und so weiter, ebensoviel Nummern, wie es Mitglieder des Komitees gibt, so daß jedes Mitglied des Komitees seine Nummer hat und kein Mitglied des Komitees nummerlos ist, und daß diese Nummern von den Mitgliedern des Komitees gut auswendig gelernt werden bis jedes Mitglied des Komitees mit einer gewissen Sicherheit nicht nur seine eigene Nummer weiß, sondern auch die Nummern von allen anderen Mitgliedern des Komitees, und daß diese Nummern unter den Mitgliedern des Komitees im Augenblick seiner Bildung verlost und bis zur Stunde seiner Auflösung nicht verändert werden, denn wenn bei jeder neuen Zusammenkunft des Komitees eine neue Numerierung erfolgen müßte, so würde sich eine unermeßliche Verwirrung ergeben (aus der veränderten Numerierung) und eine unsägliche Unordnung. Dann wird sich zeigen, daß jedes einzelne Mitglied des Komitees nicht nur seine Nummer hat, sondern auch zufrieden ist mit der Nummer, die es hat, und willens, sie auswendig zu lernen, und zwar nicht nur seine eigene, sondern auch alle anderen Nummern, bis jede Nummer in seinem Geist zugleich einen Namen, ein Gesicht, ein Temperament und eine Funktion heraufbeschwört und jedes Gesicht eine Nummer. Wenn dann der Augenblick kommt, in dem das Komitee sich anblicken muß, sollen alle Mitglieder außer Nummer eins gemeinsam Nummer eins anblicken, und Nummer eins soll sie alle der Reihe nach anblicken und dann, wenn es ihm paßt, die Augen schließen, da es seine Pflicht getan hat. Dann sollen von all jenen Mitgliedern außer Nummer eins, die gemeinsam Nummer eins angeblickt haben und von Nummer eins der Reihe nach angeblickt wurden, alle außer Nummer zwei Nummer zwei anblicken, und Nummer zwei soll sie seinerseits alle der Reihe nach anblicken und dann seine Brille absetzen und seine Augen sich ausruhen lassen, wenn seine Augen ihm weh tun und es Brillenträger ist, denn es wird nun nicht mehr verlangt, vorerst. Dann sollen von all jenen Mitgliedern außer Nummer zwei und freilich Nummer eins, die gemeinsam Nummer zwei angeblickt haben und von Nummer zwei der Reihe nach angeblickt wurden, alle mit Ausnahme von Nummer drei gemeinsam Nummer drei anblicken, und Nummer drei soll seinerseits alle der Reihe nach anblicken und dann aufstehen und zum Fenster gehen und hinaussehen, wenn es es nach ein wenig Bewegung und einem Szenenwechseln gelüstet, denn es wird nicht mehr gebraucht, vorläufig. Dann sollen von all jenen des Komitees außer Nummer drei und freilich Nummer zwei und eins, die gemeinsam Nummer drei angeblickt haben und von Nummer drei der Reihe nach angeblickt wurden, alle außer Nummer vier Nummer vier anblicken, und Nummer vier soll sie seinerseits eines nach dem anderen anblicken und dann sanft seine Augäpfel reiben, wenn es es für nötig hält, denn ihre unmittelbare Rolle ist ausgespielt. Und so weiter, bis nur noch zwei Mitglieder des Komitees übrigbleiben, die einander dann anblicken und danach ihre Augen baden sollen, wenn sie ihre Augenschälchen bei sich haben, mit ein wenig Laudanum oder einer schwachen Boraxlösung oder warmem schlappem Tee, denn sie haben es wohl verdient. Dann wird sich zeigen, daß das Komitee sich in der kürzest möglichen Zeit angeblickt hat und mit einem Minimum an Blicken, und zwar mit x^2 -x Blicken, wenn es x Mitglieder des Komitees gibt, und y^2 -y, wenn es y gibt. Aber nach kurzer Zeit schickten die Augen zu zweit ihre neugierigen Blicke wieder aus, anfangs in Richtung Mr. Nackybals und dann in die Louits, der hierdurch ermutigt fortfuhr, Was den körperlichen betrifft, so haben Sie ihn vor Augen, die Füße sind groß und platt, und sich so allmählich weiter emporarbeitete, bis er den Kopf erreichte, von dem er, ebenso wie von allem anderen viel sagte, Gutes, Mittelmäßiges, Sehr Gutes, Klägliches und Ausgezeichnetes. Dann sagte Mr. Fitzwein, Sein Gesundheitszustand ist also l-l-leidlich? Er kann seine Schritte ganz allein lenken? Er kann sich hinsetzen, sitzen bleiben, aufstehen, stehen bleiben, essen, trinken, zu Bett gehen, schlafen, erwachen und seiner Arbeit nachgehen, ohne fremde Hilfe? O ja, Sir, sagte Louit, und er kann auch einhändig defäkieren. Soso, sagte Mr. Fitzwein. Er fügte hinzu, Und sein sexuelles Leben, da wir gerade von Defäkation sprechen? Das eines verarmten Junggesellen mit abstoßendem Äußeren, sagte Louit, bitte, halten zu Gnaden! Was soll das heißen, sagte Mr. MacStern. Sich enthalten kann schaden, sagte Louit. So, sagte Mr. Fitzwein, wir freuen uns immer, ich für mein Teil zunächst und dann meine Kollegen für ihr Teil, einer Niete aus anderen Kreisen als unseren, als meinen, als ihren, zu begegnen. Und das verdanken wir, wie ich vermute, Ihnen, Mr. Louit. Aber ich glaube nicht, daß wir begreifen, ich glaube nicht, daß ich begreife, und es sollte mich sehr wundern, wenn meine Mitarbeiter begriffen, was dieser Gentleman mit dem Zweck Ihrer letzten Reise zu tun hat, Mr. Louit, ihrer letzten, kurzen, und wenn ich so sagen darf, kostspieligen Reise an die Westküste. Als Erwiderung hierauf streckte Louit seine rechte Hand nur nach hinten aus zur linken Hand von Mr. Nackybal, den er zuletzt brav und anständig ein wenig rechts hinter seinem Rücken sitzen gesehen zu haben glaubte. Wenn ich Ihnen dies alles so in allen Einzelheiten erzähle, Mr. Graves, dann nur, glauben Sie mir, weil es mir beim besten Willen, und zwar aus Gründen, auf die ich nicht eingehen werde, da sie mir unbekannt sind, unmöglich ist, anders zu verfahren. Einzelheiten, Mr. Graves, Einzelheiten verabscheue und hasse ich ebenso wie Sie als Gärtner. Wenn Sie Ihre Erbsen säen, wenn Sie Ihre Bohnen säen, wenn Sie Ihre Kartoffeln säen, wenn Sie Ihre Karotten, Ihre Rüben, Ihre Pastinaken und anderen Wurzelgewächse säen, sind Sie dann pingelig? Nein, Sie reißen vielmehr ruckzuck eine Furche auf, eine mehr oder weniger gelungene, nicht ganz gerade und nicht ganz krumme Zeile, oder eine Reihe von Löchern in Abständen, die Ihre alten, müden Augen nicht beleidigen oder sie nur einen Augenblick beleidigen, solange die Löcher noch offen sind, und lassen die Saat fallen, geistesabwesend, wie der Priester den Staub oder die Asche ins Grab fallen läßt, und bedecken sie mit Erde, mit Hilfe Ihrer Stiefelspitze sehr wahrscheinlich, wohl wissend, daß wenn die Saat aufgehen und sich vervielfachen, sich verzehnfachen, verfünfzehnfachen, verzwanzigfachen, verfünfundzwanzigfachen, verdreißigfachen, verfünfunddreißigfachen, vervierzigfachen, verfünfundvierzigfachen, ja sogar verfünfzigfachen soll, sie es tun wird, und daß sie, wenn sie es nicht soll, es nicht tun wird. Als junger Mann, M. Graves, haben Sie zweifellos eine Schnur, ein Hohlmaß, ein Senklot und eine Wasserwaage benutzt und Ihre Erbsen, Ihre Bohnen, Ihre Maiskörner, Ihre Linsen in Gruppen von vier oder fünf oder sechs oder sieben, nicht vier in ein Loch und fünf in ein anderes und sechs in ein drittes und sieben in ein viertes gelegt, nein, sondern in jedes Loch vier oder fünf oder sechs oder sieben, und Ihre Kartoffeln mit den Keimen nach oben, und Ihre Karotten- und Ihre Rübensaat, Ihre Radieschen- und Pastinakensaat mit Sand oder Staub oder Asche gemischt, bevor Sie sie dem Pflanzkamp anvertrauten. Wohingegen heute! Und wann sahen Sie davon ab, Mr. Graves, eine Schnur, ein Hohlmaß, ein Senklot und eine Wasserwaage zu benutzen und so Ihre Saat einzuteilen und zu verdünnen, ehe Sie sie säten? In welchem Alter, Mr. Graves, und unter welchen Umständen? Und wurde alles auf einmal verworfen, Mr. Graves, die Schnur, das Hohlmaß, das Senklot, die Wasserwaage und wer weiß welche anderen mechanischen Hilfsmittel, und die Art der Einteilung und die Mischweise, oder zuerst die Schnur und dann, etwas später, das Hohlmaß, und dann, etwas später, das Senklot (obgleich ich gestehe, den Zweck des Senklots nicht zu kennen), und dann, etwas später, die Wasserwaage, und dann, etwas später, die pingelige Einteilung, und dann, etwas später, die peinlich genaue Mischung? Oder wurden diese Dinge zu zweit oder zu dritt verworfen, bis Sie allmählich Ihre jetzige Freiheit gewannen, in der Sie nichts anderes mehr brauchen als Saat, Erde, Mist, Wasser und einen Stock? Aber weder Mr. Nackybals linke Hand noch seine rechte war frei, denn mit der ersteren stützte er gerade die Last seines jetzt vornübergebeugten Rumpfs, wohingegen er mit der letzteren, unter dem Kilt unsichtbaren, gerade unauffällig, aber mit Nachdruck und Kennerschaft, durch den abgetragenen, aber immer noch wärmenden Stoff seiner Winterunterhose hindurch einen ausgedehnten anoscrotalen vierundsechzig Jahre währenden Juckreiz (Würmer? Nerven? Hämorrhoiden oder Schlimmeres?) kratzend zu beruhigen versuchte. Man konnte das schwache Schaben des Handballens hören, sein Hin und Her, Hin und Her, das zusammen mit der verzückten Haltung des leidenden Körpers und mit dem gespannten, glotzenden, bestürzten, erwartungsvollen Gesichtsausdruck das Komitee so irreführte, daß es ausrief, Was für eine Vitalität! In seinem Alter! Das Leben im Freien! Das Junggesellenleben! Ego autem!* (Mr. MacStern). Aber nun zog Mr. Nackybal, der eine vorübergehende Erleichterung verspürte, sich aufrichtend seine rechte Hand unter seinem Rock hervor und führte deren Rücken mehrmals unter seiner Nase hin und her, eine charakteristische Geste. Dann nahm er seine Haltung wieder an, die schickliche Haltung, aus der das plötzliche Aufflackern seines alten Leidens ihn hatte auffahren lassen, die Hände auf den Knien, seine alten, behaarten, fleckigen, knotigen Hände auf seinen nackten, alten, knochigen, blauen Knien, die rechte, alte, behaarte, fleckige Hand auf dem knochigen, rechten, nackten, alten Knie, und die linke, alte, knotige, fleckige Hand auf dem linken, alten, blauen, alten knochigen Knie, und mit der Miene von jemandem, der sich einem Schauspiel zuwendet, das ihm seit

*Eine lateinische Wendung, die soviel bedeutet wie: Ich (ego) auch (autem).

langem vertraut ist oder ihn aus irgendeinem Grunde nicht interessiert, begann er trüben, lauschenden Auges aus dem Fenster zum Himmel zu schauen, der hier und da von einer Kuppel, einem Dom, einem Dach, einem Kirchturm, einem Bergfried oder einem Baumwipfel getragen wurde. Aber nun, da der Augenblick gekommen war, führte Louit Mr. Nackybal an den Fuß des Podiums, und während er ihm liebevoll mitten ins Gesicht, oder genauer, mitten ins Viertelprofil blickte, das heißt beinahe liebevoll mitten ins Ohr, denn je mehr Louit sein Gesicht, die Mitte seines liebevollen Gesichts, Mr. Nackybal zuwandte, um so mehr wandte Mr. Nackybal seines, sein müdes, rotes, altes, behaartes Gesicht ab, und sagte langsam, laut und feierlich, Vierhundertachttausendeinhundertvierundachtzig. Genau in diesem Augenblick löste Mr. Nackybal zur allgemeinen Verwunderung seinen Blick, seinen braven, stumpfsinnigen, wässerigen, stieren Blick vom Himmel und wandte ihn Mr. Fitzwein zu, der nach einer Weile zur nochmaligen allgemeinen Verwunderung ausrief, Eine Gazelle! Ein Schaf! Ein altes Schaf! Mr. de Baker, bitte, sagte Louit, würden Sie nun wohl so freundlich sein, gewissenhaft aufzuschreiben, was ich und mein Freund hier von nun an sagen? Aber selbstverständlich, Mr. Louit, sagte Mr. de Baker. Ich bin Ihnen sehr zu Dank verpflichtet, Mr. de Baker, sagte Louit. Ach was, keine Ursache, Mr. Louit, sagte Mr. de Baker. Ich kann mich also auf Sie verlassen, Mr. de Baker, sagte Louit. Freilich können Sie das, Mr. Louit, sagte Mr. de Baker. Sie sind zu liebenswürdig, Mr. de Baker, sagte Louit. I wo, nicht der Rede wert, Mr. Louit, sagte Mr. de Baker. Eine Ziege! Eine alte Geiß! schrie Mr. Fitzwein. Sie haben mein Gewissen beruhigt, Mr. de Baker, sagte Louit. Kein weiteres Wort mehr, Mr. Louit, sagte Mr. de Baker, kein Wort mehr. Und gleichzeitig eine schwere Last von mir genommen, Mr. de Baker, sagte Louit. Sein Blick dringt bis in die Tiefen meiner Seele, sagte Mr. Fitzwein. Seiner was? sagte Mr. O'Meldon. Seiner Seele, sagte Mr. Magershon. Himmel, was war das! rief Mr. Mac-

Stern. Was glauben Sie wohl? Der Angelus? sagte Mr. de Baker. Erwähnt man solche Dinge, wenn man ein Mann von Welt ist? sagte Mr. Magershon. Es war jedenfalls ungeniert, sagte Mr. O'Meldon. Dann kann ich also unbesorgt fortfahren, Mr. de Baker, sagte Louit. Sicherlich können Sie es, soweit es mich persönlich betrifft, Mr. Louit, sagte Mr. de Baker. Und umwickelt sie, wie mit feuchten Umschlägen, sagte Mr. Fitzwein. Gott möge Sie segnen, Mr. de Baker, sagte Louit. Und Sie, Mr. Louit, sagte Mr. de Baker. Nein, nein, Sie, Mr. de Baker, Sie, sagte Louit. Warum eigentlich mich, Mr. Louit, na, wenn es denn unbedingt sein muß, jedenfalls auch Sie, sagte Mr. de Baker. Sie meinen, Gott möge uns beide segnen, Mr. de Baker? sagte Louit. Daible, sagte Mr. de Baker (seine französische Abstammung). Sein Gesicht ist nicht unbekannt, sagte Mr. Fitzwein. Tom! rief Louit. Mr. Nackybal wandte sein Gesicht dem Ruf zu, und Louit sah, daß es voller Angst war. Bah! sagte Louit, der entscheidende Moment ist gekommen. Dann sagte er mit lauter Stimme, Zweihundertfünft–. Mir jedenfalls nicht, sagte Mr. Fitzwein. Zweihundertfünftausend, rief Louit, dreihundertneunundsiebzig. Wie? sagte Mr. Nackybal. Haben Sie das notiert, Mr. de Baker, sagte Louit. Jawohl, Mr. Louit, sagte Mr. de Baker. Würden Sie so gut sein, es zu wiederholen, Mr. de Baker, sagte Louit. Gewiß, Mr. Louit. Ich wiederhole: Mr. Louit: Zweihundertfünftausenddreihunderteinundsiebzig. Mr. Nack–. Zweihundertfünftausenddreihundert*neun*undsiebzig, sagte Louit, nicht einundsiebzig, *neun*undsiebzig, Oh, ich bitte um Verzeihung, Mr. Louit, ich hörte einundsiebzig, sagte Mr. de Baker. Ich sagte neunundsiebzig, Mr. de Baker, sagte Louit, und, wie ich glaube, sehr deutlich. Wie sonderbar, ich hörte deutlich einundsiebzig, sagte Mr. de Baker. Was hörten Sie, Mr. MacStern? Ich hörte *neun*undsiebzig, sehr deutlich, sagte Mr. MacStern. Oh, Sie hörten es, wirklich, sagte Mr. de Baker. Das n summt mir noch in den Ohren, sagte Mr. MacStern. Und Sie, Mr. O'Meldon, sagte Mr. de Baker. Und ich was? sagte Mr. O'Meldon. Hörten was, neunundsiebzig oder einundsiebzig? sagte Mr. de Baker. Was hörten Sie, Mr. de Baker? sagte Mr. O'Meldon. *Ein*undsiebzig, sagte Mr. de Baker. Wievielundsiebzig? sagte Mr. O'Meldon. *Eiiiin*undsiebzig, sagte Mr. de Baker. Natürlich, sagte Mr. O'Meldon. Aha, sagte Mr. de Baker. Ich sagte neunundsiebzig, sagte Louit. Wievielundsiebzig? sagte Mr. Magershon. *Neun*undsiebzig, sagte Louit. Das dachte ich mir, sagte Mr. Magershon. Ohne sicher zu sein, sagte Mr. de Baker. Eben, sagte Mr. Magershon. Und Sie, Mr. President, sagte Mr. de Baker. Wie? sagte Mr. Fitzwein. Ich sagte, Und Sie, Mr. President, sagte Mr. de Baker. Ich kann Ihnen nicht folgen, Mr. de Baker, sagte Mr. Fitzwein. Haben Sie *neun*undsiebzig gehört oder *ein*undsiebzig? sagte Mr. de Baker. Ich hörte sechsundvierzig, sagte Mr. Fitzwein. Ich sagte neunundsiebzig, sagte Louit. Wir glauben Ihnen, Mr. Louit, wir glauben Ihnen, sagte Mr. Magershon. Würden Sie wohl die Korrektur vornehmen, Mr. de Baker, sagte Mr. Louit. Aber selbstverständlich mit Vergnügen, Mr. Louit, sagte Mr. de Baker. Tausend Dank, Mr. de Baker, sagte Louit. Nichts zu danken, nichts zu danken, Mr. Louit, sagte Mr. de Baker. Wie lautet es nun? sagte Louit. Nun lautet es, sagte Mr. de Baker: Mr. Louit: Zweihundertfünftausenddreihundertneunundsiebzig. Mr. Nackybal: Wie? Hat er Ihre Erlaubnis, sich hinzusetzen? sagte Louit. Wer soll unsere Erlaubnis haben, sich hinzusetzen? sagte Mr. Magershon. Er ist müde vom Stehen, sagte Louit. Wo habe ich dieses Gesicht schon mal gesehen, sagte Mr. Fitzwein. Wie lang soll dies noch so weitergehen? sagte Mr. MacStern. Ist das alles? sagte Mr. Magershon. Er hört besser, wenn er sitzt, sagte Louit. Er soll sich ruhig hinlegen, wenn er will, sagte Mr. Fitzwein. Louit half Mr. Nackybal sich hinzulegen und kniete neben ihm nieder. Tom, kannst du mich hören? rief er. Ja, Sir, sagte Mr. Nackybal. Zweihundertfünftausenddreihundertneunundsiebzig, rief Louit. Einen Augenblick, bitte, damit ich es notiere, sagte Mr. de Baker. Ein Augenblick verging. Weiter, sagte Mr. de Baker. Antwort, rief Louit. Neunundfuchzig, sagte Mr.

Nackybal. Neunundfuchzig? sagte Mr. de Baker. Vielleicht meint er neunundfuffzig, sagte Mr. O'Meldon. Meint er neunundfünfzig? sagte Mr. Fitzwein. Er sagte neunundfünfzig, sagte Louit. Hat er das wirklich gesagt? sagte Mr. de Baker. Mein Gott, sagte Mr. MacStern. Sein was? sagte Mr. O'Meldon. Sein Gott, sagte Mr. Magershon. Würden Sie wohl so gut sein, vorzulesen, was Sie haben, Mr. de Baker, sagte Louit. Was ich habe? sagte Mr. de Baker. Was Sie notiert haben, um sich zu vergewissern, daß es stimmt, sagte Louit. Vertrauensselig sind Sie nicht, Mr. Louit, sagte Mr. de Baker. Es hängt soviel von der Richtigkeit des Protokolls ab, sagte Louit. Er hat recht, sagte Mr. MacStern. Wo soll ich anfangen? sagte Mr. de Baker. Nur meine Worte und die meines Freundes, sagte Louit. Das andere interessiert Sie nicht, sagte Mr. de Baker. Nein, sagte Louit. Mr. de Baker sagte, Beim Durchsehen meiner Notizen finde ich folgendes: Mr. Louit: Tom, kannst du mich hören? Mr. Nackybal: Ja, Sir. Mr. Louit: Zweihundertfünftausenddreihunderteinundsiebzig. Mr. Nack–. *Neun*undsiebzig, sagte Louit. Wahr-haf-tig, Mr. de Baker, sagte Mr. Fitzwein. Wie oft muß man es Ihnen noch vorkauen? Denken Sie an Ihre neunundsiebzig Lenze! Haha, sehr gut, sagte Mr. de Baker. Mr. Magershon sagte, Wäre es nicht vielleicht zu begrüßen, da so außergewöhnlich lange und komplizierte Zahlen – öh – auf dem Spiel stehen, wenn unser Schatzmeister sich bereit erklärte, die Protokollführung zu übernehmen, ausnahmsweise, heute? Es liegt mir fern, die Leistungen unseres Protokollführers zu unterschätzen, der, wie wir alle wissen, ein großartiger Protokollführer ist, aber vielleicht im Hinblick auf diese unerhört hohen und schwierigen Zahlen, ausnahmsweise für einen Abend –. Nein, nein, das kommt nicht in Frage, sagte Mr. Fitzwein. Mr. MacStern sagte, und wenn unser Protokollführer so gut wäre, die Zahlen nicht in Zahlen aufzuschreiben, sondern in Worten–. Ja, ja, wie wäre das? sagte Mr. Fitzwein. Was würde das ändern? sagte Mr. O'Meldon. Mr. MacStern erwiderte, Dann würde er nur die Worte, die er hört, aufschreiben anstatt ihrer chiffrierten Äquivalente, was eine lange Erfahrung verlangt, vor allem, wenn es sich um fünf und sechs Buchstaben handelt, Verzeihung, ich meine Ziffern. Das ist immerhin vielleicht eine ausgezeichnete Idee, sagte Mr. Magershon. Würden Sie so gut sein, es zu tun, Mr. de Baker, na? sagte Mr. Fitzwein. Ich bin es doch gar nicht anders gewohnt, sagte Mr. de Baker. Schon gut, ich glaube Ihnen, sagte Mr. Fitzwein. Wenn es so ist, gibt es keine andere Lösung, sagte Mr. Magershon. Jeder von uns kann sich mal verhören, sagte Louit. Vielen Dank, Mr. Louit, sagte Mr. de Baker. Nicht der Rede wert, Mr. de Baker, sagte Louit. Wunderbar, wunderbar, rief Mr. O'Meldon aus. Was ist wunderbar, wunderbar? sagte Mr. MacStern. Die beiden Zahlen haben ein Verhältnis, sagte Mr. O'Meldon, wie der Kabus mit seiner Rudix. Der Kabus mit seiner was? sagte Mr. Fitzwein. Er meint wie der Kubus mit seiner Radix, sagte Mr. MacStern. Was sagte er? sagte Mr. O'Meldon. Der Rabus mit seiner Kudix, haha, sagte Mr. de Baker. Was soll das heißen, der Kubus mit seiner Radix? sagte Mr. Fitzwein. Es soll nichts heißen, sagte Mr. MacStern. Was soll nichts heißen, sagte Mr. O'Meldon. Mr. MacStern erwiderte, Mit seiner wievielten Radix? Ein Kubus kann eine Menge Radizes (oder Wurzeln) haben. Wie die türkische Riesengurke, sagte Mr. Fitzwein. Nicht alle Kuben, sagte Mr. O'Meldon. Wer sprach denn von allen Kuben? sagte Mr. MacStern. Nicht dieser Kubus, sagte Mr. O'Meldon. Meinetwegen, sagte Mr. McStern. Ich tappe im dunkeln, sagte Mr. Fitzwein. Ich auch, sagte Mr. Magershon. Was ist wunderbar, wunderbar? sagte Mr. Fitzwein. Mr. O'Meldon erwiderte, Daß Mr. Ballynack –. Mr. Nackybal, sagte Louit. Mr. O'Meldon sagte, Daß Mr. Nackybal im Kopf in der kurzen Zeit von fünfunddreizig oder vierzig Sekunden die Kubikwurzel aus einer sechsstelligen Zahl ziehen konnte. Mr. MacStern sagte, Vierzig Sekunden! Schließlich sind fünf Minuten vergangen, seitdem die Zahl zum erstenmal erwähnt wurde. Was ist wunderbar daran? sagte Mr. Fitzwein. Vielleicht hat unser President es vergessen, sagte Mr. MacStern. Zwei ist die Kubikwurzel aus acht, sagte Mr. O'Meldon. So? sagte Mr. Fitzwein. Ja, zweimal zwei ist vier und zweimal vier ist acht, sagte Mr. O'Meldon. So daß zwei die Kubikwurzel aus acht ist, sagte Mr. Fitzwein. Ja, und acht ist der Kubus von zwei, sagte Mr. O'Meldon. Acht ist der Kubus von zwei, sagte Mr. Fitzwein. Ja, sagte Mr. O'Meldon. Was ist daran so wunderbar? sagte Mr. Fitzwein. Mr. O'Meldon erwiderte, Daß zwei die Kubikwurzel aus acht ist und acht der Kubus von zwei, das wundert uns schon lange nicht mehr. Was einen wundert, ist die Tatsache, daß Mr. Nallyback im Kopf in so kurzer Zeit die Kubikwurzel aus einer sechsstelligen Zahl ziehen konnte. Oh, sagte Mr. Fitzwein. Ist das denn so schwer? sagte Mr. Magershon. Unmöglich, sagte Mr. MacStern. Soso, sagte Mr. Fitzwein. Eine Leistung, die noch nie von einem Menschen und nur einmal von einem Pferd, vollbracht wurde, sagte Mr. O'Meldon. Von einem Pferd? rief Mr. Fitzwein aus. Eine Episode aus dem Kulturkampf, sagte Mr. O'Meldon. Ah, ich verstehe, sagte Mr. Fitzwein. Louit machte kein Hehl aus seiner Zufriedenheit. Mr. Nackybal hatte sich auf die Seite gelegt und schien zu schlafen. Aber Mr. Nackynack ist kein Pferd, sagte Mr. Fitzwein. Bei weitem nicht, sagte Mr. O'Meldon. Ist das so sicher, was Sie da behaupten? sagte Mr. Magershon. Nein, sagte Mr. O'Meldon. Hier ist etwas faul, sagte Mr. MacStern. Ich protestiere, sagte Louit. Wogegen, sagte Mr. Fitzwein. Gegen das Wort faul, sagte Louit. Notieren Sie das, Mr. De Baker, sagte Mr. Fitzwein. Louit zog einen Zettel aus der Tasche und reichte ihn Mr. O'Meldon. Was ist denn das, Mr. Louit, sagte Mr. O'Meldon. Eine Liste perfekter Kuben, sagte Louit, von sechs- und wenigerstelligen Zahlen, insgesamt neunundneunzig, mit ihren entsprechenden Kubikwurzeln. Was soll ich damit machen, Mr. Louit? sagte Mr. O'Meldon. Meinen Freund prüfen, sagte Louit. Oh, sagte Mr. Fitzwein. In meiner Abwesenheit, da Sie unsere Ehrlichkeit bezweifeln, sagte Louit. Na, na, Mr. Louit, sagte Mr. Magershon. Ziehen Sie ihn nackt aus, verbinden Sie ihm die Augen und schicken Sie mich fort, sagte Louit. Sie vergessen die Telepathie oder die Gedankenübertragung, sagte Mr. MacStern. Louit sagte, Verdecken Sie die Kuben, wenn Sie nach den Kuben der Wurzeln fragen, und verdecken Sie die Wurzeln, wenn Sie nach den Wurzeln der Kuben fragen. Was soll das Verdecken bezwecken? sagte Mr. O'Meldon. Daß Sie die Antwort nicht vor ihm kennen, sagte Louit. Mr. Fitzwein verließ den Raum, gefolgt von seinen Gehilfen. Louit rüttelte Mr. Nackybal wach und half ihm auf die Beine. Mr. O'Meldon kam wieder, mit Louits Zettel in der Hand. Darf ich dies behalten, Mr. Louit, sagte er. Gewiß, sagte Louit. Vielen Dank, Mr. Louit, sagte Mr. O'Meldon. Nicht der Rede wert, Mr. O'Meldon, sagte Louit. Guten Abend Ihnen beiden, sagte Mr. O'Meldon. Louit sagte, Guten Abend, Mr. O'Meldon. Sag freundlich guten Abend zu Mr. O'Meldon, Tom, sag, Guten Abend, Mr. O'Meldon. Nabend, sagte Mr. Nackybal. Entzückend, entzückend, sagte Mr. O'Meldon. Mr. O'Meldon verließ den Raum. Louit und Mr. Nackybal folgten kurz darauf, Arm in Arm. Der nun leere Raum war bald grau von den Schatten des Abends. Ein Pförtner kam, machte Licht, rückte die Stühle zurecht, vergewisserte sich des guten Zustands von allem und ging wieder. Dann war der große Raum dunkel, da die Nacht wieder hereingebrochen war. Nun ja, Mr. Graves, ob Sie es glauben oder nicht, am nächsten Morgen, um die gleiche Zeit, an demselben Ort, in dem riesigen, nun lichtdurchfluteten hohen Saal versammelten sich dieselben Personen, und Mr. Nackybal wurde gründlich geprüft, sowohl im Kubieren als auch im Extrahieren, aufgrund der Tafel, die Louit zur Verfügung gestellt hatte. Die von Louit empfohlenen Vorkehrungen wurden getroffen, nur daß Louit nicht hinausgeschickt, sondern mit dem Rücken zum Saal ans offene Fenster gestellt wurde, und daß es Mr. Nackybal gestattet wurde, einen großen Teil seines Unterzeugs anzubehalten. Aus dieser strengen Prüfung ging Mr. Nackybal würdig hervor, da er beim Kubieren von den sechsundvierzig verlangten Kuben nur fünfundzwanzig nicht ganz richtig hatte, und ihm beim Extrahieren von den dreiundfünfzig vorgeschlagenen Extraktionen nur vier ein wenig mißlungen waren. Die Zeitspanne zwischen Frage und Antwort, die bald kurz war und bald bis zu einer Minute dauerte, betrug im Durchschnitt laut Mr. O'Meldon, der mit seiner Stoppuhr gekommen war, etwas mehr als vierunddreißig und etwas weniger als fünfunddreißig Sekunden. Einmal gab Mr. Nackybal überhaupt keine Antwort, was eine Art Mißhelligkeit zur Folge hatte. Mr. O'Meldon hatte auf den Zettel blickend ausgerufen, Fünfhundertneunzehntausenddreihundertdreizehn. Es verging eine Minute, es vergingen fünf Viertelminuten, anderthalb Minuten, sieben Viertelminuten, zwei Minuten, neun Viertelminuten, zweieinhalb Minuten, elf Viertelminuten, drei Minuten, dreizehn Viertelminuten, dreieinhalb Minuten, fünfzehn Viertelminuten, und noch immer antwortete Mr. Nackybal nicht! Los, los, Sir, sagte Mr. O'Meldon in barschem Ton, fünfhundertneunzehntausenddreihundertdreizehn. Noch immer antwortete Mr. Nackybal nicht! Entweder weiß er es oder er weiß es nicht, sagte Mr. Magershon. Hier lachte Mr. de Baker, bis ihm die Tränen die Wangen hinunterrannen. Mr. Fitzwein sagte, Wenn Sie es nicht verstehen, sagen Sie gefälligst, daß Sie es nicht verstehen! Wenn Sie es nicht wissen, sagen Sie gefälligst, daß Sie es nicht wissen! Lassen Sie uns hier nicht die ganze Nacht warten! Louit drehte sich um und sagte, Steht die Zahl auf der Liste? Ruhe, Mr. Louit, sagte Mr. Fitzwein. Steht die Zahl auf der Liste? brüllte Louit, einen Schritt vortretend, wobei sein käsiges Gesicht vor Empörung erblaßte. Ich beschuldige den Schatzmeister, sagte er, auf ihn zeigend, als ob dort zwei oder drei oder vier oder fünf oder sogar sieben Schatzmeister an Stelle eines einzigen im Saal wären, eine Zahl ausgerufen zu haben, die nicht auf der Liste steht und ebensowenig eine Kubikwurzel hat wie mein Arsch. Mr. Louit! rief Mr. Fitzwein. Sein was? sagte Mr. O'Meldon. Sein Arsch, sagte Mr. Magershon. Ich beschuldige ihn, sagte Louit, mit wohlüberlegter, vorsätzlicher Bosheit versucht zu haben, einen alten Mann zu quälen und zu verwirren, der sein Bestes tut, aus Freundschaft für mich, um . . . um . . . der sein Bestes tut. Unzufrieden mit diesem schwachen Redeschluß, fügte Louit hinzu, Ich nenne so was die Untat eines –,–,–,–,–,–,–,–,–,–, –,–, und hier folgte eine Flut von so gemeinen Ausdrücken, daß ein weniger sanftmütiger Mann als Mr. O'Meldon bestimmt beleidigt gewesen wäre, so gemein waren sie und so geläufig. Aber Mr. O'Meldon war von solcher Sanftmut, daß in dem gleichen Augenblick, in dem Mr. Fitzwein aufstand, um mit Worten der Entrüstung die Sitzung zu schließen, Mr. O'Meldon aufstand, um Mr. Fitzwein zu beruhigen, indem er ihm erklärte, daß er selber und kein anderer zu rügen sei, da er eine Null für eine Eins gehalten hätte und nicht, wie nötig, für eine Null. Aber Sie taten es nicht ab-ab-absichtlich, sagte Mr. Fitzwein, nicht in bö-bö-böswilliger Absicht. Dann herrschte Stille, bis Mr. O'Meldon, den Kopf hängen lassend, ihn langsam hin- und herwiegend, sein Gewicht von einem Bein auf das andere verlagernd, erwiderte, Oh, nein, nein, nein, nein, nein, der Himmel ist mein Zeuge, daß ich das nicht tat. Dann muß ich Mr. Lingard darum bitten. Oh, nein, nein, nein, nein, nein, keine Entschuldigungen, rief Mr. O'Meldon. Mr. Lingard? sagte Mr. Magershon. Sagte ich Mr. Lingard? sagte Mr. Fitzwein. Freilich, sagte Mr. Magershon. Wo hatte ich nur meinen Kopf, sagte Mr. Fitzwein. Meine Mutter war eine Miss Lingard, sagte Mr. MacStern. Ach ja, ich erinnere mich, eine entzückende Frau, sagte Mr. Fitzwein. Sie starb bei meiner Geburt, sagte Mr. MacStern. Das kann ich mir gut vorstellen, sagte Mr. de Baker. Eine ganz entzückende Frau, sagte Mr. Fitzwein. Als die Demonstration beendet war, begann die Fragezeit. Durch die Westfenster des weiten Saals drang die niedrige rote Wintersonne und ließ mit ihren zornigen Abschiedsstrahlen die Luft, die eingesperrte Luft erzittern, während durch die entgegengesetzten östlichen Öffnungen oder Fensternischen das beschwichtigende Geräusch der unzähligen leisen Zinken der

Nacht ertönte. Es war Fragezeit. Und die vierte Wurzel? sagte Mr. O'Meldon. Die Quadratwurzel der Quadratwurzel, sagte Louit. Und die fünfte Wurzel? sagte Mr. Fitzwein. Und so weiter. Röte und Dunkel. Abschied und Gruß mischten sich, zusammenstoßend, besiegt, siegend, siegend, besiegt, im weiten gleichgültigen Saal. Und die dreizehnte Wurzel? sagte Mr. Fitzwein. Genug! rief Mr. Magershon. Wie bitte? sagte Mr. Fitzwein. Genug, sagte Mr. Magershon. Was fällt Ihnen ein, genug zu sagen? sagte Mr. Fitzwein. Meine Herren ich bitte Sie, sagte Mr. MacStern. Mr. Louit, sagte Mr. O'Meldon. Sir, sagte Louit. In den beiden Zahlenkolonnen, die ich heute abend vor mir habe, sagte Mr. O'Meldon, hat die eine, die Wurzelkolonne, keine Zahl mit mehr als zwei Stellen, und die andere, die Kubenkolonne, keine mit mehr als sechs. Kubenkolonne! rief Mr. MacStern. Was ist denn nun los? sagte Mr. Fitzwein. Wie schön, sagte Mr. MacStern. Stimmt das, Mr. Louit, oder nicht? sagte Mr. O'Meldon. Ich habe kein gutes Ohr für Musik, sagte Louit. So was hatte ich gar nicht im Auge, sagte Mr. O'Meldon. Was mögen Sie dann wohl im Auge gehabt haben, sagte Mr. Fitzwein. Ich hatte einerseits, sagte Mr. O'Meldon, in der einen Kolonne, der Wurzelkolonne, das Fehlen jeglicher Zahl mit mehr als zwei Stellen im Auge und andererseits, in der anderen Kolonne, der Kubenkolonne, das Fehlen jeglicher Zahl mit mehr als sechs Stellen. Stimmt das, Mr. Louit, oder nicht? Sie haben die Liste vor sich, sagte Louit. Wurzelkolonne ist auch recht hübsch, meine ich, sagte Mr. de Baker. Ja, aber nicht so hübsch wie Kubenkolonne, sagte Mr. MacStern. Nun ja, vielleicht nicht ganz so, aber doch beinahe, sagte Mr. de Baker. Mr. de Baker sang:

Komm Wurzelkolonn', sagt die Kubenkolonn',
geh mit mir in die Pinte!
Komm Wurzelkolonn', sagt die Kubenkolonn',
geh mit mir in die Pinte!

Komm Wurzelkolonn', sagt die Kubenkolonn',
geh mit mir in die Pinte!
Ich dank' dir sehr, sagt die Wurzelkolonn',
Ich trink' eine Flasche Tinte.

Hahahaha, haha, ha, hum, sagte Mr. de Baker. Keine anderen Fragen mehr, ehe ich zu Bett gehe? sagte Mr. Fitzwein. Ich wollte gerade eine Frage zur Sprache bringen, sagte Mr. O'Meldon, als man mir ins Wort fiel. Vielleicht könnte er dort fortfahren, wo er stehengeblieben war, sagte Mr. Magershon. Bei der Frage, die ich gerade zur Sprache bringen wollte, sagte Mr. O'Meldon, als man mir ins Wort fiel, ging es darum, daß von den zwei Zahlenkolonnen, die ich heute abend hier vor mir habe, die eine oder–. Er hat dies schon zweimal gesagt, sagte Mr. MacStern. Wenn nicht dreimal, sagte Mr. de Baker. Fahren Sie da fort, wo Sie stehengeblieben waren, sagte Mr. Magershon, nicht da, wo Sie begonnen hatten. Oder sind Sie wie Darwins Raupe? Darwins was? sagte Mr. de Baker. Darwins Raupe, sagte Mr. Magershon. Woran haperte es denn bei der? sagte Mr. MacStern. Es haperte bei ihr daran, sagte Mr. Magershon, daß wenn sie beim Spinnen ihrer Puppe gestört wurde –. Sind wir hier, um über Raupen zu reden? sagte Mr. O'Meldon. Bringen Sie um Gottes willen Ihre Frage zur Sprache, sagte Mr. Fitzwein, und lassen Sie mich nach Hause gehen, zu meiner Frau. Er fügte hinzu, Und meinen Kindern. Bei der Frage, die zur Sprache zu bringen ich mich anschickte, sagte Mr. O'Meldon, als man mir so unwirsch ins Wort fiel, ging es darum, ob, wenn in der linken Kolonne oder Wurzelkolonne an Stelle der dort stehenden höchstens zweistelligen Zahlen dreistellige Zahlen stünden und sogar vierstellige, um nicht noch weiter zu gehen, dann in der rechten Kolonne oder Kubenkolonne an Stelle der dort stehenden höchstens sechsstelligen Zahlen sieben-, acht-, neun-, zehn-, elf- und sogar zwölfstellige Zahlen stehen würden? Diesen Worten folgte ein Schweigen. Ja oder nein, Mr. Louit, sagte Mr. O'Meldon.

Höchstwahrscheinlich, sagte Lout. Warum sagte Mr. O'Meldon, sich vornüberbeugend und mit der Faust auf den Tisch schlagend, stehen dann keine solchen da? Stehen dann keine was da? sagte Mr. Fitzwein. Was ich gerade gesagt habe, sagte Mr. O'Meldon. Was war das? sagte Mr. Fitzwein. Mr. O'Meldon erwiderte, Einerseits, in der einen Kolonne –. Oder Wurzelkolonne, sagte Mr. de Baker. Mr. O'Meldon fuhr fort, Drei- und sogar vierstellige Zahlen –. Um nicht noch weiter zu gehen, sagte Mr. MacStern. Mr. O'Meldon fuhr fort, Und andererseits, in der anderen –. Oder Kubenkolonne, sagte Mr. Magershon. Mr. O'Meldon fuhr fort, Sieben –. Oder acht, sagte Mr. de Baker. Oder neun, sagte Mr. MacStern. Oder zehn, sagte Mr. Magershon. Oder elf, sagte Mr. de Baker. Oder sogar zwölf, sagte Mr. MacStern. Stellige Zahlen, sagte Mr. Magershon. Warum sollten sie da stehen? sagte Mr. Fitzwein. Langsam, aber sicher, sagte Louit. Muß ich demnach annehmen, Mr. Louit, sagte Mr. O'Meldon, daß wenn ich diesen Kerl nach einer Kubikwurzel von, sagen wir – er beugte sich über seinen Zettel –, sagen wir, neunhundertdreiundsiebzigmillionenzweihundertzweiundfünfzigtausendzweihunderteinundsiebzig fragte, er nicht damit aufwarten könnte? Heute abend nicht, sagte Louit. Oder, sagte Mr. O'Meldon, wieder von seinem Zettel ablesend neunhundertachtundneunzigbillionensiebenhundertmillio - neneinhundertneunundzwanzigtausendneunhundertneunundneunzig, zum Beispiel? Nicht gerade jetzt, ein andermal, sagte Louit. Aha, sagte Mr. O'Meldon. Ist ihre Frage nun zur Sprache gebracht worden, Mr. O'Meldon, sagte Mr. Fitzwein. Jawohl, sagte Mr. O'Meldon. Es freut mich, das zu hören, sagte Mr. Fitzwein. Sie werden uns das später erläutern, sagte Mr. Magershon. Wo habe ich dieses Gesicht schon mal gesehen? sagte Mr. Fitzwein. Nur noch eins, sagte Mr. MacStern. Die Sonne ist nun untergangen, im Westen, sagte Mr. de Baker, indem er den Kopf in diese Richtung drehte und den Arm dahin ausstreckte. Worauf die anderen auch den Kopf herumdrehten und lange auf die Stelle starrten, wo die Sonne gerade noch gewesen war. Aber Mr. de Baker schwenkte geschwind herum, zeigte in die entgegengesetzte Richtung und sagte, Während im Orient die Nacht schnell herniedersinkt. Worauf auch die anderen sich diesen schimmernden Fenstern zudrehten und dem unten dunkelgrauen und oben heller grauen Himmel. Denn die Nacht schien weniger herniederzusinken als von unten heraufzusteigen, wie ein neuer Tag. Aber wie dem noch offenen Grabe, Mr. Graves, oder dem mit der Geliebten entschwindenden Gefährt, hören Sie, Mr. Graves, wie dem mit der Geliebten entschwindenden Gefährt rissen sie sich zögernd und seufzend von ihr los, und Mr. Fitzwein begann, flink seine Unterlagen aufzulesen, da er in dem endenden Licht den Ort wiedergefunden hatte, den uralten Ort, wo er dieses Gesicht schon mal gesehen hatte, und dann stand er auf und verließ rasch den Saal (als ob er den Saal rasch hätte verlassen können, ohne aufzustehen), worauf ihm seine Gehilfen gemächlicher in folgender Reihenfolge folgten, zuerst Mr. O'Meldon, dann Mr. MacStern, dann Mr. de Baker, dann Mr. Magershon, wie der Zufall es wollte oder irgendeine andere Macht. Und dann wurde Mr. O'Meldon, der sich aufhielt, um Louit die Hand zu schütteln und Mr. Nackybal einen Klaps auf den Kopf zu geben, einen schnellen Klaps, worauf er sofort klammheimlich seine Hand an der Hose abwischte, eingeholt und überholt, zuerst von Mr. MacStern, und dann von Mr. de Baker, und dann von Mr. Magershon. Und dann wurde Mr. MacStern, der anhielt, um sein Nur noch eins zu formulieren, eingeholt und überholt, zuerst von Mr. de Baker und dann von Mr. Magershon. Und dann wurde Mr. de Baker, der kniete, um seinen Schnürsenkel, der sich gelöst hatte, wie Schnürsenkel es zu tun pflegen, festzuschnüren, von Mr. Magershon hinter sich gelassen, der langsam und allein, wie in einer Geschichte von Poe, zur Tür strebte und diese auch erreicht und durchschritten hätte, wenn nicht ein plötzlicher Einfall ihn in seinem Schwung hätte erstarren lassen, so daß er mitten im

Schritt stehenblieb, auf der rechten Fußsohle und den linken Zehen, in dem ungewissen Gleichgewicht zweibeiniger Bestürzung. Und nun war die Ordnung umgekehrt, in der sie Mr. Fitzwein folgend, der schon in der Elfer-Tram war, aufgebrochen waren, so daß der erste letzter war und der letzte erster, und der zweite dritter und der dritte zweiter und daß, was einmal in der Marschordnung Mr. O'Meldon, Mr. MacStern, Mr. de Baker und Mr. Magershon war, nun grübelnd, kniend, grübelnd und grüßend, Mr. Magershon, Mr. de Baker, Mr. MacStern und Mr. O'Meldon war. Aber kaum war Mr. O'Meldon, aufhörend zu grüßen, auf Mr. MacStern zugegangen, als Mr. MacStern, aufhörend zu grübeln, begleitet von Mr. O'Meldon, auf Mr. de Baker zuging. Und kaum waren Mr. O'Meldon und Mr. MacStern, aufhörend, zuerst Mr. O'Meldon, dann Mr. MacStern, der erste zu grüßen, der zweite zu grübeln, zusammen auf Mr. de Baker zugegangen, als Mr. de Baker, aufhörend zu knien, begleitet von Mr. O'Meldon und Mr. MacStern, auf Mr. Magershon zuging. Aber kaum waren Mr. O'Meldon und Mr. MacStern und Mr. de Baker, aufhörend, zuerst Mr. O'Meldon, dann Mr. MacStern und dann Mr. de Baker, der erste zu grüßen, der zweite zu grübeln und der dritte zu knien, zusammen auf Mr. Magershon zugegangen, als Mr. Magershon, aufhörend zu grübeln, begleitet von Mr. O'Meldon und Mr. MacStern und Mr. de Baker, auf die Tür zuging. Und so durch die Tür, nach der üblichen Koagulation, dem Ausweichen, dem Zurücktreten, dem Beiseitespringen und dem Vorwärtsdrängen, und den schmalen Treppenabsatz entlang, und die noblen Stufen hinunter, und hinaus in den nun von Dunkelheit erfüllten Hof gingen sie, einer nach dem anderen, Mr. MacStern, Mr. O'Meldon, Mr. Magershon und Mr. de Baker, in dieser Ordnung, wie der Zufall es wollte oder irgendeine andere Gewalt. So daß derjenige, der beim ersten Mal erster gewesen war und beim zweiten Mal letzter, jetzt zweiter war, und derjenige, der beim ersten Mal zweiter gewesen war und beim zweiten Mal dritter, jetzt erster war, und derjenige, der beim ersten Mal dritter gewesen war und beim zweiten Mal zweiter, jetzt letzter war, und derjenige, der beim ersten Mal letzter gewesen war und beim zweiten Mal erster, jetzt dritter war. Und kurz darauf zog Mr. Nackybal sein Oberzeug an und ging fort. Und kurz darauf ging Louit fort. Und als Louit die Treppe hinunterging, begegnete der dem süß-sauren Pförtner Power. Als sich ihre Wege kreuzten, nahm der Pförtner die Mütze ab und Louit lächelte. Und sie taten gut daran. Denn wenn Louit nicht gelächelt hätte, so hätte Power nicht die Mütze abgenommen, und hätte Power nicht die Mütze abgenommen, so hätte Louit nicht gelächelt, sondern sie wären jeder seines Weges gegangen, Louit hinunter und Power hinauf, der eine nicht lächelnd und der andere bemützt. Und am nächsten Tag –.

Aber hier schien Arthur genug von seiner Geschichte zu haben, denn er verließ Mr. Graves und ging zurück ins Haus. Watt war dankbar dafür, denn auch er hatte genug von Arthurs Geschichte, die er sich mit größter Aufmerksamkeit angehört hatte. Und er konnte wahrhaftig sagen, wie er es in späteren Zeiten tat, daß von allen Dingen, die er je während seines Aufenthalts in Mr. Knotts Anwesen gesehen oder gehört hatte, er keine so gut gehört und keine so deutlich gesehen hatte wie Arthur und Mr. Graves an jenem sonnigen Nachmittag auf dem Rasen, und Louit und Mr. Nackybal und Mr. O'Meldon und Mr. Magershon und Mr. Fitzwein und Mr. de Baker und Mr. MacStern, und alles, was sie getan, und alles, was sie gesagt hatten. Er hatte auch alles sehr gut verstanden, wenn er auch nicht für die Genauigkeit der Zahlen einstehen konnte, die zu prüfen er sich nicht die Mühe gegeben hatte, da er keinen Sinn für Zahlen hatte. Und wenn die Worte nicht genau die Worte waren, die von Arthur, von Louit, von Mr. Nackybal und den anderen gebraucht wurden, so fehlte nicht viel daran. Er freute sich auch über diese Abwechslung damals, mehr als er sich seit langer Zeit über irgend etwas gefreut hatte oder als er sich über irgend etwas in absehbarer Zeit freuen würde. Aber er hatte schließlich genug davon, und er war froh, als Arthur aufhörte und fortging. Dann kam Watt von seinem kleinen Hügel herab und dachte, wie gut es wäre, in die dunkle Kühle des Hauses zurückzukehren und ein Glas Milch zu trinken. Aber es widerstrebte ihm, Mr. Knott ganz allein in seinem Garten zu lassen, obgleich es eigentlich keinen Grund gab, es nicht zu tun. Dann sah er, wie sich die Äste eines Baumes bewegten und Mr. Knott zwischen ihnen hinabkletterte, von Ast zu Ast, wie es schien, tiefer und tiefer, bis er den Boden berührte. Dann wandte Mr. Knott sich dem Hause zu, und Watt folgte ihm, entzückt über den auf dem kleinen Hügel verbrachten Nachmittag, und voller Vorfreude auf das gute Glas kalter Milch, das er sehr bald in der dunklen Kühle trinken würde. Und Mr. Graves blieb allein zurück, auf seine Forke gestützt, ganz allein, während die Schatten länger wurden

Watt erfuhr später von Arthur, daß das Erzählen dieser Geschichte, solange es dauerte, bis Arthur genug davon bekam, Arthur weit von Mr. Knott entfernt hatte und von seinem Anwesen, von dem, von dessen Geheimnissen und von dessen Beständigkeit Arthur manchmal mehr als genug hatte.

Arthur war ein sehr guter, freimütiger Kerl, ganz anders als Erskine.

An einem anderen Ort, sagte er, von einem anderen Ort aus wäre es ihm vielleicht möglich gewesen, seine Geschichte zu Ende zu erzählen, die wahre Identität von Mr. Nackybal zu enthüllen (sein wahrer Name war Tisler, und er fristete sein Leben in einem Zimmer am Kanal), seine Methode, im Kopf Kubikwurzeln zu ziehen, mitzuteilen (er wußte nur die Kubikzahlen von eins bis neun auswendig, was nicht einmal unerläßlich war, und daß eins eins ergibt, und zwei acht, und drei sieben, und vier vier, und fünf fünf, und sechs sechs, und sieben drei, und acht zwei, und neun neun, und null natürlich null), und die Missetaten Louits auszuplaudern, seinen Sturz und seinen Aufstieg dank dem Schwarzhandel mit Fixo.

Aber auf Mr. Knotts Anwesen, von Mr. Knotts Anwesen aus, war es nicht möglich, war es Arthur nicht möglich.
Denn wenn Arthur mitten in seiner Geschichte innehielt und schwieg, dann nicht, weil er seiner Geschichte wirklich müde war, denn er war nicht wirklich müde, er verspürte vielmehr den Wunsch zurückzukehren, Louit zu verlassen und zurückzukehren, in Mr. Knotts Haus, zu seinen Geheimnissen und seiner Beständigkeit. Denn er war länger fern von ihnen gewesen, als er ertragen konnte.
Aber an einem anderen Ort, von einem anderen Ort aus hätte Arthur diese Geschichte vielleicht nie begonnen.
Denn es gab außer dem Ort, wo Mr. Knott war, keinen anderen, dessen Geheimnisse, dessen Beständigkeit, dessen Beständigkeit der Geheimnisse einen so hinausdrängten, mit solchem Drang.
Aber wenn er an irgendeinem anderen Ort, von irgendeinem anderen Ort aus begonnen hätte, diese Geschichte zu erzählen, so hätte er sie wahrscheinlich zu Ende erzählt.
Denn es gab außer dem Ort, wo Mr. Knott war, keinen anderen, dessen Eigentümlichkeiten einen, nachdem sie einen mit solch drängender Kraft hinausgedrängt hatten, so schnell wieder zurückriefen mit solch einem Ruf.
Watt hatte Verständnis für dieses Dilemma. Hatte er selber nicht anfangs zu ähnlichen Notbehelfen Zuflucht genommen?
War er jetzt damit am Ende? Nun ja, beinahe.
Beständigkeit war nicht das Wort, das er gewählt hätte.
Watt hatte wenig zu sagen über die zweite oder Endphase seines Aufenthalts in Mr. Knotts Haus.
Im Laufe der zweiten oder Endphase von Watts Aufenhalt in Mr. Knotts Haus waren die hierüber von Watt aufgeschnappten Auskünfte recht dürftig.
Über die Natur von Mr. Knott persönlich wußte Watt auch weiterhin erst recht nichts.
Von den zahlreichen ausgezeichneten Gründen hierfür schienen Watt zwei erwähnenswert zu sein: einerseits die Dürftig-

keit des seinen Sinnen dargebotenen Materials und andererseits deren Verfall. Das wenige, das da zu sehen, zu hören, zu riechen, zu schmecken und zu fühlen war, sah, hörte, roch, schmeckte und fühlte er wie ein Betäubter.
In lautloser Leere, in luftlosem Dunkel weilte Mr. Knott, in dem großen Raum, der ausschließlich seiner Nutznießung und der seines Dieners vorbehalten war. Und von daher folgte ihm diese Aura nach draußen, und bewegte sich, wenn er sich im Hause oder im Garten bewegte, mit ihm, alles verdunkelnd, alles abstumpfend, alles dämpfend, alles erstarren lassend, überall, wo er einherging.
Die Kleidung, die Mr. Knott in seinem Zimmer, durch das Haus, inmitten seines Gartens trug, war sehr mannigfaltig, sehr, sehr mannigfaltig. Bald schwer, bald leicht; bald fesch, bald schlampig; bald schlicht, bald knallig; bald korrekt, bald gewagt (sein zwickelloser Badeanzug, zum Beispiel). Oft trug er auch, an seinem Kamin oder wenn er durch die Zimmer, über die Treppe und die Gänge seines Hauses schlich, einen Hut oder eine Mütze, oder ein sein spärliches, übermütiges Haar einzwängendes Netz. Und ebensooft war er barhäuptig.
Was seine Füße betraf, so trug er manchmal an jedem eine Socke, oder an dem einen eine Socke und an dem anderen einen Strumpf, oder einen Schnürstiefel, oder einen Halbschuh, oder einen Pantoffel, oder eine Socke und einen Schnürstiefel, oder eine Socke und einen Halbschuh, oder eine Socke und einen Pantoffel, oder einen Strumpf und einen Schnürstiefel, oder einen Strumpf und einen Halbschuh, oder einen Strumpf und einen Pantoffel, oder überhaupt nichts. Und manchmal trug er an jedem einen Strumpf, oder an dem einen einen Strumpf und an dem anderen einen Schnürstiefel oder einen Halbschuh oder einen Pantoffel oder eine Socke und einen Schnürstiefel oder eine Socke und einen Halbschuh, oder eine Socke und einen Pantoffel, oder einen Strumpf und einen Schnürstiefel oder einen Strumpf und einen Halbschuh oder einen Strumpf und einen Pantoffel

oder überhaupt nichts. Und manchmal trug er an jedem einen Schnürstiefel oder an dem einen einen Schnürstiefel und an dem anderen einen Halbschuh oder einen Pantoffel oder eine Socke und einen Schnürstiefel oder eine Socke und einen Halbschuh oder eine Socke und einen Pantoffel oder einen Strumpf und einen Schnürstiefel oder einen Strumpf und einen Halbschuh oder einen Strumpf und einen Pantoffel oder überhaupt nichts. Und manchmal trug er an jedem einen Halbschuh oder an dem einen einen Halbschuh und an dem anderen einen Pantoffel oder eine Socke und einen Schnürstiefel oder eine Socke und einen Halbschuh oder eine Socke und einen Pantoffel oder einen Strumpf und einen Schnürstiefel oder einen Strumpf und einen Halbschuh oder einen Strumpf und einen Pantoffel oder überhaupt nichts. Und manchmal trug er an jedem einen Pantoffel oder an dem einen einen Pantoffel und an dem anderen eine Socke und einen Schnürstiefel oder eine Socke und einen Halbschuh oder eine Socke und einen Pantoffel oder einen Strumpf und einen Schnürstiefel oder einen Strumpf und einen Halbschuh oder einen Strumpf und einen Pantoffel oder überhaupt nichts. Und manchmal trug er an jedem eine Socke und einen Schnürstiefel, oder an dem einen eine Socke und einen Schnürstiefel und an dem anderen eine Socke und einen Halbschuh oder eine Socke und einen Pantoffel oder einen Strumpf und einen Schnürstiefel oder einen Strumpf und einen Halbschuh oder einen Strumpf und einen Pantoffel oder überhaupt nichts. Und manchmal trug er an jedem eine Socke und einen Halbschuh oder an dem einen eine Socke und einen Halbschuh und an dem anderen eine Socke und einen Pantoffel oder einen Strumpf und einen Schnürstiefel oder einen Strumpf und einen Halbschuh oder einen Strumpf und einen Pantoffel oder überhaupt nichts. Und manchmal trug er an jedem eine Socke und einen Pantoffel oder an dem einen eine Socke und einen Pantoffel und an dem anderen einen Strumpf und einen Schnürstiefel oder einen Strumpf und einen Halbschuh oder einen Strumpf und einen Pantoffel oder überhaupt nichts. Und manchmal trug er an jedem einen Strumpf und einen Schnürstiefel oder an dem einen einen Strumpf und einen Schnürstiefel und an dem anderen einen Strumpf und einen Halbschuh oder einen Strumpf und einen Pantoffel oder überhaupt nichts. Und manchmal trug er an jedem einen Strumpf und einen Halbschuh oder an dem einen einen Strumpf und einen Halbschuh und an dem anderen einen Strumpf und einen Pantoffel oder überhaupt nichts. Und manchmal trug er an jedem einen Strumpf und einen Pantoffel oder an dem einen einen Strumpf und einen Pantoffel und an dem anderen überhaupt nichts. Und manchmal ging er barfuß.

Zu denken, wenn man nicht mehr jung ist, wenn man noch nicht alt ist, daß man nicht mehr jung ist, daß man noch nicht alt ist, das ist vielleicht etwas. Eine Pause zu machen gegen Ende seines Drei-Stunden-Tags und zu bedenken: das dunkelnde Behagen, die aufklarende Not; das Vergnügen immer noch da, weil es war, der Schmerz schon da, weil er sein wird; die zu Willensakten gewordenen Freuden; die grimmig werdenden Willensakte; das Verlangen nach vergangenem Sein, das Bangen um kommendes Sein; und das Wahre, das nicht mehr wahr ist, und das Falsche, das noch nicht wahr ist. Und zu beschließen, nach alledem nicht zu lächeln, im Schatten sitzend, den Zikaden lauschend, die Nacht herbeiwünschend, den Morgen herbeiwünschend, und sagend, Nein, es ist nicht das Herz, nein, es ist nicht die Leber, nein, es ist nicht die Prostata, nein, es sind nicht die Eierstöcke, nein, es sind die Muskeln, es sind die Nerven. Dann endet das Zähneknirschen oder es dauert fort, und man ist in der Tiefe, in der Höhle jenseits des Verlangens nach dem Verlangen, des Schreckens vor dem Schrecken, und man ist in der Höhle, am Fuße aller Abhänge endlich, der Wege hinab, der Wege hinauf, und frei, frei endlich, einen Moment frei endlich, nichts endlich.

Aber was auch immer er wählte, wenn er sich erhob, denn um Mitternacht war er immer im Nachthemd, was auch immer er dann wählte für seinen Kopf, seinen Körper, seine Füße, er rührte nicht mehr daran, sondern behielt es den ganzen Tag an, in seinem Zimmer, durch sein Haus, inmitten seines Gartens, bis er sein Nachthemd wieder anzog, wieder einmal. Ja, keinen Knopf rührte er an, um ihn zu- oder aufzuknöpfen, außer jenen, die aufzuknöpfen die Natur ihn nötigte, und die ließ er gewöhnlich aufgeknöpft von dem Moment an, in dem er seine Kleider anzog und zu seiner Zufriedenheit ordnete, bis zu dem Moment, in dem er sie auszog, wieder einmal. So daß er nicht selten in seinem Zimmer, durch sein Haus, inmitten seines Gartens in befremdlicher, nicht jahreszeitgemäßer Aufmachung zu sehen war, als habe er keine Ahnung vom Wetter oder von der Jahreszeit. Und sah man ihn manchmal so, barfuß und in Segelkluft im Schnee, im Matsch und im eisigen Winterwind oder, wenn der Sommer wiederkam, an seinem Kamin in Pelze gehüllt, so fragte man sich, Versucht er von neuem zu erfahren, was Kälte und was Hitze ist? Aber das war eine anthropomorphistische Anmaßung von kurzer Dauer.

Denn außer, erstens, der Bedürfnislosigkeit und, zweitens, eines Zeugen seiner Bedürfnislosigkeit, bedurfte Knott nichts, soweit Watt dies beurteilen konnte.

Wenn er aß, und er aß gut, wenn er trank, und er trank viel, wenn er schlief, und er schlief tief, wenn er andere Dinge trieb, und er trieb regelmäßig andere Dinge, so geschah dies nicht, weil er das Bedürfnis zu essen oder zu trinken oder zu schlafen oder andere Dinge zu treiben hatte, nein, sondern aus dem Bedürfnis, nie, nie und nimmer des Essens und Trinkens und Schlafens und Treibens anderer Dinge zu bedürfen.

Dies war Watts erste, Mr. Knott betreffende Vermutung, die nicht uninteressant war.

Und Mr. Knott, der nichts bedurfte, es sei denn, erstens, der Bedürfnislosigkeit, und, zweitens, eines Zeugen seiner Bedürfnislosigkeit, wußte nichts über sich selbst. Daher be-

durfte er eines Zeugen. Nicht, um zu wissen, nein, sondern um nicht zu enden.
Dies war die zweite und letzte Mr. Knott betreffende Mutmaßung Watts, die nicht ganz grundlos war.
Stockend, vor Zweifeln zaudernd, kamen sie Watt kaum über die Lippen.
Der Ton, in dem er gewöhnlich sprach, klang sicher.
Aber was für ein Zeuge war der schwachsichtig und harthörig gewordene Watt, dessen viel intimere Organe sogar sehr zu wünschen übrigließen?
Ein bedürftigter Zeuge, ein unvollkommener Zeuge. Damit er besser bezeuge, damit er schlechter bezeuge. Damit er mit seinem Bedürfnis dessen Abwesenheit bezeuge.
Damit er mit seiner Unvollkommenheit diese Abwesenheit schlecht bezeuge.
Damit Mr. Knott, ohne je zu enden, stets beinahe ende.
So schien es geregelt zu sein.
Wenn Mr. Knott sich durch das Haus bewegte, tat er es wie jemand, der mit den Örtlichkeiten nicht vertraut war, an seit unvordenklichen Zeiten verschlossenen Türen herumfummelnd, staunend auf Fensterbänken kniend, im Dunkel herumtappend, oben und unten die Toilette suchend, unschlüssig unten an der Treppe verharrend und unschlüssig oben an der Treppe verharrend.
Wenn Mr. Knott sich inmitten seines Gartens bewegte, tat er es wie jemand, der keine Kenntnis von dessen Schönheiten hatte, die Bäume anstarrend, die Blumen anstarrend, die Sträucher anstarrend, das Gemüse anstarrend, als wären sie und es oder er im Laufe der Nacht erschaffen worden.
Aber in seinem Zimmer schien Mr. Knott, obgleich er manchmal versuchte, es durch den Wandschrank zu verlassen, am wenigsten fremd zu sein, und dort erschien er im günstigsten Licht.
Hier stand er. Hier saß er. Hier kniete er. Hier lag er. Hier bewegte er sich hin und her, von der Tür zum Fenster, vom

Fenster zur Tür; vom Fenster zur Tür, von der Tür zum Fenster; vom Kamin zum Bett, vom Bett zum Kamin; vom Bett zum Kamin, vom Kamin zum Bett; von der Tür zum Kamin, vom Kamin zur Tür; vom Kamin zur Tür, von der Tür zum Kamin; vom Fenster zum Bett, vom Bett zum Fenster; vom Bett zum Fenster, vom Fenster zum Bett; vom Kamin zum Fenster, vom Fenster zum Kamin; vom Fenster zum Kamin, vom Kamin zum Fenster; vom Bett zur Tür, von der Tür zum Bett; von der Tür zum Bett, vom Bett zur Tür; von der Tür zum Fenster, vom Fenster zum Kamin; vom Kamin zum Fenster, vom Fenster zur Tür; vom Fenster zur Tür, von der Tür zum Bett; vom Bett zur Tür, von der Tür zum Fenster; vom Kamin zum Bett, vom Bett zum Fenster; vom Fenster zum Bett, vom Bett zum Kamin; vom Bett zum Kamin, vom Kamin zur Tür; von der Tür zum Kamin, vom Kamin zum Bett; von der Tür zum Fenster, vom Fenster zum Bett; vom Bett zum Fenster, vom Fenster zur Tür; vom Fenster zur Tür, von der Tür zum Kamin; vom Kamin zur Tür, von der Tür zum Fenster; vom Kamin zum Bett, vom Bett zur Tür; von der Tür zum Bett, vom Bett zum Kamin; vom Bett zum Kamin, vom Kamin zum Fenster; vom Fenster zum Kamin, vom Kamin zum Bett; von der Tür zum Kamin, vom Kamin zum Fenster; vom Fenster zum Kamin, vom Kamin zur Tür; vom Fenster zum Bett, vom Bett zur Tür; von der Tür zum Bett, vom Bett zum Fenster; vom Kamin zum Fenster, vom Fenster zum Bett; vom Bett zum Fenster, vom Fenster zum Kamin; vom Bett zur Tür, von der Tür zum Kamin; vom Kamin zur Tür, von der Tür zum Bett.

Dieses Zimmer war solide und geschmackvoll möbliert. Dieses solide und geschmackvolle Mobiliar wurden von Mr. Knott häufigen Stellungswechseln unterworfen, die ebenso absolut wie relativ waren. So befanden sich nicht selten sonntags: die Kommode auf den Füßen am Kamin und der Toilettentisch auf dem Kopf am Bett und der Nachttisch auf dem Bauch an der Tür und der Waschständer auf dem Rükken am Fenster; und montags: die Kommode auf dem Rükken am Bett und der Toilettentisch auf dem Bauch an der Tür und der Nachttisch auf dem Rücken am Fenster und der Waschständer auf den Füßen am Kamin; und dienstags: die Kommode auf dem Bauch an der Tür und der Toilettentisch auf dem Rücken am Fenster und der Nachttisch auf den Füßen am Kamin und der Waschständer auf dem Kopf am Bett; und mittwochs: die Kommode auf dem Rücken am Fenster und der Toilettentisch auf den Füßen am Kamin und der Nachttisch auf dem Kopf am Bett und der Waschständer auf dem Bauch an der Tür; und donnerstags: die Kommode auf der Seite am Kamin und der Toilettentisch auf den Füßen am Bett und der Nachttisch auf dem Kopf an der Tür und der Waschständer auf dem Bauch am Fenster; und freitags: die Kommode auf den Füßen am Bett und der Toilettentisch auf dem Kopf an der Tür und der Nachttisch auf dem Bauch am Fenster und der Waschständer auf der Seite am Kamin; und samstags: die Kommode auf dem Kopf an der Tür und der Toilettentisch auf dem Bauch am Fenster und der Nachttisch auf der Seite am Kamin und der Waschständer auf den Füßen am Bett; und sonntags darauf: die Kommode auf dem Baum am Fenster und der Toilettentisch auf der Seite am Kamin und der Nachttisch auf den Füßen am Bett und der Waschständer auf dem Kopf an der Tür; und montags darauf: die Kommode auf dem Rücken am Kamin und der Toilettentisch auf der Seite am Bett und der Nachttisch auf den Füßen an der Tür und der Waschständer auf dem Kopf am Fenster; und dienstags darauf: die Kommode auf der Seite am Bett und der Toilettentisch auf den Füßen an der Tür und der Nachttisch auf dem Kopf am Fenster und der Waschständer auf dem Rücken am Kamin; und mittwochs darauf: die Kommode auf den Füßen an der Tür und der Toilettentisch auf dem Kopf am Fenster und der Nachttisch auf dem Rücken am Kamin und der Waschständer auf der Seite am Bett; und donnerstags darauf: die Kommode auf dem Kopf am Fenster und der Toilettentisch auf dem Rükken am Kamin und der Nachttisch auf der Seite am Bett und der Waschständer auf den Füßen an der Tür; und freitags darauf: die Kommode auf dem Bauch am Kamin und der Toilettentisch auf dem Rücken am Bett und der Nachttisch auf der Seite an der Tür und der Waschständer auf den Füßen am Fenster; und samstags darauf: die Kommode auf dem Rücken am Bett und der Toilettentisch auf der Seite an der Tür und der Nachttisch auf den Füßen am Fenster und der Waschständer auf dem Bauch am Kamin; und sonntags darauf: die Kommode auf der Seite an der Tür und der Toilettentisch auf den Füßen am Fenster und der Nachttisch auf dem Bauch am Kamin und der Waschständer auf dem Rükken am Bett; und montags darauf: die Kommode auf den Füßen am Fenster und der Toilettentisch auf dem Bauch am Kamin und der Nachttisch auf dem Rücken am Bett und der Waschständer auf der Seite an der Tür; und dienstags darauf: die Kommode auf dem Kopf am Kamin und der Toilettentisch auf dem Bauch am Bett und der Nachttisch auf dem Rücken an der Tür und der Waschständer auf der Seite am Fenster; und mittwochs darauf: die Kommode auf dem Bauch am Bett und der Toilettentisch auf dem Rücken an der Tür und der Nachttisch auf der Seite am Fenster und der Waschständer auf dem Kopf am Kamin; und donnerstags darauf: die Kommode auf dem Rücken an der Tür und der Toilettentisch auf der Seite am Fenster und der Nachttisch auf dem Kopf am Kamin und der Waschständer auf dem Bauch am Bett; und freitags darauf: die Kommode auf der Seite am Fenster und der Toilettentisch auf dem Kopf am Kamin und der Nachttisch auf dem Bauch am Bett und der Waschständer auf dem Rücken an der Tür, zum Beispiel, gar nicht so selten, um nur, in einem Zeitraum von nur zwanzig Tagen, die Kommode, den Toilettentisch, den Nachttisch und den Waschständer und ihre Füße und Köpfe und Bäuche und Rücken und nicht genauer angegebenen Seiten und den Kamin und das Bett und die Tür und das Fenster in Betracht zu ziehen, gar nicht so selten.

Denn auch die Stühle, um nur auch die Stühle zu erwähnen, wanderten unablässig hin und her.
Denn auch die Ecken, um nur auch die Ecken zu erwähnen, waren selten leer.
Nur das Bett allein erhielt die Illusion der Beständigkeit aufrecht, das Bett, das so geschmackvoll, so solide war, daß es rund und am Boden festgeschraubt war.

Mr. Knotts Kopf und Mr. Knotts Füße legten bei nächtlichen Verlagerungen um beinahe ein Grad in zwölf Monaten die ganze Kreisbahn ihres einsamen Lagers zurück. Sein Steißbein auch und was sich sonst alles in dessen Nähe befand, vollbrachten ihre kleine jährliche Revolution, wie aus einer Untersuchung der (regelmäßig am Sankt-Patricks-Tag gewechselten) Laken und sogar der Matratzen hervorging.
Über die sonderbaren Umtriebe in den oberen Stockwerken, die Watt während seines Aufenthalts im Erdgeschoß so beschäftigt hatten, war keine Erklärung zu bekommen. Aber sie beschäftigten Watt nicht mehr.
Von Zeit zu Zeit verschwand Mr. Knott aus seinem Zimmer, Watt allein lassend. Mr. Knott war einen Moment da und im nächsten weg. Aber bei diesen Gelegenheiten fühlte Watt sich, im Gegensatz zu Erskine, nicht genötigt, sich auf die Suche in den Stockwerken und im Erdgeschoß zu begeben und dabei mit seinen Schritten die Stille des Hauses zu zertreten und seine Kollegen in der Küche zu belästigen, nein, sondern er blieb ruhig, wo er war, weder ganz schlafend noch ganz wach, bis Mr. Knott zurückkam.
Watt litt weder unter Mr. Knotts Anwesenheit noch unter seiner Abwesenheit. Wenn er bei ihm war, war er froh, bei ihm zu sein, und wenn er fern von ihm war, war er froh, fern von ihm zu sein. Es kam nie vor, daß er mit Erleichterung oder mit Bedauern ihn abends verließ oder morgens wieder zu ihm kam.
Diese Ataraxie galt für das ganze Haus, den Ziergarten, den Gemüsegarten und freilich für Arthur.

Als also für Watt die Zeit zum Gehen gekommen war, begab er sich in größter Gemütsruhe zum Tor.
Aber er war kaum auf offener Straße, als er in Tränen ausbrach. Er stand da, wie ihm wieder einfiel, mit hängendem Kopf, mit einer Tasche in jeder Hand, und seine Tränen tropften langsam und spärlich auf den Boden, der gerade ausgebessert worden war. Er hätte so was nicht für möglich gehalten, wenn er nicht selber dabeigewesen wäre. Die so der Straßendecke verliehene Feuchtigkeit mußte, wie er schätzte, sein Weitergehen mindestens zwei Minuten überdauert haben, wenn nicht drei. Glücklicherweise war schönes Wetter.
Watts Zimmer barg keinen Aufschluß. Es war eine kleine schmutzige, und obgleich Watt ein körperlich ziemlich reinlicher Mann war, muffig riechende Kammer. Ihr einziges Fenster bot eine sehr schöne Aussicht auf einen Rennplatz. Die Malerei oder die farbige Reproduktion gab nicht mehr her als vorher. Im Gegenteil, je mehr Zeit verging, um so weniger Bedeutung hatte sie.
Mr. Knotts Stimme war nichts zu entnehmen. Zwischen Mr. Knott und Watt kam es zu keiner Unterhaltung. Von Zeit zu Zeit und ohne erkennbaren Grund öffnete Mr. Knott seinen Mund, um zu singen. Vom Baß bis zum Tenor wurden alle männlichen Register von ihm beansprucht, alle mit gleichem Erfolg. Er sang nicht gut, nach Watts Erachten, aber Watt hatte schlechtere Sänger gehört. Die Musik dieser Gesänge war äußerst eintönig. Denn abgehört von einem gelegentlichen heiseren Entgleisen, sowohl nach oben als auch nach unten, um ein Zehntel oder sogar ein Elftel, wich die Stimme nicht ab von dem Ton, bei dem sie, da sie ihn für den Anfang gewählt hatte, bleiben und mit dem sie schließlich enden zu müssen schien. Die Worte dieser Gesänge hatten entweder keine Bedeutung oder gehörten zu einer Mundart, zu der Watt, der in der Sprachwissenschaft sehr bewandert war, keinen Zugang hatte. Das offene a herrschte vor und die Explosivlaute k und g. Mr. Knott sprach auch oft mit sich selbst

in Tonfällen und mit Gesten, die ebenso verschiedenartig wie heftig waren, aber es geschah so leise, daß es als ein wildes, wirres Geschnatter bedeutungslos an Watts versagende Ohren drang. Dies war ein Geräusch, auf das Watt schließlich sehr versessen war. Nicht daß es ihm leid tat, wenn es endete, nicht daß er froh war, wenn es wieder begann, nein. Aber während es andauerte, war er erfreut wie durch den Regen auf Bambusrohre oder sogar Binsen, wie durch das Land gegen die Wellen, die nicht umhinkönnen, zu gehen und wiederzukommen. Knott neigte auch zu einsamen außerordentlich lebhaften daktylischen Ejakulationen, die von Gliederkrämpfen begleitet wurden: Am häufigsten waren folgende: Exelmans! Cavendish! Habakuk! Ecchimose!

Was den so wichtigen physischen Aspekt Mr. Knotts betrifft, so hatte Watt dazu leider wenig oder nichts zu sagen. Denn an einem Tag konnte Mr. Knott groß, dick, blaß und schwarz sein, und am nächsten dünn, klein, rosig und blond, und am nächsten stämmig, mittelgroß, gelb und rot, und am nächsten klein, dick, blaß und blond, und am nächsten mittelgroß, rosig, dünn und rot, und am nächsten groß, gelb, schwarz und stämmig, und am nächsten dick, mittelgroß, rot und blaß, und am nächsten groß, dünn, schwarz und rosig, und am nächsten klein, blond, stämmig und gelb, und am nächsten groß, rot, blaß und dick, und am nächsten dünn, rosig, klein und schwarz, und am nächsten blond, stämmig, mittelgroß und gelb, und am nächsten schwarz, klein, dick und blaß, und am nächsten blond, mittelgroß, rosig und dünn, und am nächsten stämmig, rot, groß und gelb, und am nächsten blaß, dick, mittelgroß und blond, und am nächsten rosig, groß, dünn und rot, und am nächsten gelb, klein, schwarz und stämmig, und am nächsten dick, rosig, rot und groß, und am nächsten schwarz, dünn, gelb und klein, und am nächsten blond, blaß, stämmig und mittelgroß, und am nächsten schwarz, rosig, klein und dick, und am nächsten dünn, blond, gelb und mittelgroß, und am nächsten blaß, stämmig, rot und groß, und am nächsten rosig, blond, dick und mittelgroß, und am nächsten gelb, rot, groß und dünn, und am nächsten stämmig, klein, blaß und schwarz, und am nächsten groß, dick, gelb und blond, und am nächsten klein, blaß, dünn und rot, und am nächsten mittelgroß, rosig, schwarz und stämmig, und am nächsten dick, klein, rot und gelb, und am nächsten mittelgroß, dünn, schwarz und blaß, und am nächsten groß, blond, stämmig und rosig, und am nächsten mittelgroß, schwarz, gelb und dick, und am nächsten dünn, blaß, groß und blond, und am nächsten rot, stämmig, klein und rosig, und am nächsten schwarz, klein, dick und gelb, und am nächsten blond, klein, blaß und dünn, und am nächsten stämmig, rot, mittelgroß und rosig, und am nächsten gelb, dick, groß und blond, und am nächsten blaß, mittelgroß, dünn und rot, und am nächsten rosig, groß, schwarz und stämmig, und am nächsten dick, gelb, rot und mittelgroß, und am nächsten schwarz, dünn, blaß und groß, und am nächsten blond, rosig, stämmig und klein, und am nächsten rot, gelb, groß und dick, und am nächsten dünn, schwarz, blaß und klein, und am nächsten rosig, stämmig, blond und mittelgroß, und am nächsten gelb, schwarz, dick und klein, und am nächsten blaß, blond, mittelgroß und dünn, und am nächsten stämmig, groß, rosig und rot, und am nächsten mittelgroß, dick, gelb und blond, und am nächsten groß, blaß, dünn und rot, und am nächsten klein, rosig, schwarz und stämmig, und am nächsten dick, groß, blond und blaß, und am nächsten klein, dünn, rot und rosig, und am nächsten mittelgroß, schwarz, stämmig und gelb, und am nächsten klein, rot, blaß und dick, und am nächsten dünn, rosig, mittelgroß und schwarz, und am nächsten blond, stämmig, groß und gelb, und am nächsten schwarz, mittelgroß, dick und blaß, und am nächsten blond, groß, rosig und dünn, und am nächsten stämmig, rot, klein und gelb, und am nächsten rosig, dick, groß und blond, und am nächsten gelb, klein, dünn und rot, und am nächsten blaß, mittelgroß, schwarz und stämmig, und am nächsten dick, rosig, rot und klein, und am nächsten schwarz, dünn, gelb und mittelgroß, und am nächsten blond, blaß, stämmig und groß, und am nächsten schwarz, rosig, mittelgroß und dick, und am nächsten dünn, blond, gelb und groß, und am nächsten blaß, stämmig, rot und klein, und am nächsten rosig, schwarz, dick und groß, und am nächsten gelb, blond, klein und dünn, und am nächsten stämmig, mittelgroß, blaß und rot, und am nächsten klein, dick, rosig und blond, und am nächsten mittelgroß, gelb, dünn und rot, und am nächsten groß, blaß, schwarz und stämmig, und am nächsten dick, mittelgroß, rot und rosig, und am nächsten groß, dünn, schwarz und gelb, und am nächsten klein, blond, stämmig und blaß, jedenfalls schien es Watt so, um nur den Wuchs, die Gestalt, die Haut und das Haar zu erwähnen.

Denn ebenfalls täglich änderten sich, was ihre Haltung, ihren Ausdruck, ihre Form und Größe betraf, die Füße, die Beine, die Hände, die Arme, der Mund, die Nase, die Augen, die Ohren, um nur die Füße, die Beine, die Hände, die Arme, den Mund, die Nase, die Augen, die Ohren und ihre Haltung, ihren Ausdruck, ihre Form und Größe zu erwähnen. Denn die Haltung, die Stimme, der Geruch und die Haartracht waren selten die gleichen, von einem Tage zum nächsten, um nur die Haltung, die Stimme, den Geruch und die Haartracht zu erwähnen.

Denn die Art sich zu räuspern und die Art zu spucken waren täglichen Schwankungen unterworfen, um nur die Art sich zu räuspern und zu spucken in Betracht zu ziehen.

Denn der Rülps blieb nie der gleiche an zwei aufeinanderfolgenden Tagen, um es beim Rülpsen bewenden zu lassen. Watt war nicht beteiligt an diesen Veränderungen und wußte nicht, wann sie im Laufe der vierundzwanzig Stunden stattfanden. Er vermutete jedoch, daß sie zwischen Mitternacht, wenn Watt seinen Tag beendete, indem er Mr. Knott half, in sein Nachthemd* und dann ins Bett zu kommen, und acht Uhr morgens stattfand, wenn Watt seinen Tag begann, indem er Mr. Knott half, aus seinem Bett und dann aus seinem Nachthemd zu kommen. Denn wenn Mr. Knott sein Aussehen während Watts Dienstzeit geändert hätte, dann hätte er dies schwerlich tun können, ohne Watts Aufmerksamkeit auf sich zu lenken, wenn nicht sofort, so mindestens in den darauffolgenden Stunden. Darum vermutete Watt, daß Mr. Knott in der Tiefe der Nacht, wenn die Gefahr, gestört zu werden, minimal war, sein Äußeres für den kommenden Tag neu gestaltete. Und diese Vermutung in Watts Herzen wurde in hohem Maße durch die Tatsache verstärkt, daß, wenn er manchmal in den stillen Stunden zwischen Mitternacht und frühem Morgen, weil er nicht schlafen konnte oder wollte, aufstand und zum Fenster ging, um die Sterne zu betrachten, deren Namen ihm einst vertraut gewesen waren, als er in London herumstarb, und um die Nachtluft einzuatmen und den Nachtgeräuschen zu lauschen, die ihn immer noch sehr berauschten, sah er manchmal zwischen sich und dem Boden ein die Dunkelheit erleuchtendes, die Blätter graufärbendes und, bei nassem Wetter, den Regen zum Glitzern bringendes Strahlenbündel weißen Lichts.

Keine von Mr. Knotts Gesten konnte als charakteristisch gelten, es sei denn vielleicht eine, welche in der gleichzeitigen Zustopfung der Gesichtshöhlen bestand, wobei die Daumen im Mund, die Zeigefinger in den Ohren, die kleinen

*Zur Unterrichtung des aufmerksamen Lesers, der nicht recht zu begreifen vermag, wie dieses wiederholte Anziehen und Ausziehen des Nachthemds Watt nicht schließlich Mr. Knotts wahres Aussehen enthüllte, ist es vielleicht nicht unnötig, hier darauf hinzuweisen, daß Mr. Knotts Einstellung gegenüber seinem Nachthemd nicht die allgemein übliche war. Denn Mr. Knott tat nicht, was die meisten Männer und sogar viele Frauen tun, die, bevor sie ihre Nachtkleidung abends anziehen, ihre Tageskleidung ausziehen, und dann wieder, wenn der Morgen wieder einmal kommt, bevor sie daran denken, ihre Tageskleidung anzuziehen, sorgfältig ihre verknautschte Nachtkleidung ausziehen, nein, sondern er ging mit seiner Nachtkleidung über seiner Tageskleidung zu Bett, und er stand mit seiner Tageskleidung unter seiner Nachtkleidung auf.

Finger in den Nasenlöchern steckten, die Ringfinger auf den Augen ruhten und die Mittelfinger, bereit, notfalls die Hirntätigkeit anzuregen, längs der Schläfen lagen. Und dies war weniger eine Geste als eine Haltung, die von Mr. Knott während langer Zeitspannen ohne sichtbares Unbehagen beibehalten wurde.

Andere charakteristische Züge, andere Verhaltensweisen, um die Zeit zu vertreiben, bemerkte Watt bei Mr. Knott und hätte sie erzählen können, wenn er es gewollt hätte, wenn er nicht müde gewesen wäre, so müde, nach allem, was er schon erzählt hatte, müde vom Hinzufügen, müde vom Abziehen, zu und von den gleichen alten Dingen, den gleichen alten Dingen.

Aber er konnte nicht ertragen, daß wir uns trennen sollten, um einander nie mehr wiederzusehen (hienieden), und ich wußte nicht, wie Mr. Knott seine Schnürstiefel oder seine Halbschuhe oder seine Pantoffeln anziehen würde, oder seinen Schnürstiefel und seinen Halbschuh, oder seinen Schnürstiefel und seinen Pantoffel, oder seinen Halbschuh und seinen Pantoffel, wenn er das täte, wenn er nicht nur einen Schnürstiefel oder nur einen Halbschuh oder nur einen Pantoffel anzöge. Indem er also seine Hände von meinen Schultern nahm und sie auf meine Handgelenke legte, erzählte er, wie Mr. Knott, wenn er fühlte, daß es an der Zeit war, mit verschmitzter Miene beginnen würde, sich sachte, sachte an die Schnürstiefel, an die Halbschuhe, an Schnürstiefel und Halbschuh, an Schnürstiefel und Pantoffel oder an Halbschuh und Pantoffel heranzuschleichen, sachte, sagte, nach und nach mit nichtssagender Miene, nach und nach, immer näher an die Stell heran, wo sie stünden, auf dem Gestell, bis er nahe genug daran wäre, um sie herabzustoßen und zu packen. Und dann, beim Anziehen des einen, des schwarzen Schnürstiefels, des braunen Halbschuhs, des schwarzen Pantoffels, des braunen Schnürstiefels, des schwarzen Halbschuhs, des braunen Pantoffels, an dem einen Fuß, würde er den anderen festhalten, damit er sich nicht davonmachte, oder in seine Tasche stecken oder seinen Fuß daraufstellen oder in seine Schublade legen oder in seinen Mund stecken, bis er ihn anziehen könnte, am anderen Fuß.

Um also fortzufahren, als er mir dies alles erzählt hatte, löste er meine Hände von seinen Schultern und ging rückwärts durch das Loch in seinem Park und ließ mich da allein, von wo ich ihm nur mit meinen armen Augen dieses letzte Mal von so vielen Malen zu folgen vermochte, ihm, der über die dunklen, sich windenden Schatten rückwärts stolperte, auf seinen Pavillon zu. Und oft stieß er gegen Baumstümpfe, und sein Fuß verfing sich im Gestrüpp des Unterholzes, und er fiel hin, auf den Rücken, aufs Gesicht, auf die Seite, oder in ein großes Gewirr von Brombeeren, Dornen, Disteln oder Nesseln. Aber immer wieder raffte er sich auf und ging, ohne zu murren, weiter, auf seinen Pavillon zu, bis ich ihn nicht mehr sah, sondern nur noch die Espen. Und von den unsichtbaren Pavillons, seinem und meinem, wo man um diese Zeit das Abendessen bereitete, wurde der Rauch aus beiden Schornsteinen vom Wind bald weit auseinandergezerrt und bald zusammengeführt, um vermischt zu verschwinden.

IV

Wie Watt den Anfang seiner Geschichte nicht erstens, sondern zweitens erzählte, so erzählte er jetzt ihr Ende nicht viertens, sondern drittens. Zwei, eins, vier, drei, das war die Reihenfolge, in der Watt seine Geschichte erzählte. Die heroischen Vierzeiler sind auch nicht anders gearbeitet.

Wie Watt kam, so ging er jetzt in der Nacht, die alles mit ihrem Mantel bedeckt, vor allem bei dichter Bewölkung.

Ihm war, als wäre Sommer, denn die Luft war nicht eben kalt. Wie bei seinem Kommen, so schien es jetzt bei seinem Gehen eine milde Sommernacht zu sein. Und sie kam am Ende eines Tages, der nicht anders als die anderen war, für Watt. Denn für Mr. Knott konnte er nicht sprechen.

In dem Zimmer, das vom Mond und von zahlreichen Sternen hinlänglich erleuchtet war, hielt sich Mr. Knott anscheinend fast so wie gewöhnlich auf: liegend, kniend, sitzend, stehend und gehend, schreiend, murrend und schweigend. Und neben dem offenen Fenster saß Watt, wie gewöhnlich bei günstiger Witterung, hörte undeutlich die ersten Nachtgeräusche und sah undeutlich die ersten Nachtlichter, sowohl menschliche als auch himmlische.

Um zehn waren es die Schritte, immer lauter, immer leiser, auf der Treppe, auf dem Treppenabsatz, wieder auf der Treppe, und durch die offene Tür das Licht, langsam aus dem Dunkel aufleuchtend, langsam ins Dunkel verschwindend, die Schritte Arthurs, das Licht des armen Arthur, der gemächlich zu seinem Ruhelager hinaufstieg, um seine gewohnte Zeit.

Um elf wurde es im Zimmer dunkel, da der aufgehende Mond hinter einem Baum verschwunden war. Aber da der Baum klein war und der Mond schnell aufging, dauerte diese Finsternis nicht lange, und diese Verdunkelung.

Wie Watt dank dem Zunehmen und Abnehmen der Schritte

und des Lichts wußte, daß es zehn war, so wußte er auch, als es im Zimmer dunkel wurde, daß es elf war, oder ungefähr. Aber als er dachte, daß es Mitternacht sei, oder ungefähr, und er Mr. Knott zunächst ins Nachthemd und dann ins Bett gesteckt hatte, ging Watt hinab in die Küche, wie er es jede Nacht tat, um sein letztes Glas Milch zu trinken und sein letztes Viertel Zigarre zu rauchen.

Aber in der Küche saß ein Fremder, im Dämmerschein des erlöschenden Herdfeuers, auf einem Stuhl.

Watt fragte diesen Mann, wer er sei, und wie er hereingekommen sei. Er hielt es für seine Pflicht, dies zu tun.

Mein Name ist Micks, sagte der Fremde. Einen Moment war ich draußen und im nächsten war ich drin.

Also war der Moment gekommen. Watt nahm den Korkdeckel vom Glas und trank. Die Milch sauerte. Er steckte seine Zigarre an und paffte. Es war eine minderwertige Zigarre.

Ich komme aus –, sagte Mr. Micks, und er beschrieb den Ort, von dem er kam. Ich bin geboren in –, sagte er, und Stätte und Umstände seiner Ausstoßung wurden ausposaunt. Meine lieben Eltern, sagte er, und Mr. und Mrs. Micks, heroische, in den Annalen klösterlicher Kopulation einmalige Gestalten, füllten die Küche. Er sagte noch, Im Alter von fünfzehn Jahren, Meine geliebte Ehefrau, Mein geliebter Hund, Bis endlich. Zum Glück war Mr. Micks kinderlos.

Watt hörte eine Weile zu, denn der Stimme fehlte es nicht an Wohlklang. Vor allem die Reibelaute klangen angenehm. Aber wie ein zufällig gehörtes Nachtlied in den Ohren des Geächteten verklang, so verklang auch die Stimme Micks', die angenehme Stimme des armen Micks, und verlor sich im stummen Tumult des inneren Jammers.

Als Watt seine Milch ausgetrunken und seine Zigarre so weit aufgeraucht hatte, daß er sich die Lippen anbrannte, verließ er die Küche. Aber kurz darauf erschien er wieder vor Micks mit einer kleinen Tasche in jeder Hand, also zwei kleinen Taschen insgesamt.

Watt hatte, wenn er reiste, lieber zwei kleine Taschen als eine große Tasche. Er hatte sogar, wenn er sich von einem Ort zum andern bewegte, lieber zwei kleine Taschen, eine in jeder Hand, als eine große Tasche bald in einer Hand und bald in der anderen. Keine Tasche, weder eine große noch eine kleine, weder in der einen Hand noch in der anderen, das wäre ihm freilich am liebsten gewesen, wenn er auf Reisen war. Aber was wäre dann aus seinen Sachen geworden, aus seinem Waschzeug und seiner Wäsche zum Wechseln?
Eine dieser Taschen war die vielleicht schon erwähnte Jagdtasche. Ungeachtet der Riemen und Schnallen, mit denen sie reichlich ausgestattet war, hielt Watt sie am Nacken fest, als wäre sie ein Sandsack.
Die andere Tasche war eine der ersten gleichende Jagdtasche. Watt hielt sie auch am Nacken fest, als wäre sie eine Keule.
Diese Taschen waren dreiviertel leer.
Watt trug einen Wintermantel, der hier und da noch grün war. Dieser Mantel hatte beim letzten Mal, als Watt ihn gewogen hatte, zwischen fünfzehn und sechszehn Pfund Handelsgewicht, dessen war Watt sicher, da er sich selbst auf einer Waage gewogen hatte, zuerst mit dem Mantel, dann ohne ihn, der währenddessen auf dem Boden zu seinen Füßen gelegen hatte. Aber das war lange her, und der Mantel war vielleicht schwerer geworden inzwischen. Oder er war vielleicht leichter geworden. Dieser Mantel war so lang, daß Watts Hosen, die er sehr weit trug, damit sie die Form seiner Beine verbargen, den Blicken entzogen waren. Dieser Mantel hatte ein sehr achtbares Alter für einen Mantel seiner Art, da er als Gebrauchtmantel gekauft worden war, spottbillig, von einer ehrenwerten Witwe, durch Watts Vater, als Watts Vater noch ein junger Mann war und das Automobil noch in seinen Anfängen steckte, also vor ungefähr siebzig Jahren. Dieser Mantel war seitdem nie, zu keiner Zeit gewaschen worden, es sei denn unzulänglich vom Regen, und vom Schnee, und vom Hagel, und freilich von gelegentlichen, flüchtigen Bädern im Kanal, und nie chemisch gereinigt, nie

gewendet, nie ausgebürstet worden, und diesen Vorkehrungen verdankte er wahrscheinlich seinen Zusammenhalt. Der Stoff dieses Mantels war, obgleich überaus abgewetzt und verknautscht, vor allem am Hintern so dick und so fest, daß er vor jeder Durchlöcherung in des Wortes wahrer Bedeutung bewahrt blieb und auch nirgends fadenscheinig wurde, es sei denn am Sitz und an den Ellbogen. Dieser Mantel ließ sich noch von unten nach oben zuknöpfen mittels dreizehn in Form und Farbe sehr verschiedener Knöpfe, die aber ausnahmslos so ungewöhnlich groß waren, daß der Mantel, wenn er einmal zugeknöpft war, zugeknöpft blieb. Oben, im Blumen-Knopfloch welkten die Reste einer weinroten künstlichen Chrysantheme dahin. Samt klammerte sich hier und da noch an den Kragen. Der Rockschoß war nicht geschlitzt.
Watt trug auf seinem Kopf einen steifen, pfefferfarbenen Filzhut. Dieser hervorragende Hut hatte seinem Großvater gehört, der ihn auf einer Rennbahn vom Boden, wo er lag, aufgelesen und nach Hause getragen hatte. Einst senffarben, war er nun pfefferfarben geworden.
Es war zu beobachten, daß die Farben, einerseits die des Mantels und andererseits die des Hutes, sich mehr und mehr einander näherten, mit jedem Lustrum mehr. Und wie verschieden waren sie anfangs gewesen! Der eine grün! Der andere gelb! So geht das mit der Zeit, die das Dunkle erhellt und das Helle verdunkelt.
Es war zu erwarten, daß sie, wenn sie einmal übereinstimmten, nicht dabei bleiben, nein, sondern weiter altern würden, jeder nach seinem Gesetz, bis der Hut grün wäre und der Mantel gelb, und dann, nach Überschreiten der letzten Parallelkreise, der Hut heller werdend und der Mantel dunkler werdend, schließlich aufhören würden, ein Hut zu sein und ein Mantel zu sein. Denn so geht das mit der Zeit.
Watt trug an den Füßen einen braunen Schnürstiefel und einen glücklicherweise auch bräunlichen Halbschuh. Diesen Schnürstiefel hatte Watt für acht Pence von einem Einbeinigen gekauft, der, da er sein Bein und a fortiori auch

seinen Fuß bei einem Unfall verloren hatte, glücklich war, bei seiner Entlassung aus dem Krankenhaus das einzige in seinem Besitz gebliebene verkäufliche Gut zu versilbern. Er ahnte kaum, daß er dieses Glück der Tatsache verdankte, daß Watt wenige Tage früher am Meeresstrand einen zwar salzharten, aber marschtauglichen Halbschuh gefunden hatte.

Die Farben dieses Halbschuhs und dieses Schnürstiefels waren einander so nahe, und ihre Oberleder waren so verhüllt, zunächst von den Hosen und dann auch von dem Mantel, daß man sie beinahe nicht für einen Halbschuh einerseits hätte halten können und nicht für einen Schnürstiefel andererseits, sondern für ein richtiges Paar Schnürstiefel oder Halbschuhe, wenn der Schnürstiefel vorne nicht stumpf und der Halbschuh vorne nicht spitz gewesen wäre.

In diesem Schnürstiefel Größe neunundvierzig und diesem Halbschuh Größe fünfundvierzig litt Watt, der Schuhgröße siebenundvierzig hatte, wenn nicht tausend Tode so doch Folterqualen an seinen Füßen, von denen jeder freiwillig seinen Platz mit dem des anderen getauscht hätte, und wenn es nur für einen Moment gewesen wäre.

Indem er an dem zu kleinen Fuß nicht einen seiner beiden Socken, sondern beide trug, und an dem zu großen Fuß nicht den anderen, sondern keinen, bemühte Watt sich vergeblich, diesem Mangel an Symmetrie abzuhelfen. Aber die Logik war auf seiner Seite, und er blieb bei Reisen jedweder Länge dieser Art Sockenverteilung treu, eher als den drei anderen.

Was Watts Rock und Weste betrifft und sein Oberhemd, sein Unterhemd und seine Unterhosen, so wäre viel darüber zu schreiben, viel Hochinteressantes und Bedeutsames. Besonders die Unterhosen waren bemerkenswert, von mehr als einem Gesichtspunkt aus. Aber alles, Rock und Weste, Hemd und Unterzeug, alles war den Blicken entzogen.

Watt trug weder einen Kragen noch irgendeine Krawatte. Wenn er einen Kragen gehabt hätte, so hätte er wahrscheinlich eine Krawatte gefunden, um ihn zu vervollständigen.

Und wenn er eine Krawatte gehabt hätte, so hätte er sich vielleicht auch einen Kragen besorgt, um sie tragen zu können. Aber da er weder Krawatte noch Kragen hatte, hatte er weder Kragen noch Krawatte.
So gekleidet und mit einer Tasche in jeder Hand, stand Watt in der Küche, und sein Gesichtsausdruck erreichte nach und nach solche Leere, daß Micks, der erstaunt seine verstörte Hand an seinen verblüfften Mund führte, bis an die Wand zurückwich und dort in geduckter Haltung verharrte, mit fest an die Wand gepreßtem Rücken, mit fest an die gelösten Lippen gepreßtem Rücken der einen Hand und fest an den Teller der einen gepreßtem Rücken der anderen. Oder es war vielleicht sonst irgend etwas, das Micks auf diese Weise zurückweichen und sich an die Wand ducken und seine Hände auf diese Weise ans Gesicht drücken ließ, irgend etwas anderes als Watts Gesicht. Denn es ist kaum zu glauben, daß Watts Gesicht bei seinem so schrecklichen Aussehen damals schrecklich genug aussah, um einen kräftigen, lymphatischen Mann wie Micks auf diese Weise an die Wand zurückweichen zu lassen, mit seinen Händen am Gesicht, so als wollte er einen Schlag abwehren oder einen Schrei unterdrücken, und ihn erblassen zu lassen, denn er erblaßte gebührlich. Denn Watts Gesicht bei seinem zweifellos so schrecklichen Aussehen, erst recht, wenn er diesen eigenartigen Ausdruck annahm, konnte schwerlich ganz so schrecklich sein. Auch war Micks kein kleines Mädchen und kein unschuldiger kleiner Chorknabe, nein, sondern ein großer, gleichmütiger Kerl, der was von der Welt gesehen hatte, sowohl im Inland als auch im Ausland. Wenn es also nicht Watts Gesicht war, was mochte dann Micks so abgestoßen und seinen Wangen die natürliche Röte entzogen haben? Der Wintermantel? Der Hut? Der Halbschuh und der Schnürstiefel? Ja, vielleicht der Halbschuh und der Schnürstiefel, zusammen genommen, so braun, so verstohlen hervorlugend, so spitz und stumpf, bei zusammengeschlagenen Hacken so unanständig gespreizt, und so braun, derart braun. Oder war

es nicht vielleicht etwas, das nicht Watt war, nicht von Watt, sondern hinter Watt oder neben Watt oder vor Watt oder unter Watt oder über Watt oder um Watt herum, ein Schatten und nichts, was ihn wirft, ein Licht und nichts, was es verbreitet, oder die graue Luft im Wirbel vergeblicher Entelechien?
Denn wenn Watt mit offenem Mund dastand und mit hängendem Unterkiefer und glasigen Augen und hängendem Kopf und gebeugten Knien und gekrümmtem Rücken, so war sein Geist doch rege, sehr rege mit der Frage nach dem beschäftigt, was das Beste sei, die Tür zu schließen, von woher er die Luft heranziehen spürte, an sein nacktes Genick heranziehen fühlte, und seine Taschen abzusetzen und sich hinzusetzen, oder die Tür zu schließen und seine Taschen abzusetzen, ohne sich hinzusetzen, oder die Tür zu schließen und sich hinzusetzen, ohne seine Taschen abzusetzen, oder seine Taschen abzusetzen und sich hinzusetzen, ohne die Tür zu schließen, oder die Tür zu schließen, von woher er die Bö an sein nacktes Genick heranwehen fühlte, ohne seine Taschen abzusetzen oder sich hinzusetzen, oder seine Taschen abzusetzen ohne jede Bemühung, die Tür zu schließen oder sich hinzusetzen, oder sich hinzusetzen ohne jede Anstrengung, seine Taschen abzusetzen oder die Tür zu schließen, oder alles zu lassen, wie es war, die an seinen Händen zerrenden Taschen, den gegen seine Füße drückenden Boden und die durch die Tür an sein nacktes Genick heranwehende Luft. Und aus diesen Überlegungen folgerte Watt, daß, wenn eines dieser Dinge der Mühe Wert wäre, alle der Mühe Wert wären, daß jedoch kein einziges der Mühe Wert wäre, nein, kein einziges, sondern daß alle nicht zu empfehlen wären, ohne Ausnahme. Denn er würde keine Zeit haben, sich auszuruhen und wieder zu wärmen. Denn das Hinsetzen kam einem Wiederaufstehen gleich, und die abgesetzte Last einer wieder aufzuhebenden, und die geschlossene Tür einer wieder zu öffnenden, so kurz nach dem letzten Mal und so kurz vor dem nächsten, daß alles ihn

höchstwahrscheinlich auf die Dauer mehr ermüden als ermuntern würde. Und er sagte auch, als eine Art Folgesatz, daß selbst wenn er die ganze Nacht vor sich hätte, sich auszuruhen und wieder zu wärmen, auf einem Stuhl, in der Küche, es dann doch ein kümmerliches Sichausruhen und ein erbärmliches Sichwärmen sein würde neben der Ruhe und Wärme, an die er sich erinnerte, der Ruhe und Wärme, die er erwartete, eine fürwahr kümmerliche Ruhe und eine wertlose Wärme, und also in jedem Falle höchstwahrscheinlich auf die Dauer weniger ein Quell der Befriedigung als des Ungemachs. Aber seine Müdigkeit war so groß am Ende dieses langen Tages und seine Schlafenszeit so lange vorbei und also sein Verlangen nach Ruhe so dringend und sein Verlangen nach Wärme, daß er sich bückte, höchstwahrscheinlich in der Absicht, seine Taschen abzusetzen, auf dem Boden, und die Tür zu schließen, und sich an den Tisch zu setzen, und seine Arme auf den Tisch zu legen, und seinen Kopf in seinen Armen zu begraben, jawohl, zu begraben, und, wer weiß, womöglich nach einer Weile in einen unruhigen Schlaf zu fallen, in einen von Träumen zerfetzten und von Kopfsprüngen aus schrecklichen Höhen in felsgespicktes Wasser, vor einem zahlreichen Publikum. Er bückte sich also, aber er bückte sich nicht tief, denn kaum hatte das Sichbücken begonnen, als es auch schon endete, und kaum hatte er sich angeschickt, der Ruhe, einer unruhigen Ruhe zu pflegen, als er innehielt und regungslos verharrte, in einer Verschlimmerung seiner halb-aufrechten Haltung, einer so kläglichen Haltung, daß sie ihm bewußt wurde und er gelächelt hätte, wenn er nicht zu schwach gewesen wäre, zu lächeln, oder lauthals gelacht hätte, wenn er kräftig genug gewesen wäre, lauthals zu lachen. Innerlich war er freilich erheitert, und sein Geist ein Weilchen abgewandt von seinen Sorgen, aber weniger, als wenn er die Kraft zu lächeln oder lauthals zu lachen gehabt hätte.

Auf der Allee, irgendwo zwischen dem Haus und der Straße, erinnerte Watt sich mit Bedauern daran, daß er sich nicht von Micks verabschiedet hatte, wie er es hätte tun sollen. Die wenigen einfachen Abschiedsworte, die so viel bedeuten für den Bleibenden und für den Gehenden, hatte er in Ermangelung elementarer Höflichkeit nicht gesagt, bevor er das Haus verließ. Eine Anwandlung, umzukehren und seine Flegelei wiedergutzumachen, ließ ihn anhalten. Aber er hielt nicht lange an, sondern setzte seinen Weg fort, auf das Tor und die Straße zu. Und er tat gut daran, denn Micks hatte die Küche vor Watt verlassen. Aber Watt, der nicht wußte, daß Micks die Küche vor ihm verlassen hatte, da es ihm erst viel später bewußt wurde, als es zu spät war, bedauerte, als er seinen Weg auf das Tor und die Straße zu fortsetzte, daß er sich nicht von Micks verabschiedet hatte, nicht einmal flüchtig.

Die Nacht war ungewöhnlich hell. Wenn der Mond auch nicht voll war, so war er doch beinahe voll, in ein oder zwei Tagen würde er voll sein und dann abnehmen, bis sein Aussehen am Himmel das von einigen Schriftstellern mit einem Hörnchen oder einer Sichel verglichene sein würde. Auch die übrigen Himmelskörper gossen, obgleich sie größtenteils weit entfernt waren, auf Watt und die Gartenschönheiten, durch die er sich bewegte, indem er seine Vernachlässigung Micks' zutiefst bedauerte, zu Watts Entsetzen ein so starkes, so reines, so gleichmäßiges und so weißes Licht, daß sein Weiterkommen, so mühsam und ungewiß es auch sein mochte, weniger mühsam und weniger ungewiß war, als er beim Fortgehen befürchtet hatte.

Watt hatte immer Glück mit seinem Wetter.

Er ging auf dem Grasrand, weil er das Gefühl von Kies unter seinen Füßen nicht leiden konnte, und die Blumen, und die langen Gräser und die Äste, sowohl der Sträucher als auch der Bäume, streiften ihn auf eine Weise, die er nicht unangenehm fand. Das Streicheln der Kuppel seines Hutes durch irgendeine hängende Dolde, vielleicht einer Weißbuche, verschaffte ihm besondere Befriedigung, und er war noch nicht weit weg von der Stelle, als er umkehrte und zurückkehrte

zu der Stelle, und unter dem Ast stehenblieb, ganz dem Schleifen hingegeben, dem Hin und Her und Hin und Her der Troddeln über die Kuppel seines Hutes.
Er bemerkte, daß kein Wind wehte, kein Hauch. Und doch hatte er in der Küche die kalte Luft an seinem nackten Genick gefühlt.
Er wurde auf der Straße durch die vorübergehende, schon erwähnte Schwäche überwältigt. Aber sie ging vorüber, und er setzte seinen Weg fort, auf die Bahnstation zu.
Er ging in der Mitte der Straße, wegen des Splitts, mit dem der Pfad bestreut war.
Er begegnete keinem menschlichen Wesen auf diesem Wege. Eine verirrte Eselin oder Ziege, die im Graben, im Schatten lag, erhob ihren Kopf, als er vorüberging. Watt sah die Eselin oder Ziege nicht, aber die Eselin oder Ziege sah Watt. Und sie schaute ihm nach, während er gemächlich auf der Straße vorüberging und verschwand. Vielleicht vermutete sie, daß in den Taschen irgend etwas Gutes zum Fressen sei. Als sie die Taschen nicht mehr sehen konnte, legte sie ihren Kopf zurück, in die Nesseln.
Als Watt die Bahnstation erreichte, war sie geschlossen. Sie war allerdings schon vor einiger Zeit geschlossen worden, bevor Watt sie erreichte, und sie blieb verschlossen, als er sie erreicht hatte. Denn es mußte schon zwischen ein und zwei Uhr morgens sein, und der letzte Zug, der abends an dieser Bahnstation hielt, hielt zwischen elf und zwölf Uhr abends, und der erste, der morgens hier hielt, hielt zwischen fünf und sechs Uhr morgens. Also wurde diese Bahnstation (um nur sie zu erwähnen) spätestens um Mitternacht geschlossen und nie vor fünf Uhr morgens wieder geöffnet. Und da es nun vermutlich zwischen ein und zwei Uhr morgens war, war die Bahnstation geschlossen.
Watt stieg die Steinstufen hinauf und blieb, durch das Gitter blickend, vor der Sperre stehen. Er bewunderte den Schienenweg, der sich im Licht des Mondes und der Sterne nach beiden Seiten erstreckte, so weit das Auge reichte, so weit

Watts Auge hätte reichen können, wenn es auf der Bahnstation gewesen wäre. Er betrachtete ebenfalls verwundert das weite Zurückweichen der Ebene, ihr so freies und leichtes Ansteigen zu den Bergen, und die zerklüfteten Umbren ihrer Fernen. Sein dann mit dem ansteigenden Land ansteigender Blick fiel letztlich auf den gespiegelten Himmel, seine schwarzen Tiefen, seine untergehenden Sternbilder und auf die Augen, die von Strudeln getrübt mitten aus dem Wasser emporstarrten. Schließlich und plötzlich blickte er auf die Sperre.

Watt kletterte über die Sperre und befand sich auf dem Bahnsteig, mit seinen Taschen. Denn er hatte vorsorglich, vor dem Überklettern der Sperre seine Taschen über die Sperre gehoben und an der anderen Seite auf den Boden fallen lassen.

Watts erste Sorge war, als er sich nun gesund und munter mit seinen Taschen auf der Bahnstation befand, kehrtzumachen und durch die Sperre den Weg zurückzublicken, den er gerade erst gekommen war.

Von den vielen rührenden Anblicken, die sich so seiner Inspektion boten, rührte ihn keiner so sehr wie die Straße, die nun anscheinend weißer war als bei Tage und sich mit schönerem Schwung zwischen ihren Hecken und Gräben hinzog. Nach einer recht langen Strecke ohne jede Unebenheit tauchte sie jäh hinab und entzog sich so dem Blick in einem bedauerlichen Gewirr vertikaler Vegetation.

Die Schornsteine von Mr. Knotts Haus waren nicht sichtbar, trotz der ausgezeichneten Sicht. An schönen Tagen waren sie zu erkennen, von der Bahnstation aus. Aber in schönen Nächten offenbar nicht. Denn Watts Augen waren, wenn er es auf etwas abgesehen hatte, nicht schlechter als andere, zumal damals, und die Nacht war ungewöhnlich schön, selbst für diesen Teil des Landes, der berühmt für die Schönheit seiner Nächte war.

Watt hatte immer viel Glück mit seinem Wetter.

Watt hatte es beinahe satt, seinen Blick die Straße hinauf-

und hinabschweifen zu lassen, als eine Gestalt, eine anscheinend menschliche Gestalt, die mitten über die Straße kam, seine Aufmerksamkeit ganz in Anspruch nahm und wiederbelebte. Zuerst dachte Watt, daß dieses Geschöpf aus dem Boden aufgetaucht oder vom Himmel gefallen sei. Und dann etwa fünfzehn oder zwanzig Minuten später dachte er, daß es seine derzeitige Position auf einem Wege erreicht hatte, der zuerst über eine Hecke und dann über einen Graben geführt hatte. Watt war außerstande zu sagen, ob diese Gestalt die eines Mannes oder die einer Frau oder die eines Priesters oder die einer Nonne war. Daß sie nicht die eines Jungen oder die eines Mädchens war, zeigte sich, Watts Erachten nach, in ihren Ausmaßen. Aber zu entscheiden, ob sie die eines Mannes oder die einer Frau oder die eines Priesters oder die einer Nonne war, ging über Watts Kraft, sosehr er seine Augen auch anstrengen mochte. Wenn sie die einer Frau war oder die einer Nonne, so war sie die einer Frau oder die einer Nonne von ungewöhnlicher Größe, sogar für diesen Teil des Landes, der für die ungewöhnliche Größe seiner Frauen und seiner Nonnen bekannt war. Aber Watt wußte zu gut, allzu gut, welche Ausmaße gewisse Frauen und gewisse Nonnen zu erreichen imstande waren, um von denen dieser nachtwandelnden Gestalt darauf zu schließen, daß diese nachtwandelnde Gestalt weder eine Frau noch eine Nonne, noch ein Mann, noch ein Priester war. Was die Kleidung betraf, so gab ihr Anblick aus dieser Entfernung und in diesem Lichte ebensowenig Aufschluß, als wenn sie aus einem Laken oder einem Sack oder einer Steppdecke oder einem Plaid bestanden hätte. Denn von Kopf bis Fuß hingen, soweit Watt erkennen konnte, und seine Augen waren so gut wie andere, sogar in diesem Stadium, wenn er sich nur bemühte, sie richtig einzustellen, die ununterbrochenen Flächen eines einzigen Gewands, während geschlechtslos auf dem Kopf so etwas wie ein flachgedrückter, umgekehrter Nachttopf hockte, vom Alter vergilbt, um es taktvoll auszudrücken. Wenn die Gestalt wirklich die einer Frau oder die einer Nonne ungewöhnlicher Größe war, so war sie die einer Frau oder die einer Nonne ungewöhnlicher Größe und außergewöhnlicher Uneleganz. Aber Riesenfrauen waren oft salopp, Watts Erfahrung nach, und Riesennonnen ebenfalls. Die Arme schienen nicht an den Händen zu enden, sondern auf eine Weise, die Watt nicht erkennen konnte, beinahe bis an den Boden zu reichen. Die Füße, die einander in geschwinder, ungestümer Hetzjagd folgten, flogen, der rechte Fuß nach rechts und der linke Fuß nach links, so weit seitwärts wie vorwärts mit dem Ergebnis, daß bei jedem Schritt von etwa drei Fuß Länge der Geländegewinn nicht mehr als einen Fuß betrug. Das verlieh dem Gang eine Art gehemmter Lebhaftigkeit, deren Anblick sehr peinlich war. Watt bemerkte plötzlich in seinem tiefsten Dunkel das Aufleuchten und Erlöschen der Worte *Da hilft nur Diät.*

Watt wartete ungeduldig darauf, daß dieser Mann, wenn es ein Mann war, oder diese Frau, wenn es eine Frau war, oder dieser Priester, wenn es ein Priester war, oder diese Nonne, wenn es eine Nonne war, näherkäme und seinen Geist beruhigte. Er wünschte keine Unterhaltung, er wünschte keine Gesellschaft, er wünschte keinen Zuspruch, es gelüstete ihn nicht nach einer Erektion, nein, er wünschte nur eine Befreiung von der Ungewißheit in diesem Zusammenhang.

Er wußte nicht, warum es ihm darum ging, zu wissen, was da auf der Straße nahte. Er wußte nicht, ob dieses Anliegen etwas Gutes oder etwas Schlechtes war. Er fand es, ganz abgesehen von jedem Problem persönlichen Unbehagens oder egoistischer Genugtuung, sehr bedauerlich, daß es ihm darum ging, zu wissen, was da auf der Straße nahte, sogar höchst bedauerlich.

Er sah ein, daß er sich mit dem bloßen Näherkommen der Gestalt nicht begnügen konnte, nein, sondern daß die Gestalt sehr nahe herankommen müßte, ganz nahe. Denn wenn die Gestalt nur näherkäme und nicht ganz nahe herankäme, wie sollte er dann, wenn es ein Mann war, erkennen, daß es nicht eine als Mann verkleidete Frau oder ein als Mann verkleideter Priester oder eine als Mann verkleidete Nonne war? Oder wenn es eine Frau war, daß es nicht ein als Frau verkleideter Mann oder ein als Frau verkleideter Priester oder eine als Frau verkleidete Nonne war? Oder wenn es ein Priester war, daß es nicht ein als Priester verkleideter Mann oder eine als Priester verkleidete Frau oder eine als Priester verkleidete Nonne war? Oder wenn es eine Nonne war, daß es nicht ein als Nonne verkleideter Mann oder eine als Nonne verkleidete Frau oder ein als Nonne verkleideter Priester war? Also wartete Watt ungeduldig darauf, daß die Gestalt ganz nahe herankäme.

Als Watt dann immer noch darauf wartete, daß die Gestalt ganz nahe herankäme, sah er ein, daß es nicht nötig, überhaupt nicht nötig war, daß die Gestalt ganz nahe herankäme, sondern daß eine mäßige Annäherung mehr als genug wäre. Denn Watts Sorge galt, so unergründlich es scheinen mag, eigentlich nicht dem, was die Gestalt in Wirklichkeit war, sondern dem, was die Gestalt in Wirklichkeit zu sein schien. Denn seit wann galt Watts Sorge dem, was die Dinge in Wirklichkeit waren? Aber er verfiel immer wieder in jenen alten Fehler, jenen Fehler von einst, als er, von Wißbegierde getrieben, schattenhaft inmitten der Körper herumtappte. Dies war sehr ärgerlich für Watt. Also wartete Watt ungeduldig darauf, daß die Gestalt näherkäme.

Er wartete und wartete, während die Hände die Gitterstäbe der Sperre umspannten, daß die Fingernägel in die Handballen drangen, und seine Taschen zu seinen Füßen standen, unverwandt zwischen den Gitterstäben auf diese unbegreifliche Staffage starrend und schwer unter der Ungeduld leidend. Er war schließlich so erschüttert, daß er mit aller Kraft an der Sperre rüttelte.

Was Watt so erschütterte, war die Tatsache, daß in den zehn oder dreißig Minuten, die vergangen waren, seitdem er zum ersten Mal diese Gestalt gewahr geworden war, die eilends über den Kamm der Straße auf die Bahnstation zuschritt,

diese Gestalt nichts an Höhe, an Breite oder an Deutlichkeit gewonnen hatte. Während sie in all dieser Zeit, ohne etwas von ihrer lahmen Überstürzung einzubüßen, auf die Bahnstation zulief, hatte sie keine größere Strecke zurückgelegt, als wenn sie ein Kilometerstein gewesen wäre.
Watt grübelte gerade darüber, als die Gestalt ohne jede Unterbrechung ihrer Bewegungen immer undeutlicher wurde und schließlich verschwand.
Watt schien aus irgendeinem dunklen Grund dieser besonderen Halluzination eine außerordentliche Wichtigkeit beizumessen.
Watt hob seine Taschen auf und ging um eine Mauerecke herum auf den Bahnsteig. Ein Licht brannte im Stellwerkhäuschen.
Der Weichensteller, ein älterer Mann namens Case, war wie jede Nacht, mit Ausnahme der Nacht von Sonntag auf Montag (sonderbar), in seinem Häuschen und wartete darauf, daß der durchfahrende Eilzug sicher durch die Bahnstation hindurchführe. Dann würde er seine Weichen stellen und nach Hause zu seiner vereinsamten Ehefrau gehen und eine leere Bahnstation hinterlassen.
Um die Zeit zu vertreiben und gleichzeitig seinen Geist zu bereichern, las Mr. Case ein Buch: *Landstreicherlieder* von George Russel (A. E.). Mr. Case hatte den Kopf zurückgeworfen und hielt dieses Buch am Ende seiner ausgestreckten Arme. Mr. Case hatte einen für einen Weichensteller sehr verfeinerten Sinn für Lektüre.
Mr. Case las:

?

Mr. Cases dichter Schnurrbart folgte den Bewegungen seiner Lippe, die, bald aufgeworfen, bald geschürzt, die verschiedenen Klänge, aus denen diese Worte zusammengesetzt worden waren, umschmiegte. Auch seine Nase mit ihrer Knolle und ihren Löchern reagierte darauf. Die Pfeife wippte auf und ab, und aus dem Mundwinkel troff, unbemerkt, der Speichel auf die Weste aus Cordstoff.

Watt stand in dem Stellwerkhäuschen, wie er in der Küche gestanden hatte, mit seinen Taschen in seinen Händen, mit offenen, ruhenden Augen und mit dem Rücken zur offenstehenden Tür. Mr. Case hatte Watt einst, am Abend seiner Ankunft, durch die Fenster seines Stellwerks flüchtig gesehen. Sein Anblick war ihm also nicht fremd. Das kam ihm nun zustatten.

Könnten Sie mir wohl sagen, wie spät es war, sagte Watt.

Es war, wie er fürchtete, früher, als er gehofft hatte.

Könnte ich wohl in einen Wartesaal gelassen werden, sagte Watt.

Dies war allerdings eine heikle Frage. Denn Mr. Case durfte sein Stellwerk nicht verlassen, bevor er es verließe, um nach Hause zu gehen, zu seiner ängstlichen Ehefrau. Es war auch nicht möglich, den Schlüssel vom Bund zu nehmen, ihn Watt auszuhändigen und zu sagen, Hier, Sir, ist der Schlüssel Ihres Wartesaals, ich werde ihn auf meinem Weg nach Hause zurückverlangen. Nein. Denn der Wartesaal lag neben der Fahrkartenausgabe, so daß man, um den Wartesaal zu erreichen, durch die Fahrkartenausgabe gehen mußte. Und der Schlüssel der Tür des Wartesaals öffnete nicht die Tür der Fahrkartenausgabe. Es war auch nicht möglich, die beiden Schlüssel aus dem Ring zu befreien, sie Watt auszuhändigen und zu sagen, Hier, Sir, ist der Schlüssel Ihrer Wartesaaltür und hier der Ihrer Fahrkartenausgabetür, ich werde sie auf meinem Heimweg zurückverlangen. Nein. Denn die Fahrkartenausgabe stand in Verbindung mit dem Stationsvorsteherheiligtum, so daß man, um das Stationsvorsteherheiligtum zu erreichen, nur die Fahrkartenausgabe zu durchqueren hatte. Und der Schlüssel der Tür der Fahrkartenausgabe öffnete die Tür des Stationsvorsteherheiligtums, so daß diese beiden Türen an jedem Stationsschlüsselbund, an Mr. Gormans Stationsvorsteherbund, an Mr. Cases Weichenstellerbund und an Mr. Nolans Gepäckträgerbund, nicht durch zwei Schlüssel vertreten waren, sondern durch einen einzigen.

Auf diese Weise wurden nicht weniger als drei Schlüssel eingespart, und es war Mr. Gormans Stationsvorsteherabsicht, auch weiterhin die Zahl der Stationsschlüssel noch zu verringern, indem er, in absehbarer Zeit und auf Kosten der Eisenbahngesellschaft, an der Tür des Wartesaals ein Schloß anbringen lassen würde, das identisch mit den jetzt schon identischen Schlössern der Türen der Fahrkartenausgabe und seines persönlichen Heiligtums wäre. Dieses Vorhaben hatte er bei Gelegenheit einer der letzten Konferenzen sowohl Mr. Case als auch Mr. Nolan zur Kenntnis gegeben, und weder Mr. Case noch Mr. Nolan hatte etwas dagegen einzuwenden gehabt. Was er jedoch weder Mr. Case noch Mr. Nolan anvertraut hatte, war sein Entschluß, in nächster Zukunft, nach und nach, auf Kosten der Eisenbahngesellschaft, an der Sperre und an den Türen des Stellwerkhäuschens, des Gepäckträgeraufenthaltsraums, der Gepäckaufbewahrung und der Damen- und Herrentoiletten, derart beschaffene Schlösser anbringen zu lassen, daß der Schlüssel, der nun mit solcher Leichtigkeit die Tür der Fahrkartenausgabe und die Tür des Stationsvorsteherheiligtums öffnete, und der demnächst ohne die geringste Schwierigkeit die Tür des Wartesaals öffnen würde, auch all diese anderen Türen, wenn die Zeit gekommen wäre, der Reihe nach öffnete. So würde er bei seiner Pensionierung, wenn er nicht vorher stürbe, oder bei seinem Tode, wenn er sich nicht vorher pensionieren ließe, eine Station hinterlassen, die in dieser Hinsicht, wenn nicht auch in anderer, im Vergleich mit anderen Stationen dieser Strecke einzigartig wäre.

Die Schüssel der Kasse, die Mr. Gorman bei sich trug, den einen an seiner Uhrkette aus Furcht davor, daß seine Hosentasche löcherig werden könnte, wozu Hosentaschen so leicht neigen, oder daß der Schlüssel, der winzig war, mit den Wechselmünzen hervorgeholt und verlorengehen könnte, und den anderen, aus Furcht davor, daß seine Uhrkette verlorengehen oder ihm gestohlen werden könnte, in seiner Hosentasche, diese Schlüsselchen zählte Mr. Gorman nicht zu den Stationsschlüsseln. Und tatsächlich waren die Kassenschlüssel genaugenommen keineswegs Stationsschlüssel. Denn die Stationskasse blieb im Gegensatz zu den Stationstüren nicht den ganzen Tag und die ganze Nacht innerhalb der Station, sondern verließ die Station mit Mr. Gorman, wenn er am Abend nach Hause ging, und kehrte erst am nächsten Morgen wieder zurück, wenn Mr. Gorman wieder zur Station zurückkehrte.

Mr. Case zog all dies in Betracht, oder jedenfalls alles, was er als zur Sache gehörig betrachtete, wobei er leidenschaftslos das Für und Wider erwog. Er kam schließlich zu der Schlußfolgerung, daß er nichts tun konnte, einstweilen. Wenn der Eilzug angekommen und abgefahren wäre und es ihm frei stünde, nach Hause zu gehen zu seiner besorgten Ehefrau, dann könnte er etwas tun, dann könnte er Watt in den Wartesaal lassen und ihn dort allein lassen. Aber er war kaum zu der Schlußfolgerung gekommen, daß er dies, um Watt gefällig zu sein, tun konnte, als er sah, daß er dies nur unter der Bedingung tun könne, daß er die Tür der Fahrkartenausgabe hinter ihm abschloß. Denn er konnte nicht weggehen und dabei die Tür der Fahrkartenausgabe offenlassen, in der schlafenden Station. Aber unter dieser Bedingung, daß Watt duldete, in der Fahrkartenausgabe eingeschlossen zu werden, konnte er Watt zu Dank verpflichten, sobald der Eilzug durchgebraust wäre. Aber er hatte kaum entschieden, daß es ihm möglich wäre, Watt unter diesen Bedingungen gefällig zu sein, als er einsah, daß es ihm gerade unter diesen Bedingungen nicht möglich sein würde, Watt gefällig zu sein, es sei denn, daß Watt einwilligte, nicht nur in der Fahrkartenausgabe, sondern auch im Wartesaal eingeschlossen zu werden. Denn es kam nicht in Frage, daß Watt während der ganzen Nacht in der schlafenden Station freien Zugang zum Vorzimmer des Stationsvorsteherheiligtums hätte. Aber wenn er nichts dagegen hätte, bis zum Morgen nicht nur in der Fahrkartenausgabe, sondern auch im Wartesaal eingeschlossen zu werden, dann wußte Mr.

Case wirklich keinen Grund dafür, daß der Wartesaal nicht zu seiner Verfügung gestellt werden sollte, sobald der Eilzug sicher vorbeigebraust wäre, mit seinen Reisenden und seinem kostbaren Frachtgut.
Mr. Case teilte Watt nun mit, was er in seinem Geist hinsichtlich Watts Ersuchen, in den öffentlichen Wartesaal gelassen zu werden, beschlossen hatte. Die Gründe, die Mr. Case dazu geführt hatten, eher dies in seinem Geiste zu beschließen als etwas anderes, behielt Mr. Case taktvoll für sich, da sie eher dazu geneigt waren, Watt zu verdrießen als ihn zu vergnügen. Morgen früh, sagte Mr. Case, sobald Mr. Gorman oder Mr. Nolan eintrifft, werden Sie entlassen und frei sein, zu kommen und zu gehen, nach Belieben. Watt erwiderte, daß dies fürwahr etwas Erfreuliches wäre, das ihn während der Nacht ermutigen würde, diese Aussicht darauf, am Morgen von Mr. Gorman oder Mr. Nolan herausgelassen und befugt zu werden, frei nach Wunsch zu kommen und zu gehen. Wenn Sie inzwischen, sagte Mr. Case, ins Stellwerk kommen und die Tür schließen und einen Stuhl nehmen würden, wäre ich glücklich über Ihre Gesellschaft. Watt erwiderte, daß es besser wäre, wenn er draußen wartete. Er würde auf dem Bahnsteig hin- und hergehen oder auf einer Bank sitzen.
Watt lag auf der Bank, auf dem Rücken, mit dem Kopf auf den Taschen und dem Hut auf dem Gesicht. Auf diese Weise war er gewissermaßen gefeit gegen den Mondschein und die geringeren Schönheiten dieser prächtigen Nacht. Das Problem der Vision ließ, soweit es Watt betraf, nur eine Lösung zu: Augen auf im Dunkeln. Die bei geschlossenen Augen erzielten Ergebnisse waren, Watts Meinung nach, höchst unbefriedigend.
Watt nahm sich zuerst den Eilzug vor, der so bald schon mit unwiderstehlichem Schwung durch die schlafende Bahnstation donnern würde. Auf ihn konzentrierte sich seine ganze Aufmerksamkeit. Schließlich und unvermittelt, ebenso unvermittelt, wie er begonnen hatte, hörte er auf zu denken.

Er lag also auf der Bank, gedankenlos und empfindungslos bis auf ein gelindes Gefühl der Kühle in einem Fuß. Die Stimmen, die in seinem Schädel ihren Kanon wisperten, waren wie ein Getrippel von Mäusen, ein Wirbel grauer Pfötchen im Staub. Dies war sehr wahrscheinlich auch eine Empfindung, genaugenommen.

Mr. Case war genötigt, seine Aufdringlichkeit zu erklären. Aber wenige Worte genügten. Wenige Worte aus Mr. Cases Mund, und Watt war alles wieder klar. Mr. Case trug eine Sturmlaterne in der Hand. Das gelbe Licht, das aus ihr hervorstrahlte, war außerordentlich schwach. Mr. Case sprach vom Eilzug mit fachmännischem Stolz. Er war pünktlich abgefahren, er war pünktlich vorbeigebraust, und er würde pünktlich an seinem Bestimmungsort ankommen, wenn nichts dazwischenkäme.

Dies war also die Erklärung des exogenen Tumults von vorhin.

Es waren nun volle zwei Stunden vergangen, seitdem Watt Wasser gelassen hatte. Und doch spürte er keinen Drang, ja sogar kein Verlangen, Wasser zu lassen. Von meinem Wasser könnte ich kein Tröpfchen oder Tränchen lassen, sagte er, kein süßes, bitteres oder gleichgültiges, wenn ich dafür bezahlt würde, es nicht zu tun. Er, der normalerweise stündlich nicht zu unterdrückendes, erquickendes Wasser ließ. Dies war die letzte regelrechte Verbindung mit dem Zirkus, denn als eine solche wertete er keineswegs seinen wöchentlichen Stuhl oder seine halbjährliche äquinoktiale nächtliche Emissio in vacuo, und er faßte ihre jetzige Lockerung und schließliche Unterbrechung ins Auge mit Trübsinn und Frohsinn, die in schwindelerregendem Wechsel ein Weilchen deutlich erkennbar waren und allmählich zusammen verwischt dahinschwanden.

Watt stand auf dem Boden mit seinen Taschen in den Händen, und der Boden war wie aus Stein unter seinen Füßen, und sein treuer Körper, sein unbeugsamer Körper fiel nicht plötzlich auf seine Knie oder auf sein Steißbein und dann vornüber auf sein Gesicht oder hintenüber auf seinen Rükken, nein, er bewahrte vielmehr sein Gleichgewicht auf eine Weise, die sich kaum von jener unterschied, die seine Mutter ihn gelehrt hatte und die sich während seiner konformistischen Jugend bewährt hatte.

Immer leiser drangen die Schritte an sein Ohr, bis von allen leisen Geräuschen, die durch die verlassene Luft an sein Ohr drangen, kein einziges mehr ein Schritt war, soweit er es beurteilen konnte. Dies war eine Musik, die er besonders liebte, die wie von einem Groom kurz geöffnete und wieder geschlossene Stille hinter sich entfernenden Schritten oder anderen Störungen. Aber Mr. Cases Weg führte ihn hinter die Bahnstation, und seine Schritte, vier oder fünf, drangen wieder wie ein verstohlener Kratzer an Watts Ohren, die beiderseits des Kopfes weit abstanden wie die eines ?

Bald würden sie zu Mrs. Case dringen, zu ihren Ohren, die der schrittlosen Geräusche überdrüssig waren, immer lauter, bis sie den Rasen erreichten. Wenige Geräusche, um nicht zu sagen gar keine, stimmten Mrs. Case zufriedener als diese. Sie war eine sonderbare Frau.

Ein Teil des Wartesaals war schwach beleuchtet, durch Licht von draußen. Der Übergang von diesem Teil zu dem anderen war nun, da Watt nicht mehr lauschte, unvermittelter, als er es für möglich gehalten hätte, wenn er ihn nicht mit seinen eigenen Augen gesehen hätte.

Der Wartesaal war frei von Möbeln oder anderen Gegenständen, soweit Watt sehen konnte. Es sei denn, daß etwas hinter ihm stünde. Das kam ihm nicht sonderbar vor. Es kam ihm auch nicht normal vor. Denn er hatte mit Recht oder Unrecht den Eindruck, während er sich sigmaförmig in seiner Mitte hängenließ, daß dies ein Wartesaal war, bei dem sich sogar die feinsten Nuancierungen von sonderbar und normal als unzutreffend erwiesen.

Flüsternd erzählte der Mund, ein Frauenmund, stockend mit sich lockernden Lippen, wie Wartesäle leer ein zahlreicheres Publikum aufnehmen können als vollgestellt mit Sesseln und

Sofas, und wie müßig es sei, sich hinzusetzen oder sich hinzulegen, wenn sich draußen der Regen niederschlägt, oder Hagel, oder Schnee, mit oder ohne Wind, oder die Sonne mehr oder weniger lotrecht niederscheint. Der Name dieser Frau war Price, sie war eine äußerst magere Erscheinung, die wohl fünfunddreißig Jahre früher mit fliegenden Fahnen das Kap des Klimakteriums umsegelt hatte. Watt mißfiel es nicht, ihre Stimme wieder zu vernehmen und wieder dem Spiel ihrer blassen, mukösen Bögen zuzuschauen. Es mißfiel ihm nicht minder, als das Ganze verschwand.

Der Wartesaal war nun weniger leer, als er Watt zuerst vorgekommen war, um nach dem Vorhandensein von etwas zu urteilen, das sich wohl zwei Schritt vor Watt und ebensoweit rechts von ihm befand und nicht unbedeutend zu sein schien. Watt mochte seinen Kopf, nicht ohne seinen Hals zu verdrehen, noch so weit dahinstrecken, er vermochte doch nicht zu sagen, worum es sich handelte. Es gehörte weder zur Decke noch zur Wand, und auch nicht zum Boden, obgleich es damit in Berührung war, das war alles, was Watt hierüber sagen konnte, und selbst dieses wenige sagte er nicht vorbehaltlos. Aber dieses wenige war genug, ja, mehr als genug war für Watt die Möglichkeit, daß sich vielleicht noch irgend etwas außer ihm in diesem Kasten befand, das nicht ein integrierender Bestandteil von dessen Grenzen war.

Ein außerordentlich übler Geruch, der Watt jedoch auch irgendwie vertraut war, warf die Frage auf, ob da nicht unter den Fußbodenbrettern das verwesende Aas irgendeines Tiers wie eines Hundes, einer Katze, einer Ratte oder einer Maus läge. Denn der Boden war, obgleich er Watt wie aus Stein zu sein schien, in Wirklichkeit gedielt, überall. Dieser Geruch war so scharf, daß Watt beinahe genötigt gewesen wäre, seine Taschen abzusetzen und sein Taschentuch hervorzuziehen, oder, genauer, seine Rolle Toilettenpapier aus der Hosentasche zu ziehen. Denn um sich ein Waschen zu ersparen und wahrscheinlich auch um zwei Fliegen mit einer Klappe zu schlagen, benützte Watt zum Schneuzen, wenn sich nicht gerade eine Gelegenheit zu einer unmittelbaren digitalen Absonderung bot, lediglich Toilettenpapier, wobei jedes einzelne Blatt rotzdurchnäßt zu einer Kugel zusammengeknüllt und weggeworfen wurde, und er mit den Händen durch das Haar fuhr, was sehr zu dessen Verschönerung beitrug, oder eine Hand an der anderen rieb, bis beide glänzten.

Dieser Geruch war jedoch nicht das, was Watt zuerst vermutet hatte, sondern ein ganz anderer, da er immer schwächer wurde, was er nicht getan hätte, wenn er das gewesen wäre, was Watt zuerst vermutet hatte, und er verschwand schließlich restlos.

Aber nach einer Weile kam genau der gleiche Geruch wieder, breitete sich aus und schwand dahin, wie vorher.

Auf diese Weise kam und verschwand er, ein paar Stunden lang.

Es war etwas an diesem Geruch, das Watt eigentlich gar nicht so übel fand. Und doch war er nicht traurig, wenn er verschwand.

Im Wartesaal wurde die Dunkelheit allmählich dichter und dichter. Bald gab es hier nicht mehr einen dunklen Teil und einen weniger dunklen Teil, nein, sondern alles war gleichmäßig dunkel und blieb so, eine Weile. Diese bemerkenswerte Veränderung vollzog sich in unmerklichen Sprüngen.

Nachdem der Wartesaal eine Weile ganz dunkel gewesen war, wurde die Dunkelheit im Wartesaal langsam lichter und lichter, allenthalben, in winzigen Abstufungen, und lichtete sich immer mehr, im gleichen Rhythmus, bis jeder Teil des Wartesaals gerade zu sehen war, bei weitgeöffneten Augen. Watt erkannte nun, daß der Gegenstand, der ihm die ganze Zeit Gesellschaft geleistet hatte, ein Stuhl war. Sein Rücken war Watt zugekehrt. Nach und nach, in dem Maße, wie das Licht heller und heller wurde, lernte er diesen Stuhl so gut kennen, daß er ihn schließlich besser kannte als manche Stühle, auf denen er gesessen hatte, oder gestanden hatte, wenn etwas außer Reichweite war, oder auf die er seine

Füße gestellt hatte, einen nach dem anderen, um sich die Schuhe anzuziehen oder seine Füße zu pflegen, indem er die Zehennägel stutzte und den Dreck darunter wegkratzte und die Zwischenzehentiefen sauberputzte, mit einer Kürette.

Es war ein hoher, schmaler, schwarzer, hölzerner Stuhl mit Armlehnen und Fußrollen.

Eines seiner Beine war am Boden angeschraubt, mittels einer Klemmschraube. Nicht nur eines der übrigen Beine, sondern alle trugen ähnliche, wenn nicht gleiche Eisen. Nicht nur eines, sondern alle! Aber die Schrauben, die sie wahrscheinlich einst am Boden befestigt hatten, waren freundlicherweise entfernt worden. Zwischen den senkrechten Stäben der Rückenlehne erblickte Watt die Teile einer Feuerstelle, überhäuft mit Asche und Schlacke in schönen grauen Tönen.

Dieser Stuhl war also während all dieser Zeit bei Watt im Wartesaal gewesen, während all dieser Stunden kargen Lichts und fehlenden Lichts, und er war immer noch bei ihm, in dieser aufheiternden Dämmerung. Es wäre nach alledem nicht unmöglich, ihn wegzunehmen und irgendwoanders hinzustellen, oder ihn zu versteigern oder ihn zu verschenken.

Abgesehen davon war, soweit Watt sehen konnte, alles Wand oder Boden oder Decke.

Alsdann tauchte, ohne jede Überstürzung, an der Wand ein großer Farbdruck des Pferdes Joss auf, im Profil gesehen, auf einem Feld stehend. Watt erkannte zuerst das Feld, dann das Pferd und dann, dank einer Beschriftung von großer ? das berühmte Pferd Joss. Dieses Pferd, dessen vier Hufe fest in den Erdboden gestampft waren und dessen Haupt herabhing, schien appetitlos das Gras zu betrachten. Watt streckte seinen Kopf vor, um zu sehen, ob es wirklich ein Pferd war, und nicht eine Stute oder ein Wallach. Aber diese interessante Kleinigkeit verbarg sich mit knapper Not hinter der Hinterhand nebst Schwanz, die mehr von einem Baumstamm als von einem Stammbaum hatte. Es war das Licht

der nahenden Nacht oder des drohenden Sturms, oder das von beiden. Das Gras war spärlich, verdörrt und von etwas überwuchert, das Watt für eine Art Kornrade hielt.
Das Pferd schien kaum imstande zu stehen, geschweige denn zu rennen.
Auch dieser Gegenstand war nicht immer hier gewesen und würde vielleicht nicht immer hier bleiben.
Die skelettdünnen Fliegen, die von wieder einer Morgendämmerung zu neuen Anstrengungen aufgereizt wurden, lösten sich von den Wänden, von der Decke und sogar vom Boden und flogen eiligst und zahlreich auf das Fenster zu. Dort, an die undurchdringlichen Scheiben gedrängt, würden sie das Licht und die Wärme des langen Sommertags genießen.
Ein fröhliches Pfeifen erklang nun in der Ferne, und je näher es kam, um so fröhlicher klang es. Denn Mr. Nolans Stimmung stieg stets in dem Maße, wie er sich morgens der Bahnstation näherte. Sie stieg auch beständig abends, wenn er sie verließ. So daß Mr. Nolan zweimal pro Tag mit einem Steigen der Stimmung rechnen konnte. Und wenn Mr. Nolans Stimmung stieg, konnte er sich ebensowenig des fröhlichen Pfeifens enthalten wie eine Lerche sich des Singens, wenn sie steigt.
Mr. Nolan hatte die Gewohnheit, nachdem er alle Stationstüren mit der Miene eines Bastillestürmers weit aufgerissen hatte, sich in den Gepäckträgeraufenthaltsraum zurückzuziehen und dort eine Flasche Stout, die erste des Tages, zu trinken und dabei die Abendzeitung vom Vortage zu lesen. Mr. Nolan war ein leidenschaftlicher Abendzeitungsleser. Er las sie fünfmal, beim Tee, beim Abendessen, beim Frühstück, beim Morgenstout und beim Mittagessen. Im Laufe des Nachmittags trug er sie, da er ein sehr galantes Naturell hatte, zur Damentoilette, und ließ sie da recht auffällig liegen. Wenige Groschen-Werte bereiteten mehr Freude als Mr. Nolans Abendzeitung.
Nachdem Mr. Nolan also die Sperre und die Tür der Fahr-

kartenausgabe entriegelt und um ihre Angeln herumgeschleudert hatte, kam er zur Tür des Wartesaals. Wäre sein Pfeifen weniger schrill und sein Eindringen weniger laut gewesen, so hätte er vielleicht hinter der Tür ein beunruhigendes Geräusch gehört, das eines Selbstgesprächs nach Diktat, und wäre vorsichtiger verfahren. Aber nein, er drehte den Schlüssel herum und versetzte der Tür mit seinem Schnürstiefel einen Tritt, so daß ihr Flügel schwungvoll nach innen schwenkte.

Die zahllosen so glänzend begonnenen Halbkreisbahnen endeten nicht wie allmorgendlich mit dem Knall, den Mr. Nolan so liebte, nein, sondern sie wurden alle gestoppt, alle ohne Ausnahme an derselben Stelle. Und der Grund dafür war, daß Watt, da, wo er schwankend und murmelnd stand, der Wartesaaltür näher war, als die Wartesaaltür breit war.

Mr. Nolan traf Mr. Gorman an seiner Türschwelle, wo er sich von seiner Mutter verabschiedete.

Nun bin ich wieder frei, sagte Watt, ich bin frei zu kommen und zu gehen, nach Belieben.

Da waren vier Achselhöhlen, wo die Friese sich trafen, vier schöne Achselhöhlen. Watt sah die Wartesaaldecke ganz deutlich. Sie war so weiß, daß er es nicht für möglich gehalten hätte, wenn sie ihm beschrieben worden wäre. Sie war eine Erholung nach der Wand. Sie war auch eine Erholung nach dem Boden. Sie war solch eine Erholung nach der Wand und dem Boden und dem Stuhl und dem Pferd und den Fliegen, daß Watts Augen sich schlossen, was sie normalerweise unter keinen Umständen bei Tage taten, es sei denn ganz kurz dann und wann, um ihr Austrocknen zu verhüten.

Der arme Kerl, sagte Mr. Gorman, sollen wir telefonisch einen Polizeibeamten anfordern.

Mr. Nolan war sehr dafür, telefonisch einen Polizeibeamten anzufordern.

Hilf ihm beim Aufstehen, sagte Mr. Gorman, vielleicht hat er sich ein Bein gebrochen.

Aber Mr. Nolan konnte sich nicht dazu überwinden. Er stand mitten in der Fahrkartenausgabe, ohne sich vom Fleck rühren zu können.
Du erwartest doch wohl nicht, daß ich allein ihm beim Aufstehen helfe, ich ganz allein, sagte Mr. Gorman.
Mr. Nolan erwartete nichts.
Wir wollen ihm zusammen wieder auf die Beine helfen, sagte Mr. Gorman. Dann kannst du notfalls noch telefonisch einen Polizeibeamten anfordern.
Mr. Nolan tat nichts lieber als telefonieren. Es war eine Freude, die ihm selten zuteil wurde. Aber auf der Schwelle des Wartesaals hielt er inne und sagte, er könne nicht. Es tue ihm leid, sagte er, aber er könne nicht.
Vielleicht hast du recht, sagte Mr. Gorman.

(Lücke im MS)

Wir können ihn doch nicht so da liegen lassen, sagte Mr. Gorman. Der Fünf-Uhr-fünfundfünfzig blüht uns – er schaute auf seine Uhr – in siebenunddreißig Minuten und ... *(Lücke im MS)* ... mit leiserer Stimme, Und der Sechs-Uhr-vier kommt gleich hinterher. Der Gedanke an den Sechs-Uhr-vier schien ihn aus irgendeinem Grund besonders zu beunruhigen. Es ist keine Sekunde zu verlieren, rief er. Er richtete sich auf, warf den Kopf zurück, streckte die Hand mit der Uhr hinab bis in Höhe der Vorsteher (Mr. Gorman hatte einen sehr langen Arm) drüse*, legte die andere an die Schläfe und las die Zeit ab. Dann auf einmal, seine Knie beugend und seinen Rücken krümmend, schmiegte er die Uhr an sein Ohr in der Haltung eines Kindes, das sich nach einem Schlag davonstiehlt.
Es war, wie er befürchtete, später, als er gehofft hatte.
Los, hol einen Eimer Wasser, sagte er, wer weiß, es kann ja sein, daß er nur eine kalte Dusche braucht, um freiwillig wieder aufzustehen.

* Und die Uhrkette?

Vielleicht den Schlauch –, sagte Mr. Nolan.
Den Eimer, sagte ich, sagte Mr. Gorman, unter der Pumpe!
Welchen Eimer? sagte Mr. Nolan.
Zum Donnerwetter, du weißt genau, welchen Eimer! brüllte Mr. Gormann, der doch im allgemeinen nicht zur Ungeduld neigte. Den verflixten Dreckeimer, du verdamm… Er hielt inne. Es war Samstag. Du verdummter Dämel, sagte er.
Watt vernahm Fetzen eines Gesangs:
. . . . *Klippe zu Klippe geworfen*
Endlos ins . . . . .hinab
Mr. Gorman und Mr. Nolan schleppten zusammen den schwarzen Eimer schlickigen Wassers heran.
Schwester, Schwester . . . flieh den trübsinnigen Trunkenbold . . . der immer träumt . . . niemals denkt.
Langsam voran, sagte Mr. Gorman.
Ist das seine Fresse? sagte Mr. Nolan.
Langsam, langsam, sagte Mr. Gorman. Hast du ihn fest in der Hand?
Ach was, sagte Mr. Nolan.
Laß ihn bloß nicht los, sagte Mr. Gorman.
Oder ist es ein Loch in seiner Hose? sagte Mr. Nolan.
Kümmer' dich nicht darum, sagte Mr. Gorman. Bist du soweit?
Paß auf, der Griff, sagte Mr. Nolan.
Scheiß was auf den Griff, sagte Mr. Gorman. Kipp den Eimer, wenn ich es dir sage.
Ihn kippen, womit? sagte Mr. Nolan. So mit der linken Hand?
Mr. Gorman spuckte mit Nachdruck in den Eimer. Mr. Gorman, der normalerweise nie spuckte, es sei denn in sein Taschentuch.
Setz den Eimer ab, sagte Mr. Gorman.
Sie setzten den Eimer ab. Mr. Gorman las wieder die Zeit ab, wie vorher.
In zehn Minuten blüht uns Lady McCann, sagte Mr. Gorman.

Lady McCann war eine Lady, die täglich mit dem ersten Morgenzug von der Bildfläche verschwand und mit dem letzten Abendzug wieder darauf erschien. Die Gründe, die sie dafür hatte, waren unbekannt. Sonntags blieb sie im Bett, wo sie die Kommunion empfing sowie andere Imbisse und Gäste.

Zur Hölle mit ihr, sagte Mr. Gorman. *Schönen guten Tag, Mr. Gorman, wieder ein schöner Tag, Mr. Gorman.* Ein schöner Tag!

Und der Arschbacken-Cox, sagte Mr. Nolan.

Und der Spatzenmagen-Waller, sagte Mr. Gorman.

Und der Kackgesicht-Miller, sagte Mr. Nolan.

Und Mrs. 'nen-Dreier-pro-Freier-Pim, sagte Mr. Gorman.

Die alte Nutte, sagte Mr. Nolan.

Weißt du, was sie neulich zu mir sagte? sagte Mr. Gorman.

Was denn? sagte Mr. Nolan.

In meinem Privatbüro, sagte Mr. Gorman. Indem er Daumen und Zeigefinger an seine Backenknochen schob, plusterte er seinen langen Pfeffer-und-Salz-Schnurrbart auf. Kurz nach der Abfahrt des Elf-Uhr-vierundzwanzig, sagte er. Mr. Gorman, sagte sie, in meinem Haar mag es hier und da wintern, aber es herrscht noch springlebendiger Frühling in meinem Na-Sie-wissen-schon.

(MS unlesbar)

Die rechte Hand hält den Rand fest, sagte Mr. Gorman, und die Finger der Linken umklammern den–.

Ich versteh dich, sagte Mr. Nolan.

Sie bückten sich.

Weiß der Himmel, warum ich mir all diese Mühe mache, sagte Mr. Gorman. Kipp ihn um, wenn ich es dir sage. Der Eimer hob sich langsam.

Nicht alles auf einmal, sagte Mr. Gorman, es gibt keinen Grund, den Boden unnötig zu beschmutzen.

Da Mr. Nolan in diesem Augenblick den Eimer losließ, war Mr. Gorman, der nicht gern hatte, daß das Äußere seiner

Hose naß wurde, genötigt, das gleiche zu tun. Schnell brachten sie sich beide an der Tür in Sicherheit.
Ich schwöre bei Gott, daß er mir aus den Händen gesprungen ist, als ob er lebendig wäre, sagte Mr. Nolan.
Entweder bringt das ihn auf die Beine oder gar nichts, sagte Mr. Gorman.
Blut mischte sich nun mit dem schlickigen Wasser. Mr. Gorman und Mr. Nolan beunruhigte das nicht. Es war unwahrscheinlich, daß ein lebenswichtiges Organ verletzt war.
Mr. Case kam an. Er hatte eine Nacht verbracht, die nicht gerade erfrischend gewesen war, aber er war sehr gut gelaunt.
Er hielt in einer Hand eine Kanne heißen Tees und in der anderen die *Landstreicherlieder*, die er infolge der widrigen Umstände des frühen Morgens nicht im Stellwerkhäuschen auf dem Bord hinterlassen hatte, wie er es gewöhnt war.
Sein Guten-Morgen-Wunsch und sein warmer Händedruck galten zuerst Mr. Gorman und dann Mr. Nolan, die ihrerseits in der gleichen Reihenfolge ihm einen schönen guten Morgen wünschten und ihm herzlich die Hand schüttelten. Und da Mr. Gorman und Mr. Nolan sich daran erinnerten, daß sie im Eifer des morgendlichen Hin und Hers vergessen hatten, einander einen guten Morgen zu wünschen und sich die Hände zu schütteln, taten sie dies nun, sehr kameradschaftlich und unverzüglich.
Mr. Cases Erzählung war hochinteressant für Mr. Gorman und für Mr. Nolan, wegen des erhellenden Lichts, das sie auf alles warf, das bis jetzt dunkel geblieben war. Und doch war noch viel aufzuklären.
Bist du sicher, daß er derselbe ist? sagte Mr. Gorman.
Mr. Case ging vorsichtig auf die Stelle zu, wo Watt lag. Sich vornüberbeugend, kratzte er mit seinem Buch ein wenig Schlick vom Gesicht.
Oh, du versaust dein schönes Buch, rief Mr. Gorman.
Die Kleidung scheint mir die gleiche zu sein, sagte Mr. Case.
Er trat ans Fenster und stieß mit seiner Schnürstiefelspitze

den Hut zurück. Ich erkenne den Hut wieder, sagte er. Er gesellte sich wieder zu Mr. Gorman und Mr. Nolan auf der Schwelle. Ich sehe die Taschen wieder vor mir, sagte er, aber ich kann nicht behaupten, daß ich das Gesicht wiedererkenne. Es stimmt allerdings, wenn es sich überhaupt um denselben handelt, daß ich ihn nur zweimal vorher gesehen habe, und beide Male war das Licht schlecht, sehr, sehr schlecht. Und doch kann ich mich im allgemeinen gut an Gesichter erinnern.

Erst recht an solch ein Gesicht, sagte Mr. Nolan.

Und an Ärsche, fügte Mr. Case als eine Art Hintergedanken hinzu. Ich brauche einen Arsch nur einmal zu Gesicht zu kriegen, und ich kann ihn unter Tausenden wieder herausfinden.

Mr. Nolan flüsterte seinem Vorgesetzten etwas zu.

Du übertreibst, sagte Mr. Gorman.

Im übrigen habe ich ein schlechtes Gedächtnis, sagte Mr. Case, ein sehr schlechtes, wie meine Frau bestätigen kann.

Lady McCann gesellte sich zu der Gruppe. Grüße wurden ausgetauscht und Wünsche. Mr. Gorman erzählte ihr das wenige, was man wußte.

Ist das Blut, was ich da sehe? sagte Lady McCann.

Nur ein paar Tropfen, Mylady, sagte Mr. Case, aus der Nase oder vielleicht aus dem Ohr.

Arschbacken-Cox und Spatzenmagen-Waller kamen zusammen an. Im Anschluß an die üblichen Begrüßungen mit dem gebotenen Händedrücken und Kopfnicken ließ Lady McCann sie wissen, was sich zugetragen hatte.

Es muß etwas geschehen, sagte Mr. Cox.

Und zwar sofort, sagte Mr. Waller.

Ein atemloser Junge tauchte auf. Er sagte, Mr. Cole habe ihn geschickt.

Mr. Cole? sagte Lady McCann.

Vom Bahnübergang, Mylady, sagte Mr. Case.

Mr. Cole wollte wissen, warum sich Mr. Cases Signale der Durchfahrt von Mr. Coles Fünf-Uhr-siebenundfünfzig wider-

setzten, der nun im Eiltempo heranbrause, von Südosten.
Gott bewahre mich, sagte Mr. Case, wo war ich nur mit meinen Gedanken.
Aber er hatte die Tür noch nicht erreicht, als Mr. Gorman ihn auf Veranlassung des Jungen aufforderte stehenzubleiben.
Mr. Cole, sagte der Junge, würde auch gern erfahren, warum Mr. Cases Signale sich der Durchfahrt von Mr. Coles Sechs-Uhr-sechs widersetzten, der nun heransause, von Nordwesten.
Lauf zurück, Kleiner, sagte Lady McCann, zu dem, der dich geschickt hat. Sag ihm, daß – der Schauplatz schrecklicher Ereignisse war, aber daß jetzt alles wieder gut ist. Wiederhole, was ich sage. Der Schauplatz . . . schrecklicher . . . Ereignisse . . . aber daß jetzt . . . alles wieder gut ist . . . Das hast du fein gesagt. Hier hast du einen Penny.
Kackgesicht-Miller kam an. Kackgesicht-Miller grüßte nie jemanden, weder mündlich noch anders, und sehr wenige grüßten Kackgesicht-Miller. Er kniete neben Watt nieder und schob seine Hand unter dessen Kopf. In dieser rührenden Haltung verharrte er eine Weile. Dann stand er auf und ging weg. Er blieb auf dem Bahnsteig stehen, mit dem Rücken zur Strecke und dem Gesicht zur Sperre. Die Sonne war noch nicht aufgegangen über der See, sie war noch nicht aufgegangen, aber sie war drauf und dran aufzugehen. Beim Hinschauen ging sie auf und schien mit ihrem schwachen Morgenschein in sein Gesicht.
Watt stand nun auch auf, zum nicht geringen Ergötzen von Mr. Gorman, Mr. Nolan, Mr. Cox und Mr. Waller. Lady McCann fand das weniger amüsant.
Herrgottsakra, wer sind Sie, sagte Mr. Gorman, und was, zum Teufel, wollen Sie?
Watt fand seinen Hut und setzte ihn auf.
Mr. Gorman wiederholte seine Frage.
Watt fand seine Taschen, zuerst eine, dann die andere, und nahm sie so in seine Hände, daß sie ihn am wenigsten be-

lästigten. Die Gruppe gab die Tür frei, und er ging hinaus, in die Fahrkartenausgabe.

Wer ist er? sagte Mr. Cox?

Und was will er? sagte Mr. Waller.

Sprechen Sie, sagte Lady McCann.

Watt blieb am Fahrkartenschalter stehen, setzte seine Taschen wieder einmal ab und klopfte an die hölzerne Schalterklappe.

Geh hin und frag, was er will, sagte Mr. Gorman.

Als Watt ein Gesicht jenseits der Scheibe erblickte, sagte er: Geben Sie mir bitte eine Fahrkarte.

Er will eine Fahrkarte, rief Mr. Nolan.

Eine Fahrkarte wohin? sagte Mr. Gorman.

Wohin? sagte Mr. Nolan.

Bis ans Ende der Strecke, sagte Watt.

Er will eine Fahrkarte zum Ende der Strecke, rief Mr. Nolan.

Ist er ein Weißer? sagte Lady McCann.

Welches Ende? sagte Mr. Gorman.

Was für ein Ende? sagte Mr. Nolan.

Watt antwortete nicht.

Das dicke Ende oder das dünne? sagte Mr. Nolan.

Watt überlegte noch ein Weilchen. Dann sagte er:

Das nächste Ende.

Das nächste Ende, rief Mr. Nolan.

Das Schreien ist unnötig, sagte Mr. Cox.

Die Stimme ist leise, aber klar, sagte Mr. Waller.

Aber was für ein merkwürdiger Akzent, sagte Lady McCann.

Ich bitte um Verzeihung, sagte Watt, ich meine, das weiteste Ende.

Was Sie brauchen, ist eine Freikarte, sagte Mr. Nolan.

Gib ihm eine dritter einfach nach –, sagte Mr. Gorman, und die Sache ist für uns erledigt.

Ein Shilling und drei, sagte Mr. Nolan.

Watt zählte eine Münze nach der anderen in die geriefte muldenartige Vertiefung: einen Shilling, zwei Sixpence, drei Threepence und vier Pennies.

Was ist das alles? sagte Mr. Nolan.
Drei Shilling und ein –, sagte Watt.
Ein Shilling und drei, brüllte Mr. Nolan.
Watt steckte den Überschuß in die Tasche.
Der Zug! schrie Lady McCann.
Schnell, sagte Mr. Cox, zwei hin und zurück.
Mr. Cox und Mr. Waller hatten, obgleich sie kerngesund waren und täglich auf dieser Strecke zur Stadt und wieder zurückfuhren, die Gewohnheit, ihre Fahrkarten jeden Morgen neu zu lösen. Einen Tag zahlte Mr. Cox und am nächsten Mr. Waller. Die Gründe dafür sind nicht bekannt.
Wenige Minuten später lief der Sechs-Uhr-vier in die Bahnstation ein. Es stieg, da Mrs. Pim nicht da war, kein einziger Fahrgast zu. Aber es wurde ein Fahrrad ausgeladen, für eine gewisse Miss Walker.
Mr. Case, dem es nun wieder freistand, sein Stellwerkhäuschen zu verlassen, gesellte sich zu Mr. Gorman und Mr. Nolan vor der Sperre. Die Sonne stand nun rund über dem sichtbaren Horizont. Mr. Gorman, Mr. Case und Mr. Nolan wandten ihr die Gesichter zu, wie die Menschen es frühmorgens zu tun pflegen, ohne sich etwas dabei zu denken. Die Straße lag zu dieser Stunde still, bleiern und verlassen zwischen ihren Hecken und Gräben. Aus einem dieser letzteren tauchte eine Ziege auf, Pflock und Kette hinter sich herschleppend. Die Ziege zögerte mitten auf der Straße, dann zog sie davon. Das Klirren drang immer leiser durch die stille Luft herab, und es wurde noch leiser, als der Pflock jenseits der Bodenwelle verschwunden war. Die bebende See konnte man nur bewundern. Die Blätter zitterten oder sahen so aus, als ob sie zitterten, die Gräser auch, unter den Tropfen oder Perlen lustvoll sich opfernden Taus. Der Anfang des langen Sommertags war ausgezeichnet. Wenn es so weiterginge, würde es den Weg lohnen, um sein Ende zu sehen.
Immerhin, sagte Mr. Gorman, das Leben ist gar nicht so ein schlimmes, altes Luder. Er hob seine Hände und spreizte sie

zu einer verehrenden Gebärde. Dann steckte er sie wieder in die Taschen seiner Hose. Alles in allem, sagte er.
Wieder der Ziegenbock von diesem Riley, sagte Mr. Nolan, ich kann ihn von hier aus riechen.
Und da sagt man, es gebe keinen lieben Gott, sagte Mr. Case.
Alle drei mußten herzlich über diese Ungereimtheit lachen.
Mr. Gorman schaute nach seiner Uhr.
An die Arbeit, sagte er.
Sie gingen auseinander. Mr. Gorman ging in eine Richtung, Mr. Case ging in eine andere und Mr. Nolan in eine dritte. Aber sie waren noch nicht weit gegangen, als Mr. Case zögerte, weiterging, wieder zögerte, stehenblieb, kehrtmachte und rief:
Und unser Freund?
Mr. Gorman und Mr. Nolan blieben stehen und machten kehrt.
Freund? sagte Mr. Gorman.
Mr. Gorman befand sich zwischen Mr. Case und Mr. Nolan, so daß er seine Stimme nicht zu erheben brauchte.
Meinst du den langen, triefenden, armen Schlucker mit dem Hut und den Taschen? rief Mr. Nolan.
Mr. Nolan blickte zu Mr. Case, Mr. Case zu Mr. Nolan, Mr. Gorman zu Mr. Case, Mr. Gorman zu Mr. Nolan, Mr. Nolan zu Mr. Gorman, Mr. Case zu Mr. Gorman, Mr. Gorman wieder zu Mr. Case, wieder zu Mr. Nolan und vor sich hin auf nichts Besonderes. Und so standen sie eine Weile da, während Mr. Case und Mr. Nolan und Mr. Gorman blickten und Mr. Gorman vor sich hin auf nichts Besonderes blickte, obwohl das Hinabgleiten des Himmels zu den Hügeln und das Hinabgleiten der Hügel zur Ebene ein so schönes Bild ergaben im frühen Morgenlicht, wie sich's einer nur wünschen kann, im Lauf eines Tages.

ihr Ehebett war ein großes Wehebett

wer erzählet die Sage
von dem alten Mann?
wiegt Wegsein mit der Waage?
legt den Not-Maßstab an?
mißt das Weh aller Orte?
zählt das ganze Leid
und schließt ein in Worte
die Nichtigkeit?

die Hitzepickel des gescheiten Hooker

Grenzen für des Teiles Gleichheit mit dem Ganzen

Totenstille, dann ein Murmeln, ein Name, ein gemurmelter Name, aus Zweifel, aus Furcht, aus Liebe, aus Furcht, aus Zweifel, Winterwind in den schwarzen Zweigen, kalte ruhige See, die flüsternd weiß wird zum Strand hin, schleichend, heranschnellend, anschwellend, dahinschwindend, verebbend, von nichts her, zu nichts hin

Heiß täglich uns zu allen Stunden
sehnend die Seele aufzugeben
bis jedes Jugendjahr verschwunden
und alles Leben aus dem Leben.

*Das folgende unschätzbare und aufschlußreiche Material sollte sorgfältig studiert werden. Nur Müdigkeit und Überdruß verhinderten seine Einbeziehung ins Werk.

Watt lernte, gelten zu lassen usw. Zur Erläuterung der Dürftigkeit des III. Teils zu benützen. Watt kann nicht über das, was im ersten Stock geschah, sprechen, weil meistens nichts geschah, ohne Protest von seiner Seite.

Erwähnen, daß Arsenes Erklärung Watt nur allmählich wieder eingefallen ist.

Eines Nachts steigt Watt aufs Dach.

Watt schneuzt sich.

Mahlzeiten. Mr. Knotts Schüssel jeden Tag an einem anderen Platz. Watt macht Zeichen mit Kreide.

Der rasend gewordene Stipendiat.

die schwarze Wasserfläche, der sich ausbreitende Wellenschauer, der Ufersaum, die Stille

nie richtig geboren zu sein

die Seele des Fötus ist erwachsen (sh. die *Heilige Embryologie* von Cangiamila und *De Synodo Diocesana,* 7. Buch, 4. Kapitel, 6. Abschnitt von Papst Benedikt XIV.)

immerwährendes Halbdunkel

für all das Gute, was sein häufiges Fortreisen aus Irland ihm eingebracht hatte, hätte er ebensogut dortbleiben können

eine runde, recht breite, hölzerne Tischplatte, die auf einem einzigen, massiven, kegelförmigen Stumpf ruhte, nahm die Mitte des Raumes ein

zitto! zitto! daß nur das Publikum nichts merke!

Auf dem Wüstenboden, unterm Himmel, wobei Watt den einen als über sich und den anderen als unter sich befindlich erkannte. Daß vor ihm, hinter ihm und um ihn herum noch etwas anderes als Himmel oder Wüstenboden war, fühlte Watt nicht. Und es war immer ihr langes, dunkles gemeinsames Fluten auf die Illusion der Vereinigung zu, was er vor sich sah, nach welcher Seite er sich auch immer wenden mochte. Der Himmel hatte eine dunkle Farbe, woraus zu schließen wäre, daß die gewohnten Lichter nicht da waren. Sie waren nicht da. Auch der Wüstenboden, das versteht sich von selbst, hatte eine dunkle Farbe. Eigentlich hatten Himmel und Wüstenboden die gleiche dunkle Farbe, was kaum verwunderlich ist. Auch Watt hatte freilich die gleiche dunkle Farbe. Diese dunkle Farbe war so dunkel, daß die Farbe nicht mit Sicherheit erkannt werden konnte. Manchmal schien sie eine dunkle Abwesenheit von Farben zu sein, eine dunkle Mischung aller Farben, ein Dunkelweiß. Aber da Watt der Ausdruck dunkelweiß mißfiel, nannte er seine Dunkelheit weiterhin klar und deutlich eine dunkle Farbe, was sie genaugenommen nicht war, da ja die Farbe so dunkel war, daß sie sich der Identifizierung als Farbe entzog.
Die Quelle des über diese Szene verbreiteten Lichts ist unbekannt.
Weitere Eigentümlichkeiten dieser Seelenlandschaft:

Die Temperatur war mild.
Unter Watt hob und senkte sich der Wüstenboden.
Alles war still.
Über Watt senkte und hob sich der Himmel.
Watt war wie angewurzelt.

Kein einziges Wort
läßt Watt dereinst fort.
Bei welchem Rapport?

Über die Ankunft an
und das Verweilen in
und das Scheiden aus
Knotts Herrenhaus.

Über den langen Weg,
das kurze Bleiben dort,
über die Strecke zurück
zum Ausgangsort.

Über das leere Herz
und manch leere Hand
und das Wandern in die Irre
durch verdorrtes Land.

Über Flammenlicht,
das sturmumdrängt
allmählich erlischt,
das erloschen ist.

Über das leere Herz
und manch leere Hand
und das Stolpern im Dunkeln
durch verdorrtes Land.

Bei diesem Rapport
läßt Watt dereinst fort
kein einziges Wort.

die Merde hat mich wieder

pereant qui ante nos nostra dixerunt

Das zweite Gemälde in Erskines Zimmer zeigt einen Herrn in voller Größe am Piano sitzend, im Profil von rechts hinten, nackt bis auf den mit Notenpapier bedeckten Schoß. Mit der rechten Hand hält er einen Akkord, der von Watt mühelos als der C-Dur Grundakkord in seiner zweiten Umkehrung erkannt wurde, während er mit der anderen die Muschel seines linken Ohrs vergrößert. Sein rechter Fuß, dem der linke von oben Nachdruck verleiht, tritt mit aller Macht auf das Forte-Pedal. Den kräftigen Muskeln von Nacken, Arm, Rumpf, Bauch, Lende, Oberschenkel und Wade, die wie angestrengte Saiten vorspringen, hatte Mr. O'Connery alle Fertigkeiten jesuitischen Tastsinns angedeihen lassen. Schweißperlen in so vollendeter Darstellung, daß sie eines Heem würdig gewesen wären, waren zahlreich über pektorale, subaxillare und hypogastrische Flächen verteilt. Die rechte Brustwarze, der ein langes, rotes, einsames Haar entsproß, war im Stadium unverkennbarer Schwellung, ein reizendes Detail. Der Oberkörper war über die Tastatur gebeugt, und der Ausdruck des leicht dem Betrachter zugewandten Gesichts glich dem eines Mannes, der drauf und dran war, sich nach vielen Tagen eines besonders harten Stuhls zu entledigen, seine Stirn war nämlich zerfurcht, die Augen waren zugekniffen, die Nasenlöcher geweitet, der Mund stand halb offen, und der Unterkiefer hing herab als eine nicht schöner vorstellbare Synthese aus Angst, Konzentration, Anstrengung, Erregung und Selbstaufopferung, als eine Illustration der auf ein musikalisches Wesen ausgeübten außerordentlichen Wirkung der leisen Kakophonie ferner, sich in den verklingenden Akkord einmischender Obertöne. Mr. O'Connerys Liebe zum bedeutsamen Detail zeigte sich auch in der Malweise der Zehennägel, die auffallend üppig wucherten und vom Schmutz zu strotzen schienen. Auch den Füßen hätte ein wenig Wasser nicht geschadet, die Beine waren auch nicht frisch und appetitlich zu nennen, Arschbacken und Bauch schrien nach einem Sitzbad zumindest, die Brust sah abstoßend aus, der Hals war wirklich dreckig, und in den Ohren hätte man mit bester Aussicht auf baldiges Keimen etwas einsäen können.

Daß jedoch ein feuchter Lappen vor nicht allzu langer Zeit rasch über die am meisten hervorragenden Teile der facies (lateinisches Wort für Gesicht) gewischt hatte, schien nicht unwahrscheinlich zu sein.

(Lateinisches Zitat)

Der Schnurrbart, der blaßrot war bis auf die Stellen, die durch Tabak, vorrückendes Alter, nervöses Kauen, Familienzwist, Rotz aus der Nase und Mundschaum entfärbt waren, wölbte sich über pralle rote Lippen, und aus der prallen roten Kinnbacke und ebenso aus der prallen roten Wamme sproßten blaßrot die dem Untergang geweihten Anfänge eines dichten blaßroten Stoppelbarts.

wie eine für immer verkannte Blume des Dickichts

Watts Davus-Komplex (krankhafte Angst vor Sphinxen)

Eines Nachts kam Arthur in Watts Zimmer. Er war aufgeregt. Er dachte, er wäre für Mr. Knott gehalten worden. Er wußte nicht, ob er sich dadurch geehrt fühlen sollte oder nicht.
Im Garten spazierend, sagte er, Jetzt spaziere ich im Garten, ohne großes Vergnügen zwar, aber immerhin, auf und ab, ich spaziere im Garten.
Er beobachtete seine Beine, wie sie sich unter ihm bewegten, hin und her.
Ich stelle mich zuerst auf das eine Bein, sagte er, dann auf das andere, so, und auf diese Weise bewege ich mich vorwärts.
Beachte, wie du, ohne daran zu denken, die Gänseblümchen verschonst. Welche Sensibilität.
Stehenbleibend betrachtete er das Gras zu seinen Füßen.
Dieser taubedeckte Rasen gehört dir nicht, sagte er. Er faltete die Hände vor der Brust. Er erhob sie zu seinem Schöpfer und dem Spender aller Dinge, seines Selbst, der Gänseblümchen und des Grases. Danke, Meister, sagte er. Er entspannte sich. Er ging weiter.
Dies soll gut für die Gesundheit sein, sagte er.
Es war seit diesem Aphorismus noch nicht viel Zeit vergangen, als Arthur so von herzhaftem Lachen geschüttelt wurde, daß er sich festhalten mußte an einem vorüberziehenden Strauch oder Busch, der, sich herzhaft mitschüttelnd, an dem Spaß teilnahm.
Sobald Arthur seine Ruhe wiedergefunden hatte, machte er kehrt, um den Busch oder Strauch zu untersuchen. Alles, was er sagen konnte, war, daß es sich nicht um einen Binsenstrauch handelte.
Nun erblickte er eine über das Gras auf ihn zukommende undeutliche Masse. Einen Augenblick später war es ein in Lumpen gehüllter alter Mann.
Wer mag das sein, sagte Arthur.
Einen Penny für einen armen alten Mann, sagte der alte Mann.

Arthur spendete einen Penny.
Gott vergelt's, sagte der alte Mann.
Amen, sagte Arthur, Adieu.
Ich weiß noch, als du ein Rotzjunge warst, sagte der alte Mann. Ich war selber ein Rotzjunge.
Wir waren also zusammen Rotzjungen, sagte Arthur.
Du warst ein hübscher, entzückender Kerl, sagte der alte Mann, und ich war auch einer.
Und wie wir jetzt aussehen! sagte Arthur.
Du machtest immer wieder die Hose naß, sagte der alte Mann.
Das tu ich immer noch, sagte Arthur.
Ich putzte die Schuhe, sagte der alte Mann.
Wenn du es nicht getan hättest, hätte es jemand anders getan, sagte Arthur.
Dein Vater war sehr gut zu mir.
Wie der Vater, so der Sohn, sagte Arthur. Adieu.
Ich habe dieses reizende Fleckchen Erde mit angelegt, sagte der alte Mann.
Wenn es so ist, sagte Arthur, dann kannst du mir vielleicht sagen, wie diese außergewöhnliche Pflanze heißt.
Der Oleander?
Hero-Leander?!
Man nennt ihn auch Rosenlorbeer oder Lorbeerrose, sagte der alte Mann.
Arthur kehrte zurück ins Haus und schrieb in sein Tagebuch: Machte eine Runde im Garten. Dankte Gott für eine kleine Gnade. Ergötzte mich an Hero-Leander. Gab ein Almosen an einen alten Mann, einen einstigen Bediensteten der Familie Knott.
Aber das genügte ihm nicht. Er lief also zu Watt.
Es war das erste Mal, daß Watt die Worte Familie Knott hörte.
Es hatte eine Zeit gegeben, in der sie ihn erfreut hätten, ebenso wie der durch sie nahegelegte Gedanke, daß auch Mr. Knott einer Serie angehörte, einer wurmartigen Serie.

Aber jetzt nicht. Denn Watt war nun eine alte Rose, die sich nicht mehr für den Gärtner interessierte.

das fruchtbare Bathos der Erfahrung

faede hunc mundum intravi, anxius vixi, perturbatus egredior, causa causarum miserere mei

alle Namen ändern

mehrstimmiger Gesang, den Watt auf dem Wege zur Bahnstation hörte (IV):

Sop.	Mit ganzer Brust atme, Herz, eine Weil unheimlich allein
Alt	Mit ganzer Brust mit gan . . . . . . zer . . . . . Brust . . . .
Ten.	Mit gan . . . . . . zer Brust . . . .
Bas.	At . . me . . . . atme . . . .
Sop.	die elende Luft der Sorgengruft, der elenden Lust
Alt	atme . . . atme . . . . der . . . . . en . . . . . . denden Lust .
Ten.	atme . . . atme . . . die . . . . elen . . . .
Bas.	. . . . pfui! die . . . . elen . . . .
Sop.	unheimlich eine Weil die elende Luft
Alt	die . . . . e . . . . lende . . . Luft . . .
Ten.	de . . . . Luft . . . .
Bas.	de . . . . Luft . . . .

Watt sieht so aus, als nähere er sich dem Ende einer Sterileiterspritzenkur

parole non ci appulcro

Weh dem, der Symbole sieht!

Zeittafel

1906	am 13. April in Foxrock, einem Vorort von Dublin, geboren.
1928–1930	Englisch-Lektor an der Ecole Normale Supérieure in Paris
1929	*Assumption.* Erzählung
	Dante . . . Bruno. Vico . . . Joyce. Essay
	Che sciagura. Dialog
1930	*Whoroscope, For future reference, From the only poet to a shinning whore – For Henry Crowder to sing.* Gedichte
1931	*The possessed.* Dialog
	Proust. Essay
	Return to the vestry, Hell crane to starling, Casket of pralinen for a daughter of a dissipated mandarin, Text, Yoke of liberty.
	Alba. Gedichte
1932	*Sedendo et quiescendo.* Erzählung
	Text. Prosafragment
	Home Olga, Akrostikon
	Dante and the lobster. Erzählung
1934	*More pricks than kicks.* Erzählungen
	Gnome. Gedicht
	A case in a thousand. Erzählung
1935	*Echo's bones and other precipitates.* Gedichte
1936	*Cascando I, II, III.* Gedichte
1937	Beckett läßt sich in Paris nieder.
1938	*Ooftish.* Gedicht
	Murphy. Roman
1940–1942	Résistance
1942	Flucht in das unbesetzte Gebiet von Südfrankreich.
1946	*Saint-Lô.* Gedicht
	Poèmes 38–39
	Suite. L'expulsé. Erzählungen
1948	*Trois poèmes*
1951	*Molloy, Malone meurt.* Romane
1952	*En attendant Godot.* Stück in zwei Akten
1953	*L'innommable, Watt.* Romane
1955	*Nouvelles et Textes pour rien.* Erzählungen
1956	*From an abandoned work.* Prosafragment

1957	*All that fall.* Hörspiel
	Fin de partie suivi de Acte sans paroles. I. Stück und Pantomime
1958	*Krapp's last tape.* Stück in einem Akt
1959	*Embers.* Hörspiel
	Act without words. II. Pantomime
1961	Internationaler Verlegerpreis
	Comment c'est. Roman
	Happy days. Stück in zwei Akten
1962	*Words and music.* Hörspiel
1963	*Play.* Stück in einem Akt
	Cascando. Hörspiel
1963–1964	*Dramatische Dichtungen in drei Sprachen.* 2 Bände
1965	*Imagination morte imaginez.* Prosa
	Film
	Faux départs. Kurzprosa
1966	*Assez, Bing.* Prosa
	Come and go. Kurzes Spiel
	Eh Joe. Fernsehspiel
1969	Nobelpreis für Literatur
	Breath. Theaterszene
1970	*Premier amour, Mercier et Camier.* Romane
	Sans, Le dépeupleur. Prosa

Von Samuel Beckett erschienen im Suhrkamp Verlag in der Übersetzung von Erika und Elmar Tophoven

Dramatische Dichtungen in drei Sprachen. *2 Bände*
Stücke/Kleine Prosa. Auswahl in einem Band
Drei Romane: Molloy/Malone stirbt/Der Namenlose
Endspiel. Alle, die da fallen
Malone stirbt. *Roman*
Molloy. *Roman*
Der Namenlose. *Roman*
Wie es ist/Comment c'est. *Roman. Zweisprachig*
Film. He, Joe. *In drei Sprachen*
Fin de partie/Endspiel. *Zweisprachig*
Watt

Samuel Beckett inszeniert das »Endspiel«
Fotografiert von Rosemarie Clausen. Mit dem Text des Stückes und einem Bericht von Michael Haerdter über die Proben für die Berliner Aufführung 1967

Bibliothek Suhrkamp
Erzählungen und Texte um Nichts
Glückliche Tage und andere Stücke
Wie es ist. *Roman*
Residua. Neue Prosadichtung *in drei Sprachen*
Premier amour/Erste Liebe. *Zweisprachig*
Le dépeupleur/Der Verwaiser. *Zweisprachig*

edition suhrkamp
Warten auf Godot. *Schauspiel*
Aus einem aufgegebenen Werk und kurze Spiele
Fin de partie/Endspiel. *Zweisprachig*
Materialien zu Becketts »Endspiel«
Das letzte Band. Regiebuch der Berliner Inszenierung

suhrkamp taschenbücher
Warten auf Godot. *Dreisprachig.* Vorwort von Joachim Kaiser

suhrkamp taschenbücher

st 1 Samuel Beckett,
Warten auf Godot
Dreisprachig · Vorwort · Bibliographie
Deutsche Übertragung von Elmar Tophoven
256 Seiten
»Samuel Beckett, dessen Drama ›Warten auf Godot‹ der Anfang einer ins Unabsehbare führenden Entwicklung des modernen Theaters war – auch darum soll dieses folgenreiche Stück die neuen suhrkamp taschenbücher einleiten –, Samuel Beckett ist der größte Dichter unserer Jahrzehnte.« Joachim Kaiser

st 2 Max Frisch,
Wilhelm Tell für die Schule.
Prosa
Erstausgabe. 112 Seiten
Die Tell-Sage zählt zu den berühmtesten nationalen Mythen. Seit Schiller gilt sie als klassischer Besitz vom Triumph des Freiheitswillens über Unterdrückung. An den Schulen wird sie in dieser Form weitergereicht.
Gerade für die Schule erzählt Max Frisch den Wilhelm Tell neu: ein nationaler Mythos wird demontiert.

st 3 Peter Handke,
Chronik der laufenden Ereignisse.
Filmbuch
Erstausgabe. 144 Seiten
Eine einfache Geschichte: Zwei junge Männer, Philip Spade und Sam Beaumont, kommen nach San Fernando und lernen dort die Kellnerin Kelly und »das Mädchen mit dem Pferdeschwanz« kennen. Die Stadt scheint zunächst freundlich, bald jedoch treten ihre Herrschaftsstrukturen hervor. Der Versuch, sie zu verändern, scheitert. – Der Fernsehfilm wurde im Mai 1971 vom WDR ausgestrahlt.

st 4 Hans Magnus Enzensberger,
Gedichte 1955–1970
192 Seiten
Der Band enthält nicht nur eine neue Auswahl aus seinen Gedichtbänden »verteidigung der wölfe«, »landessprache« und »blindenschrift«, sondern er bringt darüber hinaus gut dreißig Gedichte, die Enzensberger zwischen 1965 und 1970 schrieb und die hier, bis auf wenige Ausnahmen, zum ersten Mal veröffentlicht werden.

st 5 Thomas Bernhard,
Gehen
Erzählung. 112 Seiten
»Gehen« ist die jüngste, im Juli 1971 beendete Prosaarbeit von Thomas Bernhard. Wie die Texte von »Midland in Stilfs« stellt auch diese Erzählung die Frage nach einem Sinn des Daseins, der für Bernhard fließend ist. Bewegen, Fließen, »Gehen und nicht stehen«, so äußerte sich Bernhard über seine jüngste Arbeit.

st 6 Martin Walser,
Gesammelte Stücke
368 Seiten
Dieser Band faßt alle Theaterstücke zusammen, die Martin Walser in den letzten zehn Jahren geschrieben hat. Die Stücke, für deren Abdruck die jeweils letzte Textfassung zugrunde gelegt wurde, sind Ausdruck der Auseinandersetzung des Autors mit der dramatischen Tradition und dem Theater der Gegenwart.

st 7 Hermann Hesse,
Lektüre für Minuten
Ausgewählt von Volker Michels
240 Seiten
»Lektüre für Minuten« dokumentiert mit 550 thematisch angeordneten Maximen die gedankliche Essenz der Schriften Hermann Hesses. Zusammengestellt wurde dieser Reader während der Lektüre sämtlicher Bücher Hermann Hesses sowie des vollständigen unpublizierten Nachlasses.

st 8 Olof Lagercrantz,
China-Report
Bericht einer Reise.
Aus dem Schwedischen
von Dorothea Bjelfvenstam
144 Seiten

Als erster europäischer Journalist nach der Kulturrevolution erhielt Olof Lagercrantz, Chefredakteur der größten schwedischen Tageszeitung, Dagens Nyheter, eine Einladung für einen längeren Aufenthalt in China. In 15 Aufsätzen, die in Dagens Nyheter veröffentlicht wurden, berichtet Lagercrantz von seinen chinesischen Erfahrungen: vom chinesischen Alltag, wie von den Gründen und Folgen der Kulturrevolution.

st 9 Jürgen Habermas,
Theorie und Praxis
480 Seiten

Das seit seinem ersten Erscheinen zum Klassiker gewordene Buch von Jürgen Habermas ist eine Sammlung historischer Studien über das Verhältnis von Theorie und Praxis in den Gesellschaftstheorien, die von der Antike über Scholastik, Aufklärung, Idealismus und Marxismus bis zur verwissenschaftlichten Zivilisation der Gegenwart reichen und die Grundlagen für eine systematische Untersuchung dieses politischen Zentralproblems bilden.

st 10 Alexander Mitscherlich,
Thesen zur Stadt der Zukunft
176 Seiten

Der Band faßt Mitscherlichs Publikationen zum Thema Städtebau zusammen, soweit sie nach der »Unwirtlichkeit unserer Städte« entstanden sind. Wer ernsthaft an die Lösung der Probleme denken will, die der Zustand der Großstädte und ihrer Bewohner heute aufgibt, wird an Mitscherlichs Thesen nicht vorbeigehen können.

st 11 Theodor W. Adorno,
Erziehung zur Mündigkeit
Vorträge und Gespräche mit Hellmut Becker.
Herausgegeben von Gerd Kadelbach
160 Seiten
Diese Vorträge und Gespräche, die von 1959 bis 1969 vom Hessischen Rundfunk gesendet wurden, zeigen einen »anderen« Adorno als die meisten seiner Bücher: er wirkt unmittelbarer, kommunikativer, verständlicher; er leitet den Leser – wie einst den Hörer – zum Mitdenken und zum Selbstdenken an.

st 12 Ernst Bloch,
Subjekt – Objekt.
Erläuterungen zu Hegel
544 Seiten
»Diese Schrift erhebt nicht den Anspruch, ein Buch über Hegel zu sein, sie ist eher eines zu ihm, mit ihm und durch ihn hindurch. Sie intendiert die durch Hegel und die Folgen bezeichnete Erhellung unseres geschichtlichen Woher, Wohin, auch Wozu. Hegel leugnete die Zukunft, keine Zukunft wird Hegel verleugnen.«
Ernst Bloch im Vorwort zu »Subjekt – Objekt«

st 13 Siegfried Kracauer,
Die Angestellten. Aus dem neuesten Deutschland
Mit einer Rezension von Walter Benjamin:
Die Politisierung der Intelligenz
144 Seiten
Kracauers Angestellten-Buch ist ein Klassiker der analytisch-dokumentarischen Literatur, der seit seinem Erscheinen (1930) kaum etwas an Aktualität eingebüßt hat. »Der Wirklichkeit wird hier so sehr zugesetzt, daß sie Farbe bekennen muß«, schrieb damals Walter Benjamin.

st 14 Ludwig Wittgenstein,
Philosophische Untersuchungen
272 Seiten
Außer seinem berühmten Frühwerk, dem »Tractatus logico-philosophicus« (1918), hat Wittgenstein nur noch ein

Manuskript für den Druck vorbereitet, die »Philosophischen Untersuchungen«, die 1945–49 geschrieben und 1953 posthum veröffentlicht wurden. Sie sind das Hauptwerk Wittgensteins, das die Philosophie unseres Jahrhunderts entscheidend beeinflußt hat.

st 15 Claude Lévi-Strauss,
Strukturale Anthropologie
464 Seiten
Aus dem Französischen von Hans Naumann.
Die Sammlung von Aufsätzen enthält die Quintessenz der Forschungen von Lévi-Strauss. Sie stellen eine vergleichende Strukturanalyse aller Äußerungen des sozialen Lebens dar, von den Verwandtschaftsbeziehungen und Siedlungsformen bis zur Sprache, Religion, Kunst und Kochgewohnheiten. All das sind Manifestationen der unbewußten Tätigkeit des menschlichen Geistes, die als eine Gesamtheit symbolischer Systeme oder als eine Syntax betrachtet werden können.

st 16 Bertolt Brecht,
Geschichten vom Herrn Keuner
128 Seiten
Brecht hat von 1930 bis in die fünfziger Jahre hinein »Geschichten vom Herrn Keuner« geschrieben; sie werden hier zum ersten Mal in einer separaten Ausgabe vollständig veröffentlicht. Diese Geschichten zeigen Brecht als Meister der kurzen Prosa: als Meister klarer, sachlicher Formen und der aggressiven sozialen Kritik.

st 17 Ödön von Horváth,
Jugend ohne Gott
176 Seiten
Ödön von Horváth ist nicht mehr ein Geheimtip für Kenner. So gut wie unentdeckt sind aber immer noch seine Kurzprosa und die Romane. »Jugend ohne Gott« ist Horváths zweiter Roman. Noch 1938, unmittelbar nach Erscheinen, wurde er in 8 verschiedene Sprachen übersetzt.

st 18 Bernard Shaw,
Die Aussichten des Christentums
Deutsche Übersetzung von Siegfried Trebitsch
144 Seiten
In fünf, der Reihenfolge des »Neuen Testaments« entsprechenden Kapiteln analysiert Shaw die vier Evangelien und die Briefe des Apostels Paulus. Mit der ihm eigenen Originalität und Schärfe weist Shaw die klassenorientierte Entstellung der ursprünglichen Lehre Jesu unter der Orthodoxie der Kirchensysteme nach.

st 19 Allerleirauh
Viele schöne Kinderreime
versammelt von Hans Magnus Enzensberger
400 Seiten
»Neben und seit ›Des Knaben Wunderhorn‹ ist uns kein Buch bekannt, das in solcher Gründlichkeit und Fülle Kinderverse und Sprüchlein aus vielen Jahrhunderten enthält. Es ist dazu mit 380 kleinen, unbekannten Holzschnitten aus dem 18. und 19. Jahrhundert geschmückt, die es zu einem hochwertigen Bilderbuch machen.«
Aargauer Tagblatt

st 20 Jürgen Becker,
Eine Zeit ohne Wörter
270 Seiten
Eine Zeit ohne Wörter: unter diesem Titel veröffentlicht Jürgen Becker eine Serie von Fotos, die er in einer »Zeit ohne Wörter« aufgenommen hat. Er demonstriert mit seinen Fotos nicht nur die bloße Anwesenheit der Dinge, sondern er versucht vor allem darzustellen, wie sie unter veränderten Umständen, zu verschiedenen Zeiten, in wechselnden Stimmungen wahrnehmbar werden.

st 21 Walter Benjamin,
Über Haschisch. Erzählungen, Materialien, Protokolle
Walter Benjamins Texte über Haschisch dokumentieren nicht nur die individuellen Rauscherfahrungen des Autors, sondern stehen in engem Zusammenhang mit

der Tradition der Drogenliteratur. Der Band enthält außer dem bekannten Stück »Haschisch in Marseille« eine an entlegener Stelle veröffentlichte Haschischgeschichte sowie zahlreiche Protokolle und Berichte von Drogenexperimenten.

st 22 Bertrand Russel,
Autobiographie I 1872–1914
400 Seiten
Als letzes Buch Russels vor seinem Tod 1970 erregte seine Autobiographie weltweites Aufsehen. In dem hier vorliegenden 1. Band schildert er in einer brillanten Prosa den bizarren Puritanismus seiner Erziehung, seinen Weg zur mathematischen Logik und seine Freundschaft mit bedeutenden Zeitgenossen.

st 23 Studs Terkel,
Der große Krach
Aus dem Amerikanischen von Dieter Hildebrandt
240 Seiten
Dieses Buch beschreibt in einer Fülle von Interviews den tiefen Schock, den die Amerikaner in den Tagen und Jahren der Weltwirtschaftskrise erlitten haben; dabei wird deutlich, daß das Trauma bis heute nachwirkt. Ein Buch, das nicht nur Auskunft gibt über den »großen Krach«, sondern auch über die Gefahr »schweigender Mehrheiten«.

st 24 Hans Henle,
Der neue Nahe Osten
528 Seiten
Hans Henle erweist sich mit seinem Buch »Der neue Nahe Osten« als der bedeutendste deutsche Nahostspezialist. Zum ersten Mal wird hier die gesamte arabische Unabhängigkeitsbewegung im Wechselspiel mit den ehemaligen Kolonialmächten und den neuen Weltmächten zusammenhängend dargestellt. Die verschiedenen Wege zur Unabhängigkeit, vom neo-kolonialistischen Kompromiß bis zum sozialistischen Experiment werden miteinander verglichen und auf ihre Erfolgschancen hin geprüft.

st 25 Katharina II. in ihren Memoiren
480 Seiten
Die hier gebotene Auswahl aus den Memoiren der Zarin Katharina II. von Rußland gibt ein abgerundetes Bild von ihrem Leben, von ihren frühesten Kindheitstagen bis zum Beginn des verwickelten und intrigenreichen Aufstiegs zu ungeahnter Macht, wie es sich ihr selbst in späteren Jahren spiegelte. Die Sitten- und Hofgeschichte des europäischen 18. Jahrhunderts.

st 26 H. C. Artmannsens Märchen
ca. 120 Seiten
Es hat sich mittlerweile herumgesprochen, daß H. C. Artmann alles kann: Man kennt seine Gedichte, seine Theaterstücke, seine böse und kauzige Prosa. Daß er auch Märchen schreibt, wußten bislang nur »Eingeweihte«. Anläßlich des Readers »The Best of H. C. Artmann« fanden sich fünf. Später entdeckte Artmann noch eine Mappe, schrieb weitere hinzu.

st 27 Peter Handke,
Die Angst des Tormanns beim Elfmeter
128 Seiten
Karl Heinz Bohrer schrieb über »Die Angst des Tormanns beim Elfmeter«, das erfolgreichste Buch eines jungen Autors der letzten Zeit: »Diese Erzählung mit dem eingängig parabolischen Titel gehört zu dem Bestechendsten, was in den letzten zehn Jahren deutsch geschrieben worden ist.«

st 28 Martin Sperr,
Bayrische Trilogie
Jagdszenen aus Niederbayern; Landshuter Erzählungen; Münchner Freiheit.
176 Seiten
Zwei Jahrzehnte bundesdeutscher Wirklichkeit umfaßt Martin Sperrs Bayrische Trilogie: denn was der 1944 in Niederbayern geborene Stückeschreiber in den Anmerkungen zu ›Jagdszenen aus Niederbayern‹ schreibt, gilt auch für ›Landshuter Erzählungen‹ und ›Münchner Freiheit‹: »Die Fabel des Stückes ist von Bayern unabhängig.«

st 29 Cthulhu
Geistergeschichten von H. P. Lovecraft
256 Seiten
Lovecraft, in der Tradition Edgar Allan Poes stehend, ist der Erfinder eines völlig neuartigen Grauens, einer, der die Verdrängungen und Archetypen der Seele zu einer riesenhaften Science Fiction aufbauscht, ein Bücherträumer wie J. L. Borges.

st 30 Algernon Blackwood,
Das leere Haus
Phantastische Geschichten
256 Seiten
In diesem Band der »Bibliothek des Hauses Usher« wird ein Meister der phantastischen Literatur aus England zum erstenmal dem deutschen Leser vorgestellt. In den Geschichten unseres Bandes geraten Menschen in den Bann unheimlicher Plätze und Behausungen, in denen die bösen Gedanken früherer Bewohner Macht über sie gewinnen.

st 32 Noam Chomsky,
Im Krieg mit Asien. Essays
Aus dem Amerikanischen von Jürgen Behrens
ca. 200 Seiten.
Noam Chomsky ist nicht nur ein Linguist, durch seine Theorie der generativen Grammatik international bekannt geworden, sondern auch durch sein politisches Engagement. Seine Aufsätze, Reden, Diskussionsbeiträge halfen der amerikanischen Widerstandsbewegung, sich zu artikulieren und zu begründen. Auf sein Buch »Amerika und die neuen Mandarine« folgt nun »Im Krieg mit Asien«.

st 33 Robert Minder,
Dichter in der Gesellschaft
ca. 380 Seiten.
Robert Minder, 1902 in Wasselonne im Elsaß geboren, ist Professor für Germanistik am Collège de France in Paris. Er versteht es, seine immensen Kenntnisse der deutschen und französischen Literatur in fesselnd geschriebenen Al-fresco-Essays darzubieten, die das Buch auch für den Laien zu einer anregenden Lektüre machen.

st 34 Hannes und Kerstin Alfvén, M 70 –
Die Menschheit der siebziger Jahre
ca. 140 Seiten.
Alle sagen: Unbestritten ist die Spezies Mensch Herr dieses Planeten. Ist sie es wirklich *unbestritten?* Wie darf man heute – zu Beginn der siebziger Jahre – die Situation der Menschheit insgesamt einschätzen? Wie mag, bei kühler, sachlicher Betrachtung, die Zukunft der Menschen sein? Eine Analyse dieser Fragen geben der Nobelpreisträger für Physik des Jahres 1970, Hannes Alfvén, und seine Frau, die Sozionomin Kerstin Alfvén, in ihrem Buch M 70.

st 35 Wolfgang Werner,
Vom Waisenhaus ins Zuchthaus
Ein Sozialbericht, herausgegeben und mit einem Nachwort von Martin Walser
288 Seiten
Etwa 22 Jahre war der 27jährige Wolfgang Werner in den Händen des Staates: in den ersten 17 Jahren als Waisenkind, dann vom 17. bis 27. Lebensjahr mit kurzen Freiheitsstrafen als Sträfling. Jetzt packt er aus. Was dabei herauskommt und wie es herauskommt, das zeigt wie in unserer Gesellschaft erzogen und Strafe vollzogen wird.

st 36 George Gaylord Simpson,
Biologie und Mensch
240 Seiten.
Dieser Band enthält die wichtigsten biologischen und anthropologischen Aufsatz-Veröffentlichungen George Gaylord Simpsons seit 1964. Simpson, einer der heute bedeutendsten Evolutionsforscher, ebenso brillanter wie streitbarer wie humorvoll-ironischer Essayist, versteht nicht nur Biologen zu fesseln – seine Aufsätze wenden sich an alle, denen Gegenwart und Zukunft des Menschen prominentes Gesprächsthema ist.

st 37 E. Fromm, D. T. Suzuki, R. de Martino,
Zen-Buddhismus und Psychoanalyse
240 Seiten
Der amerikanische Psychoanalytiker Erich Fromm,

Richard de Martino, Professor für Philosophie und Religionswissenschaft an der japanischen Universität von Kyoto, und D. T. Suzuki, einer der bedeutendsten Vertreter des Zen-Buddhismus im Westen, unternehmen in diesem Buch den Versuch, die wesentlichen Züge des Zen-Buddhismus zu zeichnen und eine Brücke zwischen östlicher Religiosität und westlicher Wissenschaft zu schlagen, indem sie die Frage beantworten, welchen Wert die Begegnung von Zen und Psychoanalyse haben könnte.

st 38 Ulli Olvedi,
LSD-Report
ca. 240 Seiten.
LSD, die halluzinogene Droge mit dem schwierigsten Namen: Lysergsäurediäthylamid, hat längst auch auf der deutschen Drogen-Szene einen zentralen Platz eingenommen. Die Meinungen über die Gefährlichkeit von LSD sind gespalten. Ulli Olvedi kann zum erstenmal einen kompletten Bericht über alle Aspekte dieses Halluzinogens vorlegen.

st 40 Gunnar Myrdal,
Politisches Manifest über die Armut in der Welt
(gekürzte Ausgabe)
288 Seiten
Das Buch ist die Kurzfassung von Gunnar Myrdals grundlegender dreibändiger Studie »Asian Drama«, die die ökonomische Basis der asiatischen Länder untersuchte. Myrdal (Friedenspreisträger des Deutschen Buchhandels 1970) macht reichlich unkonventionelle Vorschläge, wie die reichen Nationen ihre Beziehungen zu den armen Ländern gestalten müssen, wenn sie überleben wollen.

st 41 Peter Weiss,
Das Duell
Mit Zeichnungen des Autors.
ca. 128 Seiten
Der Autor beschreibt in einer Folge von inneren Projek-

tionen die gestörte Beziehung Gregors zur Umwelt, zu Lea und zu sich selbst. Die Doppelgängerfigur Robert verstärkt diese Grenzsituation. Aber der ästhetische Protest gegen diese Verhältnisse, gegen diese Kulturtradition läßt ihm die Kunst zu einem Totem, zur illusionären Selbsthilfe werden.

st 42 Der andere Hölderlin,
Materialien zum »Hölderlin«-Stück von Peter Weiss
Herausgegeben von Thomas Beckermann
und Volker Canaris
ca. 200 Seiten
In diesem Band soll die von Peter Weiss mit neuen Thesen vorangetriebene Kontroverse um Hölderlin dokumentiert werden: in Texten, die bei der Entstehung des »Hölderlin« eine wichtige Rolle spielten; in Aufzeichnungen, die Peter Weiss während der Arbeit am Stück niederschrieb; aber auch in Beiträgen, die eigens für diesen Band geschrieben wurden und den »Fall« Hölderlin am Stück von Peter Weiss erörtern.

st 43 Peter Handke,
Stücke I
ca. 220 Seiten
Peter Handke hebt mit seinen Sprechstücken, »Publikumsbeschimpfung«, »Weissagung«, »Selbstbezichtigung« und »Hilferufe« und mit seinem »Kaspar« den Illusionscharakter der Bühne auf. Er entwirft nicht Bilder von Handlungen, die andere Handlungen imitieren, sondern er macht die Sprache selbst zum Inhalt.

st 44 Gustav J. V. Nossal,
Antikörper und Immunität
Aus dem Englischen von P. G. Munder
ca. 300 Seiten, mit vielen Abbildungen
Dieses Buch ist eine Einführung in das menschliche Immunsystem und seine Mechanismen. Es behandelt die Antikörper und jene Zellen, die sie produzieren, und es beschreibt die Funktionsweise unseres Immunsystems.

st 45 C. L. Duddington,
Baupläne der Pflanzen
Aus dem Englischen von Elke Kranz
ca. 300 Seiten, mit vielen Abbildungen
Duddington hat ein Buch geschrieben, das all jene anspricht, die über ihre Freude an Pflanzen und Bewunderung für Pflanzen hinaus einen tiefen Einblick in die von der Natur vorgegebenen Entwicklungspläne von Pflanzen gewinnen möchten.

st 46 Samuel Beckett,
Watt
Aus dem Französischen von Elmar Tophoven
ca. 280 Seiten
»Watt« ist Becketts komischstes Buch, vielleicht eines der komischsten Bücher schwarzen Humors. Die Figuren dieses Romans, die bereits an »Warten auf Godot« denken lassen, sind eigentlich alle Clowns und ihre Reden Clownsreden.

st 47 Thomas Bernhard,
Frost
Roman
ca. 300 Seiten
»Frost« ist Thomas Bernhards erster Roman; er erschien 1963. Schon in diesem Prosatext kommt er zu seinem Thema: die ausweglose, weil exzentrische Situation; findet er seine Sprache und Form: das unablässig bohrende Ausschreiten einer erstarrten Sprach- und Gedankenwelt.

st 48 Unterbrochene Schulstunde
Eine Anthologie mit Texten von
Bertolt Brecht, Alfred Döblin, Hermann Hesse, Ödön von Horváth, James Joyce, Erich Kästner, Thomas Mann, Robert Musil, Bernard Shaw, Kurt Tucholsky, Robert Walser, Franz Werfel, Paul Nizan, Stefan Zweig
Zusammengestellt von Volker Michels
ca. 250 Seiten
14 Autoren des zwanzigsten Jahrhunderts reproduzieren

das Erlebnis der Schulzeit. Das Resultat ist eine engagierte, kritische Auseinandersetzung mit dem, was Schule ist: erste Konfrontation mit Autorität und Gesellschaft.

st 49 Ernst Bloch,
Naturrecht und menschliche Würde
ca. 480 Seiten
»Naturrecht und menschliche Würde« erörtert die abendländische Naturrechtsdiskussion von Epikur und der Stoa über Thomas von Aquin, Althus, Hobbes, Grotius, Rousseau, Kant, Fichte, die Französische Revolution und Marx bis zum Bürgerlichen Gesetzbuch und faschistischen Theorien.

st 50 Hans Erich Nossack,
Spirale
Roman einer schlaflosen Nacht
ca. 320 Seiten
»Ein Mann erzählt, was ihn schlaflos machte. Er müht sich, sein Leben zurück und zu Ende zu denken. Traum und Bewußtsein, Romantik und Psychoanalyse, Parodie und Märchen bestehen hier nebeneinander.« *Willi Fehse*

ab München	8.2[illegible]	9.03	12.37 K+M	
an Nürnberg	10.32	11.[illegible]	14.45	

ab Nbg	7.37	9.38 M	13.56 M	16.12
an Mü	9.32	11.38	15.55	18.17

ab Mü	10.48	12.49
an Mb	11.39	13.36

ab München	14.42	17.40 K+M	19.05
an Nbg	16.39	19.36	20.59

ab Mb	10.29 K	13.15 umsteigen	14.23
an Mü	11.18	14.18	15.11

ab Mb	16.27 K
an Mü	17.15